Amy Sohn · Mein alter Herr

AMY SOHN

Mein alter Herr

AUS DEM AMERIKANISCHEN ENGLISCH
VON
JULIANE ZAUBITZER

HAFFMANS VERLAG
BEI ZWEITAUSENDEINS

Die amerikanische Originalausgabe erschien 2005
unter dem Titel "My Old Man" bei Simon & Schuster in New York.

Deutsche Erstausgabe

1. Auflage, Frühjahr 2009

Umschlagbild aus dem "New Yorker" vom 30. Juli 2007
© Anita Kunz, "Girl will be Girls".
Amy-Sohn-Porträt fotografiert von Lisa Ross.
Produktion und Gestaltung von Urs Jakob,
Werkstatt im Grünen Winkel, CH-8400Winterthur.
Satz: Fotosatz Reinhard Amann, Aichstetten.
Druck und Bindung: CPI – Clausen & Bosse, Leck.
Printed in Germany.

Dieses Buch gibt es nur bei Zweitausendeins im Versand, Postfach, D-60381 Frankfurt am Main, Telefon 069-420 8000, Fax 069-415 003. Internet www.Zweitausendeins.de. E-Mail: info@Zweitausendeins.de., oder in den Zweitausendeins-Läden in Aachen, Augsburg, Bamberg, Berlin, Bochum, Bonn, Bremen, Darmstadt, Dortmund, Dresden, 2 x in Düsseldorf, in Duisburg, Erfurt, Essen, Frankfurt am Main, Freiburg, Göttingen, Gütersloh, 2 x in Hamburg, in Hannover, Karlsruhe, Kiel, Köln, Konstanz, Leipzig, Ludwigsburg, Mannheim, Marburg, München, Münster, Neustadt/Weinstraße, Nürnberg, Oldenburg, Osnabrück, Speyer, Stuttgart, Trier, Tübingen, Ulm und Würzburg.

In der Schweiz über buch 2000, Postfach 89, CH-8910 Affoltern a. A.

ISBN 978-3-86150-830-4

Denn was ich gefürchtet habe, ist über mich gekommen,
und wovor mir graute, hat mich getroffen.
Ich hatte keinen Frieden, keine Rast, keine Ruhe,
da kam schon wieder ein Ungemach!

DAS BUCH HIOB

INHALT

BÖSES

»WARUM passiert mir das, Rabbi?« stöhnte der sterbende Mann aus seinem Bett.

»Ich bin kein Rabbi«, sagte ich. »Erst in vier Jahren.«

»Bald genug«, sagte er. »Also verraten Sie mir, womit ich das verdient habe! Warum will Gott, dass ich vor meiner Zeit sterbe?«

Er hieß Neil Roth, ein verheirateter Vater von neununddreißig Jahren, der an Leukämie starb. Ich studierte im zweiten Semester am Rabbinic College of Reform Judaism und besuchte ihn im Rahmen meines Seelsorge-Praktikums im Memorial-Sloan-Kettering, und Neil war der erste Patient auf meiner Liste, der bei Bewusstsein war.

Als ich sah, dass er wach war, begann ich mit: »Wie geht's?« und Neil erzählte mir seine Geschichte: Er war Computer-Programmierer an der Upper West Side, sein Leben lang Einzelgänger, und hatte sich gerade damit abgefunden, den Rest seines Lebens allein zu verbringen, als er eines Tages einen Blumenladen in Midtown betrat und sein Blick den der üppigen Geschäftsführerin aus Costa Rica traf. Angela war Anfang vierzig und der Hammer, und noch bevor Neil einen Strauß Rosen für seine kränkliche Tante in Miami geordert hatte, wusste er, dass sie heiraten würden.

Eine stürmische Affäre und sechs Wochen später

waren sie verheiratet. Sie zog in seine Wohnung am Riverside Drive, und ein Jahr später bekamen sie eine Tochter namens Ruby. Jeden Abend, wenn Neil nach Hause kam, stillte seine Frau gerade das Baby, ein Anblick, den er sich nie hätte träumen lassen, und dann eines Abends, als er gerade ins Bett gehen wollte, entdeckte er diese blauen Flecken, die er sich nicht erklären konnte.

Die Ärzte stellten Leukämie fest. Zwar verordnete man ihm eine Chemo, aber er sprach nicht darauf an. Jetzt hieß es, mit Glück habe er noch drei Monate. Angela war diese Woche jede Nacht bei ihm im Krankenhaus gewesen, doch nun war sie nach Hause gegangen, um ein wenig Schlaf nachzuholen.

»Sie haben nichts falsch gemacht«, sagte ich und versuchte wie ein Rabbiner, wie eine Autorität zu klingen, dabei hatte ich die Hosen gestrichen voll. »Jeder geht seinen eigenen Weg, und nur weil wir großes Herzeleid erfahren, können wir auch große Freude erfahren.«

Neil trug eine Yankees-Kappe, um seinen kahlen Kopf zu bedecken, und seine Wangen waren eingefallen und grau. Er atmete unregelmäßig, wenn überhaupt, was mich extrem beunruhigte, obwohl ich versuchte, ganz locker zu wirken. Er hatte keine Augenbrauen, doch sein Blick war klar und streitlustig. »Warum sollte Gott einen anständigen Menschen sterben lassen?« beschwerte er sich mit versonnener, heiserer Stimme.

Ich räusperte mich, um Zeit zu gewinnen. Ich wusste, dass Juden gern Fragen stellen, doch auf so etwas war ich nicht vorbereitet. »Viele Menschen stellen sich dieselben Fragen wie Sie«, sagte ich. »Sie fragen sich: *Wenn Gott allmächtig und gerecht ist, warum bringt Er dann Unglück über gute Menschen?* Und weil sie keinen Grund finden, glauben sie, auf irgendeine Weise gesündigt zu haben und dass sie bestraft oder auf die Probe gestellt werden.«

»Genau«, sagte er. »Ich habe einen Bruder, mit dem ich nicht rede – vor zwölf Jahren haben wir uns wegen einer Geldangelegenheit überworfen –, und ich dachte, vielleicht ist das Gottes Weg, mir zu sagen, dass ich mich mit ihm versöhnen soll. Eigentlich will ich das nicht, aber wenn dies eine Prüfung ist, sollte ich es vielleicht doch tun. Werde ich also bestraft?«

»Eine schwere Krankheit ist sicherlich ein guter Zeitpunkt, Bilanz zu ziehen, aber nein, ich glaube nicht, dass Er Sie bestraft.« Rabbi Freedman, einer der Seelsorger im Memorial hatte uns gewarnt, dass Patienten dazu neigten, sich selbst die Schuld zu geben, und von uns hören wollten, dass sie nicht vom rechten Pfad abgekommen waren. »Angesichts eines widersprüchlichen Gottes, der zugleich gerecht und grausam ist, wäre zu überlegen, ob guten Menschen Böses widerfährt, weil Gott zwar gütig ist, aber nicht allmächtig. Gottes Schöpfung ist nur teilweise abgeschlossen, sie kämpft gegen die Kräfte des Chaos.«

Er verdrehte die Augen. »Aber auf jeder Seite der Tora geht es darum, wie mächtig Gott ist. Und Sie wollen mir erzählen, Er sei *nicht* allmächtig?«

Neil starb, aber mich brachte er um. Das hier war noch schweißtreibender als der Rorschachtest, den ich machen musste, um an der Rabbinerschule angenommen zu werden. »Für ein Gespräch über meinen eigenen Glauben reicht unsere Zeit heute nicht«, sagte ich, »aber kurz gesagt beten die Menschen zu Gott, weil sie Trost suchen. Wie Rabbi Harold Kushner in seinem Standardwerk über das Leiden schreibt: *Wenn guten Menschen Böses widerfährt …«*

»Kommen Sie mir nicht mit diesem Buch«, sagte er matt. »Ich besitze elf Exemplare.«

»Dann wissen Sie sicher, was Kushner zu diesem

Thema sagt. Er vergleicht die Beziehung zwischen den Menschen und Gott mit der eines Teenagers zu seinen Eltern. Der Jugendliche weiß, dass seine Eltern nicht allmächtig sind, und doch vertraut er auf ihren Schutz und ihre Fürsorge.«

»Aber mich hat dieser Gott nicht beschützt. Ich bin neununddreißig und sterbe.« Seine Stimme war schwach, aber ganz klar. »Meine Tochter wird ohne Vater aufwachsen. Ich fühle mich, als hätte Gott mir ins Gesicht geschlagen.«

Ich überlegte krampfhaft, was ich sagen sollte. »Abraham Joshua Heschel betrachtet Leben und Tod als Aspekte desselben großen Mysteriums, das Mysterium des Seins, das Mysterium der Schöpfung. Der Tod ist kein Abschied, sondern ein Neubeginn, eine Vereinigung mit Gott.« Wir hatten Heschels Essay über den Tod mit Rabbi Freedman durchgenommen, doch aus meinem Mund klangen seine brillanten Einsichten hohl und unausgegoren wie eine ausweichende Antwort auf eine völlig berechtigte Frage.

»Ich soll also auch noch *dankbar* sein?« Seine blauen Wangen schienen etwas Farbe zu bekommen, und dann sagte er langsam: »Sind Sie nicht ganz dicht?«

Das war die schwerste Frage überhaupt. Wäre ich Neil gewesen, hätte mich nichts von dem, was ich gesagt hatte, irgendwie getröstet. Ich hätte ihn gern als Giftzahn abgestempelt, doch er war offensichtlich intelligent. Er blickte mich kalt an, als wünschte er sich langsam, sein Nachname wäre nicht so offenkundig jüdisch und er nicht auf meiner Rotationsliste gelandet.

In der Woche zuvor hatte Rabbi Freedman uns Aussprüche verschiedener Philosophen auf Kärtchen schreiben lassen, von denen er meinte, dass sie uns in den Krankenzimmern helfen würden. Er sagte, wir sollten sie nicht als Spickzettel betrachten, sondern als Hilfsmittel, die auf den einzelnen Patienten zugeschnitten werden müssen. Ich senkte den Blick und zog einen aus meiner Schultasche. »Manchmal gibt es keinen Grund.« Neils Mund war dünn und ausdruckslos. Ich zückte den nächsten. »Gott bringt kein Unglück über uns. Wenn wir leiden, ist Er in der Liebe zwischen uns und unseren Angehörigen.« Ich lächelte. »Er ist bei Angela und Ruby. Und bei Ihnen.«

Er runzelte die Stirn und sank noch tiefer in sein Kissen zurück. »Eine Zeit des Leidens ist eine gute Zeit, seine Beziehung zu Gott zu erneuern.« Er schüttelte den Kopf, als sei ich ein unfähiger Bibelverkäufer, und starrte aus dem Fenster. Ich hatte nie ein Problem mit dem Glauben an die Kraft des Allmächtigen gehabt, aber meine Eltern waren beide noch am Leben und weder ich noch irgendjemand, den ich kannte, hatte je etwas Traumatisches erlebt. Mit sechsundzwanzig war das Einzige, was meinen Glauben je erschüttert hatte, eine Vier in einer Matheklausur im letzten Schuljahr. Die Realität hatte mich bisher verschont.

»Warum geben Sie mir keine Antworten?« sagte Neil.

»Meine Aufgabe ist es, Ihnen beizustehen und zuzuhören.«

»Ich will Ihren Beistand nicht! Ich will nur wissen, *warum das hier passiert!*«

»Sinnvoller als die Frage *Warum passiert es?* wäre vielleicht, wie Kushner vorschlägt: ›Gott, sieh, was mir widerfährt. Kannst Du mir helfen?‹«

Neil sah mich an und blinzelte, langsam, unbeeindruckt. Die Unerschütterlichkeit seines Glaubens stürzte in eine Krise, und mein Blutdruck stieg proportional dazu.

»Ohne Tod gäbe es kein Leben«, bot ich an. »Beides gehört zusammen. Nur weil Tragödien geschehen, kann auch Gutes geschehen.«

»Das mag ja stimmen«, sagte er und faltete die Hände über dem Bauch, »aber das ist kein großer Trost.«

Das Zimmer kam mir stickig vor. Ich zuckte steif die Schultern und sagte, was alle Rabbis im Angesicht des Zweifels sagen, um sich aus der Affäre zu ziehen. »Es gibt eine lange Tradition zweifelnder Juden. Sie befinden sich also in guter Gesellschaft.« Das war das »Mein Haus, mein Auto, meine Frau« der Theodizee: wenn alle andern an Gott zweifelten, war es wohl nicht so schlimm. »Hiobs Knechte, Schafe und zehn Kinder starben und dann befiel ihn eine schlimme Krankheit. In seinem Dialog mit Gott erkennt er, dass der Mensch Gottes Macht gegenüber hilflos ist. Das mag ernüchternd sein, aber andererseits auch tröstlich.«

»Das ist höchstens deprimierend«, sagte Neil. Lustlos nahm er ein *Macworld*-Magazin zur Hand. Die Religion verlor gegen die Technik.

»Wenn Sie möchten«, sagte ich und beugte mich vor, »kann ich ein *Mischeberach* für Sie sprechen, das Gebet für die Kranken.«

»Ich will nicht, dass Sie für mich beten«, spuckte er und leckte sich die Lippen. »Ich weiß, dass ich sterbe!«

Ich fühlte mich verloren wie ein Hochstapler. Das hier war keine Theodizee, sondern pure Idiotie. Rabbi Freedman sagte, in schweren Momenten helfe es unter Umständen, ehrlich und authentisch zu sein, und nicht so zu tun, als hätten wir die Weisheit mit Löffeln gefressen. Vielleicht war das Beste, was ich für Neil tun konnte, aufrichtig zu sein.

»Wissen Sie was?« sagte ich. »Sie haben Recht.«

»Wie meinen Sie das?«

»Ich rede mich um Kopf und Kragen. Sie spielen mir gute Bälle zu, aber ich treffe einfach nicht.«

»Allerdings«, sagte er nach einer kurzen Pause.

Ich stopfte die Kärtchen wieder in die Tasche. »Um die Wahrheit zu sagen, habe ich auch keine genaue Vorstellung von Gott. Das gilt wahrscheinlich für viele Rabbinerschüler. Wir können über den Anstieg gemischter Ehen reden oder die Bindung Isaaks oder die jüdische Haltung zu Homosexualität und Abtreibung, doch niemand redet wirklich von Gott.«

»Finden Sie das denn nicht falsch?« sagte er.

»Es ist kein leichtes Thema! Was denken Sie denn, welche Sorte Mensch sich überhaupt an der Rabbinerschule bewirbt? Menschen, die sich selbst für Gott halten! Die Hälfte meiner Kommilitonen ist total meschugge!« Seine Augen waren vor Angst weit aufgerissen, als würde das, was ich sage, ihn noch mehr aufregen als der Tod selbst.

»Wissen Sie«, sagte ich, »ich gebe mir wirklich Mühe. Ich pauke brav meine Bibelauslegung, doch mit Gott hatte die Rabbinerschule bisher nicht viel zu tun. Ich lerne viel und habe gute Noten, aber Gott hält sich bedeckt. Und deshalb weiß ich auch nicht, warum guten Menschen Böses widerfährt. Eigentlich beweisen doch all die Tragödien in der Welt nur, dass es wahrscheinlich keine höhere Macht gibt. Ich weiß auch nicht, was ich mir dabei gedacht habe, den Tod schön zu reden. Was Sie durchmachen ist einfach nur deprimierend. Sie werden nicht erleben, wie Ihre Tochter erwachsen wird. Das stimmt vorne und hinten nicht!«

»Was ist bloß mit Ihnen los?«

»Wie meinen Sie das?« sagte ich. »Ich stimme Ihnen doch zu! Sie wollten Antworten. Ich geben Ihnen Antworten.«

Sein Gesicht verzog sich zu einer Grimasse und er stöhnte. »Oooohhh.« Seine Lippen färbten sich blau und wurden ganz trocken. Ich wusste nicht, ob er körperliche Schmerzen litt oder einfach nur entsetzt war über meine

Ehrlichkeit. Ich hatte erwartet, meine religiöse Erweckung würde ihn beleben, doch stattdessen sah er noch kränker aus als zuvor.

»Geht es Ihnen gut?« sagte ich und berührte seinen Arm.

»Sie …« Er zeigte mit seinem dünnen, zitternden Finger auf mich und ließ sich wieder ins Kissen sinken, als sei ich der Teufel.

»Was ist los?« fragte ich heiser.

»Sie sind …« Er atmete röchelnd und sein Gesicht wurde noch blasser, als es schon war.

»Ja? Ja?« Ich hatte das Gefühl, dass er mir etwas mitteilen wollte, etwas Wichtiges und Wahres, das mein Leben für immer verändern würde. »Was bin ich?«

Er sog etwas Luft ein, unerträglich langsam, entschlossen, genug in seine Lungen zu bekommen, um sprechen zu können. »Sie sind der schlechteste … Rabbi … dem ich je … begegnet bin.« Mit diesen Worten verfärbte er sich grau, sein Kopf fiel zurück, und er rührte sich nicht mehr.

»Neil?« sagte ich und schüttelte ihn. »Neil?« Er bäumte sich noch einmal kurz auf und rang nach Luft. Mit einem Schrei wich ich zurück. Dann war es still.

Ich rannte hinaus zur Schwesternstation. »Kommen Sie schnell!« sagte ich zur elfenhaften Blondine hinter dem Tresen. »Es ist etwas passiert!«

Sie folgte mir im Laufschritt in das Zimmer, prüfte seinen Puls und seinen Atem und senkte den Kopf. »Wollen Sie nicht versuchen, ihn wiederzubeleben?« fragte ich.

Sie warf mir einen befremdeten Blick zu und sagte: »Nein, er hat eine Patientenverfügung.«

»Eine Patientenverfügung? Aber … können Sie keine Ausnahme machen?«

»Das haben Sie nicht zu entscheiden«, sagte sie und ging.

Ich starrte Neils Leichnam an und betete, dass alles ein Irrtum war, dass es noch nicht zu Ende war. Sie mussten ihn wiederbeleben, nur damit seine letzten Worte nicht waren: »Sie sind der schlechteste Rabbi, dem ich je begegnet bin.«

Sie kam in Begleitung eines kleinwüchsigen indischen Arztes mit großen Ohren zurück. Er überprüfte die Lebensfunktionen. Dann zog er den Vorhang zu und verschwand für ein paar Minuten mit der Schwester dahinter.

»Sind Sie eine Angehörige?« fragte er, als er wieder hervor kam. Sein Blick war weniger vorwurfsvoll als verwirrt.

»Nein, der Rabbi.«

Überrascht warf er den Kopf zurück: »Ich wusste gar nicht, dass es …«

»Dass es weibliche Rabbis gibt? Doch die gibt es.«

»Was ist denn passiert?«

»Ich … ich weiß es nicht. Seine Frau ist nach Hause gegangen, um sich auszuruhen. Wir haben uns unterhalten … und er … er ist einfach gestorben«, sagte ich lahm.

»Das kommt vor«, sagte er und nickte. »Sie warten mit dem Sterben, bis die Familie fort ist. Ist das Ihr Erster?«

Ich nickte.

»Der Erste ist immer der Schwerste«, sagte er. Sein Funkmelder piepte, er warf einen prüfenden Blick darauf und ging hastig aus der Tür.

Ich folgte ihm, wie vor den Kopf geschlagen. Während ich langsam den Korridor entlang zu den Fahrstühlen ging, wurde mir klar, dass Gott es zwar versäumt hatte, Neil Roth eine Botschaft zu schicken, aber stattdessen mir eine hatte zukommen lassen, und zwar durch ihn: Rachel Block hatte ihren Beruf verfehlt. Ich war sicher gewesen, dass meine Ehrlichkeit ihn trösten würde, doch welcher sterbende Mann wollte schon einen ungläubigen Rabbi? Ich war so ungeschickt gewesen, dass er Monate vor seiner Zeit abgekratzt war, als nicht mal seine Frau da war, um seine Hand zu halten. Wenn sie zurück kam, war er tot. Ich war das Gegenteil von einem Rabbi. Statt Wunder zu vollbringen, brachte ich den Tod.

Während ich nach unten in die Lobby fuhr und in die Frühlingssonne trat, fragte ich mich zweierlei: Wie brachte ich meinen Eltern bei, dass ich das Studium geschmissen hatte? Und was sollte ich jetzt anfangen?

DIE GESCHICHTE DES BLEISTIFTS

Bedienung!« schrie ein grobschlächtiger junger Italiener und gestikulierte wild. »Ich hätte gern einen Metropolitan.«

»Weißt du zufällig, was da rein kommt?« fragte ich.

»Einen Metropolitan«, wiederholte er lauter, als sei mein Problem ein akustisches. »Das kann doch nicht so kompliziert sein.«

Es war keine Bestellung, auf die ein heterosexueller Mann stolz sein konnte, doch ich verkniff mir die Bemerkung und meinte nur: »Ich bin neu hier.«

»Wird man hier nicht angelernt?«

»Schon, aber die meisten wollen Bier.«

»Triple sec, Kurant und Cranberry«, seufzte er. Er war mit ein paar Kumpels da, alle im Pseudo-HipHop-Look. Ich tat so, als wüsste ich, was ich tue, und während ich den Mixer schüttelte, sagte er: »Steht dir gut.«

Ich hätte gern was Schlagfertiges erwidert, aber auf Anhieb fällt mir grundsätzlich nichts ein. Meine besten Retourkutschen fallen mir immer ein Jahr nach der eigentlichen Beleidigung ein. Ich goss den Drink durchs Sieb, steckte den Strohhalm rein, die Limone. Er setzte den Mund ans Glas, schmatzte mit den Lippen und sagte: »Schmeckst du auch so gut?«

Ich schwieg. Statt einer Antwort wischte ich den Tresen ab. »Spar dir die Mühe, Gallo!« sagte einer seiner Freunde, dick und hässlich wie ein Schwein.

»Sie ist süß. Und sie sieht italienisch aus.«

»Was willst du mit einer Italienerin? Übrigens, wann darf man einer Italienerin ins Gesicht spucken?«

»Wann?«

»Wenn ihr Bart brennt.« Sie johlten und johlten, und irgendwie war klar, dass sie den Witz nicht zum ersten Mal gerissen hatten. Für einen kurzen Moment sehnte ich mich nach der Rabbinerschule zurück.

Die Bar hieß Roxy und ich arbeitete seit zwei Monaten dort. Sie lag in der Smith Street in Brooklyn, zwei Straßen von meiner Wohnung entfernt. Ich war ein paarmal dort gewesen, nachdem ich die Rabbinerschule geschmissen hatte, um mit der Barfrau Caitlin zu quatschen, einem Ex-Model aus Kentucky. In einer schwülen Nacht im Juli erwähnte sie, dass eines der anderen Mädchen wegen des Rauchverbots gekündigt hatte, und ich fand, dass ich genauso gut in der Kneipe jobben könnte, während ich überlegte, wie es weitergehen sollte. Ich traf mich mit Mike, dem Besitzer, einem dürren, unrasierten Kerl, und als er mich nach meinen Erfahrungen fragte, sagte ich, ich hätte an meiner Alma Mater Wesleyan gekellnert. Zwar nur ein Semester, bei Cardinal Catering, doch dieses Detail behielt ich für mich, und ein paar Tage später engagierte er mich. Caitlin zeigte mir, wie man Drinks mixt, und als ich ihr irgendwann meine Rabbinervergangenheit gestand, lachte sie und sagte, sie komme sich selbst oft vor wie ein Beichtvater.

Meine ersten Schichten allein waren die Hölle, aber irgendwann hatte ich den Dreh raus und hörte auf, mich hinter dem Tresen zu verstecken, wenn Gäste rein kamen. Was ich noch nicht drauf hatte, war Arschlöchern den Marsch zu blasen. Bei jeder Schicht wurde ich mindestens ein halbes Dutzend Mal auf mehr oder weniger peinliche oder subtile Weise angebaggert – verheiratete Männer mittleren Alters, die mich unbedingt zum Essen einladen wollten, College-Jungs auf der Suche nach ihrer Mrs. Robinson, Yuppies um die dreißig auf Brautschau. »Wann hast du Schluss?« oder: »Die anderen hier sind doch alle Loser. Du brauchst jemanden, der dich beschützen kann.« Egal, was ich anhatte oder ob ich mir ihre Bestellungen merken konnte, ob ich meine Haare offen trug oder frech wurde. Es ging nicht um mich, es war der Sexappeal der Bar. Ich fühlte mich wie ein Stripper, nur mieser bezahlt.

Mein Aussehen liegt irgendwo zwischen süß und hübsch, und Männer, die behaupten, ich sei schön, legen dabei immer ganz viel Gewicht in die Stimme, als wollten sie für ihre Originalität gelobt werden. Ich bin einsachtundsechzig, also groß für ein jüdisches Mädchen, ich habe ordentlich Holz vor der Hütte (80D) und mein Hintern ist kaum kleiner als der von J.Lo – nicht so rund, aber üppig genug, um dem Kenner ins Auge zu stechen. Ich habe grüne Augen und braune schulterlange Locken, die gelegentlich als prä-raphaelitisch bezeichnet werden. Doch ohne Haarprodukte sehe ich aus wie das uneheliche Kind von Rosanne Rosannadanna und Marc Bolan.

»Rachel?« rief eine Stimme vom anderen Ende der Bar. Zähneknirschend fragte ich mich, wie schon wieder ein Gast meinen Namen rausgefunden hatte, bis ich sah, dass es Joey Yatrakis war, ein Theaterschauspieler, den ich von der Wes kannte. Er sah gut aus – unauffällig, dürr, Cäsar-Haarschnitt, aber gut. Ich umarmte ihn.

»Ich bin verwirrt«, sagte Joey, als er sich löste. »Ich dachte, du willst Rabbi werden.«

»Hat nicht geklappt.«

»Warum nicht?«

»Ich habe mich als Bote Gottes nicht wohl gefühlt.«

»Wie tiefsinnig«, sagte er. An der Wesleyan hatte er gekifft, und offenbar hatte die Theaterwelt New Yorks ihn nicht bekehrt. »Aber ist Kellnern nicht ein bisschen hart für einen ehemaligen Rabbi?«

»Das ist im Moment nicht die einzige Frage, die ich mir stelle«, sagte ich schulterzuckend. »Wohnst du in der Nähe?«

»Nein, aber meine Freundin. Ich wollte gerade zur Bahn, als ich euer Margaritaschild sah.«

»Willst du eine?« sagte ich. »Es ist einer der wenigen Drinks, die ich kann.« Ich mixte ihm eine mit Orangensaft, so wie Caitlin es mir beigebracht hatte, und als er bezahlen wollte, winkte ich ab. Da er relativ aufgekratzt wirkte, beschloss ich, ihm die heikelste Frage zu stellen, die man einem New Yorker Schauspieler nur stellen kann: »Hast du ein Engagement?«

»Ja!« sagte er. »Ich wurde für dieses Stück von Hank Powell gecastet. Es heißt *Die Geschichte des Bleistifts*.«

»Hank Powell hat ein *Stück* geschrieben?« sagte ich. »Vom Film zum Theater – ist das nicht die falsche Richtung?«

»Er sagt, er sieht den Abstieg als Aufstieg.«

»Typisch Powell«, sagte ich. »Wovon handelt es?«

»Von einem selbstmordgefährdeten Schriftsteller, der Verstand und Vermögen verliert.«

»Ist es autobiographisch?«

»Was denkst du denn? *Alles* von Powell ist autobiographisch.«

»Wie ist er so? So verrückt wie seine Figuren?«

»Noch verrückter. Er liest dich wie ein Buch. Du hast das Gefühl, als würde er dir direkt in die Seele blicken. Aber er hat auch ständig sein eigenes Drama am Laufen. Er ist halb Zigeuner, halb Schizo.«

»Überrascht mich nicht«, sagte ich. »Powell kennt die Menschen. Wie alt ist er?«

»Einundfünfzig.«

»Echt? Ich hätte gedacht, er ist jünger.« Alle Figuren in Powells Filmen waren Anfang dreißig, und obwohl er seit vierzehn Jahren Drehbücher schrieb und Regie führte, war mir nie in den Sinn gekommen, dass *er* im Gegensatz zu seinen Figuren alterte.

»Wie sieht er aus?«

»Schnurrbart. Schwarzes Haar.«

»Ist er ein heißer Typ?«

»Ich bin ein Mann!« Joey war jung, aber alte Schule, und hatte noch nicht geschnallt, dass sich ein Mann inzwischen über die Attraktivität eines anderen Mannes äußern konnte, ohne als *Feijgele* abgestempelt zu werden.

»Komm schon«, sagte ich. »Lass mich nicht hängen.«

Er dachte kurz nach. »Für einen Mann seines Alters ist er gut in Form.«

Ich stellte ihn mir als einen dicklichen Gabriel Byrne vor, drollig, aber sexy, trotz seines Bäuchleins. »Ist er verheiratet?«

»Geschieden.« Das passte. Männer, die gute Frauenfiguren schrieben, kriegten es im Leben nie auf die Reihe. »Sonntag ist die letzte Vorstellung. Danach gibt es für alle Mitwirkenden eine kleine Party in einem Loft in der Nähe des Theaters. Du kannst kommen, wenn du willst. Eigentlich wollte meine Freundin mitgehen, aber wir haben uns vorläufig getrennt.«

»Wie schade.«

»Ach nein. Wenn ich arbeite, kann ich keine Freundin gebrauchen. Zu viele Stimuli auf einmal. Bist du Single?«

»Absolut«, sagte ich.

»Erzähl das bloß nicht Powell«, sagte er kopfschüttelnd. »Er ist ein hoffnungsloser Schürzenjäger.«

»Echt?« sagte ich und überlegte, was ich anziehen sollte.

Hank war der erfolgreichste Independant-Regisseur Amerikas, der neue Cassavetes, der Godard von Queens. Sein erster Film war das bahnbrechende Drama *Leon und Ruth* (1989), und seither hatte er acht weitere gedreht, alle auf ihre Weise brillant. Er engagierte die großen Namen, bevor sie Stars wurden, und drehte mit Minibudgets auf den Straßen von Little Italy, Hell's Kitchen und Jackson Heights, Queens, wo er aufgewachsen war. Für Drehbuch und Regie zeichnete er ganz allein verantwortlich, und obwohl kein Kassenschlager dabei war, hatte er unter Arthaus-Hipstern wie mir eine treue Fangemeinde, die in ihm den letzten strahlenden Gott des charaktermotivierten Kinos sah.

Leon und Ruth hatte ich in der achten Klasse im Cobble Hill Cinema gesehen, mit einem Typen namens Colin Anderson, der mich nicht zu würdigen wusste. Er war in meiner Klasse am Packer Collegiate, der Privatschule, die ich bis zur neunten besuchte, und er war ein Squashstar. Eigentlich hatten wir einen australischen Thriller sehen wollen, aber der war ausverkauft, und so sahen wir stattdessen den Powell, mit der damals unbekannten Julia Roberts und Don Cheadle. Es ging um eine Kellnerin, die sich in einen Typen verliebt, der nach Vietnam eingezogen wird. Ausgerechnet bei der tränenreichen Abschiedsszene, die Hank Powell berühmt machte, flüsterte Colin: »Würdest du mir einen blasen?«

»Ich versuche, den Film zu sehen«, sagte ich.

»Dann hol mir wenigstens einen runter.«

Von da an sah ich jeden Powell-Film, sobald er angelaufen war – im Quad oder Cinema Village ohne Popcorn und ohne Date –, allesamt in stilisierter Stream-of-Consciousness-Technik mit langen, poetischen, an die Kamera gerichteten Monologen über die menschliche Seele und das Verhältnis zu Gott. *Lydias Brustwunde* (Annette Bening, Steve Buscemi) handelte von einer abgebrannten Taxifahrerin, in deren linkem Brustwarzenhof eine Kugel steckte. *Besuch für Greenberg* erzählte die Geschichte eines eigenbrötlerischen Vermieters (Ron Silver), der nichts als Verachtung für seine Umwelt übrig hat, bis er eines Tages einen Schlaganfall erleidet und von einer puertoricanischen Krankenschwester (Rosanna Arquette mit schwarz gefärbten Haaren) gesund gepflegt wird. *Komplizierte Frauen* (Lena Olin, Michael Imperioli) handelte von einer lettischen Cocktailkellnerin, die sich in einen kleinen russisch-jüdischen Mafioso verliebt. Mir gefielen seine durchweg starken Frauenfiguren.

Mitte der Neunziger versuchte er sich als Buchautor mit *Powell: Sechs Drehbücher,* dem Gedichtband *Scratchiti,* der an die Beatliteratur anknüpfte, aber im Gegensatz zu seinen Filmen furchtbar öde und manieriert war, und dem grauenhaften Entwicklungsroman *Der Treppensitzer*, den ich für einen Dollar im Ramsch gekauft hatte. Ich betete, das Stück möge besser sein als die Bücher.

Der Itaker vom anderen Ende der Bar gab mir durch ein Handzeichen zu verstehen, dass er Nachschub wollte, und ich sagte Joey, ich sei gleich wieder da. Während ich mixte, wurde mir schwindelig, und das nicht nur vom Schütteln. Zum ersten Mal seit Monaten ging es bergauf. Ich würde Hank Powell kennen lernen.

Am nächsten Abend traf ich mich mit meinen Eltern im Banania, einem französischen Restaurant, um Papas fünfundfünfzigsten Geburtstag zu feiern. Seit meinem College-Abschluss wohnte ich acht Straßen von ihnen entfernt und es verging keine Woche, ohne dass ich sie sah. Ich konnte nichts dafür: die räumliche Nähe machte es quasi unmöglich, ihnen aus dem Weg zu gehen. Ich bin im Brownstone-Brooklyn der siebziger Jahre aufgewachsen, einem Viertel, das zwanzig Jahre später plötzlich von der Szene entdeckt wurde. Wir Eingeborenen stecken in der Zwickmühle. Während unsere Kleinstadtkollegen ihr ganzes Leben danach streben, so weit weg wie möglich von zu Hause zu kommen, haben wir gleich zwei Gründe zu bleiben: es unseren Eltern recht zu machen und die billigen Mieten. Cobble Hill erinnert mich an Grover's Corner: betulich, provinziell, aber heimelig.

Obwohl ich es vor Dritten ungern zugab, verbrachte ich sogar gern Zeit mit meinen Eltern. Ich stand immer im Mittelpunkt und wurde immer eingeladen. Manchmal nervten sie, waren geradezu penetrant, aber sie hörten mir zu, und jetzt, wo ich endlich mit trinken durfte, lachten wir manchmal stundenlang. Ich fühlte mich an diese Magneten erinnert, die Lesben sich gern an ihren Kühlschrank kleben: »Je mehr Menschen ich kenne, desto lieber mag ich meine Katze.« So ging es mir mit meinen Eltern.

Es schadete nicht, dass das Viertel nach meinem Abschluss an der Wesleyan in wurde. Der Einzug der Szene begann 1996, als ein Typ namens Alan Harding in der Smith Street ein Restaurant namens Patois eröffnete. In weniger als einem Jahr eröffnete ein Dutzend weiterer Restaurants. Yogazentren, Galerien und Boutiquen sprossen aus dem Boden, und in weniger als fünf Jahren priesen Makler Wohnungen als »nur wenige Schritte von der Restaurant-Meile entfernt« an. Junge Eltern kauften Strampler, auf denen »bklyn« oder »718« stand, als gehörte das Viertel ihnen. Die Puertoricaner verkauften ihre Läden mit religiösem Schnickschnack und kehrten mit fliegenden Fahnen auf die Insel zurück.

Ich kam zehn Minuten zu spät ins Banania, doch meine Eltern waren noch nicht da. Am Nachbartisch brüllte ein Kleinkind mit Rotznase, die seine Mutter ihm mit einer

Serviette abwischte, sich die Lunge aus dem Leib. Einer der Nachteile von Cobble Hill ist, dass das ganze Viertel ein einziger Kreißsaal ist. Ein Kellner kam an meinen Tisch – braun gebrannt, kahl rasiert, französischer Akzent. Einer der Vorteile von Cobble Hill sind die vielen scharfen Kellner. Er fragte, ob ich schon etwas »triienkön« wollte, und ich bestellte das teuerste Glas Weißwein, da meine Eltern ja zahlten.

Während ich wartete, sprang mir etwas an der Wand hinter der Bar ins Auge: die rassistische Karikatur eines Schwarzen oder Türken, schwer zu sagen. Er trug einen roten Fez und trank aus einer Teetasse, seine dicken Lippen grinsten, seine weißen Zähne blitzten. Dagegen war Aunt Jemima hohe Kunst. Das Banania gehörte Franzosen, die den Nigger an der Wand wohl niedlich fanden. Froschfresser sind nicht nur rückständig, sie sind auch noch stolz darauf.

Als der Kellner mir meinen Wein brachte, kamen meine Eltern. »Wo wart ihr so lange?« sagte ich.

»Tut uns Leid, tut uns Leid«, sagte meine Mutter. Sie setzten sich geräuschvoll, die Gesichter gerötet vor Freude mich zu sehen. So sehen sie in meiner Gegenwart immer aus. Manchmal komme ich mir vor wie ihre Lieblingsdroge.

Mein Vater hatte einen grau melierten Bart, eine eckige Siebziger-Jahre-Brille und den schlimmsten Modegeschmack seit Menschengedenken Er war Computerfachmann bei Bear Stearns. Meine Mutter war die Art Semiliberale, die Hanfhosen kaufte, ohne sich so ganz darüber klar zu sein, dass sie Marihuana trug. Sie unterrichtete Zweitklässler an der PS 41 im Village. Die beiden hörten Arlo Guthrie und hielten Garrison Keillor für den Messias, und obwohl sie jünger aussahen als sie waren, bewegten sie sich deutlich langsamer als früher.

»Wo wart ihr so lange?« sagte ich.

»Dein Vater hat seine Brille gesucht«, sagte meine Mutter.

Er wurde rot und fuhr wütend herum. »Wenn du nicht zu jeder Jahreszeit Frühjahrsputz machen würdest«, sagte er, »wüsste ich, wo meine Sachen sind.« Er war ständig sauer auf sie, weil sie angeblich irgendetwas weggeworfen hatte, obwohl seine Seite des Schlafzimmers immer aussah wie nach einem Tornado, was für mich Beweis genug war, dass sie nichts angerührt hatte.

Ich legte mein Geschenk auf den Tisch. »Herzlichen Glückwunsch, Papa.«

Er strahlte mich an, das Hundertachtzig-Grad-Gegenteil des finsteren Blickes, der meiner Mutter gegolten hatte, drehte den Karton um und riss ihn auf. »Wow!« sagte er. »Was für ein *tolles* Geschenk!« Das sagt er jedes Mal, egal, was ich ihm kaufe. Doch auf das diesjährige Geschenk war ich stolz – ein Paar schwarze Fahrradhandschuhe und ein elektronischer Timer, den man am Lenker befestigen konnte. Im Sommer hatte er angefangen, unbekannte Pfade Brooklyns mit dem Rad zu erkunden. Am Wochenende pflegte er unverschämt früh anzurufen, um mich zu belatschern mitzukommen.

»Den befestigst du am Fahrrad und dann siehst du, wie schnell du fährst«, sagte ich.

»Ich *weiß!*« sagte er. »Genau das, was ich brauche.« Er steckte eine Hand in einen Handschuh, obwohl der noch am anderen befestigt war. »Seh ich nicht cool aus?« Meine Mutter verdrehte die Augen, aber das bemerkte er nicht.

»Und was macht das Roxy?« sagte er.

»Letzte Woche gab's einen kleinen Tumult«, sagte ich. »Dieser vorbestrafte Transvestit aus der Sozialsiedlung ist mir dumm gekommen.«

»Hat er dich verletzt?« sagte mein Vater.

»Sie hat es versucht. Sie meinte, mein Gesicht passt ihr nicht, und holte aus, aber Jasper hat sie raus geworfen.« Jasper war ein breiter, einsachtundneunzig großer Beleuchter aus Minnesota, der fast jeden Abend meinen inoffiziellen Rausschmeißer spielte.

»Ich wünschte, du würdest nicht so nah an der Siedlung arbeiten«, sagte meine Mutter.

»Die meisten Typen aus der Siedlung sind schwer in Ordnung«, sagte ich. »So was passiert nur ganz selten.«

Mein Vater wandte den Blick ab. Er hatte meine berufliche Neuorientierung nicht gut verkraftet. Innerhalb von zwei Monaten hatte sich sein einziges Kind, sein ganzer Stolz, vom geistlichen Stand ab- und den geistigen Getränken zugewandt.

In meiner Kindheit war unsere Synagoge in Brooklyn Heights, Brooklyn Rodeph Shalom, der Mittelpunkt meiner Familie gewesen. Mein Vater saß im Vorstand der Religionsschule, meine Mutter half beim Spendensammeln, und ich war praktisch vom ersten Tag in der ersten Klasse bis zur zwölften eine Musterschülerin. In der zehnten Klasse wurde ich zur Vorsitzenden der Brooklyn Rodeph Shalom Tempeljugend gewählt (die wir hinter dem Rücken des Rabbi in BReaSTY umgetauft hatten, weil alle weiblichen Mitglieder mindestens Körbchengröße D hatten). Am College leitete ich das WesJAC, das Wesleyan Jewish Action Committee, und besuchte jeden Freitagabend den Gottesdienst, obwohl außer mir nur eine obdachlose Frau (wegen des Freiweins) und ein übergewichtiger Typ namens Zeke Shnayerson (dessen Hände mit Flechten bedeckt waren) teilnahmen.

Nach meinem Abschluss bekam ich einen Job bei einem gemeinnützigen Verein in Midtown namens Jewish Culture Foundation, wo ich half, jüdische Filmfestivals zu finanzieren, Konferenzen für jüdische Museen leitete und Stipendien für jüdische Künstler organisierte. Doch nach vier Jahren intimer Bekanntschaft mit der Bürokratie gemeinnütziger Organisationen beschloss ich, das zu tun, was ich schon immer hatte tun wollen: Rabbi werden.

Gleich bei der ersten Bewerbung wurde ich am Rabbinic College of Reform Judaism angenommen. (Alle sagen RCRJ oder Rock-Ridge, denn das Einzige, was nach Führungspositionen strebende Juden noch mehr lieben als Gott sind Akronyme.) Mein Vater war so aus dem Häuschen, dass er sich »DU LIEBER HIMMEL – MEINE TOCHTER IST EIN RABBI« vorn aufs T-Shirt drucken ließ, und hinten »UND SIEHT AUCH NOCH VERDAMMT GUT AUS«. Wo immer er war, erzählte er jedem, dass ich Rabbi werde – Taxifahrern, Kellnern, den Lubavitchers vom Schreibwarenladen in der Court Street, einfach jedem. Meine Mutter tratschte mit all ihren Freundinnen und Kollegen darüber und freute sich, dass ich im Viertel wohnen blieb, da das RCRJ im Village lag, und bevor der Unterricht überhaupt begonnen hatte, fragte sie, ob sie beim Gottesdienst an den hochheiligen Tagen jetzt Plätze in der ersten Reihe kriegten.

Es war also kein Wunder, dass sie an die Decke gingen, als ich nach nur anderthalb Semestern alles hinwarf. Mein Vater sagte immer wieder: »Willst du es dir nicht nochmal überlegen?« und »Wenn du weitermachst, wirst du deinen Glauben sicher wiederfinden!« Meine Mutter begann Sätze mit »Wenn du wieder ans College gehst …« statt mit »falls«, und ich verbesserte sie jedes Mal. In den letzten Wochen hatten sie sich beruhigt, doch offenbar war sie das Thema für sie immer noch nicht erledigt.

»Ich verstehe nicht, warum du in einer Bar arbeitest«,

sagte mein Vater stirnrunzelnd. »Ich habe die Stellenanzeigen in der *Forward* durchgeblättert und gesehen, dass die Central Synagogue einen Religionslehrer sucht.«

»Ich will nicht an einer Hebräischschule unterrichten!«

»Lass sie in Ruhe«, sagte meine Mutter. »Das ist doch nur vorübergehend.«

»Hab ich dich gefragt?« sagte mein Vater. »Habe ich deinen Namen gesagt?« In letzter Zeit zankten sie sich ständig. Mein beruflicher Eiertanz war Gift für die Ehe meiner Eltern.

»Ich finde, du solltest ihr nicht so zusetzen«, keifte sie. »Schon gar nicht, wenn ...«

»Schon gar nicht wenn was?« blaffte er zurück.

»Schon gar nicht, wenn sie dabei ist, sich auf dem Arbeitsmarkt neu zu orientieren.«

Ich wusste, dass es um was anderes ging. »Worüber redet ihr zwei eigentlich?« sagte ich.

»Nichts«, sagte mein Vater. Wenn er über etwas nicht reden wollte, konnte man ihn nicht zwingen. »Ich verstehe nur nicht, warum du nicht weiter studierst. Sie würden dich mit Kusshand zurücknehmen. Sag, du warst wegen der Strahlung im Memorial vorübergehend nicht zurechnungsfähig!«

»Sprich doch mal mit deinen alten Schulfreunden«, sagte meine Mutter. »Vielleicht weiß David Rat. Hast du mit ihm gesprochen, seit du das Studium abgebrochen hast?«

David Peres war ein rothaariger Kantorschüler, mit dem ich ein kurze Affäre gehabt hatte, und ich Depp hatte den Fehler gemacht, ihn nach nur einem Monat meinen Eltern vorzustellen. Natürlich verliebten sie sich Hals über Kopf in ihn. Das Problem war nur, ich nicht, und als ich deshalb kurz danach mit ihm Schluss machte, flippten sie aus.

»Nein, weder hab ich mit ihm gesprochen«, sagte ich, »noch hab ich es vor.«

»Der würde dich vielleicht zur Vernunft bringen«, sagte mein Vater. »Dir scheint nicht klar zu sein, was für ein Glück du hattest.«

Meine Mutter warf ihm einen strengen Blick zu. »Hast du dir schon Gedanken gemacht, was du mit deinem Leben anfangen willst?« fragte sie und versuchte, nicht vorwurfsvoll zu klingen. Sie spielten gern guter Bulle, böser Bulle.

»Nicht so richtig«, sagte ich, »aber bis ich mir darüber im Klaren bin, brauche ich irgendeinen Job, Bier zapfen ist besser als nichts.«

»Du bist sechsundzwanzig!« schrie mein Vater. »Irgendeinen Job hat man mit einundzwanzig.«

»Gar nicht wahr!« rief ich. »Noch nie was von der Quarterlife-Crisis gehört?«

»Ich hab das Buch neulich zwischen den Mitarbeiter-Empfehlungen bei Bookcourt gesehen«, zwitscherte meine Mutter, als sei die brutale Diagnose meiner Generation angesichts unseres gemeinsamen Bezugspunktes nebensächlich. »Interessantes Cover.«

»Wovon redet ihr?« fragte mein Vater. Er hasste es, nicht mitreden zu können.

»Die Quarterlife-Crisis ist wie die Midlife-Crisis«, sagte ich, »nur cooler. Wie unzählige andere der Generation X habe ich meinen Traumberuf gewählt, nur um dann festzustellen, dass die erste Wahl vielleicht nicht die beste war.« Sie starrten mich ungefähr genau so skeptisch an, wie Neil Roth es getan hatte. Wenn ich sie nur überzeugen konnte, dass mein Jobwechsel nichts war, dessen man sich schämen musste, sondern Teil eines verbürgten allgemeinen Trends, würden sie mich vielleicht in Ruhe lassen. »Ich stehe also quasi auf einer belebten Kreuzung und versuche, ein Taxi zu kriegen. Doch keines hält an. Es ist Schichtwechsel, alle haben Feierabend. Ich will nicht den ganzen Weg nach Hause zu Fuß laufen, doch plötzlich sehe ich mich dazu gezwungen, und die Aussicht auf den langen, anstrengenden Weg, der vor mir liegt, macht mir Angst …«

»Na gut!« sagte er. »Ich hab's kapiert!«

»Kein Spaß«, sagte ich. »Die Quarterlife-Crisis ist kaum erforscht und wird grob unterschätzt. Dabei ist sie mindestens so verbreitet wie die Midlife-Crisis.«

»Eine Quarterlife-Crisis ist kein Grund, gleich zu Carla von *Cheers* zu mutieren«, sagte er.

»Carla war die Kellnerin«, sagte meine Mutter. »Sam war der Barkeeper.«

Er starrte sie an, doch bevor »Das Familiengericht« seinen Lauf nehmen konnte, kam der Kellner und fragte meine Eltern, ob sie was trinken wollten. Mein Vater bestellte Scotch mit Soda. Meine Mutter sagte, was sie immer sagt: »Erstmal nur ein Wasser.« Es widerstrebt ihr grundsätzlich, gleich beim ersten Mal Ja zu sagen.

»Kommst du am Wochenende mit?« fragte mein Vater. Sie hatten ein Häuschen in den Berkshires, und sie versuchten ständig, mich zu überreden mitzukommen.

»Ich glaub nicht, dass wir fahren«, informierte meine Mutter ihn. »Ich muss Schularbeiten korrigieren.«

»Das kannst du doch dort machen!« quengelte er. Er hasste es, wenn sie nicht wollte, weil er dann auch nicht fahren konnte. Er hatte keinen Führerschein, und sie mieteten jedes Wochenende ein Auto. »Du musst mitkommen, Rach! Du musst mich fahren.«

»Ich arbeite samstags«, sagte ich. »Außerdem geh ich am Sonntag ins Theater.«

»Was siehst du dir an?« fragte meine Mutter.

»Die Geschichte des Bleistifts.«

»Ach Rachel«, seufzte sie, als sei jemand gestorben.

»Was?«

»Papa und ich sind in der Pause gegangen. Ich rate dir *dringend* davon ab.« Treffer versenkt. Es verhieß nichts Gutes für meine Zukunft mit Powell, wenn meine Eltern bei seinem Stück einen Abgang gemacht hatten.

»Komm schon«, sagte ich misstrauisch. »War es echt so schlimm?«

»Eine Katastrophe«, sagte mein Vater. »Langatmig, selbstgefällig und verworren.«

»Warum seid ihr überhaupt hin gegangen?«

»Wir haben ein Abo.«

Ich hätte mir gern eingeredet, dass sie zu kritisch waren, aber sie gingen seit dreißig Jahren ins Theater. Seit den Siebzigern hatten sie praktisch jedes Broadway-Stück gesehen. Auf diesem Gebiet kannten sie sich besser aus als ich. »Tja, ich geh trotzdem hin«, sagte ich und faltete meine Serviette auseinander. »Ich bin sozusagen ein Fan von Hank Powell.«

»Er hat noch mehr geschrieben?« fragte mein Vater. »Das Stück war so katastrophal, dass ich dachte, es sei ein Debüt.«

»Nein«, sagte meine Mutter. »Erinnerst du dich nicht, Richard? Im Programmheft stand, er sei Drehbuchautor.«

»Dem Schmierenautor hat jemand einen Film finanziert?«

»Neun Filme!« rief ich. »Außerdem ist er kein Schmierenautor. Habt ihr *Leon und Ruth* nicht gesehen? Mit Julia Roberts, das war nach *Mystic Pizza* und vor *Stahlmagnolien.* Erinnert ihr euch nicht, wie sie vor zwei Jahren den Oscar gewann und sagte, sie verdanke ihre Karriere Hank Powell?«

Meine Mutter saß kerzengerade und schnippte mit den

Fingern. »Stimmt«, sagte sie. »Er war ihr schwuler Schauspiellehrer!«

»Nein, das war Tom Hanks.«

»Tom Hanks ist schwul?« sagte mein Vater.

Ich stützte den Kopf in die Hände. Mit den beiden über Popkultur zu reden war, als wollte man behinderten Kindern das Schwimmen beibringen.

»Welche Filme hat er noch gemacht?«

Sie starrten mich ratlos an, während ich die Filmtitel runter ratterte. *»Lydias Brustwunde, Besuch für Greenberg, Komplizierte Frauen, Erst Kind, dann Mann, Die Liebe ist ein Basset mit traurigen Augen,* der mit dem Independent Spirit Award ausgezeichnet wurde ...«

Mein Vater nickte eifrig und sagte: »Ich liebe den Film!« doch als er anfing, in Erinnerungen zu schwelgen, war schnell klar, dass er *Love and Death on Long Island* meinte.

Mir gefiel nicht, was ich als Nächstes tat, aber ich musste seinen Ruf retten. »Hat einer von euch *Sturzflut* gesehen?«

»Ja!« rief mein Vater, während meine Mutter unsicher die Stirn runzelte. »Wovon handelt der?«

»Helen Hunt und Jeff Goldblum machen mit ihren Kindern Urlaub auf den Bahamas, als ...«

»Ach ja!«

»Dafür hat er auch das Drehbuch geschrieben. Der Film hat hundert Millionen Dollar eingespielt, und das schon 1994.«

»Papa hat ihn mitten im Winter im Cobble Hill Cinema gesehen«, sagte meine Mutter. »Die Heizung war kaputt, und wir haben trotz Jacken den ganzen Film gefroren. Am nächsten Tag hatte ich Bronchitis. Einer der schlimmsten Tage meines Lebens.«

Als ich mich gerade mit meiner Serviette erwürgen wollte, hörte ich jemanden an der Tür rufen: »Racheleh!«

Es war Liz Kaminsky, meine Nachbarin von oben. Liz war die jüdische Mae West. Sie hatte blonde schulterlange Locken, eisblaue Augen und aufrechte C-Brüste. Sie lief täglich viereinhalb Meilen auf dem StairMaster des New York Sports Club am Boerum Place, und ich hatte sie nie etwas anderes als Salat essen sehen. Sie kleidete sich im Britney-Spears-Stil – tiefe Ausschnitte, Pilzinfektionshosen und weißes Glitzer-Augen-Make-up – und links neben dem Mund hatte sie einen kleinen Leberfleck, der, wie sie mir an einem betrunkenen Abend in ihrer Wohnung gestand, in Wahrheit ein Tattoo war, das sie sich mit sechzehn in ihrer Cindy-Crawford-Phase hatte machen lassen.

Sie war im April in die Wohnung über mir gezogen, wenige Wochen bevor ich das RCRJ schmiss, und hatte sich sofort bemerkbar gemacht. Abend für Abend wachte ich von ihren Schreien auf: »So ist es gut, Süßer! Fick meine haarige Lou Reed!« Wochenlang versuchte ich rauszufinden, warum sie ihre Vagina Lou Reed nannte. (Fand sie, dass Lous Kopfhaar wie Schamhaar aussah? Betrachtete sie ihre Genitalien als Velvet Underground?)

Eines Abend schrieb ich ein Referat über Rashis Gebrauch des grammatikalischen Plural zur Verdeutlichung des Gerechtigkeitsprinzips, als ich sie besonders laut schreien hörte. Ich war so neugierig, dass ich auf mein Bett stieg, ein Glas an die Wand hielt und endlich verstand, was sie sagte: »Fick meine haarige Judenmuschi!«

Ich störte mich nicht am erotischen Gebrauch dieses Schimpfwortes, doch ich musste mein Referat fertig kriegen, also zog ich, nachdem die Schreie verebbt waren, meine Hausschuhe an und klopfte an die Tür. Sie öffnete in einem schmuddeligen weißen Bademantel. Ihr Make-up war verschmiert und das Haar zerzaust.

»Hi«, sagte ich. »Ich wohne unter dir und wollte fragen, ob deine haarige Judenmuschi vielleicht etwas leiser *shtupn* könnte.«

»Bist du Jüdin?« sagte sie.

Ich nickte. »Woher weißt du das?«

»Du hast *shtupn* gesagt. Ich hoffe, ich bin dir mit meiner Ausdrucksweise nicht zu nahe getreten.«

»Im Gegenteil. Ich selbst nenne meine Vagina gern Miriams Brunnen.«

»Wer ist da?« fragte eine Stimme mit Akzent aus dem Hintergrund.

»Schlaf weiter, Bashir«, sagte sie. Sie trat in den Hausflur, hielt den Fuß zwischen die Tür und flüsterte: »Er ist Libanese.« Ich muss die Augenbrauen hochgezogen haben, denn sie fügte hinzu: »Er ist Christ. Keiner von den Bösen. Er arbeitet im Waschsalon an der Ecke. Ich habe versucht, ihm zu erklären, was ›Schonwaschgang‹ heißt, und so führte eins zum anderen. Tut mir Leid wegen dem Krach. Früher hatte ich nur im Dunkeln Sex und kam, ohne einen Laut von mir zu geben, aber seit ich das in meiner Analyse aufgearbeitet habe, übertreibe ich manchmal.«

»Vielleicht solltest du einen Teppich unter dein Bett legen oder Noppenschaumstoff an die Wand kleben«, sagte ich.

»Ich werd drüber nachdenken«, sagte sie, als ich mich zum Gehen wandte. »Hey! Ich hab deinen Namen nicht verstanden!«

»Rachel.«

»Also, Rachel«, sagte sie. »Ein Mädchen, das mich bittet, leiser zu vögeln, muss einfach meine Freundin werden.« Und von diesem Moment an war ich das.

Am nächsten Tag gingen wir bei Bagel World Kaffee trinken und ich erkundigte mich nach Bashir. Ehe ich mich versah, erzählte sie mir alles über ihren G-Punkt, ihre Spielzeugsammlung, ihre Pornos und die Freuden der weiblichen Ejakulation. Ich erzählte ihr, ich hätte noch nie abgespritzt, und ein paar Tage nach unserer Unterhaltung brachte mir der Postbote ein braunes Paket von einem Absender in San Francisco. Darin befand sich ein Video mit dem Titel *Weibliche Ejakulation leicht gemacht.* Ich sah es mir mit der Hand vor dem Mund an und wand mich innerlich, doch obwohl die Frauen darin lesbisch und hässlich waren, inspirierten sie mich, und so lag ich danach eine Stunde auf dem Badezimmerboden und versuchte (vergeblich), dem Club beizutreten. Frustriert über meine genitalen Grenzen, aber gerührt von Liz' Geste ging ich zu Bett. Ihr Interesse galt dem Teil von mir, der, obwohl ich das Berkeley des Ostens besucht hatte, nie die Bildung genossen hatte, die er verdiente.

Kaum war sie an unseren Tisch gekommen, gab sie mir einen feuchten Kuss auf die Wange. Ich wollte sie gerade meinen Eltern vorstellen, als sie die Hand ausstreckte: »Liz Kaminsky. Sie müssen die elterlichen Extremitäten dieser reizenden Person sein.«

»So ist es«, sagte mein Vater.

»Sie kommen mir bekannt vor«, sagte meine Mutter. »Habe ich Sie schon mal irgendwo gesehen?«

»Gut möglich«, sagte Liz. »Ich arbeite auf der Straße.« Meine Mutter winkte dem Kellner und bestellte nun doch einen Chardonnay.

»Liz wohnt auch im Martha Washington«, sagte ich. So nannte ich mein Haus, weil in elf von den zwölf Wohnungen alleinstehende Frauen wohnten. Der zwölfte Mieter hieß T. Russell, hockte den ganzen Tag drinnen und – den Dämpfen nach zu urteilen, die unter seiner Tür hervorquollen – rauchte Gras.

»Na, ich hoffe, ihr beiden passt aufeinander auf«, sagte

mein Vater. Liz stand am Kopfende des Tisches zwischen meinem Vater und mir, und mir fiel auf, dass ihre Brüste nur zehn Zentimeter von seinen Augen entfernt waren. Sie trug ein hellblaues Kaschmirshirt mit tiefem V-Ausschnitt, das nichts der Phantasie überließ. Zwar neigte mein Vater den Kopf zurück, um den Twin Peaks auszuweichen, aber ich war genervt, weil sie ihm so auf die Pelle rückte. Liz flirtete mit jedem, unabhängig von Geschlecht oder Alter. Sie war die Stinkbombe unter den Sexbomben. Niemand war vor ihr sicher.

»Tun wir«, sagte Liz. »Ich kümmere mich um Racheleh.« Sie verwendete oft die jüdische Koseform meines Namens, und ich wusste nie, ob das von Muttergefühlen motiviert war oder was mit jüdischem Stolz zu tun hatte oder beides.

»Wie habt ihr euch kennen gelernt?« fragte mein Vater.

»Wir hatten ein Lärm-Problem«, sagte sie.

»Sie meinen Musik?« sagte mein Vater.

»Ich fürchte, *ich* habe den Lärm verursacht«, sagte sie. »Im buchstäblichen Sinne.« Bevor meine Eltern reagieren konnten, legte sie den Arm um mich, so dass ihre rechte Titte in mein Auge piekte und meine Kontaktlinse unter das Lid rutschte. Ich war so besorgt um meinen Vater gewesen, dass ich gar nicht bemerkt hatte, dass ich mich selbst in der Gefahrenzone befand.

Ich kniff die Augen zusammen und hob die Hand zum Auge. »O-oh«, sagte Liz. »Hatte ich Kontakt mit deiner Kontaktlinse?« Mein Vater lachte viel zu laut.

»Lass mich mal sehen«, sagte meine Mutter. Sie beugte sich über den Tisch und stach mir ins Auge wie ein geistesgestörter Serienmörder.

»Lass das«, sagte ich und riss den Kopf zurück. »Ich geh aufs Klo.«

»Ich helfe dir«, sagte meine Mutter.

»Wobei?« sagte ich.

»Sie zu finden.«

Auf der Toilette starrte ich in den Spiegel, während meine Mutter hinter mir stand und ein hilfreiches »Sieh unter dem Lid nach« beisteuerte. Sie war vor kurzem von weichen auf harte Kontaktlinsen umgestiegen und seither Expertin.

»Deine Freundin ist vielleicht eine Nummer«, sagte sie, während ich suchte.

»Tja, sie provoziert gern.« Ich entdeckte in der Ecke einen Zipfel der Linse. Während ich sie auf den Finger gleiten ließ, spürte ich, wie meine Unterhose nass wurde. »Ist sie wieder drin?« fragte meine Mutter.

Ich setzte die Linse auf meinen Augapfel und blinzelte ein paarmal. »Ja, aber ich glaube, ich hab gerade meine Tage gekriegt. Hast du einen Tampon?«

Ich griff nach ihrer Tasche, doch sie hielt sie fest, als sei ich ein Straßenräuber: »Ich hab keine.«

»Warum nicht?« Meine Mutter konnte mit dem Inhalt ihrer Handtasche eine kleine osteuropäische Armee versorgen.

Sie guckte trotzig. »Weil ... ich sie nicht mehr brauche.«

»Was?« sagte ich mit einem flauen Gefühl im Magen. »Seit wann?«

»Das kam ganz allmählich, aber jetzt seit sechs Monaten nicht mehr.«

»Omeingott«, sagte ich.

»Ich *sterbe* nicht, Rachel«, sagte sie, »das ist ganz normal, weißt du.«

Ich wusste, dass es ganz normal war, aber es war trotzdem komisch. Für mich war sie nicht alt. Sie war erst dreiundfünfzig. So was hatte nicht zu passieren, bevor man Oma war. Und gottweiß wann das sein würde.

»Soll ich deine Freundin fragen, ob sie welche hat?«

»Nein, Liz ist so ein Kontrollfreak, dass ich mir nicht vorstellen kann, dass sie überhaupt ihre Tage hat. Ich nehm Toilettenpapier.« Ich öffnete die Tür und schob sie raus.

Als ich wieder an den Tisch kam, saß Liz auf meinem Platz und erzählte meinen Eltern von einem Synagogen-Stipendium, das sie mit Hilfe der Jungen Freunde des Jüdischen Gemeindezentrums Manhattan eingerichtet hatte. Sie war im Doktoranden-Programm des Frauenforschungsinstituts an der Columbia und engagierte sich nebenbei für diverse Themen – Krebs, die Bibliothek, ihr Volk.

»Sie haben das Geld für das Stipendium also selbst gespendet?« sagte mein Vater gerade.

»Nein«, sagte Liz. »Ich habe es gesammelt. Mir kann keiner widerstehen.«

»Bin wieder da«, sagte ich zu Liz und stellte mich neben den Stuhl.

Sie rührte sich nicht. Sie blickte mich nur unschuldig an und sagte: »Hast du das lästige Teil raus gefischt?«

»Ja«, sagte ich. »Kann ich meinen Stuhl wieder haben?«

»Und wie lange wohnen Sie schon im Viertel?« fragte mein Vater.

»Drei Monate«, sagte sie. »Vorher habe ich in der Amsterdam Avenue gewohnt, und ich sage Ihnen, die kann mir gestohlen bleiben. Die Restaurants in der Smith Street sind mindestens so gut wie die in Manhattan, und dabei so viel billiger!« Sie verfiel gern in den Tonfall einer Fünfzigjährigen. Sie war halb Waschweib, halb Hure.

»Sie hätten die Straße mal vor fünf Jahren sehen sollen«, sagte meine Mutter, die langsam warm wurde. Kein Gesprächsthema erregt Frauen ihres Alters mehr als die Yuppisierung. »Als Rachel klein war, gingen wir höchstens in die Smith Street, um bei Johnnie's Bootery Kinderschuhe zu kaufen. Überall« – sie senkte die Stimme – »puertoricanische Drogendealer. Crack.«

»Na, zum Glück sind die Crackdealer jetzt weg«, sagte Liz. »In deren Nähe würde ich nicht wohnen wollen.«

Ehe ich sie daran erinnern konnte, dass sie selbst nicht ganz koscher war, fing sie hektisch an zu winken. »Ich bin hier, Gordon!« schrie sie. Ein großer, dunkler Schwarzer kam rein. Ein anderes Thema, für das Liz sich sehr engagierte, waren Minderheiten-Männer. In den zwei Monaten, die ich sie kannte, war jeder Mann, der in ihre Wohnung ging oder heraus kam, Araber, Latino oder schwarz. Sie war ein heterosexueller Mapplethorpe, ein weiblicher De Niro.

Der Typ war vom Schlage eines Tyson Beckford, inklusive glatter Kakaohaut und rasiertem Schädel, und er trug ein indisches Baumwollhemd, das sich nur ein attraktiver Mann wie er erlauben konnte. Obwohl ich ihm noch nicht begegnet war, wusste ich, dass er »Leck mich!« schrie, wenn er ejakulierte.

Er hieß Gordon Thompson III., und sie hatten sich im Brooklyn Inn kennen gelernt. Sie war allein dort gewesen, als er mit seinen Kumpels an galoppiert kam und sein Pferd draußen parkte. Er war Mitglied der Black Cowboy Federation of America, dieser Gruppe unglaublich erotischer Schwarzer, die Stetsons tragen und nachts auf glänzenden Pferden durch Brooklyn reiten, um an die Geschichte farbiger Cowboys zu erinnern. Er musterte sie, und sie bat den Barkeeper, ihm einen Black and Tan zu bringen. Statt beleidigt zu sein, lachte er und trank ihn, und als seine Freunde im Billardzimmer verschwanden, sprach er sie an. Seither waren sie unzertrennlich, und manchmal, wenn ich heimkam, stand sein Pferd an einem Laternenpfahl vor dem Haus.

Sie rannte zur Tür, gab ihm einen langen Zungenkuss

und knetete seinen Hintern. Er nahm ihre Hände und blickte sich verlegen um.

»Ist das ihr Freund?« sagte mein Vater.

»Liz hat keine Freunde.«

»Er sieht aus wie Denzel Washington!« sagte meine Mutter.

»Er sieht kein bisschen aus wie Denzel Washington«, sagte ich.

Liz nahm seine Hand und führte ihn an unseren Tisch. »Gordon, das ist meine liebe Freundin Rachel, und das sind ihre Eltern, Mr. und Mrs. Block.«

»Sagen Sie doch Richard«, sagte mein Vater. In Gegenwart schwarzer Männer benimmt er sich immer wie ein Trottel.

»Freut mich, Sie kennen zu lernen«, sagte Gordon. Während sie Smalltalk machten, blickte ich unwillkürlich zu der Karikatur an der Wand über Gordons Kopf. Meine Mutter bemerkte es, folgte meinem Blick, schluckte und drehte sich schnell zurück. Auch mein Vater, der Angst hatte, etwas zu verpassen, sah sich um. Gordon wirbelte herum, um zu sehen, was die ganze Aufregung sollte, und als er sich wieder umdrehte, sah er gar nicht gut aus.

»Was? Was?« sagte Liz und reckte den Kopf. »Ach so«, sagte sie. »Ich hab den Besitzer letztes Mal darauf angesprochen. Es ist das Maskottchen eines französischen Schokoladen-Bananen-Getränks. Ist es nicht bezaubernd?«

»Nein, es ist nicht bezaubernd«, sagte Gordon und sah sie an, als fragte er sich, wie er ausgerechnet mit diesem Mädchen in ausgerechnet diesem Lokal gelandet war.

»Das ist doch nicht böse gemeint«, sagte sie. »Es ist niedlich, es ist retro. Wie Uncle Ben's!« Er starrte sie ungläubig an. »Minstrel ist wieder in!« sagte sie. »Hast du *Bamboozled* nicht gesehen?«

»Doch«, sagte er, »aber der Film war eine Generalabrechnung mit …«

»Ruhig, Brauner«, sagte sie. »Komm wieder runter.« Er machte den Mund auf, um etwas zu sagen, überlegte es sich dann anders, schüttelte den Kopf und ging langsam zur Tür. »Gordon!« rief Liz. »Würdest du bitte …« Während sie ihm nachlief, rief sie über die Schulter: »Mr. und Mrs. Block, war mir ein Vergnügen!«

»Richard!« rief mein Vater.

Die Tür schlug hinter ihr zu. Wir drehten uns alle um und sahen zu, wie sie sich ohne Ton auf der Straße stritten. Liz legte beschwichtigend die Hand auf seinen Arm, Gordon schüttelte sie ab, dann stürmte er davon und beide verschwanden aus dem Blickfeld.

»Na, wie findet ihr sie?« fragte ich.

»Originell«, sagte meine Mutter.

»Schöne Augen«, sagte mein Vater.

WER HAT MEINE FRAU UMGEBRACHT?

AM NACHMITTG vor Powells Party tigerte ich durch meine Wohnung und raufte mir die Haare. Wäre sie größer gewesen, kein Problem, aber es war eine Scheißzweizimmerwohnung von der Größe einer Schuhschachtel. Wenn man die Tür öffnete, stand man in einem Flur, dessen Länge eine einigermaßen geräumige Wohnung erwarten ließ, an dessen Ende man sich jedoch in einem winzigen Wohnzimmer wiederfand, von dem ein klitzekleines Schlafzimmer abging, das einen Türrahmen hatte, aber keine Tür. Als Raumteiler hatte ich ein Bambusrollo von Pearl River in der Canal Street aufgehängt, doch der schluckte weder Geräusche noch Licht. Das Schlafzimmer selbst war so eng, dass nur mein Bett und ein Kleiderschrank hineinpassten. Ins Bad gelangte man durch den schmalen Gang zwischen Bett und Kleiderschrank, jedenfalls wenn man nicht breiter als 60 Zentimeter war.

Was meiner Wohnung an Platz fehlte, machte die Einrichtung nicht wett. Die anderen Mädchen am RCRJ machten – ungeachtet ihrer dunklen Haut und üppigen Behaarung – auf Martha Stewart. Sie wohnten durch die Bank im West Village, in Wohnungen, die ihre Eltern bezahlten und die allesamt mit demselben Pottery-Barn-Mist eingerichtet waren. Trotz meiner Verachtung beneidete ich sie um die frischen Blumen, Teppiche und sauberen Sessel-Bezüge. Meine waren fleckig, und wann immer ich Pflanzen kaufte, gingen sie am nächsten Tag ein.

Im Lauf der Jahre hatte ich geringfügige Verbesserungen in meiner Wohnung vorgenommen, wie z. B. die Löcher im Boden zu kitten, alle sechs Monate zu fegen und Poster an die Wand zu hängen – *Das Apartment, The Way We Were,* ein Plattencover von den Silver Jews. Doch was ich auch unternahm, um mich gemütlich einzurichten, die Aussicht konnte ich nicht verstecken. Das Wohnzimmer hatte zwei Fenster – eines zur Tennisglocke des New York Sports Club und das andere zum Atlantic-Avenue-Gefängnis. Rehabilitation wohin man auch sah. Wenn ich nachts nicht einschlafen konnte, blickte ich auf den Tennisplatz und versuchte so zu tun, als sei mein Bett die Koje eines Schiffes und die Glocke Moby Dick.

Eine Stunde bevor es Zeit war, ins Theater aufzubrechen, öffnete ich die Schranktür. Am RCRJ kleidete ich mich deutlich origineller als meine Kommilitonen – Vintagekleider, kniehohe Springerstiefel, Haarspangen –, zeigte aber selten Dekolleté. Heute jedoch, wo ich in das Stück eines erklärten Arschliebhabers ging, sah die Sache anders aus. In Powells Filmen konnte man nach Ärschen suchen wie in Hirschfelds Karikaturen nach dem Namen Nina. In jedem gab es mindestens eine völlig irrelevante Großaufnahme, die nichts mit dem eigentlichen Film zu tun hatte. Um meine diesbezüglichen Vorzüge hervorzuheben, wählte ich einen knielangen, knallengen Bleistiftrock, in dem ich im besten Sinne wie eine Sekretärin aussah. Darüber trug ich ein geripptes, tief ausgeschnittenes, beiges Wickeltop für $ 120 von agnès b.

Im Theater angekommen, durchforstete ich die zerknitterten Visagen auf der Suche nach dem Meister, doch ich sah niemanden, der mehr als einen Dollar für die Busfahrkarte zahlte. Ohne Rentner wäre das New Yorker

Theater tot. Man muss sie für ihre Treue bewundern, doch sie sind ein lausiges Publikum. Selbst im Sommer behalten sie ihre Mäntel an, und ihre mürrischen Mienen sagen: »Ich hab Auschwitz überlebt. Bringt mich gefälligst zum Lachen!«

Mein Platz war nicht schlecht – fünfte Reihe, linkes Parkett. Ich schlug das Programmheft auf und entdeckte, dass der Star des Abends Mira Sorvino war. Ich freute mich für Joey, fragte mich jedoch, ob Powell wohl eine Affäre mit Mira hatte. Wie konnte ein Regisseur nicht mit seiner Hauptdarstellerin schlafen? Das war quasi Voraussetzung.

Als ich gerade seine Filmographie las und zu meiner Überraschung sah, dass auch *Sturzflut* aufgelistet war, hörte ich von der Tür eine laute männliche Stimme. Er war wie eine Erscheinung unter einem Fünfzigtausend-Watt-Heiligenschein. Sein Haar war gelockt und schwarz, grau an den Koteletten, und trotz ausgeprägter Geheimratsecken trug er es zurückgegelt, als schäme er sich ihrer nicht. Bis auf seinen buschigen Schnurrbart war er glatt rasiert und hatte den forschen Gang eines Mannes, der es geschafft hat. Seine kleine Wampe trug er mit Stolz, als stamme er aus einem Land, wo Hüftspeck ein Statussymbol ist. Sein weißes Hemd hatte er in eine edle Gabardine-Hose gesteckt, und seine Wimpern waren lang und geschwungen wie die einer Frau.

Beim Sprechen gestikulierte er gekünstelt, was mich verblüffte. Gerade sagte er: »Und da wurde mir klar, dass *Ehe* nur ein anderes Wort für *Bankrott* ist.« Erst dachte ich, er redet über eine Freisprechanlage, doch als er weiter ging, bemerkte ich eine sehr hübsche Frau hinter ihm. Sie war blond, einsachtzig, hatte weiße Carly-Simon-Pferdezähne und die Art langweiligen Kurzhaarschnitt, der sagt: *Ich brauche keine langen Haare, um toll auszusehen.* Die Blondine machte mich noch stutziger als Powells schlaffer Händedruck. Wie konnte er diese ethnischen Feuerhydranten von Frauen schaffen und dann mit einer Schickse im Schlepptau hier ankommen.

Während er den Mittelgang entlang ging, scherzte er mit ihr und warf lachend den Kopf zurück. Ich wartete, dass er mich bemerkte, doch er richtete seine ganze Konzentration auf sie. Sie saßen ein paar Reihen hinter mir, auf der anderen Seite. Ich drehte den Kopf und betete, er würde in meine Richtung sehen. Als hätte ich jene gottgegebene Macht, die mir in der Rabbinerschule abgegangen war, wandte er langsam den Kopf in meine Richtung. Joey hatte Recht gehabt. Powell war übersinnlich. Er musste mein Interesse gerochen haben. Ich sah, wie die Adlernase die Fährte zu meinem fleischigen Zinken aufnahm, doch kurz bevor sich unsere Blicke trafen, ging das Licht aus, und er sah zur Bühne. Kunst sticht Liebe. Immer. Das ist einfach ungerecht.

Die Scheinwerfer gingen an und da stand Joey, mitten auf der Bühne in einem kargen Wohnzimmerdekor, und hielt sich eine Waffe an die Schläfe. »Ein Mann, der nicht arbeiten kann, ist nichts wert«, sagte er. »Das ist, als fehlte ihm ein Bein. Da mir schon ein Bein fehlt, habe ich beschlossen, dass ich lieber keinen Kopf mehr haben will.« Er entsicherte die Waffe, doch als er gerade abdrücken wollte, klopfte es an der Tür. Es war seine Putzfrau Teresa (Mira Sorvino), die sauber machen wollte. Um die Waffe vor ihr zu verstecken, rannte er durch die ganze Wohnung und entschied sich schließlich für den Gefrierschrank. Von da an ging es mit dem Stück bergab.

Es entpuppte sich als Zwischending aus Screwballkomödie und Rührstück – die Hälfte der Zeit jagten die Leute sich gegenseitig über die Bühne und die andere Hälfte führten sie powelleske Monologe über das vergebliche Streben nach Glück. Wie meine Eltern wäre ich auch in der Pause gegangen.

Nachdem das Licht zur Pause angegangen war, verrenkte ich mir den Hals nach Powell, um seine Reaktion zu sehen. Er lächelte stolz, wie für eine Nahaufnahme bei der Oscarverleihung. Das Scheitern des Stücks und der Stolz seines Machers passten so gar nicht zusammen. Machte er sich selbst etwas vor oder war er sich bewusst, dass er Schrott geschrieben hatte, und es war ihm einfach egal? Die Blondine drückte ihn und flüsterte ihm was ins Ohr, was ihn zum Lachen brachte. Fast hätte ich in hohem Bogen gekotzt.

Ich drängelte mich durch die lila Frisuren in die Lobby und stellte mich bei den Getränken an, weil ich niemanden kannte, mit dem ich hätte reden können. Powell war nirgends zu sehen. Vielleicht mischte er sich bewusst nicht unter den Pöbel und blieb an seinem Platz. Die Schlange war lang und es ging nur langsam voran, und ihren Kommentaren nach zu urteilen, gefiel den Senioren das Stück auch nicht. »Nicht gerade die *Producers*«, sagte eine Frau mit Larry-King-Brille zu ihrem Mann.

»Producers?« sagte er. »Das hier ist schlimmer als *Sweet Smell of Success.«*

Als ich an der Reihe war, kaufte ich einen Haferkeks. Während ich ihn auspackte, sah ich Powell reinkommen, ohne Blondine. Nervös überflog er den Saal, als fühlte er sich ohne seine reizende Begleitung nicht recht wohl. Vielleicht wollte er sich zum Trost ein paar M&Ms kaufen.

Als sein Blick mich streifte, schenkte ich ihm ein fettes Shirley-Temple-Lächeln. Verwirrt runzelte er die Stirn, als hätte ich ihn verwechselt, und ich nickte bedächtig. Ich kam mir vor wie in einem Bierwerbespot, aber manchmal kann ein Mädchen von Bier lernen.

Plötzlich löste er sich aus der Menge und kam schnurstracks und mit finsterem Blick auf mich zu. In dem schlechten Teenie-Film, der in meinem Kopf ablief, bewegte er sich in Zeitlupe. Er war der draufgängerische Footballspieler und ich die farblose Außenseiterin.

Dann stand er direkt vor mir und musterte mich. Bevor mir einfiel, was ich sagen sollte, senkte er den Kopf und biss schlabbernd von meinem Keks ab. Ich wich zurück. Er kaute bedächtig, ohne eine Spur von Verlegenheit und ohne mich aus den Augen zu lassen, und dann drehte er sich ohne ein Wort um und verschwand wieder in der Menge.

Mein Mund war trocken, meine Achseln schweißnaß, meine Schamlippen geschwollen wie die Silikonlippen einer verblühten Hollywood-Schönheit. Ich blickte mich um, ob irgendjemand etwas bemerkt hatte, doch alle stänkerten über das Stück und kriegten sonst nichts mit. Ich fuhr mit dem Finger über das U, das sein Mund hinterlassen hatte, und berührte meine Lippen.

Der zweite Akt hatte ein bisschen mehr Pepp als der erste – in einer langen Szene versammelten sich alle Figuren in Joeys Wohnung, um ihn davon zu überzeugen, dass das Leben lebenswert ist – aber das Ganze ergab keinen Sinn. Mira und Joey verliebten sich schließlich, und dann gab es noch zwei alberne Nebenhandlungsstränge, in denen sich ihr Bruder vor seiner konservativen puertoricanischen Familie als schwul outet und Joeys Ex-Frau einen Killer auf ihn ansetzt.

Nach der Vorstellung traf ich mich mit Joey in der Lobby. »Du warst klasse«, sagte ich, was auch stimmte, trotz der zweifelhaften Qualität des Stückes. Seine Augen waren gerötet, und ich wusste, dass er schon was geraucht hatte.

»Wir waren heute total aus dem Takt«, sagte er. »Alle Pointen sind daneben gegangen.« Schauspieler versorgen einen grundsätzlich mit Ü.I.s, überflüssigen Informationen.

Wir gingen zu Fuß zu dem Loft, wo die Party stattfand und das nur wenige Straßen vom Theater entfernt lag, und Joey rauchte auf dem Weg ein bisschen Gras. Es war Anfang September, die Art Abend, für die man die Stadt liebt, und ich atmete tief durch, blickte in den Sternenhimmel und hoffte, dass Joey nicht verhaftet wurde.

Das Loft war spärlich eingerichtet und riesengroß, mit einem DJ in einer Ecke, einem dekorativen Buffet, einer vollen Bar und einem Extratisch mit Plastik-Champagnerflöten. Fünfzig Leute waren schon da – eine Mischung aus Mitwirkenden, Hofschranzen und Promis: Billy Crudup, Ed Burns, Nathan Lane und Ralph Fiennes. Im Vergleich zu L.A. gab es in New York so wenig Partys, dass alle bei denselben auftauchten. Deshalb liefen die V.I.P.s ständig Gefahr, dass man sich an ihnen satt sah, nicht weil sie so viel ausgingen, sondern weil es so wenig Gelegenheiten gab.

Der DJ spielte »You Can Make It If You Try.« Powell stand an der Bar neben der Blondine und war in ein Gespräch mit Ralph/Rafe/Raf vertieft. »Soll ich dich Powell vorstellen?«

»Er redet gerade mit Ralph Fiennes«, sagte ich und wurde rot. »Jetzt nicht.«

»Komm schon«, sagte er und nahm meinen Arm. »Lass mich …«

In diesem Moment hob eine herrische Schwuchtel ihr Glas und schlug mit dem Messer dagegen. Entronnen. Der DJ stellte die Musik leiser, die Leute verstummten, und die Kellner verteilten die Gläser. Ich nahm ein extra volles Glas. Joey verzichtete. Kiffer verachten Alkohol. Eine paradoxe, aber universelle Wahrheit.

»Ich möchte allen, die an diesem Stück beteiligt waren, gratulieren«, sagte die Schwulette. »Es war eine tolle Zeit und jetzt *wird gefeiert, bis der Arzt kommt!«*

Alle hoben ihre Gläser und kippten den Champagner runter. Ich hörte jemanden rufen: »Sag was, Hank!«

Powell schüttelte den Kopf, doch nachdem noch andere Schauspieler riefen: »Ja, Hank! Nicht so schüchtern!« sagte er: »Na gut, wenn ihr dann Ruhe gebt« und ging nach vorn. Sie lachten aufgesetzt und schwiegen dann ehrerbietig. Bevorstehende Arbeitslosigkeit macht kriecherisch.

»Ohne mein großartiges Ensemble wäre das alles nicht möglich gewesen«, sagte Powell. Er hatte einen breiten New Yorker Akzent, sprach das *S* aber mit gespitzten Lippen wie eine Theatertunte. Er war ein Zwitter aus Archie Bunker und Isaac Mizrahi.

»Leute, ihr wart ungehobelt und manchmal unpünktlich – *Robby«,* sagte er und entfachte mit einem Blick auf Miras Bruder erneut schallendes Gelächter, »doch eure Begeisterung hat mich mitgerissen. Und mir fast ein zweites Magengeschwür verschafft.« Wieder anbiederndes Gelächter. »Ihr habt dafür gesorgt, dass mein erster Ausflug in die Theaterwelt ein Vergnügen war. Nicht unbedingt ein ungetrübtes, aber ein Vergnügen. Und jetzt lasst mich verflucht nochmal in Ruhe und besauft euch.« Er hob das Glas an die Lippen und das ganze Ensemble johlte.

Joey holte mir was zu trinken, und ich setzte mich solange auf ein leeres Sofa in der Ecke. Ich bemerkte, dass mein Wickeltop verrutscht war und mein BH hervorblitzte. Während ich das Top hochzog, fiel ein Schatten über mich, und als ich aufsah, befand ich mich Auge in Auge mit dem Autor. Er musterte mich mit geradezu animalischem Interesse. Ich konnte nicht glauben, dass er neben all den Stars mich auserwählt hatte.

Ohne nachzudenken sagte ich: »Ich hab leider nichts mehr zu beißen für Sie.«

»Das wird sich zeigen«, sagte er und kicherte so leise, dass ich es kaum hörte. Er blinzelte und kratzte sich die Wange. Seine Augen waren stahlgrau und wirkten, als könnte ein schneller Blick von ihnen töten. »Wer sind Sie?«

»Ich heiße Rachel. Ich bin eine Freundin von Joey.«

Er setzte sich neben mich auf das Sofa, so nah, dass sein Oberschenkel meinen berührte. Ich spürte eine Schweißperle auf meiner Oberlippe ploppen, und dann drei weitere, wie Maiskörner, wenn man Popcorn macht. Ich blickte mich um, ob jemand bemerkt hatte, dass er neben einem totalen Niemand saß, aber alle unterhielten sich angeregt, und ich fragte mich, ob ich halluzinierte.

»Haben Sie Angst vor mir?« sagte er.

»Ein bisschen«, sagte ich und schielte ihn von der Seite an.

»Das *sollten* Sie auch. Sie sollten große Angst haben.« Ich war nicht sicher, ob ich lachen sollte. »Warum sind Sie hier?«

»Wegen des Stücks, und auch ...« Meine Augen fühlten sich riesengroß an, wie in einem Keane-Gemälde, »und auch, weil ich Sie kennen lernen wollte.«

»Und warum wollten Sie mich kennen lernen?«

»Weil ich mich frage, ob Sie genauso sind wie Ihre Figuren. Ich habe all Ihre Filme gesehen.« Das klang zwar abgedroschen, war aber immer noch besser als unterwürfig.

»Und wie lautet Ihr Urteil?«

»Kann ich noch nicht sagen. Ich hab noch nicht genug gehört.«

»Sie sind ja ein Politiker! Ganz schön schlau! Wie hat Ihnen mein Stück gefallen?« Er erinnerte mich an Ted Snyderman, einen Professor für biblische Geschichte am RCRJ, der wahllos Studenten aufrief und unglaublich spezifische Fragen zur Leseliste stellte, grundsätzlich aus dem Teil, den man nicht gelesen hatte.

Ich wollte schlauer rüberkommen als ein gewöhnliches Groupie, doch er schien so stolz auf sein Werk, dass ich ihm nicht den Wind aus den Segeln nehmen wollte. »Es – es war mal was anderes als Ihre Filme«, sagte ich.

»Es hat Ihnen nicht gefallen.«

»Naja …«

»Ich kann damit umgehen. Seien Sie ehrlich. Ich sehe, wie sich die Zahnräder in Ihrem Köpfchen drehen.«

»Ich glaube, ich hab einfach mehr von Hank Powell erwartet. Ich bin ein bisschen enttäuscht.«

»Ganz recht!« sagte er fröhlich. »Genau darauf hatte ich es angelegt!«

»Warum haben Sie es dann geschrieben?«

»Ich wollte mal etwas Neues ausprobieren.« Ich auch. Ich hoffte nur, er war keine Tunte.

»Sind Sie denn glücklich mit dem Ergebnis?«

»Ich persönlich, ja. Nur das Publikum nicht. Ich habe für mich Fragen beantwortet, die mich von Geburt an beschäftigen. Fragen, die meine Sterblichkeit betreffen. Und darum geht es doch in der Kunst – die existentiellen Fragen zu beantworten.«

»Wahrscheinlich«, sagte ich, denn ich stimmte dieser Sichtweise, wenn auch nicht der Ausführung zu.

»Aber ich sag Ihnen was«, sagte er. »Ich bin froh, dass ich überhaupt was zustande gebracht habe.«

»Ich auch«, sagte ich. »Ich hoffe, Sie werden auch in Zukunft noch was zum Stehen bringen.« Das war wirklich sonderbar. Irgendwie musste ich bei Powell immer noch eins drauf setzen. Er kicherte und kniff die Augen zusammen, als sei er fasziniert. Ich wollte, dass er mich zu Boden stößt und zermanscht.

Joey kam zu uns rüber und grinste wie ein bekifftes Waschweib. »Wie ich sehe, habt ihr euch schon bekannt gemacht«, sagte er und reichte mir ein Bier. Er hatte Mira Sorvino im Schlepptau und die Blondine, mit der Powell gekommen war. Powell stand auf und küsste beide, aber auf die Wange. Mira sah gut aus, älter werden stand ihr. Sie hatte von Natur aus Kurven, für die andere Leute viel Geld zahlten, und ein strahlendes Megawatt-Lächeln. Und dann war sie auch noch in Harvard gewesen. Sie war nicht nur heißer als ich, sie hatte auch eine bessere Uni besucht.

Sie holten sich Stühle und setzten sich uns gegenüber. Joey stellte mir Mira Sorvino vor, die sehr erfreut war. Die Blondine schüttelte mir die Hand und sagte, sie heiße Kim. Wer so gut aussah, musste einfach Kim heißen.

»Ich sag Ihnen, was mir an dem Stück am besten gefällt«, sagte ich zu Powell. »Es ist geradezu opernhaft.«

»Komisch, dass Sie das sagen«, sagte er. »Das wird ständig über meine Filme gesagt, und ich kapier das überhaupt nicht.«

»Wieso?« fragte Mira Sorvino. Sie lächelte ihn an, als würde was zwischen ihnen laufen.

»Weil ich das Leben auf einer *kosmischen Ebene* erlebe«, sagte er und klopfte sich mit der Faust auf die Brust. »Die Oper der anderen ist mein tägliches Brot.«

»Wie bei *Besuch für Greenberg*?« sagte Joey. »Das war definitiv dein opernhaftester Film.«

»Meine Liebe zu dir ist keine freie Entscheidung, Constanza«, zitierte ich Ron Silvers herzzerreißenden, an Rosanna Arquette gerichteten Monolog, nachdem sie zum ersten Mal auf dem Küchenfußboden miteinander geschlafen hatten. »Sie ist eine Krankheit, die durch mein Blut fließt und meine Zellen infiziert wie ein unheilbares tödliches Virus.«

»Das war improvisiert«, sagte Powell.

Ich warf Joey einen flehentlichen Blick zu, den er hilflos erwiderte. Alle schwiegen, als hätte ich Powell zutiefst beleidigt.

Und dann, als hätte es dieses Schweigen nie gegeben, verzog sich Powells Gesicht zu einem boshaften Grinsen und er schrie: *»Ich hab dich verarscht!«*

»Du bist doch nicht ganz dicht, Hank!« trällerte Kim.

»Sie hätten ihn nach der Generalprobe sehen sollen«, sagte Mira Sorvino kopfschüttelnd. »Ich habe noch nie einen Regisseur so wütend gesehen.«

»Weil ich wollte, dass ihr noch einen Schritt weiter geht. Wissen Sie, immer wenn einer meiner Schauspieler bei der Probe eine sehr persönliche, emotionale Vorstellung abgeliefert hat, habe ich mich davon nicht beeindrucken lassen. Ich habe nur gedacht: *Das soll Herzschmerz sein? Ich werd euch zeigen, was Herzschmerz ist.«*

»Wie überaus jüdisch.«

Niemand lachte. Ich war Catskills im Weißbrotland.

»Ich bin kein Jude«, sagte Powell ernst.

Ich konnte nicht glauben, dass er so begriffsstutzig war. Er konnte doch nicht so doof sein zu glauben, dass ich ihn für einen Juden hielt. Es gab da noch eine andere Möglichkeit, eine, für die ich noch nicht reif war: dass er den Witz kapiert hatte und nur deshalb nicht lachte, weil es nicht seiner war.

»Ach nein?« sagte ich und spielte die Ungläubige. »Und das bei einem Namen wie Henry Powell?«

Wieder herrschte Schweigen. Selbst Joey schien verwirrt. Wähle nie einen Kiffer als Kuppler.

»Ich weiß, dass Sie kein Jude sind«, sagte ich. »Ich

meinte, dass es typisch jüdisch ist, den eigenen Schmerz zu glorifizieren.«

»Jetzt hab ich's kapiert«, sagte Mira Sorvino aufmunternd.

»Rachel hat gerade die Rabbinerschule geschmissen«, sagte Joey, als würde das alles erklären. Großartig. Er zog den Judenjoker ausgerechnet in dem Moment, wo ich mich am deplaziertesten fühlte.

»Ich wusste nicht, dass es solche Rabbis gibt«, sagte Powell feixend.

»O doch«, sagte ich.

»Und was ist passiert? Warum haben Sie das Studium abgebrochen?«

Alle starrten mich an, als sei ich versehentlich auf die falsche Party geraten. In Gesellschaft des größten Indie-Regisseurs und einer Oscarpreisträgerin sprach ich von meiner Glaubenskrise. Sie baten mich geradezu darum, das Gespräch auszubluten. »Mir ist klar geworden, dass ich mir meines Glaubens nicht sicher bin.«

»Und dazu haben Sie erst die Rabbinerschule gebraucht?«

»Das passiert gar nicht so selten«, sagte ich.

Er nickte und fuhr sich mit der Hand übers Kinn. »Und was machen Sie jetzt?«

»Ich bin Barkeeper.«

»Klingt wie ein Witz.«

»Ich weiß«, sagte ich schnell, als ich die genervten Gesichter der Frauen bemerkte. »Und Sie, Hank? Wollen Sie noch ein Theaterstück schreiben?« fragte ich aufgeräumt.

»Nee, ich glaub nicht. Hat mich zu sehr geschlaucht. Mit Filmen werde ich fertig. Die sind zwar langwierig, aber trotzdem irgendwie überschaubar.«

»Sie arbeiten also an einem neuen Drehbuch?« fragte ich.

»Ja. Ich fange im Winter an zu drehen, wenn dieses hinreißende Exemplar der menschlichen Rasse zu meiner Linken mitspielt.« Er schielte Kim anzüglich an, die rot zu werden schien.

»Sind Sie der Star?« sagte ich.

Sie schüttelte lachend den Kopf. »Ich bin seine *Agentin*.« In meinem Kopf hörte ich »Joy to the World« erklingen.

»Das kriegt sie ständig zu hören«, sagte Powell. »Das ist die Welt, in der wir leben: die Agenten sind schön, die Models sind hässlich.«

»Wovon handelt der Film?« fragte ich.

»Es ist sehr düsterer Streifen über einen Mörder. Eine Hommage an Berryman.«

»An wen?« sagte ich.

»Ingmar Berryman. Der schwedische …«

»Ich weiß, wer Ingmar Bergman ist. Ich dachte nur, dass man das G in Schweden hart ausspricht.«

»Nein!« bellte er. »In Schweden sind die Gs weich!« Ich wusste nie, wann er einen Scherz machte, und war auch nicht sicher, ob er selbst es wusste.

»Wie soll er heißen?« fragte Joey.

Powell kam ganz nah an mein Gesicht und sagte: *»Wer hat meine Frau umgebracht?«*

»Guter Titel«, sagte ich.

»Ich weiß«, sagte er. »Titel sind so wichtig. Mit dem Titel fange ich immer an. Wie heißt Ihre Bar?«

»Roxy. Früher war dort ein Juwelierladen. Sie ist in Cobble Hill in Broo …«

»Was Sie nicht sagen«, sagte Powell. »Ich wohne in Cobble Hill. Am Strong Place. Bin vor einem Monat dort hingezogen.«

»Echt?« schrie ich förmlich. »Ich bin dort aufgewachsen. Ich wohne in der Pacific.«

»Wo ist die Pacific? In der Nähe von Starbucks?«

»Sie gehen zu Starbucks?« fragte ich erschüttert.

»Sind Sie verrückt? Ich geh zu D'Amico.« D'Amico war ein Café in der Court Street, das es seit fünfzig Jahren gab. Ich war ein paarmal dort gewesen, doch die italienische Stammkundschaft rauchte im Hinterzimmer und mir wurde von dem Geruch übel. »Die machen einen anständigen Cappuccino«, sagte er, »und was anderes trink ich nicht. Ist bekömmlicher als Kaffee, der Grund für mein erstes Magengeschwür.«

»Stören Sie die ganzen durchgeknallten Typen nicht?«

»Ich liebe sie! Keiner, der nicht in die Geschlossene oder in den Knast gehört!«

Ich warf einen verstohlenen Blick auf Mira Sorvino. Sie nippte an ihrem Drink und starrte mich an. Ich musste Powell von mir ablenken. Man gewinnt das Herz eines Mannes nicht, indem man seine Freunde verprellt. »Ich muss Ihnen sagen, Mira«, sagte ich, »ich fand Ihre Nacktszene sehr mutig. Wie Sie Ihre Bluse aufreißen und zu Joey sagen: ›Du willst wissen, wer ich bin? Das bin ich!‹ war grandios!«

»Das war hart für mich«, sagte sie, »aber ich fand es entscheidend für die Szene.«

»Diese Möpse haben mich glücklich gemacht«, sagte Powell. »Wenn ein nacktes Mädchen auf der Bühne steht, kommt man gleich viel lieber zur Probe.«

»Ich fand es toll, dass Sie nicht einfach nackt waren, sondern auf zornige Weise nackt«, sagte ich. »Das war sehr sexy.«

»Mit der Nacktheit ist das so eine Sache«, sagte er. In einer Talkshow des öffentlichen Fernsehens hätte er sich an dieser Stelle zurück gelehnt und die Brille abgenommen. »Ein paar Jahre nach meinem Abschluss am Queens College jobbte ich als Inspizient in einem winzigen Off-Off-Broadway-Theater in der Neunten Straße. Eine der

Produktionen war ein experimentelles Stück und in der letzten Szene sollten sich alle auf der Bühne ausziehen und eine Orgie simulieren. Das war nach *Hair* und damals war Nacktsein da rigga.«

»Was?« sagte ich.

»Da rigga«, sagte er. »Das ist französisch.«

»Ach so!« sagte ich. »De rigeur!«

»Hab ich doch gesagt«, sagte Powell stirnrunzelnd. »Da rigga. Die Schauspieler nahmen damals jede Menge Acid, manchmal sogar während der Vorstellung, und in jener letzten Szene, einer Dinner Party, die sich langsam entwickeln sollte, fiel mir auf, dass einer der Typen sich auffällig benahm und seinen Text vergaß. Ich beobachtete ihn aus meiner Kabine. Irgendwann fing er ganz selbstverständlich an, sich auszuziehen, ein Kleidungsstück nach dem andern. Aber nicht an der vorgesehenen Stelle, versteht ihr. Die Nacktszene kam erst auf Seite sechsundsiebzig, und wir waren erst auf Seite einundfünfzig. Er strippt also weiter, bis er schließlich, als stünde es im Text, in eine Ecke schlendert, sich hinhockt und den größten Scheißhaufen kackt, den ich je gesehen habe.« Er verstummte und grinste verschmitzt.

»Omeingott«, sagte Mira Sorvino.

»Im Ernst?« sagte Joey.

»Offenbar hatte er vor der Vorstellung Magic Mushrooms gegessen und nicht nur den Verstand, sondern auch die Kontrolle über seinen Schließmuskel verloren. Das Publikum rutschte auf den Sitzen hin und her. Die Mitglieder des Ensembles wussten nicht, was sie tun sollten. Manche spielten einfach weiter, andere fielen aus der Rolle und glotzten. Ich wusste, wenn man je einen Inspizienten gebraucht hatte, dann jetzt. Doch mein Hintern klebte am Sitz fest wie Pattex. Der Beleuchter schrie mich an, ich solle was tun. Die ersten Leute verließen den Saal.

Schließlich kam ich zur Besinnung. Ich riss mir das Headset vom Kopf und lief los.«

»Haben Sie die Scheiße weggewischt?« fragte ich.

»Nein! Ich rannte aus dem Theater! Es war einer dieser Momente, wo einem nichts *anderes übrig bleibt, als die Flucht zu ergreifen!«*

Sein Gesicht war ausdruckslos, unbeweglich wie ein Standbild, seine Augen glänzten. Drei geschlagene Sekunden verharrte er als Tableau, dann warf er den Kopf zurück und lachte aus voller Lunge. *»Hehehehehe!«* Er verstummte ebenso abrupt wieder, den Mund noch zu einem Lächeln gefroren, und blickte uns erwartungsvoll an, als wollte er, dass wir mitlachten. Sofort gackerten wir zustimmend, worauf Powell in noch schallenderes Gelächter ausbrach. Es war, als brauchte er zum Lachen Gesellschaft. Er war extrovertiert, aber einsam, und diese Kombination machte mich neugierig.

»Als Sam Shepard an der Davis Dramaturgie unterrichtete«, sagte ich, »hielt er den Kurs in der Requisite und manchmal ging er mitten im Unterricht zum Requisitenklo und pinkelte vor den Augen seiner Studenten hinein.« Ich nickte, um zu betonen, dass ein skatologischer Zusammenhang bestand, doch Powell sagt nur: »Shephard wird allgemein überschätzt«, stand auf und verschwand in der Menge. Die Frauen folgten ihm kurz darauf.

»Powell mag dich«, sagte Joey.

»Mit der Shephard-Geschichte hab ich's vermasselt.«

»Er hat dir ganz schön viel Aufmerksamkeit geschenkt. Er schenkt niemandem seine Aufmerksamkeit, wenn er nicht glaubt, dass es sich lohnt.«

»Aber was ist mit Mira Sorvino? Da läuft doch was.«

»Am Anfang der Proben hat er versucht, sie ins Bett zu kriegen, aber sie hat ihm einen Korb gegeben.«

»Warum?«

»Sie fand ihn schmierig.« Ich wünschte, das hätte er für sich behalten. Niemand will wissen, dass eine andere Braut den eigenen Schwarm verschmäht hat, nicht mal, wenn sie ein Star ist.

Ich behielt Powell im Auge, in der Hoffnung, dass er wieder käme, doch ständig kamen Leute an, die ihm gratulieren wollten, und mir wurde klar, dass es aussichtslos war. Schließlich sagte ich Joey, dass ich los wollte, und ging zu Powell, der gerade mit Nathan Lane sprach.

»Neuerfindung wird allgemein überschätzt«, sagte Powell gerade.

»Entschuldigen Sie, dass ich störe«, sagte ich und lächelte matt. »Ich wollte nur sagen, dass ich gehe, Mr. Powell. Es war mir eine Ehre, Sie kennen zu lernen.«

»Ganz meinerseits«, sagte er belustigt. Er war sowas von heißkalt – die Art Typ, die von einer Sekunde zur nächsten das Arschloch rauskehrt.

»Schauen Sie doch mal in meiner Bar vorbei«, sagte ich. »Smith Street Ecke Bergen. Oder vielleicht treffen wir uns irgendwann mal bei D'Amico.«

»Sagten Sie nicht, dort seien alle durchgeknallt?« fragte er.

»Dann kommt es auf einen mehr oder weniger ja nicht an«, sagte ich und ging nach rechts von der Bühne.

STRINGTANGA-MAMA

Als ich nach Hause kam, saß Liz auf der Treppe und rauchte eine Zigarette. Obwohl sie keine Mitbewohner hatte, rauchte sie nur draußen. Ich hatte die heimliche Theorie, dass sie die drei Dominikaner beobachtete, die auf dem Gehweg Domino spielten. Von April bis es wieder kalt wurde, saßen sie jeden Abend unter der Woche dort – sie stellten einen kleinen Kartentisch auf, rauchten Zigaretten, hörten spanische Radiosender und lachten laut über ihre Witze. Ich kannte sie seit fünf Jahren, seit ich dort eingezogen war. Virgilio war klein und um die vierzig, hatte ein verschwitztes Gesicht und eine dicke Brille, Levi war um die sechzig und trug eine weiße Kangol-Kappe, und Mariano war ein attraktiver Kerl mit einer bezaubernden Frau und einer kleinen Tochter.

»Huhuu!« schrie Liz, als sie mich sah. »Was für eine Freude, dich zu sehen, Racheleh!« Sie drückte mich und ich setzte mich neben sie. »Ich bin so froh, dich zu sehen. Ich wollte mit dir über neulich Abend reden.«

»Tatsächlich?« wunderte ich mich über diese untypische Selbsterkenntnis.

»Natürlich! Es tut mir so Leid, dass Gordon vor deinen Eltern seine Black-Power-Nummer abgezogen hat.« Vielleicht hatte ich sie überschätzt.

»Wärst du nicht sauer«, sagte ich, »wenn da ein Jude mit Hakennase hinge?«

»Die Frage stellt sich nicht. Jüdische Maskottchen wirken nicht verkaufsfördernd. Aber ich sag dir was: das war das letzte Mal, dass ich mit einem Schwarzen ins Banania gegangen bin. Er war so sauer, dass er Schluss gemacht hat! Erst stritten wir noch über das Bild, dann über andere Sachen wie zum Beispiel, dass ich mich weigere, ihn mit nach Chappaqua zu nehmen.« Liz' Eltern hatten mit Immobilien ein Vermögen gemacht und wohnten in derselben Straße wie die Clintons, und den Familienfotos nach zu urteilen, die Liz mir gezeigt hatte, waren sie großkotzig, gefühlskalt und assimiliert – *Eissturm*-Juden. »Er hat mich beschuldigt, eine versteckte Rassistin zu sein«, sagte sie. »Ich habe ihm vorgeworfen, zu p.c. zu sein, und er sagte, er wolle mich nie wieder sehen.«

»Das tut mir Leid«, sagte ich.

»Im Bett war er die Wucht«, seufzte sie. »Ich meine, der Mann hat sich *stundenlang* das Arschloch lecken lassen. Er hatte buchstäblich das leckerste Rektum, das ich je probiert habe.«

Liz war besessen von Männerpos, im Besonderen ihren Arschlöchern. Wenn sie ihre Bewunderung für einen Mann ausdrücken wollte, hauchte sie: »Am liebsten würde ich mein Gesicht in den Falten seines Afters vergraben.« Sie ließ auch gern ihr eigenes Arschloch missbrauchen und sagte, der Grund, warum sie schwarze Männer so liebe, sei, dass sie eher dazu bereit wären.

»Wie soll ich ohne Gordon zurechtkommen?« stöhnte sie und sah zum Mond hinauf, als habe der die Antwort. »Ich hab mich mit ihm so wohl gefühlt. Er fand, ich hätte perfekte Titten. Hat das schon mal jemand zu dir gesagt?«

Ich blickte auf meinen Vorbau. Ich kann unter jede Brust einen Bleistift klemmen. Ich kann ganze *Kerzen* damit halten. Ich habe schon Münzen in meinem BH verloren, die ich Wochen später neben Quittungen und

Lakritzstückchen wiederfand. Zu mir sagen Männer nicht: »Du hast perfekte Titten.« Sie sagen: *»Du hast die größten Titten, die ich je gesehen habe.«*

»Ehrlich gesagt, nein«, sagte ich.

»Ich weiß nicht, was ich ohne ihn tun soll«, jammerte sie. »Ich habe schon vier neue Vibratoren für die Kiste bestellt, aber dass ich sie benutzen muss, macht mich traurig.« Sie hatte mir mal erzählt, dass sie ihr Sexspielzeug unter dem Bett in einem Sigerson-Morrison-Schuhkarton aufbewahrt. »Ich meine, er war *so* gut im Bett. Wenn wir Sex hatten, bin ich ein halbes Dutzend Mal gekommen.«

»Ein halbes Dutzend Mal?« sagte ich.

»Ja, nicht direkt hintereinander, aber immerhin. Er fand es klasse, wenn ich oben war. Weil er so oft ritt, wollte er im Bett wohl gern das Cowgirl sein. Das ist meine Lieblingsstellung.«

»Warum?«

»Weil die Klitoris stimuliert wird.«

»Aber wenn man Hand anlegt, ist die Stellung doch eigentlich egal.« So war ich bei David immer gekommen, und ich hatte nicht weiter darüber nachgedacht. Vor ihm hatte ich nur mit zwei anderen geschlafen – Sam Rubinstein, mein Freund in den ersten beiden Jahren an der Wesleyan, der mich normalerweise leckte, bis ich kam, wonach wir dann Sex hatten, und John Suk, der Koreaner, der mich auf einer Party im letzten Schuljahr an der Stuyvesant entjungfert hatte und bei dem ich überhaupt nicht gekommen war.

Liz starrte mich an, als sei ich gerade in Straßenkleidung in eine Togaparty geplatzt. »Ach Süße«, klagte sie ernst. »Du lebst auf einem anderen Stern. Heutzutage benutzt keiner mehr die Hände. Noch nie was von CAT gehört?«

»Was ist das?«

»Coital Alignment Technique.« Sie blickte in die Mülltonnen vor dem Haus und fischte ein schmutziges gestreiftes Kissen heraus.

»Das ist ja ekelhaft.«

»Beruhige dich, das ist meines Ich hab's heute Morgen weggeworfen.« Sie schnippste die Zigarette auf die Straße, legte das Kissen auf den Gehweg und sich selbst darauf und begann, in Zeitlupe zu kreisen wie eine geistesgestörte Stripperin. Ihre Hände ruhten zu beiden Seiten des Kissens und ihr Gesicht befand sich nur wenige Zentimeter vom Pflaster entfernt.

»Siehst du?« sagte sie. »Reiben, reiben. Und kreisen, kreisen, kreisen.«

Ein paar Stöße später fingen die Dominospieler an, auf sie zu zeigen und sie auf Spanisch anzufeuern. »Hör nicht auf, Liiiz«, rief Virgilio.

»Cómo estás, Virgilio?« sagte sie fröhlich winkend. Ein Fenster öffnete sich, ein dicker Teenager steckte den Kopf raus und zeigte ihr den erhobenen Daumen.

»Okay. Schon kapiert«, sagte ich, zerrte das Kissen unter ihr hervor und warf es wieder in die Tonne. Liz war wie ein exzentrischer alter Onkel bei einer Familienfeier: man erträgt ihn nicht länger als eine Stunde, aber er sorgt für Stimmung.

»Was soll ich denn nun wegen Gordon machen?« sagte sie. »Typen, die kein Problem damit haben, sich das Arschloch lecken zu lassen, sind so selten, und noch seltener ist einer, der so gut bestückt ist wie sein eigenes Pferd.«

»Versuch's mal in dem karibischen Restaurant in der Atlantic Ecke Hoyt«, sagte ich. »Brawta. Da verkehren jede Menge bourgeoise Schwarze.«

»Nee«, sagte sie. »Das mit den Negern muss eine Ende haben. Die sind zu kompliziert.«

»*Neger?* Kein Wunder, dass er Schluss gemacht hat!«

»Ich hätte nicht so viele Probleme, wenn ich so sein könnte wie du. Du suchst dir die Richtigen aus. Brave Jungs.«

»Das klingt schrecklich.«

»Aber es stimmt!« sagte sie. »Zum Beispiel David.«

Ich hatte David im ersten Monat am RCRJ kennen gelernt und irgendwie wurde er mein Freund, ehe ich recht wusste, was ich eigentlich für ihn empfand. Ich war in der Mensa und trug mein Tablett zum Tisch in der dunklen Ecke unter dem Poster von Chagalls *Musik*, wo ich immer saß und wo sich sonst nie jemand hinsetzte, und als ich dort ankam, saß jemand auf meinem Platz. Ein großer, schlaksiger, blasser Typ mit schulterlangen roten Haaren, und bevor ich mir einen anderen Platz suchen konnte, sagte er: »Tut mir Leid, war hier besetzt?« Weil ich noch nicht viele Freunde gefunden hatte und nicht zickig sein wollte, schüttelte ich den Kopf und setzte mich ihm gegenüber. Er war Kantorschüler im zweiten Jahr aus Cambridge, der Sohn eines Konzertgeigers. Fast alle männlichen Kantorschüler waren schwul, weshalb ich ihn als Interessenten instinktiv ausschloss. Doch sein Handschlag erinnerte nicht an einen toten Fisch und im Lauf des Gesprächs erwähnte er die Red Sox, und optimistisch wie ich bin, zog ich die Möglichkeit in Erwägung, dass er hetero war.

Er war witzig und fand auch mich witzig, was gut war, denn fast alle meine Kommilitonen hielten mich für eine exotische rabbinische Missgeburt vom Planet der Idioten. Sie machten sich darüber lustig, dass ich Haarspangen trug und Kleider aus den vierziger Jahren statt der üblichen Uniform aus Jansport-Rucksack, Jeans und T-Shirt. David war anders. An dem Tag, als wir uns kennen lernten, trug er ein Sebodah-Shirt und ochsenblutrote Doc Martens.

Er erzählte mir, seine Mutter sei ursprünglich irisch-katholisch und später konvertiert, als sie seinen Vater getroffen habe. Er sagte: »Ich bin sozusagen ein McJew.« Er verwendete Jiddischismen wie: »Die ersten Wochen am College waren so *meschugge*, dass ich völlig durch den Wind war, total *fakakta*.« Doch bei ihm klang es nicht Linda-Richman-abgeschmackt, sondern charmant. Er hatte warme blaue Augen, die glitzerten, wenn er lachte, und glänzendes dickes Haar. Als er mich nach dem Mittagessen fragte, ob ich Single sei, erwiderte ich prompt: »Ich bin nicht Single. Ich bin ungebunden«, und er kriegte sich vor Lachen gar nicht wieder ein.

Wir waren vom Torafest bis Purim zusammen, also etwa fünf Monate. Am Anfang war ich verblüfft – stundenlang leckte er mir in seiner Wohnung am Park Slope die Muschi, und wenn er fertig war, übte er Tropen, und ich las. Doch manchmal, wenn wir uns im Bett wälzten, verfing sich sein Haar unter meiner Hand und er schrie mit seiner hohen Stimme »Aua!«, und einmal, als ich oben war und es gerade besonders heftig trieb, sagte er, ich würde ihn erdrücken, was mir total peinlich war. (Wir wogen ungefähr gleich viel – fünfundsechzig Kilo, nur dass er fünfzehn Zentimeter größer war.)

Manchmal weckte er mich mitten in der Nacht auf und schluchzte, er habe Angst, dass ich ihn verlasse, und ich musste sein Haar streicheln, bis er wieder einschlief. Wenn wir essen gingen, starrte er mich manchmal einfach mit offenem Mund an, ohne etwas zu sagen, und erdrückte mich mit seinem vor Liebe triefenden Blick. Nicht dass er seine Gefühle zeigte, störte mich, nur dass er klammerte.

Trotz all meiner Zweifel hatte ich das Gefühl, ihm eine Chance geben zu müssen, weil er Jude war und ein Schöngeist, er mochte mich, und ich wusste, dass er Kinder wollte. Es konnte auch nicht schaden, dass meine Eltern ihn liebten und er kein Aschkenase war, sondern Sepharde, so dass unsere Kinder nicht das Tay-Sachs-Syndrom kriegen konnten.

Also blieb ich. Und plötzlich waren die anderen Studenten viel netter zu mir. Sie sagten Dinege wie: »Ihr seht so süß zusammen aus« oder »Was für ein bezauberndes Paar«. Ich versuchte, sie zu ignorieren, doch wenn alle Welt einem sagt, man habe im Lotto gewonnen, kapituliert man irgendwann. Meine Eltern lagen mir in den Ohren, dass wir heiraten sollten, und ich redete mir ein, dass sie Recht hatten. Es schien alles zu stimmen – er war intelligent, witzig, sensibel, jüdisch – außer meinen Gefühlen. Er war »Des Kaisers neuer Freund«.

An einem ereignislosen Abend im März sahen wir *Kick It Like Beckham* im Sunshine Kino in der Houston Street, und auf dem Weg nach draußen machte etwas bei mir klick. Vielleicht lag es an den Erektionsproblemen, eine Nebenwirkung des Zolofts, oder den ständigen Tiraden gegen die ewig währende Herrschaft der Yankees. Oder lag es einfach daran, dass ihm der Film gefiel und ich ihn total öde und an den Haaren herbeigezogen fand? Draußen hörte ich mich jedenfalls zu meiner Überraschung sagen: »Ich finde, wir sollten uns nicht mehr sehen.«

Er fuhr herum und sagte: »Wovon redest du?«

»Ich finde, ich sollte mich nicht so früh binden«, sagte ich.

»Das ist doch Quatsch«, sagte er. »Wir haben soviel Spaß.« Ich sah ihn schweigend an, und er sagte: »Was? Haben wir nicht?«

»Doch, doch«, sagte ich verzweifelt. »Ich finde nur, du verdienst jemanden, der dich zu würdigen weiß.«

»Du tust das also nicht?«

»Nicht so, wie du es verdienst.«

»Was ist bloß mit dir los?« schrie er wütend.

»Ich weiß nicht genau«, sagte ich und hielt ein Taxi an.

Den Rest des Studiums aß ich in einem Imbiss ein paar Straßen vom Campus entfernt, um ihm nicht zu begegnen, und wenn wir uns über den Weg liefen, wandte ich den Blick ab. Er hatte mich seit damals nicht ein einziges Mal angerufen, nicht mal, nachdem ich das Studium geschmissen hatte. Manchmal hatte ich ein schlechtes Gewissen, dass ich so unvermittelt Schluss gemacht hatte, aber noch mehr ärgerte ich mich darüber, dass ich so lange versucht hatte, mir was vorzumachen. Mit Anfang zwanzig sind fünf Monate eine verdammt lange Zeit.

»Was willst du mit David«, fragte ich Liz, »wo er nicht mal mehr mein Freund ist?«

»Er war der richtige Typ! Kein Grund, sich zu schämen. Lass es zu. Du hast ein untrügliches Gespür für Männer, die deine Eltern mögen.«

Am liebsten hätte ich ihr von Powell erzählt, doch ihr bewundernder Blick hielt mich davon ab. Ich war Liz' »Podestmädchen«, zu dem sie aufblickte. Jedes Mädchen braucht ein Podestmädchen, auf das es seine Vision vom idealen Selbst projizieren kann. In neun von zehn Fällen ist das Podestmädchen gar nicht so brav – sie ist nur diskreter. Doch die Verehrerin hält unerschütterlich an ihrem Glauben fest, weil sie ein Vorbild braucht.

Was Liz nicht wusste, war, dass *sie mein* Podestmädchen war. Von ihr wollte ich lernen, wie man eine gemeine Schlampe wird. Wenn ich zu Powell Dinge sagte wie »Ich hoffe, Sie werden auch in Zukunft was zum Stehen bringen«, dachte ich heimlich an sie. Sie war mein Motivator, mein böser Zwilling. Ich wollte nicht, dass sie einen netten jüdischen Jungen kennen lernte. Worüber sollten wir dann reden?

»Ich konnte meinen Eltern noch keinen einzigen meiner Freunde vorstellen«, erklärte sie. »Angefangen bei Lenny Lichtenstein, mit dem ich im ersten Jahr an der Hampshire zusammen war und der sich später als totale Tunte entpuppte. Jetzt leitet er Gayjews.com. Weißt du, mit welchem Spruch die werben? ›Jedem sein *Tocheß*.‹«

»Dann halte dich eben an Juden.«

»Aber die ignorieren mich! Die Jidn lassen mich eiskalt abblitzen, doch Arbeiter und Minderheiten strömen in Scharen zu mir, als sei ich die Freiheitsstatue!« Vor Gordon war sie mit einem Kühlschrank-Mechaniker aus Bay Ridge zusammen gewesen, den sie in einer Bar namens Angry Wade's in der Smith Street kennen gelernt hatte.

»Versuch's doch mal mit JDate!«

Sie riss entsetzt die Augen auf. »Hast du die Männerfotos auf deren Seiten gesehen? Allesamt verpickelte Brillenschlangen. Sehen aus wie Robert Wuhl!«

»Du bist so judenfeindlich.«

»Das hat nichts damit zu tun! Die Frauen sind heiße Feger und die Männer sind abscheulich, über vierzig und Väter. Ich will nicht die Stiefmutter von einem Haufen orthodoxer Streber-Gören sein. Ich will einen scharfen *Mentsch* mit viel Geld, der dankbar für mich ist. Ich bin zweiunddreißig! Alles was ich will, ist ein lieber Mann, der mich gut behandelt und sich von Zeit zu Zeit das Arschloch lecken lässt. Ist das zu viel verlangt?«

»Nein, ist es nicht, Baby!« sagte Virgilio, stand auf und wackelte mit dem Hintern. »Ich gebe dir, was du brauchst, gleich jetzt!« Die anderen drei lachten schallend.

»Ach, du liebe Güte«, murmelte sie.

»Was ist, Liiz? Hast du nicht gehört? Ich hab, was du brauchst!« Er tanzte Salsa auf dem Gehweg, und seine Kumpel johlten und zeigten mit den Fingern.

»Deins ist das einzige Arschloch in New York, das ich *nicht* lecken würde, Virgilio!«

»Aber warum denn nur, Baby?«

»Frag doch deine Freundin«, sagte sie und zeigte auf Mariano. Das Gelächter verstummte.

»Du nennst mich eine Frau?« sagte Mariano und stand ebenfalls auf.

»Oh-oh«, sagte sie. »Lass uns lieber abhauen.« Ich steckte den Schlüssel ins Schloss und wir rannten kichernd ins Haus.

BEVOR ich an diesem Abend einschlief, ließ ich immer wieder das Gespräch mit Powell Revue passieren. Ich wusste, es war keine gute Idee, auf jemanden zu stehen, der semi-prominent und nicht mal Jude war, aber er hatte mich verhext und ich wollte den Zauber nicht brechen. Ich wollte unbedingt glauben, dass sein Interesse an mir nicht nur flüchtig war, dass er etwas Besonderes in mir sah, etwas, das sich kennen zu lernen lohnte. Aber ich war nicht so blöd zu glauben, dass ich eine Chance hatte. Joey hatte es ja gesagt: Er war ein Schürzenjäger. Wahrscheinlich flirtete er einfach gern mit Frischfleisch und ich hatte ihm in die Hände gespielt. Wahrscheinlich vögelte er in genau dieser Sekunde diese Kim auf einem teuren Bett mit Deckenspiegel von hinten. Dass sie seine Agentin war, schloss nicht aus, dass sie sein Mädchen war.

Allen Bedenken zum Trotz stellte ich mir beim Einschlafen vor, wie er mir mit der Hand den Mund zuhielt. Ich sah mich selbst mit weit aufgerissenen Augen schreien, während er meine Schreie erstickte, und statt Angst zu haben, suhlte ich mich in dieser Vision wie in einem schönen Traum.

Am nächsten Morgen rief Joey an. »Du hast einen tollen Abend verpasst«, sagte er. »Nachdem du weg warst, hat Nathan Lane angefangen, mit Mira Sorvino Disco zu tanzen. Powell war betrunken und hat Geschichten aus seiner Zeit als Hollywoods Goldjunge erzählt, nachdem *Basset* den Spirit Award gewonnen hatte. Wusstest du, dass er mal mit Demi Moore zusammen war?«

»Musstest du mir das erzählen?«

»Ich mein ja nur, du befindest dich in guter Gesellschaft.«

»Hat er gesagt, dass er was von mir will?«

»Nein, aber er hat gesagt: ›Das Mädchen weiß, was es will.‹«

»Ich bin Barfrau!«

»Egal. Du hast ihn beeindruckt. Ich sag doch, er blickt dir in die Seele.«

»Hat er eine E-Mail-Adresse?« sagte ich.

»Warte mal kurz, ich glaub, die steht auf dem Kontaktformular.« Er kam zurück und sagte: »Anima@aol.com.«

»Was bedeutet ›Anima‹?«

»Keine Ahnung.«

Nachdem wir aufgelegt hatten, sah ich im Lexikon nach. »Anima – In der analytischen Psychologie von Carl Jung: die Personifizierung der weiblichen Seite im Manne. Siehe auch *Animus*.« Es stellte sich heraus, dass Animus die »männliche Seite« der Frau war. Daher der schlaffe Händedruck.

Ich setzte mich an den Computer und schrieb spontan eine Mail: »Lieber Mr. Powell, ich bin Joeys Freundin Rachel, die Sie auf der Party gestern Abend kennen gelernt haben. Es war einer der Höhepunkte meines noch kurzen Lebens. Sie sind genau so, wie ich Sie mir vorgestellt habe, was gut ist. Die breite Aussprache und die Augen, die unbemerkt alles in sich aufsaugen. Ich würde mich gerne mal mit Ihnen unterhalten. Ich bin gerade dabei herauszufinden, was ich mit meinem Leben anfangen will und im Moment weiß ich nicht recht weiter. Sie scheinen sich auszukennen. Sie scheinen Ihren Mythos zu kennen. Jedenfalls würde ich gern einen Kaffee mit Ihnen trinken, bei D'Amico oder sonst wo.« Ich schrieb meine Telefonnummer dazu und unterschrieb mit »Liebe Grüße, Rachel. PS Würden Sie mir eine Anima geben, wenn ich ganz lieb bitte?«

Gleich nachdem ich sie abgeschickt hatte, drückte ich auf Posteingang, als hätte er in einer Nanosekunde die Mail lesen und darauf antworten können. Bei E-Mails vergessen die Leute Logik und gesunden Menschenverstand. Ich stand auf, machte mir einen Becher Tee, loggte mich ein und öffnete erneut mein Postfach. Ich duschte und checkte meine Mails. Ich zog mich an, war schon auf dem Weg nach draußen, machte kehrt und checkte ein letztes Mal die Überlieferungen. Nada. Ich wusste, was ich falsch gemacht hatte. Beende eine Flirt-Mail nie mit einem skatologischen Witz.

Ich frühstückte immer in einem kleinen Feinkostladen am Cobble Hill Park in der Clinton Street Ecke Verandah Place und bestellte einen Bagel mit allem und einen großen Kaffee mit Milch. Doch als ich heute meinen Kaffee bei dem Jungen am Tresen bestellte, stockte ich und sagte: »Ich nehme doch lieber einen Cappuccino.«

»Einen Cappuccino?« sagte er.

»Ist besser für den Magen.«

Ich trug das Frühstück nach draußen und setzte mich auf meinen Lieblingskorbsessel vor der Tür. Ich hatte gerade die Zeitung aufgeschlagen, da kam eine Schar Mütter mit Kinderkarren die Straße entlang. Die Mami-Brigade war eine der unangenehmen Begleiterscheinungen, wenn man seinen Morgenkaffee neben einem Spielplatz trank. Zwei der Frauen hatten normale Kinderkarren und die dritte einen monströsen Zwillingswagen. Sie trugen schulterlange stumpfe Frisuren und bunte Nikes, Sonnenbrillen im Haar, Jogginghosen und extra enge T-Shirts, als wollten sie der Welt verzweifelt beweisen, dass sie nicht komplett verhausfraut waren, sie hatten noch immer Titten, wenn auch ausgelutschte.

Die mit dem Doppeldecker war blond und hatte ekelhaft süße Zwillinge. Ihre Freundinnen waren ein brünetter Hippie mit einem dunkelhäutigen Kleinkind und eine Asiatin mit einem fetten Mischlingsbaby und einem großen Windhund.

»Jacob schläft nur ein, wenn er meine Brust im Mund hat«, sagte die Asiatin. »Es ist mir so peinlich, aber was soll ich tun? Sie ihm raus reißen, damit er uns die ganze Nacht wach hält?«

»Nicky war genau so«, sagte die Blondine und zeigte auf einen der Flachsköpfe. »Immer wenn er aufwachte, hab ich ihm die Brust rein gedrückt. Mark sagte immer: ›Wenn er groß ist, braucht er einen Therapeuten!‹« Sie lachten in einem fürchterlichen nasalen Oberschicht-Chor und parkten ihre Kinderwagen direkt neben mir. »Was wollt ihr in euren Kaffee?« fragte die Blondine. Die anderen beiden gaben ihre Bestellungen auf und versuchten, ihr Geld zu geben, doch sie winkte ab und ging rein.

Ich spähte zu ihren Kindern rüber. Der Junge schlief, das Mädchen starrte in die Luft und bohrte in der Nase. Plötzlich merkte sie, dass sich ihre Mutter nicht im Fünfzig-Zentimeter-Radius befand, zog den Finger aus dem Nasenloch und fing an zu brüllen: *»Mama!«*

»Mama kommt gleich wieder«, sagte Adoptivmutti.

Das Kind schrie nur noch lauter und eine Sekunde später wachte ihr Bruder auf und fing ebenfalls an zu brüllen. Adoptivmutti hockte sich neben sie und versuchte, sie mit einer am Kinderwagen befestigten Rassel abzulenken. Als sie sich hinkniete, blitzte ein Stringtanga aus ihrer Jogginghose hervor, Monica-mäßig. Er war knallrot und unfassbar hoch gezogen. Ich versuchte nicht hinzustarren, doch ich war wie gelähmt. Ich musste an die Bee Gees denken: »How Deep Is Your Ritze?« Sie musste doch Schmerzen haben. War das Absicht? Der Versuch, ihre funktionsunfähige Gebärmutter zu kompensieren? Sie konnte keine Kinder kriegen, wollte die Welt aber wissen lassen, dass sie ein heißes Luder war?

Sie schien meinen Blick zu bemerken, denn plötzlich drehte sie sich um. Ich versuchte, in eine andere Richtung zu gucken, aber es war zu spät. Sie wurde rot, zog ihr T-Shirt runter und befasste sich wieder mit den Kindern.

Ich war gerade dabei, mich vom Strintanga-Mama-Erlebnis zu erholen, als die Blondine mit drei Kaffeebechern zurück kam und die Kinder wie auf Stichwort aufhörten zu heulen. »Mami ist doch da«, sagte sie. Sie verteilte den Kaffee an ihre Freundinnen, als wären es Saftkartons. Jede trank einen Schluck und stellte den Becher dann in schwarze Halter, die am Kinderwagen befestigt waren.

Diese Frauen waren Übermütter, zwanghaft bemüht, das Muttersein wie eine ruhmreiche Leistung aussehen zu lassen, obwohl man sich nur auf den Rücken legen musste, um eine zu werden. Mir kam es vor, als sei Mutterschaft eine schreckliche Krankheit, die vom Baby auf dem Weg durch diesen gespenstischen Kanal übertragen wurde. Wie sonst ließ sich erklären, dass die Phonzahl der Mütter in die Höhe schoss, sobald das Kind auf der Welt war. Wieso redeten sie, sobald sie ein Kind hatten, von sich selbst in der dritten Person – »Mama muss sich die Haare schneiden«, »Mama kommt ja schon, Schätzchen«, »Mama möchte einen Sesambagel. Und du?«

Ich wünschte, es gäbe einen Impfstoff, damit ich nie so werde wie sie. Ich wusste nicht, was ich mit meinem Leben anfangen sollte, aber so wie die wollte ich auf keinen Fall enden. Und doch schien es unausweichlich. Zwar war wohl keine dieser Frauen Rabbi gewesen, doch bevor sie Kinder gekriegt hatten, leiteten sie Firmen oder handelten mit Aktien. Jetzt genügte es ihnen zu stillen und Smalltalk über Windelsorten zu führen, als sei das ihre Erfüllung.

Wenn ich mit dreißig noch in Cobble Hill wohnte, mit Mann und Kind, wäre ich noch ätzender als sie – nicht nur eine Übermutter, sondern eine *Überbleibsel*-Übermutter, wie ich sie ab und zu in der Court Street traf – Mädchen, mit denen ich in den Kindergarten gegangen war oder zur Hebräischschule, die genauso alt waren wie ich und jetzt mit ihren nicht-brooklyn-stämmigen Ehemännern hier wohnten und ein Baby dieselben Straßen entlang schoben, die man sie entlang geschoben hatte, dem Kind auf derselben Schaukel Anschwung gaben, auf der wir geschaukelt hatten. Manchmal erkannten sie mich und grüßten, und während wir plauderten, starrte ich völlig perplex das Kind an und versuchte zu kapieren, wie es durch eine Vagina gepasst hatte, die nicht älter war als meine.

Die Kaffeebecher aufrecht im Halter, die Kinder kurzzeitig ruhig, den Windhund bei Fuß, fassten die Übermütter synchron nach den Kinderwagengriffen, kippten sie, als sei es eine hohe Kunst, und schoben Richtung Verandah Place. »Hier hat Walt Whitman gewohnt«, hörte ich die Blondine sagen. Sie irrte sich – es war Thomas Wolfe – aber ich hütete mich, sie zu verbessern. Ich versuchte vergeblich, mich wieder auf die Zeitung zu konzentrieren. Ich musste raus aus dem Viertel.

Um drei Uhr nachmittags, als ich gerade zur Arbeit wollte, klingelte das Telefon. Ich sah auf das Display. Nummer unterdrückt. Ich ließ den Anrufbeantworter anspringen. »Hallo Rachel«, sagte eine flache Stimme, die ich sofort erkannte. »Hier ist Hank Powell. Was ist denn mein Mythos?«

Ich hüpfte zum Telefon und nahm ab. »Wissen Sie das denn nicht?« sagte ich.

»Doch, schon, aber ich wüsste gern *Ihre* Meinung.«

»Naja«, sagte ich und versuchte verzweifelt, mich zu konzentrieren, »mir kommt es so vor, als gehe es in der Geschichte, die Sie in Ihren Filmen immer wieder erzählen, um Männer, die herauszufinden versuchen, wie man als Mann seine Unabhängigkeit mit der Verantwortung für die Familie vereinbart.«

»Falsche Antwort!«

»Aber was ist mit *Lydias Brustwunde*? Da sagt Scooter zu Lydia: ›Die Ehe ist wie ein ungerechter Krieg. Der Mann hasst jede Minute, desertiert aber nicht, weil sein eingefleischtes Verantwortungsbewusstsein stärker ist als das lähmende schlechte Gewissen, dass er seine Seele an den Teufel verkauft hat?‹«

»Ja, aber dann verlässt er sie!«

»Ich weiß, aber ich hatte immer das Gefühl, dass er zu ihr zurück will.«

»Sind Sie verrückt? Nie im Leben geht er zurück. Er hat sie begehrt, aber er konnte es nicht ertragen, Teil des größten Unheils der uns bekannten Welt zu sein: das Spießbürgertum.«

»Und was genau ist das?«

»Warum reden wir nicht beim Essen darüber?«

Ich konnte es nicht glauben. Er hatte den Kaffee zu einer Mahlzeit aufgestockt. »Haben Sie morgen Abend um acht Uhr Zeit?«

»Ja«, sagte ich und wünschte, ich hätte die Zeit zurückdrehen und so tun können, als hätte ich ein Leben. »Aber ...«

»Aber was?«

»Eigentlich soll man Männer ja zappeln lassen. Darüber gibt es ein ganzes Buch. Es heißt ...«

»*Die Regeln.* Ich weiß alles über dieses Buch.« Es passte überhaupt nicht zu Powell, dass er *Die Regeln* gelesen hatte. Er war eine andere Generation. Andererseits war er Single. Kein alleinstehender Mann – nicht mal, wenn er schon fünfzig war – konnte der schrecklichen Macht der *Regeln* entrinnen.

»Na, wenn Sie es gelesen haben, wissen Sie ja, dass eine der Regeln lautet, man soll sich nicht gleich am Samstag nach Mittwoch verabreden.«

»Quatsch mit Soße. Ich war mal mit dem Mädchen zusammen, das das Buch geschrieben hat. Alles was sie tat, war vorhersehbar. Alles war Taktik. Sie machte sich rar, zierte sich, war am Telefon kurz angebunden. Schließlich kapierte ich ihre Spielchen und kaufte das Buch. Nachdem ich es gelesen hatte, konnte ich den genauen Zeitpunkt vorhersagen, wann ich sie ins Bett kriegen würde. Statt dranzubleiben, verlor ich sofort das Interesse. Ihr Duft faszinierte mich nicht mehr. Ich war ein Hund, dessen Erektion erschlafft war. Was mich betrifft, musst du den ganzen Mist über Bord werfen.«

Mir gefiel, dass er »du« gesagt hatte. Es klang, als hätte er offiziell Interesse an mir. Er erklärte mir die Spielregeln, was immerhin bedeutete, dass er mit am Tisch saß.

»Hältst *du* dich denn an die *Regeln*?«

»Nein, und vielleicht ist das mein Verhängnis. Ich bin immer der Verlassene, nie der, der Schluss macht. Wahrscheinlich, weil ich eine geradezu jungfräuliche Offenherzigkeit besitze.«

»Irgendwie glaub ich dir nicht«, sagte ich.

»Ich mache keine Witze«, sagte er. Er gähnte laut. »Ich muss wieder an die Arbeit. Essen also. Es gibt da ein nettes Lokal namens Saul in der ...«

»Ich weiß, wo das ist«, sagte ich. »Ich bin hier aufgewachsen.«

An jenem Abend war im Roxy so wenig los, dass ich ständig den Umsatz auf der Kasse checkte, so wie andere ihren Anrufbeantworter. Ich wünschte, es wäre mehr los gewesen, auch wegen des Geldes, aber vor allem, um mich von Powell abzulenken. Meine Hände zitterten so, dass mir jedes Guinness misslang.

Um acht waren außer Jasper nur wenige andere Gäste da – ein Cosmo, die sich über ihren unberechenbaren Freund bei einem Stoli Tonic ausheulte, ein Cola Jack, der laut mit seinem Absolut-Red-Bull-Kumpel lachte, ein Turkey Rock und Bier, der immer allein kam, und ein Merlot, die ein Date mit einem Jack Daniels hatte. Jasper, der zwei große Hammelkoteletts kaute und ein Harp trank, beschwerte sich über eine Frau, die ihm ihre Nummer gegeben hatte. Als er anrief, war der Abblitz-Dienst dran und eine automatische Frauenstimme sagte: »Wer immer Ihnen diese Nummer gegeben hat, möchte sich nicht mit Ihnen treffen und Sie auch nie wiedersehen.«

»Wer macht so was?« sagte er. »Ich meine, wie kann man so gemein sein?«

»Manche Leute haben echt einen grausamen Humor«, sagte ich und zuckte die Schultern.

»Ich kapier nicht, was ich falsch mache«, sagte er. »Ich bin ein treuer, aufrichtiger Mann mit einem großen Herz, und ich hab seit drei Jahren keine Freundin gehabt.«

Einerseits tat er mir Leid. Er war tatsächlich treu und witzig und clever. Doch er hockte jeden Abend in der

Kneipe und hatte einen Zehn-Kilo-Bierbauch. Es ist nicht leicht, Alkoholismus zu thematisieren, wenn das Gespräch in der Kneipe stattfindet.

»Vielleicht solltest du öfter ausgehen«, sagte ich.

»Ich *bin* aus!« sagte er. »Ich sitze schließlich nicht zu Hause rum. Ich sitze hier, in der ersten Reihe. Du siehst mich doch mit den Frauen. Ich bin nett, ich bin ein guter Typ, oder etwa nicht?«

»Klar bist du das«, sagte ich.

»Früher dachte ich, es läge an meinem Gewicht, aber du hast keine Ahnung, wie viele Frauen mir sagen, dass sie meinen Bauch lieben!« Er beugte sich verschwörerisch vor. »Sie meinen, das stimuliere die Klitoris.«

Ich befand mich in einer Episode von *Twilight Pussy*. Alle wussten über die Stimulierung der Klitoris Bescheid – außer mir. »Tatsächlich?«

»Ich kapier's nicht«, sagte er. »Sie mögen mich, sie vögeln mich, aber sie bleiben nicht. Sie betrachten mich nicht als potentiellen Freund. Zu mir kommen sie, um sich über irgendeinen Kerl auszukotzen, und nachdem sie sich an meiner Schulter ausgeheult haben, gehen sie nach Hause. Ich bin der Schultermann. Ich will mal das Arschloch sein.«

»Du willst ganz bestimmt kein Arschloch sein«, sagte ich.

»Du arbeitest gerade mal einen Monat hier und schon fängst du an zu fluchen?« sagte eine Stimme an der Tür.

Erschrocken fuhr ich herum. »Was machst du denn hier?«

»Mama und ich haben uns gestritten und ich musste mal raus.«

»Du kannst nicht einfach herkommen und dir einen Drink bestellen, Papa«, sagte ich mit gedämpfter Stimme, damit Jasper mich nicht verstand.

»Tut mir Leid, Fräulein«, sagte er, blickte sich um und tat erstaunt. »Irre ich mich oder ist das eine Bar? Ich hätte schwören können, es ist eine Bar.«

»Ich versuche einen hart gesottenen Eindruck zu machen«, zischte ich. »Die Leute hier sollen nicht wissen, dass ich einen Vater habe.«

»Wie kann ich zu Hause rumsitzen, wo das Viertel so eine wunderbare Wandlung durchmacht?«

»Na gut, na gut«, sagte ich. »Nun setz dich schon.«

»Ich bin übrigens kein alter Knacker. Ich bin erst vierundfünfzig.«

»Fünfundfünfzig«, sagte ich.

»Erwischt«, sagte er. »Aber bin ich etwa kein toller Typ?«

Sein Haar war verfilzt und zerzaust, als hätte er es den ganzen Tag gerauft. Offenbar war es eine ganze Weile her, dass er es gefärbt hatte, denn der Ansatz war grau und der Rest orangebraun. Ich predigte ihm immer, er solle das beim Friseur machen lassen, aber er blieb bei *Just for Men*. Sein wuchernder Bart, den er nicht färbte, kontrastierte mit dem gefärbten Haar. Er trug Birkenstocks mit voluminösen weißen Tennissocken, die unter den Riemen hervorquollen. Eine Socke hatte einen gelben Streifen, die andere gar keinen.

Auf seinem T-Shirt waren diverse Silhouetten – ein Affe, ein Neandertaler, ein moderner Mensch, ein Mensch mit krummem Rücken und ein buckliger Mensch am Computer. Darunter stand: »Irgendwie, irgendwo, irgendwann ist irgendwas schief gelaufen.« Er hatte das T-Shirt in seine Khaki-Shorts gesteckt, die bis zum Bauchnabel hochgezogen waren, und er musste beim Anziehen in Eile gewesen sein, denn ein Zipfel des T-Shirts lugte aus dem offenen Hosenstall.

Ich zeigte auf das T-Shirt-Schwänzchen. »Hoppla«,

sagte er, zog den Reißverschluss ein Stück runter und stopfte es wieder rein. Ich bemerkte, dass Cosmopolitan uns anglotzte und warf ihr einen vernichtenden Blick zu. Dass *ich* mich über meinen Vater mokierte, hieß noch lange nicht, dass die anderen das auch durften.

Er setzte sich neben Jasper an die Bar. Mir war sehr bewusst, wie ich angezogen war: enges weißes Top, dunkelblaue Jeans und hohe schwarze Plateauschuhe. Ich hatte mein Haar glatt geföhnt und roten Lippenstift und dick Wimperntusche aufgetragen. Ich hasste es, mich wie eine Nutte anzuziehen, aber es war gut fürs Geschäft.

»Jasper«, seufzte ich. »Das ist mein Vater, Richard Block. Papa, das ist Jasper. Mein persönlicher Bodyguard.«

»Freut mich, Sie kennenzulernen, Mr. Block«, sagte Jasper und streckte die Hand aus.

»Ich bin Ihnen sehr dankbar«, sagte mein Vater mit düsterem Blick. So ein Depp. Ich schämte mich, dass wir vom selben Blut waren.

»Ich würde Rachels Leben jederzeit verteidigen«, sagte Jasper. Offenbar war mein Vater hier nicht der einzige Schwachkopf.

»Was kann ich dir bringen, Papa? Scotch mit Soda?«

»Nein. Was trinkt man denn hier so? Was trinken Sie, Jasper?« Er schielte hinüber wie ein Kind am Essenstisch.

»Harp. Kann ich nur empfehlen.«

»Also gut, dann. Isch nemme auche so eins, Barkeeper.«

»Was soll das für ein Akzent sein, Papa?«

»Italienisch.«

»Klang eher belgisch.«

Ich schenkte ihm ein und schob ihm sein Glas rüber. Er trank einen kräftigen Schluck und stierte dann missmutig hinein. Mein Vater macht gern auf manisch-depressiv.

»Was ist denn jetzt?« sagte ich.

»Deine Mutter ist im Moment unerträglich. Sie hat beim Füllen des Geschirrspülers einen Teller fallen lassen und losgeheult. Ich sagte, es sei doch nur ein Teller, und sie sagte: ›Corelle ist eigentlich unzerbrechlich!‹, rannte ins Bad und schlug die Tür zu.«

»Bist du sicher, dass du von Mama redest?« Meine Mutter hatte ihre Launen, aber meistens war sie ziemlich ausgeglichen.

»Nein, ich meine deine andere Mutter«, sagte er. »Deine echte Mutter, die in einem Wohnwagen in Tallahassee wohnt. Natürlich rede ich von Mama. So ist sie, seit ...«

»Ich weiß. Sie hat's mir erzählt.« Jasper lüpfte eine Augenbraue. Das hatte mir gerade noch gefehlt – dass meine Gäste die intimen Details von Mutters Menopause erfuhren.

»Das ist eine schwierige Übergangsphase! Ich verstehe nicht, warum niemand auf die Idee kommt, Antidepressiva zu verschreiben.«

»Tut man ja. Man empfiehlt Effex ...«

»Nicht den Frauen, den Männern! Zu Hause herrscht Krieg. Gestern, als *Frasier* lief, riss sie plötzlich ihre Bluse auf, wie Tarzan. Ich fragte, ob sie auf Kelsey Grammer steht, und sie sagte, sie habe eine Hitzewallung.«

»Viele Männer wären dankbar, wenn sich ihre Frau spontan die Bluse aufreißt«, sagte Jasper.

»Soll das ein Witz sein? Es war gruselig!« jammerte er. »Sie ist ständig schlecht gelaunt. Früher hat sie nie geschrien, jetzt schreit sie. Normalerweise hab *ich* immer geschrien. Sie faucht mich ohne jeden Grund an, zum Beispiel, wenn ich meine Jacke auf dem Sofa liegen lasse oder die Badematte nicht aufhänge. Und sie stellt den Thermostat so niedrig ein, dass mir der Arsch abfriert.«

Ich war es nicht gewohnt, dass mein Vater mir sein Herz ausschüttete. Bei männlichen Gästen konnte ich damit umgehen, aber bei meinem Vater war das zu viel verlangt. »Warum erzählst du mir das?« sagte ich.

»Du bist meine Tochter!« sagte er, als erkläre das alles. »Und mit Mama kann ich nicht darüber reden. Ich hab ihr gesagt, sie soll Hormone nehmen, aber seit dieser Studie ist sie überzeugt, dass sie davon Brustkrebs kriegt. Wenn Lauren Hutton Hormone nimmt, kann es so schlimm doch nicht sein.«

»Ja, ich hab die Werbung gesehen. ›Wissen ist Macht. Machen Sie sich schlau.‹«

»Das sag ich Mama auch, aber immer, wenn ich Hormonersatz-Therapie vorschlage, nennt sie mich ›menophob‹. Jetzt ist sie auf dem Sojatrip, aber so weit ich rieche, fördert es nur ihre Verdauung.«

»Okay! Hör sofort auf damit!« Ich machte die Piep-piep-piep-Geräusche eines rückwärts fahrenden Lasters.

»Seit ihrer ›Wandlung‹ ist sie nie mehr zu Hause. Entweder ist sie beim Volkstanz oder bei ihrer Buchgruppe oder ...«

»Na und? Spricht was dagegen?«

»Sie sollte sich lieber um ihren Auserwählten kümmern. Sehe ich vielleicht so aus, als könnte ich für mich selbst sorgen? Als ich rein kam, stand mein Hosenstall offen!«

Red-Bull-Absolut winkte mir vom anderen Ende der Bar. Mit einem Schlag war ich hellwach. Ich musste mehr auf Zack sein. Multitasking gehört nicht zu meinen Stärken, dabei ist das so ziemlich das Einzige, was ein Barkeeper können muss.

»Kriegen wir noch eine Runde?« sagte er.

Ich gab ihnen die Drinks und das Wechselgeld. Caitlin

hatte mir beigebracht, Ein-Dollar-Scheine zurückzugeben, weil es sonst kein Trinkgeld gab, aber meistens gab es trotzdem kein Trinkgeld.

Irgendjemand hatte gerade »Just Like a Woman« aufgelegt, und mein Vater fing an mitzusingen. »Nobody has to guess that baby can't be blessed/Till she finds out that she's like all the rest...«

»Schöne Stimme, Mr. B.«, sagte Jasper.

»Wie überaus freundlich von Ihnen, Jasper«, sagte er. »Meine Tochter findet, dass ich eine furchtbare Stimme habe.«

»Du hast eine furchtbare Stimme«, sagte ich.

»Ich finde sie sehr melodisch«, sagte Jasper. Dieser schwule Balztanz killte mich.

Die Tür ging auf, und dann kam meine Mutter rein. Sie trug ein königsblaues Polohemd und Damen-Jeans, und ihre Wangen waren gerötet, keine Ahnung wieso. Fröhlich winkend kam sie auf die Bar zu, bis sie meinen Vater entdeckte und ihre Miene sich verfinsterte.

»Was machst *du* denn hier?« fragte er.

»Ich will mit Rachel reden.«

»Aber das mach *ich* schon!«

»Na und?« sagte sie. »Was hält dich davon ab?«

»Siehst du?« sagte er händeringend. »So geht das die ganze Zeit.«

Stoli Tonic wollte noch eine Runde. Ich machte die Drinks, und als ich zurück kam, sagte mein Vater gerade: »Ich ertrage es nicht, wenn du dich wie eine Irre aufführst!« Zwar zankten sie sich gelegentlich, zum Beispiel wenn sie etwas Wichtiges wegwarf oder er Geschirr in den Kühlschrank stellte, doch bisher nie in der Öffentlichkeit. Normalerweise zofften sie sich im Schlafzimmer hinter verschlossener Tür.

»Ich führe mich nur deshalb auf wie eine Irre, weil du

nicht das geringste Mitgefühl dafür zeigst, was ich durchmache!«

»Mama«, ich beugte mich vor und berührte ihren Arm.

»Das geht dich nichts an, Rachel«, sagte sie.

»Ihr seid in *meiner* Bar«, sagte ich.

»Ich kann nichts dafür!« fauchte meine Mutter. »Das ist eine normale Phase im Leben einer Frau, und ich erwarte ein bisschen mehr Verständnis. Joan Ibbotson sagt, Peter würde sie liebevoll umsorgen!«

»*Die* nimmt auch Hormone!« schrie er.

»Ich habe keine Lust, Krebs zu kriegen, nur weil das patriarchalische Gesundheitssystem es verlangt.« Wenn die eigene Mutter das Wort »patriarchalisch« in den Mund nimmt, wird's brenzlig.

»Okay«, sagte er, »aber es muss doch noch andere Lösungen als Rice Dream geben!«

»Was denn – Testosteron? Na gut! Ich versuch's mit Testosteron! Ich kann's kaum erwarten, dein Gesicht zu sehen, wenn mir ein *Penis* wächst! Warum heiratest du nicht gleich DruPaul!«

»Mama«, sagte ich. »Du meinst *Ru*Paul.«

»Meinetwegen!« Mein Vater kicherte, als hätte er auch nur die geringste Ahnung, wer RuPaul war. »Siehst du, wie er mich bevormundet?« sagte sie.

»Wie soll ich dich bevormunden, wenn du nie da bist?« sagte er. »Du treibst dich ja ständig rum!«

»Hab ich kein Recht auf ein eigenes Leben? Ist es mir nicht gestattet, neben dir noch andere Interessen zu haben?« Am anderen Ende der Bar bewegte sich was. Cosmopolitan und Stoli Tonic standen auf. Meine Eltern vertrieben die Kundschaft.

»Merkt ihr gar nicht, was ihr da macht?« sagte ich. »Ihr verderbt mir das Geschäft! Würdet ihr bitte draußen weitermachen?«

»Ich geh nirgendwo hin«, sagte mein Vater. »Ich will erst mein Harp austrinken.«

»Du wirst langsam ein richtiger Säufer«, seufzte meine Mutter und setzte sich neben ihn.

»Es gibt keine jüdischen Alkoholiker!« sagte er.

»Und was ist mit Sammy Davis Jr.?«

»Der zählt nicht!«

»Dein Vater hält mich für verrückt, aber *er* hängt an der Flasche.«

»Das reicht!« sagte er und sprang auf. »Wenn du hier bleibst, hau ich ab.« Vor sich hin murmelnd stapfte er zur Tür. Ich wusste nicht, was schlimmer war: dass er meine Kundschaft vergrault hatte oder dass er vergessen hatte, mir Trinkgeld zu geben.

Meine Mutter neigte sich vor und sagte: »Warum gibst du mir nicht ein Glas von eurem besten Weißwein?«

Ich kam mir ein bisschen berechnend vor, doch Mike hatte mir eingebleut, den neuen Pinot zu pushen. »Wir haben einen schönen Pinot blanc.«

»Lass mal probieren.« Ich schenkte ihr ein und sie trank einen großen Schluck. »Oh, der ist gut. Noch mehr!« Meine Eltern, Juden der oberen Mittelschicht, verwandelten sich in die Besetzung von *Barfly*.

Sie trank, als sei sie ohne Wasser in der Wüste gestrandet. »Alles in Ordnung?« fragte ich. »Papa sagt, du leidest unter Stimmungsschwankungen ...«

Sie winkte ab. »Er projiziert seine Ängste auf mich. Hat er dir erzählt, dass er beschlossen hat, sich einäschern zu lassen? Wir müssen die Grabstätten in Flatbush reservieren« – meine Mutter ist in Flatbush aufgewachsen und ihre ganze Familie liegt dort auf einem jüdischen Friedhof begraben – »aber er findet Särge zu teuer. Nur dein Vater kriegt es fertig, am Tod zu sparen.«

Sie furzte, wie um ihren Standpunkt zu bekräftigen.

»Verzeihung«, sagte sie in die Runde. »Das kommt vom Soja.« Sie griff in ihre Handtasche und nahm eine Lactaid.

»Ist das nicht für Milch?« sagte ich.

»Es ist alles, was ich habe.« Sie zuckte die Schultern und spülte die Tablette mit Wein runter. »Ach, das hätte ich fast vergessen«, sagte sie. »Meine Buchgruppe liest Donnerstagabend *The Silent Passage* von Gail Sheehy, und ich dachte, du magst vielleicht kommen.«

Die Vorstellung, die Menopause meiner Mutter mit ihren Freundinnen zu diskutieren, war ungefähr so reizvoll wie die Vorstellung, mir ein Martini-Glas ins Gesicht zu schlagen.

»Ich weiß nicht«, sagte ich.

»Es würde mir so viel bedeuten, Rach. Ich moderiere das Treffen. Ich möchte gern, dass du weißt, was in mir vorgeht, um deine Vorurteile abzubauen. Sheehy sagt, es sei sehr wichtig, das große M ins öffentliche Bewusstsein zu bringen, um den Leuten die Angst zu nehmen.«

»Glaubst du, es ist förderlich, vom großen M zu sprechen?«

»Ich versuche nur, es nicht so ernst zu nehmen«, sagte sie. »Bitte komm doch.« Ich hatte zwar keine Lust, aber auch ein schlechtes Gewissen, dass ich eine so lausige Tochter war. Manchmal, wenn ich nachts meine Kreditkartenabrechnung durchging, dachte ich daran, wie selten wir redeten, und hatte ein schlechtes Gewissen, weil ich mich nicht mehr für ihr Leben interessierte.

»Na gut«, sagte ich.

»Ich bin so froh!« sagte sie. »Ich habe dir ein Exemplar mitgebracht, damit du dich vorbereiten kannst.« Sie zauberte ein Taschenbuch mit einer grünen blatt-ähnlichen Figur auf dem Cover aus der Tasche, das vage an feministische Erotik erinnerte. »Ich hab noch was für dich«, sagte sie. Sie wühlte in ihrer Tasche und zog einen Gefrierbeutel mit Tampons und Maxibinden heraus.

»Mama!« sagte ich und stopfte ihn unter die Bar, ehe Jasper ihn sah – seinem Grinsen nach zu spät.

»Das ist alles«, sagte sie, als handle es sich um eine Erbschaft und nicht um eine Tüte Blutlappen. »Ich dachte, vielleicht kannst du sie gebrauchen.«

»Ist dir kein besserer Zeitpunkt eingefallen, sie mir zu geben?« sagte ich.

»Was regst du dich so auf?« sagte sie. »Seine Tage zu haben, ist doch kein Grund sich zu schämen.« Jasper unterdrückte ein Kichern.

Während ich meine Mutter so an ihrem Glas nippen sah, kam ich mir vor wie in einem TV-Drama: *Eine Mutter in der Krise.* Ich kapierte nicht, warum sie und mein Vater plötzlich so Oprah-mäßig drauf waren. Es gehört dazu, dass man seinen Eltern die Ohren mit den eigenen Problemen vollsülzt. Andersrum ist man total überfordert.

Ich wünschte, sie hätten nie einen Fuß in meine Bar gesetzt, und dass sie überhaupt auf die Idee kamen, beunruhigte mich. Meine Mutter spülte Lactaid mit Wein runter, mein Vater wollte sich einäschern lassen, und ich trug nuttige Tops und ließ es geschehen. Die Blocks gingen vor die Hunde.

SPIESSBÜRGERTUM

Für meine Verabredung mit Powell wählte ich ein schrilles Marimekkokleid in Pink und Orange. Die hohe Taille ließ meine Brüste noch größer wirken und durch die Glockenärmel sah ich aus wie ein rosa Bonbon. Wer mit einem älteren Mann ausging, sollte wie ein Schmuckstück aussehen.

Das Saul hatte eine warme, winterliche Atmosphäre und war wie geschaffen für Heiratsanträge. Es war von Pärchen, meist mittleren Alters, bevölkert, aber Powell konnte ich nicht entdecken. Ich sah auf meine Uhr. Punkt acht. Ich überlegte, ob ich wieder gehen sollte, einmal um den Block laufen und dann wiederkommen, so dass *er* auf *mich* warten musste, doch er hatte mir ausdrücklich zu verstehen gegeben, dass ich den ganzen Mist über Bord werfen sollte.

Eine hübsche brünette Kellnerin mit kräftigen, aber perfekt geformten Augenbrauen kam auf mich zu. Ich hielt zwei Finger hoch. Ich liebe es, zwei Finger hochzuhalten. Ein Privileg, das mir nicht oft vergönnt ist. Sie führte mich zu einem der hinteren Tische, und während ich mich setzte, sah ich Powell. Er trug ein weites weißes Leinenhemd, das teuer aussah und seine Wampe kaschierte. Er überflog den Saal ohne jedes Zeichen von Nervosität, entdeckte mich, nickte kurz und kam auf mich zu. Als er sich setzte, erhaschte ich einen Blick auf seinen Kopf. Er trug sein Haar zurückgekämmt wie mein Vater, aber es hatte sich noch nicht so stark gelichtet.

»Du bist pünktlich«, sagte er.

»Normalerweise nicht«, sagte ich. »Ich habe mich verschätzt.« Er sah mich fragend an, und ich kam mir wegen meines Getues blöd vor. Die obersten drei Knöpfe seines Hemdes standen offen und man sah die schwarzgrauen Löckchen auf seiner Brust. Am liebsten hätte ich mein Gesicht in diesem grauen Rasen vergraben.

Die Kellnerin brachte die Karte.

»Schön, dich zu sehen«, sagte er herzlich.

»Gleichfalls«, sagte sie.

Während ich mich noch aufführte, als sei Cobble Hill *mein* Revier, war er längst der Platzhirsch. Ich fragte mich, ob er wohl oft herkam, ob er normalerweise allein aß. New York war die einzige Stadt in der Welt, wo es nicht verpönt war, allein zu essen. Einmal sah ich Diane Sawyer in einem Diner in der Dreiundvierzigsten Straße allein ein Pastrami-Sandwich essen, was mich einen ganzen Monat in Hochstimmung versetzte.

»Kann ich euch beiden schon was zu trinken bringen?« fragte die Kellnerin.

»Ich überlege, ob ich nicht ein Glas Wein nehme«, sagte ich zögernd.

»Warum nehmen wir nicht gleich eine Flasche?« fragte Powell. Wieder aufgestockt. Entweder mochte er mich oder er war ein Säufer.

»Gute Idee«, sagte ich und versuchte, meine Freude zu verbergen. Er warf einen Blick auf die Weinkarte, griff in seine Umhängetasche und holte eine Gleitsichtbrille heraus.

»Trinkst du lieber Rot oder Weiß?« fragte er und setzte sie auf die Nasenspitze. Am liebsten hätte ich sie ihm von der Nase gerissen und mich auf sein Gesicht gesetzt.

»Rot.«

»Hmmm. Wie wär's mit dem Côte du Rhône?«

»Prima«, sagte ich und tat so, als hätte ich Ahnung von Wein.

Nachdem die Kellnerin gegangen war, legte er beide Arme auf den Tisch und sagte: »Bist du auch ein Opfer der Merlot-Verschwörung?«

»Was ist das?«

»Die meisten Barkeeper drängen Frauen Merlot auf«, sagte er. »Wenn du etwa an der Bar auf einen ungewöhnlich attraktiven Herrn wartest und es kaum erwarten kannst, seine elegante Erscheinung zu erblicken« – seine Augen funkelten – »und der Barkeeper sagt: ›Möchten Sie etwas trinken?‹ sagst du: ›Ja, was haben Sie denn für Rotwein?‹ Dann sagt er in neun von zehn Fällen: ›Wir haben einen sehr schönen Merlot‹, und den bestellst du dann am Ende auch.«

»Das ist mir tatsächlich auch schon aufgefallen«, sagte ich.

»Es wird unterstellt, dass Frauen lieber einen leichten, flachen Wein trinken als einen komplexen, schweren. Und oft ist der Merlot auch noch teurer. Deshalb wird er den Bräuten aufgedrängt. Und ich halte es für ein *Verbrechen gegen die Menschlichkeit!«* Seine Augen waren weit aufgerissen, sein Blick irre. Ob er immer so leidenschaftlich war oder nur in Sachen Rotwein?

Die Kellnerin kam mit der Flasche, zeigte ihm das Etikett und goss etwas in sein Glas. Er trank einen Schluck, neigte den Kopf und sagte: »Wunderbar.« Dieses »Wunderbar« war wunderbar. Powell wirkte kultiviert, aber nicht arrogant. Die Kellnerin schenkte mir ein, dann ihm und verschwand. Er hob sein Glas und sagte: »Auf den Tod des Merlots.«

»Auf den Tod des Merlots«, sagte ich. Wir stießen

an und ich trank einen Schluck. Köstlich. »Schmeckt gut.«

»Siehst du?« sagte er. Er setzte sein Glas ab und ließ den Wein im Glas kreisen, bevor er den nächsten Schluck trank. Während ich ihm zusah, fühlte ich mich wie bei einem echten Rendezvous mit einem echten Mann. Endlich mal kein Schlappschwanz, kein Softie, kein Schwächling. Ich wollte seine Trophäenfrau sein.

Ich stellte mir vor, wie er mich mit ins Theater nahm und als seinen kleinen Rabbi vorstellte. Wir würden in Galerien gehen und zu Preisverleihungen für Independant-Filme und wenn wir ausgingen, wüsste er immer den richtigen Wein zu bestellen. Er würde mich von einer schwarzen Limousine im Roxy abholen und zu sich bringen lassen. Er würde die Tür öffnen und ich ihm in die Arme fallen und ihm die schrecklichen Geschichten von verheirateten Männern und wichtigtuerischen Yuppies erzählen. »Ist ja gut«, würde er gurren, meine Tränen fort küssen und mich zwecks CAT zum Bett tragen.

Eines Abends, als ich ihm von dem Italiener erzähle, der darauf steht, wie ich den Mixer schüttel, verzieht sich sein Gesicht, und ich weiß, dass die Muse ihn küsst. Er rennt zu seinem Herman-Miller-Stuhl, stopft ein Blatt Papier in die Schreibmaschine (er ist zu sehr Purist für einen Computer) und schreibt die Eröffnungsszene seines brillantesten Films über eine Tresenschlampe, die ihr Rabbinerstudium geschmissen hat und bei der Arbeit immer weint. *Chai-ote Ugly.* Ein zugleich trauriger und witziger Film, ebenso real wie surreal, eine grandiose Bestandsaufnahme »Meiner Generation«.

Jeden Abend würde er *eine* Szene schreiben, während ich auf dem Bett saß und seinen Rücken betrachtete, und nach der letzte Seite würde er gähnen: »Ich bin ein

Genie«, und mich auf das Bett werfen, wo ich mich freudig von ihm entehren ließ. Das fertige Manuskript würde er an seine Agentur Undertake schicken, der wichtigsten in Hollywood (das wusste ich, weil ich seinen Namen kürzlich in der *New York Times* einem Artikel über die Agentur gelesen hatte), und es würde sofort verfilmt.

Innerhalb einer Stunde wäre Kirsten Dunst für die Hauptrolle der Barfrau Reva verpflichtet, und die Produzenten würden darauf bestehen, dass sie eine jüdische Himmelfahrtsnasenprothese trägt, obwohl ich selbst überhaupt keine Himmelfahrtsnase habe. Penny Marshall, die jüdischste Nichtjüdin der Welt, würde die Regie übernehmen und am Ende würde der Film für drei Oscars nominiert – einer für Penny, einer für Kirsten und einer für die Maskenbildnerin, die die Himmelfahrtsnase gemacht hatte.

Am Abend der Verleihung würde ein Fernseher ins Roxy geschleppt und all die Blödmänner, die mich ständig anmachten, würden mit aufgeklappten Kiefern zusehen, wie ich an Powells Arm über den roten Teppich schritt, und sich fragen, warum ich ihnen immer einen Korb gegeben hatte, obwohl ich offenkundig eine Schwäche für hässliche, ältere Männer hatte. Bei meiner Rückkehr aus L.A. würde ich mit einer prächtigen Parade auf der Smith Street empfangen werden, die der Eröffnungszeremonie des Gowanus Canal in nichts nachstand, und ich würde als das Mädchen-von-nebenan-das-einen-oscargekrönten-Film-inspiriert-hatte bejubelt werden.

Powell studierte die Speisekarte. Obwohl er seine Gleitsichtbrille auf hatte, hielt er die Karte dreißig Zentimeter von sich weg, was dem Konzept einer Brille irgendwie widersprach. Während er las, hob er die Hand und strich mit Zeige- und Mittelfinger über die Enden seines

Schnurrbarts. Ob er das weltweite Zeichen für Cunnilingus kannte? Mit einem lauten zufriedenen Seufzer klappte er die Karte zu und sagte: »Ich bin soweit.«

»Was nimmst du?«

»Das Ribeye Steak. Und du?« Ich studierte die Fischgerichte. Alles irgendwie ein bisschen fade. Bis auf den Hummer.

Das letzte Mal hatte ich Schalentiere in der zehnten Klasse gegessen, als ich als Präsidentin der BReaSTY den Vortrag eines Professors aus Staten Island organisiert hatte, der ein Buch über Judentum und Vegetarismus geschrieben hatte. Ich war so beseelt von seinen Ausführungen über den Auftrag des Judentums, Tiere zu schützen, dass ich am nächsten Tag Vegetarier wurde. Ich hatte sowieso nicht oft Schalentiere gegessen und hasste den Geruch von Speck, da war es ein Leichtes, koscher zu werden. Im letzten Jahr an der Wesleyan fing ich zwar wieder an, Fleisch zu essen, aber keine Schalentiere. Bei dem Gedanken, einen Fisch zu essen, der laufen kann, wurde mir irgendwie übel.

Jetzt kam mir das alles albern und müßig vor. Mir gefiel die Vorstellung nicht, dass das, was ich aß, aus mir einen besseren oder schlechteren Juden machte. Die *Kaschrut* diente dazu, einen jedes Mal, wenn man sich etwas in den Mund steckte, daran zu erinnern, dass man jüdisch war, und heute wollte ich etwas in meinen Mund stecken, das ganz bestimmt nicht jüdisch war.

Die Kellnerin kam. Powell bestellte, und ich verkündete stolz: »Ich nehme den Hummer.«

»Hummer?« sagte er. »Ich dachte, du bist Rabbi.« Die Kellnerin runzelte die Stirn und verzog sich.

»Ich hab dir doch erzählt, dass ich das Studium geschmissen habe. Außerdem gilt im Reformjudentum das Prinzip der freien Gewissensentscheidung.«

»Das gefällt mir.« Er nickte. »Nix koscher und Bräute dürfen predigen. Erzähl mir, was passiert ist.«

Ich trank einen großen Schluck Wein und erzählte ihm, wie furchtbar und fehl am Platz ich mir in den ersten Monaten an der Uni vorgekommen war. Ich erzählte ihm, wie lahmarschig und wenig schöngeistig die anderen Studenten waren, und dass die meisten Judaistikstudenten schlechte Haut hatten und völlig zu Unrecht ein Riesenego. Ich erzählte ihm, dass selbst die schwulen Studenten sich unterwürfig an die Vorschriften hielten und sich bei den Professoren einschleimten. Dann erzählte ich ihm von meinem fahrlässigen Mord im Memorial, der das Fass zum Überlaufen gebracht hatte.

Er schwieg eine Weile, dann nickte er und sagte: »Lieber alles hinschmeißen, als mit Playback an die Spitze.«

»Eben«, sagte ich. »Wenn nur meine Eltern nicht so enttäuscht wären.«

»Wie alt bist du?«

»Sechsundzwanzig.«

»Was schert es dich, was deine Eltern denken.«

»Ich weiß«, sagte ich. »Aber sie wohnen ganz in der Nähe und haben ein krankhaftes Interesse an allem, was ich tue.«

»Weil du sie lässt!« rief er. »Du hast die Sicherheit und Bequemlichkeit ausgetretener Pfade genossen! Und jetzt musst du garantiert teuer dafür bezahlen, dass du davon abgekommen bist. Als ich meiner Mutter erzählt habe, dass ich Filme machen will, war sie so untröstlich, dass sie eine Lungenentzündung bekam.«

»Und das soll gut sein?«

»Natürlich! Was für eine *aufregende Zeit* dies für dich sein muss! Was für ein *Glück, dass ich dir gerade jetzt begegnet bin!«* Ich nickte zaghaft und fragte mich, ob er sich immer wie ein Irrer aufführte oder nur in meiner Gegenwart.

»Ich sage dir, es ist kein Leichtes, die Ketten des Spießbürgertums zu sprengen.«

»Was genau ist denn ein Spießer, Mr. Powell?«

»Hör auf, mich so zu nennen«, sagte er. »Das nervt.«

»'tschuldigung. Was genau ist denn nun ein Spießer, Hank?«

»Der Spießer steht für die Unfähigkeit, eigenständig zu denken. Für die Hingabe an ein Leben müßiger, hirnloser Häuslichkeit ohne einen Gedanken daran, welche Folgen seine Wahl hat. Sieh dir die ganzen Frauen im Viertel an, die ihren Arsch verkaufen. Die sich reichen Kerlen an den Hals werfen, damit sie nicht mehr selbst ihren Lebensunterhalt verdienen müssen. Dieser gefährliche neue Trend der gehobenen Prostitution macht mir Angst.«

»Hat das was mit deiner Scheidung zu tun?«

»Natürlich hat das was mit meiner Scheidung zu tun! Weißt du, wie viel Geld ich letztes Jahr verdient habe? Über eine Million Dollar. Weißt du, wie viel Geld mir davon geblieben ist? *Nichts!* Weil alles meiner Frau zugesprochen wurde!«

»Womit hast du eine Million Dollar verdient?«

»Drehbücher unter Pseudonym.«

»Echt?« Ich war neugierig. »Welche?«

»Das behalte ich lieber für mich. Aber wenn in der Gewerkschaft der Autoren nicht nur *benebelte Idioten* säßen, würde mein Klopapier an einer Platinstatuette hängen. Man muss sich vorstellen, dass meine Frau, als ich sie kennen lernte, Feministin war. Sie hat sich nicht mal die Achseln rasiert. Doch kaum war die verdammte Ehe vorbei, spielt sie das arme Hascherl. Eine verschmähte Frau mit einem guten jüdischen Anwalt ist unberechenbar. Geld verwandelt Menschen in Bestien. Meine Exfrau ist nur eine von ihnen. Das Streben nach

Spießbürgertum korrumpiert die menschliche Seele.« Ich stellte mir seine Frau streitsüchtig und furchteinflößend vor, mit gigantischen falschen Brüsten, Stahl-Trizeps und einem unechten Catherine-Zeta-Jones-mäßigen Glanz.

»Was macht sie?« fragte ich.

»Sie lebt von den Unterhaltszahlungen!« Es gab keinen Grund, sich Illusionen zu machen: Dieser Mann würde nie wieder heiraten. »Ich weiß nicht, warum ich dir das überhaupt erzähle«, sagte er abwinkend. »Du bist in diesem Viertel aufgewachsen und immer noch da. Was bedeutet, dass du selbst einen starken Hang zur Häuslichkeit hast.«

Ich fühlte mich angegriffen. Ich versuchte, als heiße Braut rüberzukommen, und er warf mich in einen Topf mit den Übermüttern. »Hey!« sagte ich. »Du wohnst auch hier!«

»Weil ich mir Manhattan nicht leisten kann. Weißt du wieso? *Weil mein ganzes Geld meiner Frau zugesprochen wurde!«* Er seufzte und schien sich etwas zu beruhigen. »Versteh mich nicht falsch. Ich sag ja nicht, dass du wie diese Mutterhuren bist, du hast nur einen gewissen Hang zum Spießbürgertum. Deshalb wolltest du auch Rabbi werden: um deine Eltern glücklich zu machen.«

»Das ist nicht wahr!« sagte ich ein wenig zu laut. »Ich wollte Rabbi werden, weil ich finde, dass das Reformjudentum mehr Frauen braucht, weil ich etwas verändern wollte.«

»Papperlapapp«, sagte er. »Bei dir verbindet sich das folgsame Wesen der einzigen Tochter mit dem Ehrgeiz des einzigen Sohnes. Du bist hin und her gerissen zwischen dem Femininen und dem Maskulinen. Du hast einen starken Animus.«

»Im Jung'schen Sinne meinst du?«

»Ja. Ich dagegen habe eine starke Anima, was mir in

meinen Beziehungen regelmäßig zum Verhängnis wird. Wegen meines Muttertriebs, dem Drang zu bemuttern, suche ich mir immer in sich zerrissene Frauen aus. Ich fühle mich zu gewalttätigen Frauen hingezogen. Gewalttätig und verrückt.«

»Ich bin weder gewalttätig *noch* verrückt«, sagte ich traurig.

»Wer sagt denn, dass ich mich zu dir hingezogen fühle?« Verletzt fuhr ich auf. Sein Gesicht war ausdruckslos, und er gab mir kein versöhnliches Zeichen. »Im Grunde bist du eine leichtgläubige Unschuld, aber auf den ersten Blick vermittelst du einen starken Animus. Deshalb habe ich in deinen Keks gebissen. Damit du gleich Bescheid weißt, dass ich hier der Mann bin.«

»Du glaubst, ich will ein Mann sein?«

Er nickte gewichtig wie ein Seelenklempner. »Du bist ein Paradebeispiel. Du weigerst dich, deine Weiblichkeit zu akzeptieren. Du lehnst sie ab. Deshalb hast du einen Männerberuf gewählt. Du wirst im Leben nicht voran kommen, solange du dich von deinem Animus leiten lässt. Frauen können nicht gewinnen. Sie müssen gewonnen *werden*.«

»Ich dachte, du glaubst nicht an die *Regeln*.«

»Tu ich auch nicht. Aber ich glaube an verschiedene Geschlechterrollen. Vor zwanzig Jahren hatte ich einen Traum. Ich arbeitete als Schnellimbiss-Koch, wohnte in einem Haus ohne Fahrstuhl in Astoria mit Blick auf den Luftschacht. Ich trank jeden Tag ein Viertel Jim Beam und schlief jeden Abend auf dem Küchenfußboden ein, den Mund am Kühlschrankrost. Eines Morgens wachte ich auf und mir drehte sich der Kopf. Ich hatte geträumt, dass eine Taube und eine Ameise miteinander kämpften, und dann flog die Taube fort und schiss der Ameise auf den Rücken und die Ameise starb, vom Gewicht des

Scheißhaufens zerquetscht. Als ich aufwachte, hörte ich diese Worte so klar und deutlich, als würde Gott sie mir ins Ohr flüstern: ›Frauen sind Sünde, Männer wollen Sünde, Männer sind Seele, Frauen wollen Seele.‹ Das ist Aphorismus Nummer Eins von Powells Aphorismen.«

Er blickte mich triumphierend an, als habe er mir gerade den Sinn des Lebens erklärt. »Ich versteh nicht genau, was das heißen soll«, sagte ich.

»Es sind die Männer, die die Verbindung zur spirituellen Welt haben«, rief er. »Frauen hätten sie gern, haben sie aber nicht. Sie sind verankert, sie sind sinnlich und erdverbunden, und das nehmen sie übel. Männer haben ihre Köpfe in den Wolken und suchen die Nähe der Frauen, um im Körperlichen verankert zu bleiben.«

Vor meinem inneren Auge sah ich den missbilligenden Blick von Priya, dem indischen Vertrauensschüler in meinem ersten Jahr an der Wes. Mit solchen Äußerungen kam man an einem liberalen College nicht durch.

»Ist es nicht umgekehrt?« sagte ich. »Es sind doch die Frauen, die der Natur verbunden und somit spiritueller sind.«

»Nein!« schrie er. »Frauen *denken* nur, sie seien naturverbunden, aber sie sind es nicht. *Sie sind es nicht!«* Sein Gesicht war rot und seine Augen glänzten.

»Und was hat das mit dem Traum zu tun?«

»Die Ameise war die Frau, die Taube der Mann.«

»Das bedeutet also, dass die Taube die Frau mit ihrer Scheiße umgebracht hat?«

»Damals gab es jemanden in meinem Leben, jemanden, auf den ich sauer war. Außerdem hatte ich wegen meiner Trinkgewohnheiten Verdauungsprobleme.«

»Ich glaube, so langsam kapier ich's«, sagte ich grinsend. »Frauen sind Feuer, Männer sind Sand. Frauen sind

Wasser, Männer sind Eis. Frauen sind Natur, Männer sind Nahrung.«

»Mach dich nicht lustig über meine Aphorismen«, sagte er. »Das ist Aphorismus Nummer Zwei von Powells Aphorismen.«

»Wie viele gibt es?«

»Fünf.«

Ich pfiff bewundernd. »Das sind eine Menge.«

»Ich lebe ja auch schon lange.«

»Wie lauten die anderen?«

»Ich kann sie mir nie alle merken. Das ist einer der Nachteile, wenn man schon lange lebt.«

Obwohl ich nicht recht wusste, was ich von Powells Philosophie der Geschlechter halten sollte, hörte ich ihm gern zu. Bei Typen *meines* Alters war man mit seinen Geschichten schnell durch, weil wir noch nicht viel erlebt hatten. Danach ging es dann bergab – hat man seine Geschichten erstmal erzählt, bleibt einem nichts anderes, als Filme zu diskutieren, *Seinfeld*-Episoden zu analysieren und sich hinter dem Rücken der Freunde über sie zu beklagen.

Powell war der pure Narzisst und hatte zu viel Jung gelesen, doch er war wach. Einerseits hätte ich ihm am liebsten gesagt, dass er Scheiße redet, andererseits hätte ich ihm ewig zuhören können, denn es war immer noch spannender, mit einem Verrückten zusammen zu sein, als mit dem Falschen.

Dann war er eben kein Jude, na und? Es konnte trotzdem funktionieren. In der Rabbinerschule war es ungeschriebenes Gesetz, dass man nicht zum Rabbi geweiht werden konnte, wenn man mit einem Goi zusammen lebte, doch ich war raus aus dem Spiel. Ich durfte mit einem durchgeknallten Nichtjuden schlafen, ja, ihn sogar heiraten.

Vielleicht war Neil Roth nur deshalb vor meinen Augen verreckt, damit ich endlich klar sah. Vielleicht war er gestorben, damit ich Powell begegnen konnte. Ich war kein Pfuscher. Ich reagierte auf eine Botschaft Gottes, eines anderen Gottes als ich mir immer vorgestellt hatte. Er saß nicht auf einem Thron, sondern in einem plüschigen Ledersessel und sah mit der weinroten, offen stehenden Robe über der nackten, fetten Gestalt ein bisschen aus wie Hugh Hefner. Statt zu schimpfen, weil ich meiner Berufung nicht gefolgt war, sagte er mit selbstgefälligem jiddischen Akzent: »Mach, was du willst. Genieße das Leben. Und hör nicht auf die anderen.«

Die Kellnerin brachte das Essen und stellte es vor uns hin. Mein Hummer sah aus, als litte er in diesem Meer aus Sauce. Ich machte mich über eine Schere her, den unsympathischsten Teil.

»Wie läuft es da drüben?« sagte Powell.

»Ehrlich gesagt, komm ich damit nicht zurecht.«

Er griff über den Tisch. »Du benutzt den Nussknacker so. Dann löst du das Fleisch.«

Ich schob die Gabel mit dem gelösten Fleisch in den Mund. Als ich hinein biss, wurde mir ein bisschen übel und ich war sicher, dass ich mit dem Tod oder zumindest einer Ohnmacht gestraft würde, weil ich gegen die Tora verstieß. Doch ich kaute weiter, und die Übelkeit verging, und … nichts geschah. Ich musste mich weder übergeben noch wurde ich ohnmächtig. Ich hatte nicht mal ein schlechtes Gewissen. Ich aß noch einen Bissen, wartete wieder, und weil kein Blitz mich traf, wurde ich übermütig. Das Fleisch war salzig und lecker, und es kam mir albern vor, es all die Jahre nicht gegessen zu haben.

»Also Hank«, sagte ich langsam kauend, »woher weißt du soviel über die menschliche Natur?«

»Ich war schon immer so. Als Kind in Jackson Heights

wurde ich jeden Tag verkloppt, weil die Schlägertypen wussten, dass ich sie durchschaute. Ich machte ihnen Angst. Obwohl ich es nie aussprach, wussten sie, was ich dachte: *Wovor hast du Angst?* oder: *Warum glaubst du, dass du hässlich bist?* Folglich war ich ein Magnet für Halbstarke. Bei dem ständigen Gegenwind, der mir ins Gesicht blies, lernte ich, das geistige Leben dem körperlichen vorzuziehen.«

»Ich kann auch blasen«, sagte ich.

Er kicherte. Ich fühlte mich benommen und beschwingt und schmachtete ihn betrunken an. Einer von diesen Blicken, die sich sexy anfühlen, doch sähe man sich selbst auf Video, würde man vor Scham aufjaulen. Ich nahm die Serviette von meinem Schoß, beugte mich vor, legte sie auf seine Hand und drückte seine Finger.

»Bist du ein Chasside?« fragte er. »Darfst du mich nicht berühren?«

»Ich bin reformiert.«

»Was machst du dann da?«

»Ich verbinde dich.«

»Warum?« sagte er verschmitzt. »Bin ich verletzt?«

»Nein«, sagte ich, »aber auch jeder gesunde Mann kann eine gute Krankenschwester gebrauchen.«

Er grinste wegen der Textzeile. Mit seiner freien Hand umfasste er meinen Oberarm. Sein Griff war fest, aber nicht grob, wie ein Punkt am Ende eines Satzes, und während er mich festhielt, betrachtete er mich mit einer sonderbaren Intensität, als sende er eine telepathische Botschaft. So verharrten wir einige Sekunden und dann, ebenso abrupt wie er die Hand ausgestreckt hatte, legte er beide Hände in den Schoß, schob den Stuhl zurück und sagte: »Was willst du zum Nachtisch?«

Wir bestellten zwei Stück Limonenkuchen. Nachdem

er den Rücken seiner Gabel abgeleckt hatte, sagte er: »Wollen wir noch irgendwo was trinken?«

»Unten am Expressway gibt es eine Spelunke namens Montero«, sagte ich. »Da gibt es einen Billardtisch und es kostet nur fünfundsiebzig Cent.« Ich war ein paarmal mit David dort gewesen, beschloss jedoch, das für mich zu behalten. Man sollte jeden Mann in dem Glauben lassen, er sei der Erste, dem man seine Lieblingsplätze zeigt, auch wenn er der Zwölfte ist.

»Klingt gut«, sagte Powell.

»In den fünfziger Jahren war es eine Matrosenbar. Man trank, fing an, sich zu streiten, ging vor die Tür, um sich zu prügeln, und dann wieder rein und trank weiter. Der Besitzer hat mir davon erzählt. Pepe. Ich hab ihn mal gefragt, ob es auch Tote gegeben hatte, und er sagte: ›Einmal. Aber der ist nicht *in* der Bar gestorben. Erst im Krankenhaus.‹«

»Klingt *wirklich* gut«, sagte Powell und verlangte nach der Rechnung.

Drausen gingen wir Richtung Pacific und bogen dann in die Court Street. Als wir die Atlantic Avenue überquerten, sah ich meine Mutter auf uns zukommen.

»Ohooh«, sagte ich.

»Was ist?« sagte er.

»Nichts.« Bevor ich mich verstecken konnte, entdeckte sie uns, winkte und schrie: »Rachel!«

Da es mir albern vorkam, vor meiner eigenen Mutter davonzulaufen wie vor einem Exfreund, wartete ich, bis sie auf unserer Seite war. »Hi Mama«, sagte ich, während sie Powell verwundert musterte.

Meine Mutter ist eine konservative Liberale, womit ich meine, dass sie zwar Bibliotheksmitglied ist und Working Family wählt, es sie aber irritiert, im Restaurant von einer

Kellnerin bedient zu werden, die schwanger ist oder deren BH-Träger man sieht. Bevor sie fragen konnte, wer er sei, sagte er: »Hallo, ich bin Hank«, und streckte die Hand aus.

Sie beförderte eine ihrer Einkaufstüten auf die andere Seite und ergriff seine Pranke. »Ich bin Sue«, sagte sie. »Rachels Mutter.«

»Ich hätte gedacht, Sie sind ihre Schwester«, sagte er.

»Ich glaube Ihnen kein Wort«, sagte sie. »Aber trotzdem Danke.« Eine Weile sagte niemand etwas, wir lächelten nur alle verlegen, und dann fragte meine Mutter, woher er mich kannte.

»Sie hat sich ein Stück von mir angesehen. *Die Geschichte des Bleistifts.*«

»Ach«, sagte sie cool. Man kann schließlich nicht behaupten, man habe ein Stück gesehen, wenn man nur die erste Hälfte gesehen hat. Damit wäre die Katastrophe vorprogrammiert.

»Hank ist Drehbuchautor«, sagte ich ungefragt. Ich wandte mich an Powell. »Der einzige deiner Filme, den sie gesehen hat, ist *Sturzflut.*«

»Meine größte Angst ist, dass man sich nach meinem Tod nur an diesen Film erinnern wird«, sagte er, offensichtlich nicht zum ersten Mal.

»Dann muss ich mir die anderen wohl auch noch ansehen«, sagte sie, während ich litt. »Na, ich mach besser, dass ich nach Hause komme, bevor das Eis kalt wird. War mir ein Vergnügen, Hank.«

Ich ging so schnell in die andere Richtung, dass Powell kaum Schritt halten konnte. »Deine Mutter ist reizend«, sagte er.

»Du hättest vorgehen sollen«, sagte ich.

»Nicht doch! Man begegnet nicht oft gleich beim ersten Rendezvous der Mutter eines Mädchens.«

»Das verstehst du nicht! Wenn man meinen Eltern den

kleinen Finger reicht, nehmen sie die ganze Hand. Jetzt wird sie meinem Vater erzählen, dass sie mich mit einem älteren Mann gesehen hat, und sie werden mir eine Million Löcher in den Bauch fragen.«

»Du musst ja nicht antworten«, sagte er.

»Ich weiß«, sagte ich, »aber manchmal wünschte ich mir ein wenig mehr Privatsphäre.«

»Wenn du mehr Privatsphäre willst«, sagte Powell, während wir um die Ecke bogen und Richtung Fluss gingen, »ist doch klar, was du tun musst.«

»Und das wäre?« sagte ich.

»Umziehen.«

Die Bar bot einen traurigen Anblick. Sechs sechzigjährige Latinos lauschten mit gekränktem Blick Sinatra und tranken aus Schnapsgläsern. Als wir eintraten, beäugten sie uns mit ungerührter Feindseligkeit. Eine Szenemaus und ein Kinderficker. Für keinen der beiden hatten sie was übrig.

»Ein düsterer Ort«, sagte Powell, ohne die Stimme zu senken. »Kommt mir vor wie der puertoricanische Club der einsamen Herzen.«

Wir bestellten zwei Budweiser und verzogen uns durch ein altes verschnörkeltes schmiedeeisernes schwarzes Tor ins Hinterzimmer. In der Mitte stand der Billardtisch, und an den Wänden hing Matrosen-Krimskrams – Ruder, Rettungsringe, Meeresgemälde und ein großes gerahmtes Foto von einem lateinamerikanischen Social Club aus den fünfziger Jahren.

Powell steckte ein paar Münzen in den Tisch. Die Kugeln purzelten in einer Folge satter Plops heraus.

»Fängst du an?« sagte ich, während er die Kugeln aufbaute.

»Nein, du.«

Ich musste es Powell zeigen. Alle Frauen in seinen Filmen spielten gut Billard, und ich wollte ihn an eine seiner Figuren erinnern.

Ich sah das Rack an. Die Kugeln waren völlig durcheinander. »So macht man das nicht«, sagte ich und ging auf seine Seite des Tisches. »Hast du noch nie was von den New Yorker Kugeln gehört?«

»Was ist das?«

Ich streckte die Brust raus und sagte: »Du stehst davor.«

»Gefällt mir«, sagte er. »Der war gut.«

»Bei den New Yorker Kugeln kommt gelb nach vorn«, sagte ich. »Weil die am besten zu sehen ist. Dann kommen abwechselnd halbe und volle.«

»Als ich jung war, haben wir anders gespielt«, sagte er. »Es kommt doch nur darauf an, dass die Acht in der Mitte ist. Alles andere sollte dem Zufall überlassen sein.«

»Aber so ist es gerechter, und glaub mir, wenn ich mit dir fertig bin, wirst du dafür noch dankbar sein.«

Er seufzte und sortierte die Kugeln, wobei ich ihm über die Schulter sah. »Bist du nun zufrieden?« sagte er. Ich nickte. Er nahm das Dreieck weg, ohne es herumzuwirbeln. Es war herrlich, mit einem Kerl auszugehen, der reif genug war, sich den Dreieckssalto zu verkneifen.

Ich plazierte den Queue zwei Zentimeter hinter dem Punkt, verlagerte mein ganzes Gewicht in die Körpermitte, als müsste ich scheißen, und zielte achtmal.

»Du siehst gut aus«, sagte er.

»Lenk mich nicht ab«, sagte ich. Ich zielte weitere achtmal und stieß zu so fest ich konnte.

Die Kugeln zerstoben, aber keine versank.

»Hunde, die bellen, beißen nicht«, sagte Powell.

»Wovon redest du? Ich beiße sehr wohl. Für Frauen ist der Break eben schwer.«

»Ach, jetzt willst du plötzlich mildernde Umstände? So schnell kann es gehen.« Er versenkte eine halbe, und dann noch eine.

»Nicht schlecht«, sagte ich. »Seit wann spielst du schon Billard?«

»Mal überlegen. Ich hab mit siebzehn angefangen.«

»Wow!« sagte ich. »Du spielst länger Billard als ich auf der Welt bin.«

»Stimmt«, sagte er und versemmelte den nächsten Stoß.

»Du hast deine besten Jahre hinter dir«, sagte ich, als ich mich aufstellte. »Du bist alt genug, um mein alter Herr zu sein.«

»Das weiß ich«, sagte er. »Aber weißt du was?« Er kam zu mir herüber und legte den Mund an mein Ohr. »Ich *bin nicht* dein alter Herr. Und nur darauf kommt es an.«

Ich kicherte und versenkte die drei. »Für einen alten Knacker bist du jedenfalls gut in Form«, sagte ich. »Du hast schönes Haar.«

»Ich habe wirklich gute Haare«, sagte er und fuhr sich mit den Fingern hindurch. »Ich habe Glück. Aber ich hatte zwei Magengeschwüre und einen Bandscheibenvorfall. Es gleicht sich also alles aus.«

Ich versenkte vier volle Kugeln, doch dann ging eine rein, die ich gar nicht angepeilt hatte. »Du bist dran«, sagte ich.

»Wieso? Du hast die Sechs versenkt.«

»Aber ich hatte eine andere angesagt. Und ohne Ansage kein weiterer Stoß.«

»Ich spiele anders«, meinte er. »Nach meinen Regeln ist man nochmal dran, wenn man eine Kugel versenkt hat, unabhängig von der Ansage. Ich überlasse gern so viel wie möglich dem Zufall.«

»Warum?«

»Weil das Leben so interessanter ist.«

Während ich den Queue einkreidete, kam er zu mir hinüber und legte seine Hand in meinen Nacken. »Komm her«, sagte er und drehte mich um. Er hielt mein Haar und küsste mich, als gehörte ihm mein Mund. Während wir uns küssten, nahm er mir den Queue aus der Hand und lehnte ihn an die Wand. Er fiel laut polternd um. Ich öffnete die Augen und bückte mich danach, doch er zog mich hoch und sagte: »Lass liegen.«

Wieder stürzte er sich auf meinen Mund. Er war zwar kein Beißer, aber er griff an wie ein Mann. Ich fühlte mich wie ein flauschiger neuer Welpe. Ich wollte von ihm am Genick gepackt werden. Er zog mich an sich und gab ein schrilles Stöhnen von sich. Die Tonlage des Stöhnens war zwar hoch, aber brutal, wie der »Hahaha«-Vetter seines »Hehehe«-Lachens.

Ich fühlte mich von Sekunde zu Sekunde kleiner, während Powell immer bedrohlicher und größer zu werden schien. Er wusste, was er wollte und brauchte mein Einverständnis nicht oder scherte sich nicht darum. Bei ihm fühlte ich mich endlich mal wie eine Frau. Ich kannte weder sein genaues Alter noch das Ausmaß seiner Vermessenheit, aber ich liebte seine Übergröße. Dass er die Führung übernahm. Mit Männern in meinem Alter kam ich mir immer vor wie ein genervter Regisseur, dem es alle recht machen wollten. Mich störte weniger ihre Empfindsamkeit als ihre Bereitschaft zur Unterwürfigkeit.

»Damit habe ich nicht gerechnet«, sagte ich.

»Hast du doch.«

»Ich war mir nicht sicher«, sagte ich. »Ich wollte es, aber ich war mir nicht sicher.«

»Auch nicht im Restaurant, als ich dich am Arm gepackt habe? Das war ein ganz besonderer Moment, eine klare Ansage. Ich habe versucht, dir zu sagen, dass ich dich sehe.«

»Hättest du das nicht einfach sagen können?«

»Hol deine Tasche.« Meine Lippen waren wund, als wäre jemand über mein Gesicht gelaufen.

»Wo gehen wir hin?«

»Stell nicht so dumme Fragen.«

Als wir aus der Bar stolperten, waren die Straßen leer. Ich fühlte mich an die Szene in *Leon und Ruth* erinnert, wo Julia Roberts und Don Cheadle am Abend, bevor er nach Vietnam geht, durch Jackson Heights schlendern und Julia sagt: »Ich ertrage es nicht, dass du fortgehst, Leon. Ohne dich bin ich wie eine Ameise, auf die jemand getreten ist und die halbtot und verängstigt umher wankt.«

Ich sah Powell an und verspürte den Drang, sie zu zitieren, doch ich hielt mich zurück, um den Gang ins Boudoir nicht durch Schwärmerei zu gefährden. Mitten auf der Baltic Street blieb er verwirrt stehen, sah sich um und sagte: »Wo zum Teufel ist meine Straße?«

»Wo wohnst du nochmal?«

»Strong Place.«

»Der geht von der Kane ab«, sagte ich. »Wir müssen ein Stück zurück gehen. Kennst du nicht mal dein eigenes Viertel?«

»Für dich ist es ein Viertel«, sagte er. »Für mich ist es eine U-Bahn-Station.«

Nachdem wir umgekehrt waren, kam uns eine Frau mittleren Alters mit einem Hund entgegen. Ihr kurzärmeliges enges T-Shirt entblößte die dünnen, gebräunten Arme einer Frau, die krampfhaft versucht, in Form zu bleiben. Sie musterte erst ihn, dann mich, und ihre Miene verfinsterte sich.

»Hast du das gesehen?« sagte ich.

»Was?« sagte er.

»Den bösen Blick, den sie mir zugeworfen hat. Was hab ich ihr getan?«

»Ist doch klar. Sie denkt, du wilderst in ihrem Revier.«

»Tu ich das denn?« sagte ich.

»Wir sind nicht mal an meiner Tür«, sagte er, »und du willst schon bei mir einziehen.«

Seine Straße war hübsch und erstreckte sich von der Kane bis zur DeGraw. Die Brownstones waren makellos gepflegt. Es war eine der spießigsten Straßen in Cobble Hill.

Seine herrschaftliche Wohnung im ersten Stock erstreckte sich über die ganze Etage. Man betrat sie durch die Küche, der Rest der Wohnung lag rechter Hand – nach vorn ein riesiger Essbereich, in der Mitte ein geräumiges Wohnzimmer, dann eine geschlossene Glastür mit lila Vorhängen. Powell ging schnurstracks durch die Tür und murmelte was von »Königstigern«. Die Wohnung war weiblicher, als ich mir aufgrund seiner Filme vorgestellt hatte, und stilvoller eingerichtet. Was er beim Umzug auf die andere Seite des Flusses gespart hatte, hatte er offenbar für die Einrichtung ausgegeben.

An den Wänden hingen ungefähr zwanzig Gemälde, alles mehr oder weniger bekleidete Pin-up-Girls im Stil der fünfziger Jahre. An prominenter Stelle jeweils unverblümt der Hintern – auf einem stand die Frau gebückt und blickte zwischen ihren Beinen hindurch. Auf einem anderen hob eine Frau vom Typ Bibliothekarin ein Buch vom Boden auf.

Ich entdeckte weder Schallplatten noch Videos, CDs oder Zeitungen, und keinerlei Unordnung. Ich hatte mir immer vorgestellt, dass er in einem Büro schrieb, doch an der einen Wand des Wohnzimmers stand ein schlichter schwarzer Schreibtisch mit einem alten Macintosh-Computer und einem einfachen, nicht ergonomischen Holzstuhl. Seine Maus war mit Fingerabdrücken übersät, was mir ein bisschen von meiner Unsicherheit nahm. Selbst Superstars fiel es schwer, ihre Maus sauber zu halten. Er hatte drei Bücherregale, die vom Boden bis zur Decke reichten, darunter die gesammelten Tagebücher Casanovas, ein wenig Kafka, ein wenig Céline, die Klaus-Kinski-Autobiographie und *Moby Dick*. Außerdem besaß er drei volle Regale *Scratchiti, Der Treppensitzer* und *Powell: Sechs Drehbücher*. Als ich ihn zurückkommen hörte, huschte ich schnell zum Sofa. »Wie gehts«, sagte er gähnend.

»Ganz gut«, sagte ich.

Er schaltete das Licht an, ein warmes Licht, so wie ich es in meiner Wohnung nie hinkriege: intellektuell und weich. Ich besitze nicht mal einen Dimmer. Er schritt um das Sofa herum, öffnete den Schrank (worin sich eine Stereoanlage befand) und drückte ein paar Knöpfe. Wenige Sekunden später erklang trauriger, vertraut klingender Folk.

»Was ist das?« fragte ich, als er sich neben mich setzte.

»Marc Cohn«, sagte er.

»Du hörst *Marc Cohn?«*

»Was soll ich sagen? Seine Musik spricht mich an.«

»Ich hätte nur nie gedacht, dass jemand, der so tough rüberkommt wie du …«

»Marc Cohn ist von Frauen viel Leid zugefügt worden«, sagte er, »genau wie mir. Auf diesem Album hört man, dass er dabei war, seine Frau zu verlieren. Jeder Song klingt nach kaputter Ehe, und was mich besonders anrührt, ist, dass er keine Ahnung hatte. Sein Unterbewusstsein wusste es, bevor er selbst es wusste. Nachdem das Album herauskam, verließ sie ihn und er zerbrach daran. Erst das nächste Album gilt als das Trennungs-Album, aber dieses nimmt den eigenen Untergang vorweg. Ich finde die Vorahnung des Untergangs wesentlich interessanter als den Untergang selbst.«

Er blinzelte zweimal, drehte mich auf den Bauch und legte sich auf mich. Während Marc Cohn im Hintergrund sülzte, zog er meine Unterhose runter und steckte mir zwei Finger rein. Die Unterhose war aus weißer Baumwolle und vorn drauf stand: »Brooklyn Rocks.« Ich war froh, dass ich auf dem Bauch lag.

»Du bist so feucht«, sagte er.

»Das liegt an dir«, sagte ich. Männer lieben diesen Satz.

»Ich kann nicht glauben, wie bereit du bist«, sagte er. »O Rachel, meine süße kleine Hurra.«

War Al Pacino im Zimmer? Ich drehte den Kopf zu ihm um. »Was ist eine Hurra?«

»Du weißt schon, eine Nutte.«

»Eine Hure?«

»Sag ich doch: eine Hurra.« Obwohl ich gerade von meinem Idol trocken gefickt wurde, musste ich lachen.

»Was ist?« sagte er. »So haben wir früher gesagt. Ansonsten habe ich meinen Akzent abgelegt, aber bei diesem Wort werde ich Queens nicht los. Lachst du mich etwa aus, du kleine Hurra?«

»Allerdings«, sagte ich.

Er kam mit seinem Mund ganz nah an mein Ohr und schnurrte: »Jetzt hat es sich ausgelacht, Rachel. Du tust jetzt, was ich dir sage.«

Er schob meinen BH hoch, ohne ihn aufzuhaken und knetete meine Brüste flüchtig, bevor er seine Hände zu meinem Arsch gleiten ließ. Er stöhnte laut und hemmungslos und diesmal war ich froh, dass ich mich an was festhalten konnte. »Hank«, sagte ich über die Schulter. »Stehst du eher auf Ärsche, auf Mösen, auf Titten oder auf Beine?«

Er legte den Kopf zur Seite: »Ärsche, und zunehmend Mösen.«

Er bewegte sich, und es fühlte sich an, als würde er mich mit mehreren Fingern auf einmal befummeln. Er schob sie tiefer und tiefer hinein, und plötzlich wurde mir klar, dass das keine Hand war. Ich zuckte zurück und drehte mich um.

»Was machst du da?« sagte ich.

»Was glaubst du wohl?«

»Du hast gefälligst vorher zu fragen, bevor du ihn reinsteckst.«

»Das war mir nicht bewusst.«

»Hast du kein Kondom?«

Er blickte mich an, als sei das die dümmste Frage des Universums, und sagte: »Pfff.«

»Was?«

»Ich benutzte keine Kondome. Ich finde, Männer sollten Frauen so nehmen, wie sie genommen werden sollen. Wie die Natur es vorgesehen hat. Fleisch auf Fleisch und Haut auf Haut. Darum geht es doch. Man sollte spüren, dass Sex tödlich sein kann.« Ich starrte ihn sprachlos an und dachte an die Safer-Sex-Broschüre in der Schule, die für jedes Anti-Kondom-Argument die passende Retourkutsche parat hatte.

»Natur in Form eines schreienden Babys kann ich nicht gebrauchen«, murmelte ich.

»Was?«

»Bist du sicher, dass du keine Kondome hast?«

»Ich komm nicht in dir«, sagte er, »du musst dir also keine Sorgen machen. Ich bin sehr gut darin, nicht in Frauen zu kommen.«

Bevor ich den Trostquotient dieses Kommentars berechnen konnte, drehte er mich wieder auf den Bauch. Ich rechnete nach. Meine Tage waren gerade vorbei. Es würde schon schief gehen. Gottweißwo sein Schwanz schon überall gewesen war, wenn jede Verabredung bei ihm so ablief, doch ich versuchte, nicht darüber nachzudenken. Ich hatte kapiert, dass ein Hank Powell nicht über Sex *reden* wollte. Das war eine lahme Ausrede für unvernünftiges Verhalten, aber eine realistische Einschätzung.

Wieder schob er mein Kleid hoch, fuhr mit seinen Fingern unter den Gummizug meiner Unterhose und zog sie mit einem Ruck herunter. Eine Sekunde später war er drin. Ich spürte den Widerstand meines Körpers, ich war zu nervös, um mich zu öffnen. Was ich an David geliebt hatte, war sein unerschöpflicher Vorrat an LifeStyles. Es ist eine große Erleichterung, wenn ein Mann sich korrekt verhält.

»Du musst was überziehen«, sagte ich und drehte mich um.

»Warum?«

»Weil … ich eine andere Generation bin als du.«

»Ich weiß«, seufzte er, »und genau deshalb halte ich nicht viel von deiner Generation.«

Er stand auf und ging ins Schlafzimmer. Er hatte keine Hose an und ging wie eine Frau, den Kopf vorgestreckt wie ein Vogel, mit langen schlanken Beinen, die Hände über dem Bauch verschränkt. Ich sah ihm nach und an mir herunter. Mein Kleid war bis zum Kinn hochgezogen, mein BH über die Brüste geschoben, die vom Bügel halbiert aussahen, als hätte ich vier. Ich packte meine Möpse wieder ein, dann zog ich das Kleid runter.

»Das Kondom steht bereit!« rief er. Ich atmete tief durch und ging hinein. Das Licht war gedämpft und Powell lag mit einer Latte auf dem Bett.

Ich legte mich neben ihn. Er legte eine Hand auf mein Gesicht und küsste mich grob, mit offenem Mund. Ich spürte seine Erektion gegen meine Schenkel klopfen. Er griff zum Nachttisch und packte ein Kondom aus. Ich nahm die Verpackung: Trojan mit Spermizid. »Was anderes hast du nicht?« sagte ich.

»Das Leben ist kein Wunschkonzert.«

Er wollte es sich überstreifen, doch zwei Zentimeter vor dem Ende hielt er inne: »Wie gehört das?«

»Lass mich mal.«

Ich kletterte auf ihn, begutachtete das Kondom, drehte es um und rollte es in zwei Sekunden ab.

»Wieso kannst du das so gut?« sagte er.

»Das hatten wir in der achten Klasse.«

»Böses Mädchen!« sagte er. Er packte mich und warf meine Sachen auf den Boden.

Als er in mich eindrang, begann er zu knurren. Ohne einen rhythmischen Bezug zu seinen Stößen. Die Laute kamen in unregelmäßigen Abständen von tief innen, als verwandle er sich in jemand anderen. Sein Gesicht war zur Seite gedreht, sein Blick wild und fremd, sein Haar vom Schweiß verklebt. Ich hatte das Gefühl, als bringe er mich um und hörte mich sagen: »Das ist so wunderbar – und so schrecklich.«

»Grrrmmmm«, sagte er laut und legte noch einen Zahn zu. Einerseits war mir zum Heulen, andererseits wollte ich alles in mein Gedächtnis einbrennen, denn ich wusste, kein anderer Mann würde mich je so ficken.

Als er zwanzig Minuten später kam, mit schweißüberströmtem Gesicht, triefenden Achseln, zerzausten nassen Haaren, knurrte er besonders laut und packte mich an den Schultern. Mit großen Augen bestaunte ich ihn wie ein wissenschaftliches Experiment. Er klammerte, knurrte und zuckte, klammerte, knurrte und zuckte, dann sackte er schwer auf mich, so dass ich seinen Herzschlag an meinem spürte, sein Gesicht an meinem Hals.

Behutsam legte ich meine Hand auf seinen Rücken,

und er zuckte erneut und grunzte. Ich drückte ihn sanft raus. Er lag neben mir auf dem Rücken, und ich sah, wie sich sein Brustkorb hob und senkte. Ich drehte mich um und betrachtete mich im Schrankspiegel, um zu erkennen, was ich fühlte. Ich wirkte verprügelt, aber glücklich. Plötzlich erblickte ich auch ihn im Spiegel, auf den Ellbogen gestützt.

»Du bist völlig verwandelt«, sagte er. Mit seiner Hand auf meiner Hüfte, dem sanften Licht auf meinem Körper der alten Schule, kam ich mir vor wie das Cellomädchen auf dem Gemälde.

»Wie meinst du das?«

»Sieh doch, wie sanft deine Augen sind. Du wirkst so weiblich und weich.«

Meine Kontaktlinsen waren so trocken, dass ich den Ausdruck auf meinem Gesicht nur schwer erkennen konnte, doch selbst aus der Entfernung sah ich, was er meinte. Ich wirkte gelassen und klar, meine Wangen leuchteten.

»Du hast mich besänftigt«, sagte ich.

Ich stand auf und ging ins Bad. Seine Toilette war das Standard-Modell, doch der Duschvorhang war cremefarben und hauchdünn und sah genauso teuer aus wie alles andere. Beim Pinkeln fiel mir etwas Buntes hinter dem Vorhang auf und ich zog ihn zurück. Mitten in der Badewanne stand eine blaue Schüssel mit Dutzenden von mehr oder weniger bekleideten Barbiepuppen mit nach hinten gedrehten Köpfen wie kleine Linda Blairs, viele mit fehlenden Gliedmaßen. Darüber lagen ihre kleinen Blusen und Kleidchen, Eimer und Badespielzeug, Schiffchen und Plastikbecher. Beim Händewaschen bemerkte ich den bunten Holztritt neben dem Waschbecken, auf dem Clowns in akrobatischen Positionen den Namen NORA darstellten.

Ich tapste zurück ins Schlafzimmer. Er lag unverändert, seine Augen waren geschlossen.

»Wie alt ist deine Tochter?« fragte ich.

»Fünf.«

»Und sie heißt Nora?«

»Nein, sie heißt Tuwanda. Den Tritt habe ich ihr nur gekauft, um sie zu verwirren. Natürlich heißt sie Nora.«

»Warum hast du mir nicht von ihr erzählt?«

»Es hat sich nicht ergeben.«

»Ist es dir unangenehm, Vater zu sein?«

»Ich bin ein Mann mit vielen Facetten. Aber ich zeige nicht alle Facetten auf einmal. Da bin ich wie ein Diamant.«

Das war eindeutig nicht die ganze Wahrheit. Es hatte ein halbes Dutzend Gelegenheiten gegeben, wo er sie hätte erwähnen können, doch er hatte vorgezogen, es nicht zu tun. Seine Heimlichtuerei machte mich umso neugieriger. »Wo schläft sie?« fragte ich. Er zeigte auf eine Tür, von der ich annahm, dass dahinter ein Gästezimmer lag. »Wie oft siehst du sie?«

»Dreimal pro Woche.«

»Wie ist sie?«

»Sie ist schlau und macht gern Krach. Sie ist ein Schelm. Sie mag Puppen, aber sie hasst Röcke. Sie ist ein Wildfang.«

»Pass bloß auf«, sagte ich, »ehe du dich versiehst, wird aus dem Wildfang eine Schlampe.«

»Glaub mir, das weiß ich. Ich bin froh, dass sie erst fünf ist.«

Ich hätte sie gern kennen gelernt, doch ich wollte ihn nicht bedrängen. Vielleicht war Nora die Antwort auf meine Zwickmühle: Stiefmutter zu sein war eine Million Mal cooler als Mutter zu sein. Man konnte sich die Rosinen herauspicken. Da ich nicht für Nora verantwortlich war, bestand keine Gefahr, dass ich mich in eine Übermutter verwandeln würde, und ich könnte meinen Status als heißer Feger aufrecht erhalten. Ich könnte vom Muttersein kosten, ohne mir gleich einen Teller zu nehmen.

Bei dem Gedanken an eine Begegnung mit dem Kind wurde ich geil. Ich legte meine Hand auf seinen Kopf und strich ihm übers Haar. Ich vergrub meine Nase in seiner Achselhöhle und schnupperte.

»Hmm«, sagte ich träumerisch und legte meinen Kopf an seine Schulter. »Ich frage mich, was ich jetzt machen soll.«

»Wie meinst du das?«

»Es ist schon spät. Vielleicht sollte ich hier übernachten.«

Er betrachtete mich aufmerksam und sagte: »Nach der Trennung von meiner Frau wachte ich noch sechs Monate später nachts auf und tastete nach ihrem Körper. Ich klopfte jeden Zentimeter des Lakens ab, zu beiden Seiten, Nacht für Nacht. Und wenn ich endlich kapierte, dass ich ganz allein war, fing ich an zu weinen.«

»Das muss schlimm für dich gewesen sein«, sagte ich und tätschelte seine Wange.

»Spinnst du? Ich weinte vor *Erleichterung*. Es war eine überwältigende Welle der Erleichterung, dass ich diese *Furie* endlich los war!«

»Wie lange ist das her?« sagte ich und zog meine Hand zurück.

»Drei Jahre. Aber es fällt mir immer noch schwer, neben jemandem zu schlafen. Es geht einfach nicht. Es widerstrebt meiner Natur.«

»Wie meinst du das?«

»Ich habe einen sehr guten Draht zu meiner Natur und ich höre auf das, was sie mir sagt. Sonst verwandle ich mich in den Trickster. Der Trickster war jahrelang eine wichtige Figur meines Unterbewusstseins – sei froh, dass du ihn nicht kennst. Zieh dich an. Ich bring dich nach Hause.« Er stand auf, und ich beugte mich über den Rand des Bettes, um meinen BH zu suchen.

Auf dem Weg zu mir stolperten wir fast über den PSP, den Pacific Street Penner. Ein bärtiger Riese aus dem Nahen Osten mit einem dicken Buddha-Bauch, der vor dem Parkplatz gegenüber von meiner Wohnung auf dem Gehweg lag. Er bettelte nie, lag einfach nur da, mal mehr, mal weniger bei Bewusstsein. Der grüne Zaun des Parkplatzes diente ihm als Regal für seinen Kram – im Vorübergehen sah man T-Shirts, Schuhe, einzelne Socken. Einmal entdeckte ich sogar eine Banane, die zwar wackelte, aber nicht herunter fiel.

Ich hatte den Typen vom Getränkemarkt am Ende der Straße mal gefragt, ob er etwas über ihn wisse, und er sagte, es gehe das Gerücht, er sei ein Millionär, der alles verspielt hatte. Schwer zu glauben. Er sah aus wie die Karikatur eines Penners, mit seinem dreckverschmierten Gesicht, und man sah immer ein Stück von seinem Maurerdekolleté.

Von der Ecke sah es aus, als schliefe er, doch als wir an ihm vorbeigingen, hob er die Hand an die Zigarette zwischen seinen Lippen und zog daran. Ich erschrak.

»Siehst du, genau das meine ich mit Spießerviertel«, sagte Powell. »Selbst die Penner sind verwöhnt.«

Vor meiner Haustür sagte ich: »Danke fürs Essen.«

»Gern geschehen.«

Am liebsten hätte ich mich in seine Arme gestürzt und ihn tausendmal auf den Mund geküsst, doch schien mir das kein kluger Schachzug. »War ein schöner Abend«, sagte ich.

»Du gehörst sicher zu den interessanteren Gyno-Amerikanern.«

Ich nickte und hoffte, dass er mich küssen würde, doch er sagte nur: »Bis bald also.« Und noch bevor ich sicher im Haus war, sicher vor dem PSP, drehte er sich um und ging.

Oben angekommen fand ich einen Zettel von Liz: »Klopf mich wach.«

Sie öffnete in Jogginghose und T-Shirt. Wenn Liz sich nicht aufdonnert, sieht sie ganz anders aus. Ihr Gesicht wirkt zart und zerbrechlich und ihr Körper viel zu klein. Ihr Gesicht war fleckig, als hätte sie geweint. »Alles in Ordnung?« sagte ich.

Sie schüttelte den Kopf und ließ mich rein. Ihre Wohnung war genau so geschnitten wie meine, aber verlotterter. Jede freie Fläche war mit feministischer Literatur, Populärpsychologie, Hard-Rock-CDs und moderner jüdischer Philosophie zugemüllt. Ihr Schreibtisch war ein wunderschöner Corbusier-Glastisch und mitten im Chaos thronte ein leuchtendes Vierzehn-Inch-Powerbook. An den Wänden hingen Poster von den Smiths, Patti Smith und den White Stripes, und auf ihrem Sofa lagen dieselben indischen Stoffe wie bei den Deadheads im Studentenwohnheim. Die Holzmaserung des Nierencouchtisches war aufgedruckt, und im weißen Flokati verbargen sich Pennys und Dreckklumpen.

Neben dem Fernseher stand eine Kiste mit hundert Pornos, die sie über die Jahre gesammelt hatte – viele auf DVD. Ihr Lieblingsregisseur hieß Joey Silvera, den sie wegen seiner Vorliebe für Analverkehr und Transsexuelle schätzte. Wir hatten zusammen die ersten zehn Minuten eines Films namens *A Clock Strikes Bizarre on Butt Row* angesehen, doch nach einer verstörenden Szene, wo ein mexikanisches Mädchen mit Schnurrbart auf die Kamera ejakulierte, wollte ich doch lieber *Frau ohne Gewissen* sehen.

»Ich habe einen netten Juden kennen gelernt«, sagte Liz. Sie legte sich mit dem Rücken auf den Teppich und faltete die Hände über dem Bauch, während ich mich aufs Sofa setzte.

»Ist doch gut«, sagte ich.

»Neeeein«, stöhnte sie. »Erinnerst du dich an die Wohltätigkeitsveranstaltung des jüdischen Gemeindezentrums, zu der ich wollte? Die war gestern Abend. Ich steh also an der Bar und setze meine Brille auf, um die Karte zu lesen, als ein total süßer Judenjunge auf mich zukommt. Er hatte dunkelbraunes Haar, einen unglaublichen Oberkörper und einen richtig schön altmodischen jüdischen Arsch. Du weißt schon, so einer, über dem die Jeans spannt.«

»Ein Knackarsch?«

»Ja! Er hatte einen richtig schönen Knackarsch! Er sagt also zu mir: ›Jemand, der so schöne Augen hat wie du, sollte keine Brille tragen.‹« Ich schnaubte. »Ich weiß«, sagte sie. »Dann sagte er, ich sähe aus wie Daryl Hannah. Racheleh, hast du eine Ahnung, wie oft ich schon gehört habe, ich sähe aus wie Daryl Hannah? Und jeder denkt, er ist der Erste.«

Sie sah nicht das kleinste bisschen aus wie Daryl Hannah, außer dass sie helles Haar und blaue Augen hatte. Sie sagte immer, sie habe die Augen ihrer Urgroßmutter, die wohl von einem Kosaken vergewaltigt worden sei.

»Das liegt daran, dass Männer uns typologisieren«, sagte ich. »Sie können uns schwer unterscheiden, deshalb teilen sie uns grob in Kategorien ein. Männer sehen Frauen wie Schwarze Weiße sehen.«

»Genau. Aber ich versuchte, aufgeschlossen und patriotisch zu sein und keine Ansprüche zu stellen. Ich sagte: ›Ja, ich bin die *jüdische* Daryl Hannah.‹ Er sagte: ›Die *Daryl Hannah und ihre Schwestern*.‹ Wir unterhielten uns ein bisschen und es stellte sich heraus, dass er Anwalt bei Skadden Arps ist. Er heißt Brian Ittner und wohnt an der Upper West Side. Er steht auf Bergsteigen, Dim Sum und unterstützt diese Lymphom-Stiftung. Mein männliches Ich. Ist das nicht der Hammer? Nachdem wir uns zwei Stunden unterhalten hatten, lud er mich auf einen Absacker in seine Wohnung ein, und die ganze Zeit im Taxi habe ich gedacht: *Das ist mal erstklassiges BM.*« Das war Liz' Abkürzung für Boyfriend Material. Ich hatte ihr schon oft nahe gelegt, ein anderes Akronym zu wählen.

»Während der Fahrt zitierten wir *Manhattan*, diskutierten die politische Lage im Nahen Osten, und als wir bei seiner Wohnung in der Siebenundsechzigsten Straße ankamen, stürzte er sich geradezu auf mich. Wir gingen ins Bett und er fickte mir die Seele aus dem Leib. Ich kam dreimal – *in besagter Stellung,* möchte ich hinzufügen« – sie sah mich flehentlich an – »und dann kam er, und als er ihn rauszog, spürte ich sofort DIE VERÄNDERUNG.«

»Welche VERÄNDERUNG?« fragte ich.

»Du weißt schon. Die Wolke über ihren Köpfen, nachdem sie abgespritzt haben. Die, die aussieht wie ein Atompilz mit den Worten: GEH WEG.«

»Ach die«, sagte ich. Den Blick hatte ich vor knapp einer Stunde selbst gesehen. Vielleicht war das eine universelle männliche Eigenschaft, die mir Glücklicher bisher nicht aufgefallen war, weil ich mir immer Männer mit weiblicher Seele ausgesucht hatte.

»Ich stand also auf, zog mein Kleid wieder an, und dann sah ich ihn an und sagte: ›Brian? Ich gehe dann jetzt.‹ Und er liegt da unter der Decke mit seinem postkoitalen Schlafzimmerblick und sagt: »Es macht dir doch nichts aus, wenn ich liegen bleibe?«

»Waaas?«

»Rachel, ich war mit Männern zusammen, die mich nicht zum Taxi gebracht haben. Ich war mit Männern zusammen, die mich nicht nach unten gebracht haben. Aber dieser Mann hat mich nicht mal zur *Tür* gebracht.« Sie setzte sich auf und sah mich an, als wüsste ich mehr als sie. »Wenn er nicht auf der Suche nach einer Ehefrau ist, warum geht er dann zu einer Veranstaltung des jüdischen Gemeindezentrums? Wenn er einen One-Night-Stand will, warum vögelt er nicht einfach eine der blonden Schicksen aus dem Condé-Nast-Gebäude, wo er arbeitet?«

»Keine Ahnung«, sagte ich.

Sie legte ihre Hände an die Wangen und stöhnte: »Ich habe mich von diesem Judenjungen ficken lassen und er hat mich nicht mal zur *Tür* gebracht, Racheleh!« Sie ergriff meine Hände. »Das Ficken muss ein Ende haben!«

»Dann lass es doch einfach.«

»Aber ich ficke so gern!« Sie riss sich zusammen und kniff sich in die Nase.

»Ich weiß, was du meinst«, sagte ich und legte ihr meine Hand auf die Schulter. »Du willst mehr, eine geistige Ebene, Erfüllung, doch die Männer sehen etwas ganz anderes in dir. Frauen sind Sünde, Männer wollen Sünde. Männer sind Seele, Frauen wollen Seele.«

»Was soll das nun wieder heißen?« sagte sie düster.

Aus Powells Mund hatte es so gut geklungen, aber aus meinem klang es total albern. Ich musste daran arbeiten. »Hab ich irgendwo gehört.«

Sie musterte mich argwöhnisch: »Wenn ich den je wieder sehe, sterbe ich. Ich werde buchstäblich tot umfallen vor Scham. Ich will diesen Brian Ittner nie wiedersehen.«

»Brian Shittner«, sagte ich.

Sie lachte. »Genau. Ich hoffe, ich sehe diesen Shittner nie wieder.«

Sie stand auf, zog ein Kleenex aus dem Karton auf ihrem Schreibtisch und setzte sich wieder. »Ach Racheleh, diesen Blick ertrag ich einfach nicht! Dieser Blick! Dieser verächtliche Blick, direkt nachdem sie von dir abgerollt sind, und du weißt, dass sie denken: *Wie werd ich die bloß wieder los?* Wenn ich bei einem Mann komme, mag ich ihn umso mehr. Wieso mögen sie uns weniger, nachdem sie gekommen sind?«

»Vielleicht weil sie sich nach jedem Mal dem Tod ein Stück näher fühlen?«

»Was hast du da im Gesicht?«

Ich schlug die Hände vors Gesicht. »Was meinst du?«

»Sieht aus wie ein Bluterguss oder so, rechts neben deinem Mund.« Ich lief ins Bad. Sie hatte recht. Ich hatte ein kleines Veilchen am Kinn, zwei Zentimeter Stoppelkrätze von Powells Küssen.

Behutsam legte ich meinen Finger auf die Stelle und erblickte Liz hinter mir im Spiegel. Ich erschrak. »Was ist es denn nun?« Sie durchbohrte mich mit ihren blauen Augen. Wenn sie neugierig war, wurde sie immer aggressiv.

»Muss wohl ein Pickel sein«, sagte ich.

»Sieht nicht aus wie ein Pickel«, sagte sie. »Sieht eher aus wie ein Bluterguss.«

Sie musterte mich im Spiegel wie ein Detektiv. Sie versuchte, mich mit ihrer Columbo-Masche einzuschüchtern, aber das ließ ich nicht zu. Irgendwie wollte ich Powell geheim halten.

Ich drehte mich um und drängelte mich an ihr vorbei ins Wohnzimmer. »Ist irgendwas los?« fragte sie und folgte mir.

»Nein.«

»Wo warst du vorhin, als ich bei dir geklopft habe?«

»Ich war mit meinen Eltern essen«, sagte ich schnell.

»So spät?«

»Danach war ich noch auf einen Drink im Roxy.«

Sie musterte mich misstrauisch. »Wirklich?« sagte sie. »Du siehst nämlich aus wie FGF.«

»Was heißt FGF?«

»Frisch gefickt.«

Ich war kurz davor, es Liz zu erzählen, doch ich wollte ihren Kommentar gar nicht hören. Trotz ihrer Freizügigkeit, fürchtete ich, würde sie sagen, ich hätte ihn nicht gleich am ersten Abend ran lassen sollen und schon gar nicht ohne Kondom, und sei es noch so kurz gewesen. Und obwohl sie damit Recht gehabt hätte, war ich einfach noch nicht bereit, Powell preiszugeben. Ich wollte ihn für mich allein, für mich ganz allein, er sollte keine Unterhose sein, die für die ganze Nachbarschaft sichtbar auf der Wäscheleine hing. Vielleicht war er der größte Fehler meines Lebens, aber es war immerhin *meiner.*

»Ich bin echt müde«, sagte ich.

»Ich glaube dir nicht«, sagte sie.

»Das mit Shittner tut mir echt Leid«, sagte ich und rieb mir das Kinn. »Nicht alle Männer sind so.«

»Danke«, sagte sie gedankenverloren. Doch sie dachte schon nicht mehr an ihre eigenen Probleme, sie dachte an mich. Es gibt kein besseres Mittel gegen Kummer als Neugier.

Wieder unten ging ich gleich ins Bad und schaltete das Licht an. Ich sah aus, als hätte mir jemand einen Kinnhaken verpasst. Ich fuhr mit der Hand über den roten Fleck und bemerkte, dass ich lächelte.

WIE ESSIG

Am nächsten Morgen las ich im Bett ein paar Kapitel von *The Silent Passage.* »Das trügerische Herz«, »Knochenraub« und »Gefährliche Brüste«. Es las sich wie blutrünstige Schundliteratur, jede Seite grauenvoller und gruseliger als die letzte. Als ich zu der Stelle kam, wo erklärt wird, dass Premarin aus dem Urin schwangerer Pferde hergestellt wird, musste ich fast kotzen.

Ich beschloss, zu D'Amico zu gehen, falls Powell dort war. Gleich nach dem Aufwachen hatte ich überlegt, ihn anzurufen, aber es gehörte sich nicht, einen Mann anzurufen, bevor zwölf Stunden verstrichen waren. Außerdem war der Trickster in ihm aktiv, ich durfte also nicht zu anhänglich sein. Ich musste warten, bis der Gentleman in ihm aktiv wurde, wenngleich ich bezweifelte, dass es sich dabei um einen kodifizierten Jung'schen Archetypus handelte.

Hinterm Tresen stand ein durchtrainierter junger Italiener mit kräftigen Augenbrauen und Vierziger-Jahre-Gesicht. Rechts standen ein paar Dutzend Kaffeefässer und links eine alte Feinkosttheke mit italienischem Aufschnitt, weiter hinten standen ein paar runde Tische. An einem saß eine Mutter mit Kleinkind, an einem anderen Powell, den Rücken zur Tür.

»Wenn man an den Teufel denkt«, sagte ich. Er drehte sich um. Doch es war gar nicht Powell. Es war eine alte

Italienerin, die die *New York Post* las. Sie hatte genau dieselben dunklen Locken. Das war der Nachteil, wenn man mit einem älteren Mann ausging: man konnte ihn leicht mit einer Frau verwechseln.

»Kann ich Ihnen helfen?« keuchte sie mit Nikotinstimme.

»Entschuldigung«, stotterte ich. »Ich habe Sie verwechselt.« Ich machte auf dem Absatz kehrt und ging.

Auf der Straße kam mir Powell entgegen. Er trug seine Umhängetasche und hatte die *New York Times* unter dem Arm. Ich tat überrascht, ihn zu sehen. *»Hank?«*

Er legte seine Hand an mein Gesicht und sagte: »Wie *geht* es dir?«

»Sieh dir mal das Veilchen an, das du mir mit deinen Küssen verpasst hast«, sagte ich. »Ist es nicht schön?« Ich wandte ihm mein Gesicht zu, damit er es bewundern konnte.

»Hübsch«, sagte er anerkennend. »Kommst du einen Moment mit rein?«

Wir gingen nach hinten an die Cappuccino-Bar, die ein magerer Junge mit verkehrt herum aufgesetztem Käppi gerade wischte. »Was möchtest du?« fragte Powell.

»Einen Cappuccino«, sagte ich cool.

»Ah, eine Genussgenossin«, sagte er.

Wir trugen die Becher zum Ecktisch, möglichst weit entfernt von der hustenden Hexe. »Ich möchte dich etwas fragen«, sagte Powell und beugte sich vor. »Gibt es das Wort Hurhel?«

»Nicht dass ich wüsste. Warum?«

»Dann werde ich es erfinden.«

»Was bedeutet es?«

»Es ist eine Mischung aus Hure und Mohel.«

»Du bist so ein Frauenhasser. Wie war deine Mutter?«

»Genau wie meine Exfrau. Eine Furie.«

»Bin ich auch eine Furie?«

»Ich habe dir doch schon gesagt, dafür hast du einen zu starken Animus.« Ich setzte den Cappuccino an die Lippen und trank durch die Öffnung. Ich verbrannte mir die Zunge. »Vorsichtig«, sagte er und nahm den Deckel ab.

Ich pustete und grinste ihn an. »Du hast mich letzte Nacht kalt erwischt«, sagte er. Ich war es nicht gewohnt, dass ein Mann mit offenen Karten spielte. Vielleicht wurde man mit dem Alter weniger taktisch. Man hatte weniger Zeit – und weniger zu verlieren.

»Hast du nach meiner Mail nicht geahnt, dass ich für dich schwärme?« sagte ich.

»Nein. Ich dachte, du suchst jemanden, der dir sagt, was du mit deinem Leben anfangen sollst.«

»Das tu ich ja. Auch.« Ich dachte kurz nach. »Ich will, dass du mein Furu bist.«

»Was ist das?«

»Eine Mischung aus Fick und Guru.«

»Sehr gut«, sagte er und griff nach meinem Nacken. »Was machst du Donnerstagabend?«

»Ich muss zur Buchgruppe meiner Mutter«, sagte ich.

»Um welches Buch geht es?«

»The Silent Passage.«

»Wovon handelt es? Sklaverei?«

»Wechseljahre.«

»Hmm.« Er zuckte zusammen. »Ich weiß nicht, was schlimmer ist.«

»Wusstest du, dass weibliche Babys mit allen Eiern, die sie je besitzen werden, geboren werden, und zwar etwa siebenhunderttausend? Das heißt, dass ein kleines Baby schon alles besitzt, was es zur Fortpflanzung braucht.«

»Das erklärt, warum Frauen so materialistisch sind. Sie hamstern Vorräte. Um wie viel Uhr ist die Buchgruppe?«

»Um sieben.«

»Ich möchte, dass du am späten Nachmittag vorbei kommst. Fünf Uhr. Und ich möchte, dass du ein Kleid oder einen Rock trägst, aber keine Unterwäsche. Tust du das für mich?« Die Frage war ein harter Schwanz, der mich fickte. Ich spürte, wie ich glasige Blondinen-Augen kriegte.

»Das weißt du doch«, seufzte ich.

»Etwas an dir weckt den Teufel in mir«, sagte er. »Du hast so eine harte Schale. Die möchte ich abpulen.«

»Ich bin nicht hart.«

»Bist du doch. Der Mann in dir steht mit der Frau auf Kriegsfuß, und ich interessiere mich für die Frau, die rezessive Frau.« Er legte die Hand an meinen Hinterkopf. Ich fühlte mich atemlos und schwerelos, als hätte ich Lachgas inhaliert. Ich wollte, dass Powell mein neuer Beruf war.

»Wenn ich den Teufel in dir wecke«, sagte ich, »bleibt mir wohl nichts anderes übrig, als dir höllisch einzuheizen.«

»Deine Wortspiele sind furchtbar«, sagte er. »Man sollte dich bestrafen.« Er beugte sich vor, packte meinen Stuhl und zog ihn zu sich heran, so dass wir beide in dieselbe Richtung sahen.

»Was soll das?« fragte ich leise. Ich trug einen schwarzen Baumwoll-Tennisrock und ein T-Shirt, auf dem in roten Buchstaben »West Side Pee Wee League« stand. Er schob seine Hand unter meinen Rock und mein Höschen zur Seite und steckte einen Finger rein. »Wir sind im D'Amico«, flüsterte ich.

Wie auf Stichwort kam der Typ vom Tresen vorbei, der einen Karton ins Lager bringen wollte, und sagte zu der Italienerin: »Hey Annie, wie wär's, wenn ich's dir heute Abend mal so richtig besorge?«

»Igitt«, sagte sie. »Was hast du für ein dreckiges Mundwerk.«

»Verstehst du jetzt, warum ich herkomme?« sagte Powell. Sein Kopf kam näher, und er schob seinen Finger auf meine Klitoris. Ich kam mir vor, als sei ich ein Schaltknüppel und er der Fahrer mit Sonnenbrille. Doch statt nach vorn zu sehen, sah er mich an. Seine Augen studierten mein Gesicht, als habe er ein medizinisches Interesse an den kleinsten Veränderungen der Färbung meiner Haut und Lippen.

Ich öffnete den Mund und sah ihn stumm an. In der Ferne sah ich durch die Tür eine Gestalt. Dann öffnete sich die Türe und Liz kam mit großen Schritten auf uns zu. »Hal-*lo!*« schrie sie.

»Cobble Hill ist dein Revier«, sagte er und zog seine Hand zurück. »Wer ist das?«

»Niemand«, sagte ich. Ich schob meinen Stuhl zur Seite. Liz trug einen tief ausgeschnittenen rosa Pulli mit einem BH, der ihre Brüste spitzer nach vorn ragen ließ als die von June Cleaver.

»Hallo, Racheleh!« sagte sie. Sie betrachtete Powell seelenruhig und wartete, dass ich ihn vorstellte.

»Das ist Hank«, seufzte ich.

»Freut mich, Sie kennenzulernen«, sagte Liz und streckte ihre langen knochigen Finger aus. Powell schüttelte sie ungezwungen mit der unbefleckten Hand. »Elizabeth Kamisky, Juristin.«

»Sie sind Anwältin? Welches Fachgebiet?«

»GV«, sagte sie. »Ich bin Rachels sehr gute Freundin. Ich wohne im selben Haus. Und Sie?«

»Ich wohne am Strong Place.«

»Nein, ich meine, wo seid ihr beide euch … begegnet?« Sie trat von einem Fuß auf den anderen und wirkte verärgert, dass sie von diesem wichtigen Menschen noch nichts wusste. Sie hasste es, über irgendetwas im Dunkeln gelassen zu werden.

»Hank ist ein Freund aus der Nachbarschaft«, sagte ich schnell.

»Wie kommt es, dass ich Sie noch nie getroffen habe?«

»Er ist neu hier.«

»Ach was. Wie habt ihr euch kennen gelernt?«

»Rachel hat sich ein Stück von mir angesehen«, sagte er.

»Wow«, sagte sie. »Habe ich schon von Ihnen gehört?«

»Hank Powell«, sagte ich schnell, denn ich war mir sicher, dass nicht. Powell war auf die kleine, feine Art berühmt. Wer ihn kannte, verehrte ihn, der Rest tappte im Dunkeln.

»Omeingott!« rief sie. »Sie sind Hank Powell?« Ich hätte mich am liebsten über ihn geworfen, damit sie ihm nicht näher kommen konnte. »*Leon und Ruth* habe ich geliebt!« sagte sie, als meinte sie eigentlich, er habe den größten, dicksten Schwanz, den sie je gesehen hatte. »Ich bin ein Riesenfan von Don Cheadle. ›Wenn ich deinen Mund küsse, Ruth, explodiert das Herz in meiner Brust wie der Vesuv.‹«

»Frauen mögen den Satz«, sagte Powell. Sie kroch ihm in den Arsch, aber deshalb brauchte er sich noch lange nicht vorn über zu beugen.

»Wer hätte gedacht, dass wir einen Autorenfilmer in unserer bescheidenen Mitte haben?« kreischte sie. »Ein lebendes Denkmal?«

Während Liz mit ihrer Soloversion von *Password* fortfuhr und Powell es sich gefallen ließ, hüpfte mein Herz unregelmäßig. Ich wollte ihn vor ihrer List schützen, aber es war hoffnungslos. Wie sollte ich es mit einem Varga-Girl aufnehmen? Ich war abserviert – für eine dünnere, witzigere Jüdin. Offenbar stand er auf Scherzkekse, und Liz war die Königin der Scherzkekse. Ich war *menschischer* und deutlich weniger verkorkst, aber wer will schon Ralph Bellamy, wenn er Cary Grant haben kann?

Ich warf ihr einen flehentlichen Blick zu. Sie räusperte sich und sagte: »Ich sollte lieber gehen. Ich muss in der Stadt ein paar Angelegenheiten regeln.«

»Was für Angelegenheiten?« fragte Powell. Ich wünschte, er würde aufhören Fragen zu stellen. Von allein hörte die Quasselstrippe nie auf.

»Ich habe drei Termine – Friseur, Therapeut und Frauenarzt. Ein Regenbogentag. Ich pflege mein Grau, meinen Blues und dann mein Rosa. Ha ha ha ha ha!«

»Sie haben keine grauen Haare!«

»Weshalb ich weiterhin zu diesem wunderbaren Friseur gehe.« Sie drückte seinen Arm und sagte: »Tun Sie doch nicht so naiv, Mr. Powell. So auszusehen wie ich, ist harte Arbeit.«

»Ich heiße *Hank«,* sagte er.

»Tut mir Leid, Mr. Powell. Ich bin ein braves jüdisches Mädchen. Ich nehme das Fünfte Gebot sehr ernst.«

»Welches ist das?«

»Du sollst deinen Vater und deine Mutter ehren«, seufzte ich. Sie war mir in vielerlei Dingen voraus, aber die Bibel war mein Revier.

»Aber ich bin nicht Ihr Vater«, sagte er.

»Das sagen sie alle«, sagte sie.

»Wie lange sind Sie schon in Therapie?«

»Acht Jahre. Aber ich glaube, ich höre bald auf. Ich hatte einen Termin am elften September und habe versucht, ihn abzusagen, konnte meine Therapeutin aber nicht erreichen. Ich bin schließlich doch hin gefahren, genau als es passierte – ihre Praxis liegt im Village. Ich setzte mich und sagte: ›Dr. Fromberg, eben sind Flugzeuge ins World Trade Center geflogen.‹ Sie sagte: ›Was? Was?‹ und dann sind wir raus gegangen und ich habe es ihr gezeigt. Wir haben die Sitzung schließlich verschoben, aber sie hat sie mir trotzdem berechnet.«

»Sie hat sie Ihnen *berechnet*?« jaulte Powell.

»So sind diese Leute. Sind Sie auch in Therapie, Mr. Powell?«

»Ich war vier Jahre bei einem Jungianer«, sagte er. »Ich mochte ihn nie. Er saß mir immer mit gespreizten Beinen gegenüber, so dass ich ständig an seinen Penis denken musste. Wenn ich ihm Geschichten über meine Mutter und meine Frau erzählte, ergriff er grundsätzlich ihre Partei. Er sagte: ›Ich verstehe, warum sie es so gesehen haben könnte‹ oder: ›Finden Sie nicht, dass sie ein bisschen ungerecht sind?‹ Allmählich begann ich zu glauben, dass er Recht hatte, dass ich den ganzen Schmerz, den Frauen mir zugefügt haben, mir selbst zuzuschreiben habe. Ich wurde immer schwächer und deprimierter. Nachts konnte ich nicht schlafen oder träumte von blutrünstigen Bräuten. Eines Morgens sah ich im Wartezimmer eine schwarzhaarige, blass gepuderte Frau aus seinem Sprechzimmer kommen. Sie wog nicht mehr als fünfundvierzig Kilo und sah aus wie eine magersüchtige Chrissie Hynde. Mir wurde klar, dass es ein Zeichen war, dass der Mann ein Mörder war, und es nur eine Frage der Zeit war, bis er auch mich umbrachte. Ich verließ die Praxis und ging nie wieder hin.«

Er trank einen Schluck von seinem Cappuccino. Die junge Mutter am Nebentisch gaffte und selbst ihr Kind war verstummt. Powell konnte jeden Raum in seinen Bann bringen, selbst die Krabbelecke.

»Und Sie fanden nichts dabei, zu einem Jungianer zu gehen?« sagte Liz. »Obwohl Jung ein Nazi-Sympathisant war?«

»Er hatte eine jüdische Geliebte!«

»Wer Juden fickt, muss sie noch lang nicht lieben«,

sagte Liz. Powell öffnete den Mund, als wollte er etwas erwidern, schien sich eines Besseren zu besinnen und machte ihn wieder zu. Plötzlich fand ich Powells Interesse an Jung gar nicht mehr verwunderlich.

Sie stand auf und streckte die Brüste raus. »Naja, ich geh mal lieber, sonst läuft mir die Zeit davon. Ich freu mich schon so. Erst der Stuhl, dann die Couch, dann die Steigbügel.« Sie legte ihre Hand auf Powells Schulter und senkte den Mund an sein Ohr. »Soll ich Ihnen meine Lieblingsstellung verraten, Mr. Powell?«

»Und welche ist das?« fragte Powell.

»Auf dem Bauch.«

Und damit erhob sich die Sirene und verschwand. »Das Mädchen *braucht* eine Therapie«, sagte Powell.

»Allerdings!« rief ich erfreut.

»Kaum war sie hier, hat sie sich auch schon hingelegt. Es waren keine fünf Minuten vergangen, da hat sie schon von der Couch geredet.«

»Ich weiß«, sagte ich. »Aber sei ehrlich. Findest du sie nicht hübsch?«

»Sie sieht zwar gut aus, ist aber total verkrampft. Wer mit einem derart verspannten Mädchen ausgeht, sollte auf seinen Nacken achten.«

»So ist es«, sagte ich, um ihn in seinem negativen Eindruck zu bestärken. »Sie ist sehr zornig. Und sie ist Nymphomanin! Sie behauptet, Sex zu lieben, benutzt aber immer nur Wörter wie ›poppen‹ und ›nageln‹ dafür. Und sie liebt Analsex. Bevorzugt mit Schwarzen.« Das Kleinkind am Nebentisch blickte auf, und seine Mutter warf mir einen bösen Blick zu. Ich senkte die Stimme. »Dabei behauptet sie immer, sie wolle unbedingt einen Juden kennen lernen.«

Powell dachte kurz nach und sagte dann: »Bei ihr ist alles umgekehrt.«

»Was?«

»Sie hat Sex im falschen Loch mit der falschen Farbe. Alles verkehrt herum.«

Ich kicherte boshaft. »Du hast also wirklich nichts für sie übrig?«

»Machst du Witze?« sagte er. »Sie ist wie Essig.«

»Wie meinst du das?«

»Ein paar Tropfen im Salat sind lecker, aber nicht die ganze Flasche.«

»Ich glaube, ich liebe dich«, sagte ich.

»Wir wollen nichts überstürzen«, sagte er.

NACH unserem Kaffee machte ich mich auf den Weg in die Court Street, um zu sehen, was im Kino lief. Unterwegs kam ich an einer Parade quengelnder Kindergartenkinder in leuchtend gelben Westen vorbei, die wie Gefangene durch eine lange Leine miteinander verbunden waren und von ihren Erziehern ermahnt wurden, nicht aus der Reihe zu tanzen. Ich fragte mich, was aus diesen Kindern werden würde, deren einschneidendste Kindheitserinnerung die Vorschulkette war.

Das Cobble Hill Cinema war ein typisches kleines Programmkino mit stümperhaften Wandmalereien von Marilyn Monroe und James Dean, die ihren Vorlagen nicht im Geringsten ähnelten. Wenn man anrief, um sich nach dem Programm zu erkundigen, sagte die Stimme des Besitzers auf dem Anrufbeantworter, dass man neben Bargeld auch »Visa- und Mastercard« akzeptierte. Er erinnerte mich an den Trottel in der Men's-Warehouse-Werbung – vor lauter Selbstüberschätzung konnte er nicht delegieren.

Ich kaufte eine Eintrittskarte für *Drei Engel für Charlie: Volle Power* und ging dann an die Bar. Die Frau hinterm Tresen hatte sorgfältig lackierte Nägel mit aufgeklebten

Pailletten. Ich bestellte ein mittleres Popcorn und eine Limo, und sie sagte: »Für einen Dollar mehr bekommen Sie das Maximenü mit großem Popcorn und so viel Sprudel, wie Sie wollen.«

Ich atmete tief durch. Das Maximenü ist das größte Übel unseres Universums. Der Pfennigfuchser in mir wollte den besten Deal, der Rationalist wusste, dass ich das nie im Leben aufkriegen würde. »Nein«, sagte ich trotzig, als habe sie versucht, mir Crack zu verkaufen. »Ich nehme die mittlere Größe.«

Sie nickte langsam, als sei sie persönlich von mir enttäuscht und griff nach der Tüte. »Was soll's«, sagte ich. »Geben Sie mir das Maximenü.« Die Kasse zeigte einen Endbetrag von acht siebenundfünfzig.

Im Saal suchte ich mir einen Platz am Gang, streckte die Füße aus und nahm mein Popcorn in Angriff. Außer mir waren noch drei andere Zuschauer da – zwei alte Damen und ein einsamer schlanker Mann mittleren Alters. Die Werbung hatte noch nicht angefangen und bis auf die Fahrstuhl-Version von »My Heart Will Go On« war es ganz still.

Ich hörte das *Pffff* der sich öffnenden Tür, und dann setzte sich eine Reihe vor mir auf der anderen Seite des Ganges ein Typ und begann sein Popcorn zu mampfen. Er verschlang es regelrecht, schaufelte es sich mit beiden Händen in den Mund und kaute laut. Ich hatte so ein komisches Déjà-vu-Gefühl, und langsam dämmerte mir, dass es nur einen Menschen auf der ganzen Welt gab, der so aß.

»Papa?«

Er drehte sich um und guckte, als hätte er in die Hose gekackt. »Was machst du denn hier?« fragte ich.

»Dasselbe wie du.«

»Es ist zwölf Uhr. Müsstest du nicht arbeiten?«

Er zögerte kurz, dann nahm er sein Popcorn und sein Getränk (er hatte auch das Maximenü gewählt), kletterte über und setzte sich neben mich.

»Es hat ein paar Entlassungen gegeben.«

»Das glaub ich jetzt nicht«, sagte ich. »Aber du bist da doch schon seit bestimmt zehn Jahren.«

»Die Zeiten sind hart, und alte Menschen sind entbehrlich.«

»Wann ist das passiert?«

»Vor drei Monaten.«

»*Vor drei Monaten?* Warum hast du mir nichts gesagt?«

»Ich dachte nicht, dass es so lange dauern würde. Ich hatte gehofft, ich könnte es dir sagen, wenn ich einen neuen Job habe.« Ich kannte die Wahrheit. Er hatte es mir nicht sagen wollen, weil er sich schämte, und dass er sich schämte, beunruhigte mich.

So sehr ich mich auch um meinen Vater sorgte, fragte ich mich doch zwangsläufig, was das für *mich* bedeutete. Wenn ich nun genauso war wie er? Vielleicht gab es so etwas wie das Versager-Syndrom. Es war angeboren wie hoher Blutdruck und Krebs und meines brach gerade aus. Manchmal, wenn ich sah, wie er sein Gesicht in die Hände stützte oder sich übers Kinn strich, wurde mir bewusst, das ich dasselbe tat, als läge es mir im Blut, und das machte mich nervös. Wenn er Zeitung las, sprach er manchmal Satzfetzen vor sich hin – wie »im umgekehrten Verhältnis zum Fettverbrauch« oder »Wortgefecht zwischen den Parteien an Schärfe verloren« – als versuche er, dem Gedankengang zu folgen. Als Kind hatte ich mich darüber lustig gemacht, doch vor einigen Monaten hatte ich angefangen, dasselbe zu tun. Wenn ich mich dabei ertappte, hielt ich verängstigt inne und fühlte mich, als wachse ein fieses Alien-Baby in mir heran.

Vielleicht hatte er seinen Job verloren, weil er über den

Abbruch meines Studiums so erschüttert war. Er war mein größter Fan, im schlimmsten Sinne. Als ich in der Hebräischschule war, saß er jedes Mal in der ersten Reihe, wenn ich in den Gottesdiensten eine besondere Aufgabe hatte, und er kam den ganzen weiten Weg nach Wesleyan, als ich meinen ersten Sabbat hielt. Und wann immer etwas Unerfreuliches geschah, wie damals als ich das Sommerpraktikum beim National Yiddish Book Center nicht kriegte, hatte er diesen Gesichtsausdruck, als könne er es nicht ertragen, als sei es ihm passiert. Vielleicht war das der Grund, warum er auf der Straße saß. Und wenn dem so war, steckte ich echt in der Klemme. Ich musste nicht nur meinetwegen wieder auf die Beine kommen, sondern seinetwegen.

»Hast du dich schon irgendwo beworben?« fragte ich.

»Jaja«, sagte er. »Ich gebe mir wirklich Mühe, positiv zu denken, und deine Mutter sagt immer, ich soll nicht voreingenommen sein. Gestern habe ich mich bei einer Plattenfirma vorgestellt. Einem Rap-Label.«

»Für einen *Computer*-Job?«

»Eigentlich als Verwaltungsassistent«, sagte er. »Kennst du eine Band namens Got 2B Reel, das schreibt sich Got, die Zahl Zwei, der Buchstabe B und dann R-e-e-l?«

»Nein.«

»Das ist ihr wichtigster Kunde. Vielleicht auch ihr einziger. Gestern Abend bin ich auf ihrer Website gewesen. Auf dem Foto machen die Bandmitglieder mit den Fingern so komische Zeichen.«

»Omeingott«, sagte ich. »Das sind Bloods. Diese Zeichen stehen für einen Gangnamen. Du darfst nicht bei einem Rap-Label arbeiten. Das ist lebensgefährlich!«

»Ich wünschte, das hätte ich gewusst, bevor ich mit meiner Gehaltsforderung runter gegangen bin.«

Die Vorstellung, dass er als Sekretär arbeiten würde,

beschämte mich, als sei *er* und nicht *ich* das schwarze Schaf der Familie. »Bewirbst du dich nicht um Computerjobs?«

»Klar mach ich das, aber der Markt ist umkämpft. Und dass ich zwanzig Jahre älter bin als die meisten anderen Bewerber macht es nicht besser. Außerdem sind meine Kenntnisse so veraltet, dass ich nicht weiß, wer mich gebrauchen könnte. Findest du, ich sollte mir den Bart abrasieren?«

Er trug seinen Bart seit ich anderthalb war, so dass ich keine bewusste Erinnerung daran hatte, wie er ohne aussah. Ich kannte Fotos, auf denen er glatt rasiert einen Kinderwagen über die Brooklyn Bridge schiebt, jung und fesch in enger Schlaghose, aber er kam mir darauf vor wie ein anderer Mensch. Genauso war es mit Fotos, auf denen er rauchte (er hatte aufgehört, nachdem er meine Mutter kennen gelernt hatte). Rasiert oder rauchend wirkte er weniger wie mein Vater als wie sein Double.

»Also, das würde dich bestimmt jünger machen«, sagte ich und versuchte durch das Haar hindurch sein Doppelkinn abzuschätzen.

»Glaubst du nicht, dass die kahle Stelle ohne Bart mehr auffällt?«

Ich hatte ihn vor ein paar Jahren davon überzeugt, seine Donald-Trump-Frisur aufzugeben und die Haare stattdessen zurückzukämmen, und die Veränderung hatte Wunder gewirkt. Sofort bewegte er sich selbstbewusster und wirkte weniger Rudy-Giuliani-schmierig als Cary-Grant-smart.

Doch die Vorstellung von ihm ohne Bart gefiel mir nicht. Ich hatte Angst, ihn nicht wieder zu erkennen. »Die Sache mit der kahlen Stelle ist unbedingt in Betracht zu ziehen«, sagte ich. »Nachher siehst du noch depperter aus als jetzt.«

Er schüttelte müde den Kopf, als habe er mit dieser Antwort gerechnet. »Ich danke dir, mein Liebling«, sagte er.

»Warum haben Sie dir gekündigt?« fragte ich und aß von seinem Popcorn, obwohl ich selbst welches hatte. »War es was Persönliches?«

»Schwer zu sagen. Aber ich muss sagen, es gibt mir Auftrieb, dass du und ich in derselben Lage sind.«

»Wie meinst du das?« sagte ich. »Ich habe einen Job.«

»Nicht wirklich.«

»Doch«, sagte ich und spürte diese irre Wut, die nur eine Mutter oder ein Vater auslösen können. »Und ich bin auch nicht gefeuert worden. Ich habe die Schule abgebrochen, weil ich es wollte. Ich habe kein Problem mit meiner Situation. Warum vergleichst du deine Situation mit meiner, wenn sie ganz verschieden sind?«

»Niemand ist gern allein mit seinem Kummer«, sagte er.

»Aber Papa«, sagte ich. »Ich habe keinen Kummer.« Er zuckte die Schultern und wandte sich interessiert der Leinwand zu, obwohl dort nichts zu sehen war als ein Buchstabensalat, der Matt Damon ergab.

»Du warst auf dem Weg, Rabbi zu werden«, sagte er, »der Erste in unserer Familie. Und jetzt wischst du Tische. Ganz zu schweigen davon, dass Mama dich mit einem Mann gesehen hat, der doppelt so alt ist wie du. Hast du den Verstand verloren?«

»Herrgott nochmal«, sagte ich. Keiner von beiden konnte jemals ein Geheimnis für sich behalten. Wenn ich was für mich behielt, behandelten sie mich wie ein ungezogenes Kind, und wenn ich was erzählte, liefen sie gleich zum anderen. In jüdischen Familien gilt Information als Liebe. Je mehr man seinen Eltern erzählt, desto mehr glauben sie, dass man sie liebt. Auch wenn sie deine kostbarsten Geheimnisse auf Partys ihren Freunden erzählen, ohne daran zu denken oder sich darum zu kümmern, dass du vor Scham im Boden versinken möchtest.

»Wie kommst du dazu, dich mit einem Drehbuchautoren mittleren Alters herumzutreiben?« sagte er. »Ältere Männer interessieren sich nur für eines.«

»Und das wäre?«

»Muss ich das wirklich aussprechen? Sie sind süchtig nach Macht! Nur eine junge Frau kann ihnen die verleihen. Die Beziehung ist zum Scheitern verurteilt. Denk an das Mädchen von Modesto. Denk an Bill und Monica.«

»Du nennst deine eigene Tochter Monica Lewinsky? Das ist echt unter der Gürtellinie.«

»Das ist gar nicht so weit hergeholt! Du lässt dich von seinem Status beeindrucken. Sei doch vernünftig! Für so einen bist du nur ein Strohfeuer.«

»Wie nett von dir. Du kannst dir wohl nicht vorstellen, dass er meine inneren Werte schätzt?«

»Natürlich nicht! Ihr habt doch überhaupt nichts gemeinsam! Wie alt ist er?«

»Einundfünfzig.«

»Über was willst du mit einem Einundfünfzigjährigen reden?«

»Über Carl Jung.«

»Carl Jung war Nazi-Sympathisant.«

»Er hatte eine jüdische Geliebte!«

»Du solltest dich mal reden hören«, sagte er, als werde es ihm jetzt zu bunt. »Ich kann nicht glauben, dass du keine Skrupel hast, mit einem NJ auszugehen, wo du noch vor wenigen Monaten Rabbi werden wolltest.«

NJ stand in unserer Familie für Nicht-Jude und wurde mit demselben Tonfall ausgesprochen wie »verurteilter Schwerverbrecher«.

»Jetzt hör mal zu«, sagte ich. »Das geht dich überhaupt

nichts an. Du weißt nur davon, weil Mama uns gesehen hat. Wenn ich mit einem NJ ausgehen will, wirst du mich nicht davon abhalten können.«

»Früher war dir der Fortbestand des Judentums nicht egal! Als du mit vierzehn von diesem Mischehen-Seminar zurück kamst, hast du beschlossen, einen Juden zu heiraten.«

»Da war ich *vierzehn!* Und auf diesen Veranstaltungen wurde uns eine Gehirnwäsche verpasst!«

»Ich glaube, du weißt genau, dass die Sache mit diesem Mann keine Zukunft hat. Du willst es nur nicht wahrhaben!«

Inzwischen lief die Werbung für Hot Dogs und Cheeseburger, wo der Hot Dog aussieht wie ein harter Schwanz und die Jugendlichen, falls welche im Kino sind, immer laut kichern.

»Ich weiß nicht, in welches Loch du deinen Kopf steckst, Rachel«, sagte er, »aber ich wünschte, du würdest ihn rausziehen.«

»Du solltest mir ein bisschen mehr zutrauen«, sagte ich.

»Du solltest dir selbst mehr zutrauen. Früher warst du so ehrgeizig, aber jetzt scheint dir alles egal zu sein!«

»Ich bin immer noch ehrgeizig. Ich … orientiere mich nur neu. Es ist wichtig, ab und zu Bilanz zu ziehen. Madonna macht nach jedem Album mehrere Jahre Pause!«

»Genau«, sagte er. »Und wann hatte sie zum letzten Mal einen Hit?« Er schaufelte noch mehr Popcorn in sich rein, so dass die Körner aus seinem haarigen Mund spritzten.

Als der Film zu Ende war, war es nach zwei und der Himmel klar und sonnig. Mein Vater war bester Dinge und ließ sich über die Wahnsinns-Actionszenen aus und die Chemie zwischen den Darstellerinnen, als hätte unser Streit nicht stattgefunden.

Vor meinem Haus blickte er auf den Haufen Supermarkt-Prospekte, die sich auf der Treppe angesammelt hatten, hob sie auf und warf sie in die Altpapiertonne. Das tat er jedesmal, wenn er mich besuchte. »Warum machst du das?« sagte ich.

»Kennst du nicht die Regel vom zerbrochenen Fenster?«

»Ich glaube kaum, dass Einbrecher mein Haus nur wegen eines Zeitungsstapels ins Visier nehmen.«

»Man kann nicht vorsichtig genug sein.« Nachdem er die Mülltonne zugeklappt hatte, hellte sich seine Miene auf. »Hey Rach, ich hab eine Idee. Lass uns eine Fahrradtour machen! An der Verrazano-Brücke gibt es einen wunderschönen Weg. Wir könnten was zu essen einpacken und unter der Brücke picknicken. Neulich war ich allein da und habe mir den Sonnenuntergang angesehen.«

Es war etwas bizarr, vom eigenen Vater zum Schwänzen angestiftet zu werden. Es war, als hätte die Arbeitslosigkeit ihm eine völlig neue, faule Weltsicht eröffnet. »Papa«, sagte ich. »Ich muss zur Arbeit.«

Er seufzte missmutig. »Wie wär's dann mit morgen?« Er wirkte so beflissen und einsam. Bei ihm war ich immer kurz davor zu sagen: »Ich brauche mehr Freiraum« oder: »Das geht mir alles zu schnell«. Aber man kann seinem Vater schlecht eine Trennung auf Probe vorschlagen. Ich sagte, ich würde es mir überlegen, und gab ihm einen Abschiedskuss auf die Wange.

VON DER NOTWENDIGKEIT ZU WISSEN UND DER ANGST VOR DEM WISSEN

Es war neun Uhr. Ich war bei der Arbeit und seit einer halben Stunde zogen ein Greyhound und ein Stella Artois über Männer her. Zwar nervten weibliche Gäste weniger als männliche, dafür tranken sie langsamer und gaben weniger Trinkgeld. Trotzdem zog ich Frauen vor, weil sie mich in Ruhe ließen und es keine Schlägereien gab.

Ich war ziemlich sicher, dass Greyhound Alex hieß, aber eben nicht ganz, weshalb ich es vermied, sie mit Namen anzusprechen. Ich beherrschte die Kunst des herzlichen, scheinbar vertrauten »He-ey!«, wenn jemand hereinkam, dessen Namen ich nicht kannte. Sie trug eine Katzenaugen-Brille und einen Pony und wohnte in der Dean, gleich um die Ecke der Bar. Sie hatte mir mal erzählt, dass sie an der NYU promovierte, aber ich konnte mich nicht erinnern in welchem Fach. Ihre Freundin hatte eine tolle Figur, aber ein hässliches Gesicht, und sie unterhielten sich über Greyhounds letztes katastrophales Date. Sie hatte auf Nerve.com einen schier unglaublichen Typen kennen gelernt, einen schlanken, Vespa fahrenden Web-Programmierer, doch nach einem tollen ersten Rendezvous meldete er sich nicht mehr. Sie rief ihn immer wieder an, und er verlor ihre Handy-Nummer zweimal, und bei der nächsten Verabredung war er mit Vicodin voll gepumpt, weil er sich den Rücken verrenkt hatte. Schließlich schlief er auf ihrem Bett ein, bevor es überhaupt zu einem Kuss gekommen war.

»Und dann haben wir zwei Wochen kein Wort miteinander gewechselt«, sagte Greyhound, »und als ich gerade dachte, ich sei drüber weg, traf ich ihn zufällig im Theater. Mit einer Frau.«

»Ach Süße«, sagte Stella.

»Weißt du, was das Schlimmste ist? Sie war total unscheinbar!«

»Austauschbar«, sagte Stella.

»Genau«, sagte Greyhound. »Leeres Lächeln, keine Seele. Und dann hatte er noch den Nerv, angedackelt zu kommen und sie mir *vorzustellen.* Seither habe ich nicht mit ihm gesprochen, und das war vor drei, vier Tagen. Die Frage ist also«, sagte sie und zog die Luft ein, »soll ich ihn heute anrufen oder bis morgen warten?«

Stella und ich wechselten einen grimmigen Blick. Das Mädchen war Doktorandin, aber in Sachen Liebe lag ihr IQ bei Null. Sie hatte nichts begriffen. Sie war so fixiert auf den Kerl, dass sie jede noch so rote Fahne ignorierte. Was Männer anging, hielt ich mich nicht gerade für einen Glückspilz, aber immerhin mochten mich die Typen, mit denen ich ausging.

Stella legte ihre Hand auf die von Greyhound. »Ich glaube, du solltest ihn überhaupt nicht anrufen.«

»Warum nicht?«

»Der Typ ist ein Arschloch! Und er hat eine Freundin!«

»Und wenn sie nur eine Bekannte ist?«

»Alex!!« rief sie mit vernichtendem Blick. »Mach die Augen auf!«

Greyhounds Gesichtszüge fielen in sich zusammen, als sie – wenigstens für einen kurzen Moment – akzeptierte, dass ihre Freundin Recht haben könnte. »Du findest also, ich sollte ihn einfach … vergessen?« fragte sie. Stella nickte ernst. »Dann ist es wohl aus«, sagte Greyhound und versuchte entschlossen und stark auszusehen.

Plötzlich durchstach das Klingeln ihres Handys die Stille der Bar. Sie warf Stella einen bedeutungsvollen Blick zu, während sie danach kramte, und blickte auf das Display. »Das ist meine Mutter«, seufzte sie. »Woher wissen die immer genau, wann man ganz unten ist?« Sie drückte sie weg und schlürfte ihren Drink aus. »Kann ich noch einen haben?« sagte sie, aber ich war schon auf dem Weg zur Flasche.

Am nächsten Abend, so gegen sieben, hörte ich, wie Liz einen Orgasmus hatte. Doch diesmal sagte sie nicht »Fick meine haarige Judenmuschi!« Sie stöhnte etwas Unverständliches in ihr Kissen. Ich reckte den Hals, um den Typen zu hören, aber er war ein stiller Stecher.

Ich fragte mich, ob es wohl Shittner war, was den Verzicht auf die Selbstdiffamierung erklärt hätte. Liz kam schnell und leise, was ganz untypisch für sie war: »Oh, oh, oh!« Es war so leise, dass ich zu dem Schluss kam, sie treibe es nicht mit einem Mann, sondern mit ihrem Vibrator, der »Knarre«. Sie hatte ihn mir mal gezeigt. Er war weiß und wie eine große Wasserpistole geformt, und man schaltete ihn an, indem man den Abzug drückte. Ich fand das Symbol ein wenig verquer, schließlich war sie ein weiblicher Ejakulator.

Für mein Powell-Rendezvous wählte ich morgens ein rot-weiß geblümtes Seidenkleid von Village Scandal, einem Secondhand-Laden in der Siebten Straße. Es hatte kurze Ärmel, einen V-Ausschnitt und eine hohe Taille und fiel glatt und geschmeidig. Ich sah darin aus wie eine notgeile Sekretärin aus den vierziger Jahren, und immer wenn ich es trug, sagten die Leute: »Das Kleid ist wie für dich gemacht.« Um es aufzupeppen, zog ich kniehohe schwarze Stiefel mit silbernen Schnallen an.

Auf dem Weg zur Tür fiel mir Powells Auflage wieder ein. Ängstlich streifte ich meine Unterhose ab. Obwohl es nicht kalt war, hatte ich ohne Unterwäsche das Bedürfnis nach zusätzlichem Schutz vor potentiellen Gaffern und zog noch einen braunen Siebziger-Jahre-Trenchcoat über, ebenfalls mit hoher Taille und mit roten Nähten. Darin kam ich mir immer vor wie das Morton-Salt-Mädchen.

Auf der Treppe hörte ich hinter mir Schritte, hochhackig und aggressiv. Ich wartete auf dem Treppenabsatz unter meiner Wohnung, und als sie mich sah, schrie sie, als hätte sie ein Gespenst gesehen. Dann sagte sie: »Oh, hey Rach.«

»Geht's dir gut?« sagte ich.

»Ich hab dich nicht gesehen.«

»Klang, als hättest *du* letzte Nacht Spaß gehabt.«

»Was?«

»Hast du an dir rumgefummelt?«

»Wovon redest du?«

»Ich hab dich stöhnen gehört, aber niemanden sonst.«

»Ach. Ja. Das war die ›Knarre‹.« Wir gingen weiter. Sie zwinkerte hektisch wie ein Eichhörnchen auf Speed und hielt mir unten die Tür auf.

Ihr Blick flatterte, und sie wirkte nervös. Vielleicht hatte sie Shittner recycelt und wollte es mir verheimlichen.

»Bist du sicher, dass es nicht Shittner war?« sagte ich.

»Es war nicht Shittner!« kreischte sie. »Es war die ›Knarre‹, okay?«

»Schon gut«, sagte ich. »Sei nicht so empfindlich.«

»*Du* bist empfindlich«, knurrte sie, dann fegte sie an mir vorbei und verschwand hastig Richtung Boerum Place.

Ich sah an mir hinunter. Ich war nicht nur sauer, dass sie sich so albern aufführte, ich war auch beleidigt, dass ihr meine Aufmachung nicht aufgefallen war. Ich war total aufgebrezelt, und sie hatte es mit keinem Wort erwähnt. Irgendwas war faul.

Ich bog links in die Court Street, und als ich am Drogeriemarkt vorbei kam, hatte ich eine Idee. Ich ging durch die automatische Tür nach unten, und als ich gerade eine Packung LifeStyles Ultra Sensitive vom Haken genommen hatte, hörte ich hinter mir eine Stimme: »Rachel? Bist du das?«

Statt die Packung fallen zu lassen, klemmte ich sie mir unter den Arm und drehte mich um. »Stu Zaritsky«, sagte ich.

Stu Zaritzky war ein ehemaliger Kommilitone und repräsentierte das Übelste, was das Reformrabbinat zu bieten hatte. Obwohl er nicht der eigentliche Grund war, warum ich das Studium abbrach, hatte er doch zu meiner allgemeinen Ernüchterung wesentlich beigetragen. Er hatte fünfzehn Kilo Übergewicht, trug eine enge Khakihose wie Pat in *Saturday Night Life* und atmete durch den Mund. Er war aus Roslyn, Long Island, und auf die Brandeis gegangen, und wie viele Rabbinerschüler war er der Leiter seiner regionalen reformjüdischen Jugendgruppe gewesen, was in unserer Welt das Äquivalent zum Schulsprecher war.

Am ersten Tag des Studiums, als sich alle zur Begrüßungsrede von Präsident Levine im Altarraum versammelten, setzte Stu sich neben mich auf die Bank und stellte sich vor. Innerhalb von fünf Minuten wusste ich, dass sein Vater Rabbi war, ebenso wie sein Großvater.

Er hatte mich nie gefragt, ob ich mit ihm ausgehen will – er hatte eine junge Frau, mit der er seit dem College zusammen war, und einen kleinen Sohn – aber er ging mir unter die Haut. Was mich an Stu nervte, war nicht seine Wichtigtuerei, sein mangelndes Ausdrucksvermögen oder seine Tendenz, den Professoren in den Arsch zu kriechen, sondern sein penetranter, halachischer Ehrgeiz, den anderen immer eine Nasenlänge voraus zu sein. Er fragte mich zum Beispiel, was ich am Wochenende machte, nur um herauszufinden, ob ich den Sabbat einhielt, was ich nicht tat. Wenn ich also sagte: »Lernen und auf eine Party gehen«, zog er die Augenbrauen hoch, als sei ich eine schlechte Jüdin. Für mich ging es bei der Einhaltung der Gebote eher um die Gesinnung als um den Wortlaut der Gesetze, doch Stu nutzte jede Gelegenheit, seine Heiligkeit unter Beweis zu stellen.

»Wie *geht* es dir?« fragte er gewichtig. Er trug eine Großpackung Windeln unter dem Arm.

»Prima«, sagte ich. »Was treibst du in meinem Viertel?«

»Ich habe für BP ein paar Bewohner des Cobble Hill Altersheim besucht.« BP stand für Berufspraxis, ein Pflichtkurs, den man jedes Jahr belegen musste. »Diese alten Leute sind unglaublich tapfer. Sie haben so viel *Ruach.« Ruach* hieß soviel wie Lebenskraft und war eines dieser Wörter, die Streber gern mit übertriebenem hebräischen Akzent aussprachen.

»Echt?« sagte ich. »Auf mich wirken sie immer eher katatonisch, wenn ich vorbei gehe und ins Fenster sehe.«

»O nein«, sagte er. »Sie sind sehr vital.« Stu gehörte zu den Menschen, die alles adeln, was sie tun. Er nahm die Windeln unter den anderen Arm und sagte: »Shoshanna hat gerade angerufen und mich gebeten, die mitzubringen. Sie hat nur noch eine Windel, und sie kriegt immer die Krise, wenn ihr die Windeln ausgehen.«

»Wie geht es Zev überhaupt?« Alle Rabbis gaben ihren Kindern biblische Namen, obwohl sie selbst assimilierte Namen trugen wie Randy oder Mitchell.

»Ach, er ist eine Nervensäge. Er ist achtzehn Monate und grabscht alles an. Und was musst *du* kaufen?«

»Was gegen meine Erkältung«, sagte ich und schob die Packung in meine Achsel. Er nickte und betrachtete das Regal, wo sich außer Kondomen noch Hämorrhoidensalbe, Zäpfchen und Diaphragma-Gel fanden.

Er räusperte sich, schluckte und sagte: »Stimmt es, dass du in einer Bar arbeitest? Sharon Margos meint, dich durchs Fenster gesehen zu haben, aber du warst so aufreizend angezogen, dass sie glaubt, es sei wohl doch jemand anders gewesen.«

Ich wog meine Möglichkeiten ab. Ich konnte behaupten, ich sei Auftragskiller oder bei den Jews for Jesus, doch eigentlich wollte ich nur raus. »Das war ich«, sagte ich.

»Ganz schöne Veränderung, hm?«

»Wie meinst du das?«

»Naja, du verbringst deine ganze Zeit mit Sonderlingen.«

»Eigentlich ist das gar nicht so viel anders, als das, was ein Rabbi macht«, sagte ich gereizt. »Ich meine, die Menschen suchen Rat. Ich höre ihnen zu.«

»Warum bist du dann ausgestiegen? Ich habe gehört, dass einer deiner Patienten gestorben ist, während du bei ihm warst, und dass du völlig ausgeflippt bist. Ist das der Grund?«

»Ich glaube, das ist eine Sache zwischen mir und Gott, Stu.«

Er starrte mich kalt an, weil ich ihm keine Story lieferte, die er seinen Freunden brühwarm weiter erzählen konnte, obwohl Klatsch und Tratsch ja gegen das jüdische Gesetz verstießen. Dann seufzte er und sagte: »Weißt du, eigentlich sollte ich dir dankbar sein.«

»Warum das?«

»Deinetwegen hab ich hundert Schleifen gewonnen.«

»Wie bitte?«

»Ein paar von uns haben gewettet, wie lange du es machst.«

»Ach ja?« sagte ich und hätte ihm am liebsten eine gescheuert.

»Ich habe gewettet, dass du bis zum zweiten Semester durchhältst, Sharon zwei Jahre und Joe Slotnik muss viel von dir halten, denn er hat gewettet, dass du es bis zur Ordination schaffst.«

Ich hätte am liebsten ein Gummi genommen und es in sein verpickeltes Gesicht floppen lassen. »Und warum erzählst du mir das?«

»Ich dachte, das würde dich amüsieren«, sagte er.

»Wie süß von dir«, sagte ich. »Schön zu wissen, dass meine Kollegen an mich geglaubt haben.«

»In der Rabbinerschule geht es nicht darum, an die anderen zu glauben«, sagte er. »Es geht um den Glauben an *HaSchem.*« Er zeigte gen Himmel. »Ich hab gleich gesehen, dass dein Glaube nicht gefestigt ist.«

»Ach ja?«

»Während der Gottesdienste hast du immer aus dem Fenster geguckt und deinen Gebeten fehlte es an *Ruach.*« Da war das Wort wieder. »Außerdem trägst du Sachen, die aussehen wie vom Flohmarkt.« Er musterte meinen hellbraunen Trenchcoat und den bunten Stoff, der darunter hervor lugte.

»Das nennt man Vintage!« blaffte ich.

»Auf mich hast du immer eher wie eine Kunststudentin gewirkt. Du wolltest das Rabbinat aufpeppen, aber irgendwie konnte ich mir dich nie auf einer Kanzel vorstellen.«

Ich betrachtete sein fettiges Haar mit Seitenscheitel, seine Wampe über der hochgezogenen Hose, seine verschmierte Brille. Er war der Esel, der den anderen Langohr schimpfte. Leute wie er waren Schuld an der zurückgehenden Anbindung amerikanischer Juden. Wer wollte seine Seele einem Rabbi anvertrauen, der nicht mal die eigene Haut pflegte? Am liebsten hätte ich ihm gesagt, wie froh ich war, dass ich mit Deppen wie ihm nichts mehr zu tun haben musste, die von Machtgier und Narzissmus getrieben waren und nur in Schablonen dachten. Dass er, wenn er das Praktikum im Memorial gewählt hätte, statt es sich leicht zu machen und im *Temple Scha'arah Tefila* mit Kindergartenkindern zu arbeiten, selbst Gelegenheit gehabt hätte, sein Gewissen zu prüfen. Doch Stu war ein Rabbi in dritter Generation mit Messiaskomplex. Mit ihm zu streiten war vergeblich.

Ich wollte den Laden gerade verlassen, da passierte etwas Sonderbares. Ich dachte darüber nach, wie ich mich von Stu hatte fertig machen lassen, und stellte mir vor, wie Powell sich in so einer Situation verhalten hätte. Was würde Powell tun? Ehe ich noch recht wusste, was ich tat, holte ich die LifeStyles hervor und sagte: »Schön, dich mal wieder zu sehen, Stu, aber ich muss los. Ich geh jetzt ficken.«

»Was?« keuchte Stu.

»Ich sagte, ich geh jetzt ficken.« Er lief rot an und sah aus, als würde er gleich in Flammen aufgehen. »Schön, dich zu sehen. Komm doch mal in der Bar vorbei. Roxy, Smith Street Ecke Bergen. Kennst du das jiddische Sprichwort? ›Wenn du mit dem Rabbi haderst, mach deinen Frieden mit dem Barkeeper.‹« Er gaffte mich an, und ich lief die Treppe hoch.

DAS Erste, was Powell sagte, als ich rein kam, war: »Du kommst zu spät.«

Ich sah auf die Uhr. »Nur fünf Minuten«, sagte ich.

»Hätte ich nicht so gute Laune«, sagte er, »hätte ich dich nicht rein gelassen. Für mich ist Unpünktlichkeit die größte aller Sünden. Du hast Glück, dass der Trickster im Moment nicht in mir aktiv ist.«

»Ich dachte, der Trickster *ist* aktiv«, sagte ich.

»Ich sagte, der *Teufel* ist aktiv. Der Teufel und der Trickster sind zwei ganz verschiedene Symbole. Der Teufel ist böse, der Trickster will nur spielen.«

Das war nicht gerade ein romantischer Auftakt. Andererseits war ich ohne Unterwäsche gekommen. Nicht gerade die Voraussetzung für Kerzen und Weihrauch.

»Ich hab dir was mitgebracht«, sagte ich und gab ihm die Kaufhaustüte. Er sah hinein, holte die Kondompackung heraus, betrachtete sie wie ein kleines totes Tier und legte sie auf das Tischchen neben der Tür.

»Gib mir deinen Mantel«, sagte er. Er hängte ihn in den Schrank und musterte mich. »Sehr hübsch«, sagte er.

»Sind zwar unterschiedliche Dekaden, aber ich finde, es passt.«

Er fasste den Kleidersaum mit beiden Händen und hob das Kleid langsam hoch. Ich kam mir vor wie ein Weihnachtsgeschenk, das ausgepackt wurde. »Sehr gut«, sagte er. »Du hast gehorcht.«

Er küsste mich, und ich schmolz in seinen Armen dahin. Ich stellte mir vor, draußen wäre Krieg, Explosionen und Katastrophen, und wir würden uns immer noch küssen, während die Welt Kopf stand. Ich dachte nicht an seine Wampe oder die Schlaffheit seiner Oberarme. Er war ein Kerl aus den fünfziger Jahren und ich war eine Tennessee-Williams-Heldin mit Atemnot.

Ich spürte, wie er mir von hinten gegens Bein trat. Da ich nicht sicher war, was er wollte, hielt ich dagegen. Er trat mir mit dem Fuß fest in die Kniekehle und ich begriff, dass ich mich hinknien sollte. Ich wünschte, er hätte es einfach gesagt. Ich ließ mich sinken und stieß mir dabei das rechte Knie.

Er stand vor mir und wie von einem pornographischen Autopiloten gesteuert, knöpfte ich seine Hose auf. Sein Ding war schrecklich blass. Ich nahm ihn in den Mund und drückte die Wurzel. Er witterte die leidenschaftliche Bläserin in mir, strich mir übers Gesicht und sagte: »Braves Mädchen«, und sofort war es um mich geschehen. Ich saugte immer intensiver und dann fasste ich unter meinen Rock und begann, an mir herumzufummeln. Ich war nicht sicher, ob er es sehen konnte, und ich war auch nicht sicher, ob ich das wollte. Ich hoffte, er fand es nicht zu Generation-X-mäßig.

Als ich aufsah, betrachtete er meine Hand. Beschämt hörte ich auf. »Mach weiter«, sagte er. Er strich mir übers Haar und ließ mich die Führung übernehmen. Immer wieder sagte er: »So ist es gut« und: »Meine kleine Hurra« und diesmal lachte ich nicht.

Er blickte auf mich herab, wie einer der riesenhaften sprechenden Bäume aus dem *Zauberer von Oz*. Ich dachte an seine Strenge, wie gut er mich durchschaute, dass wir Animus und Anima waren und füreinander bestimmt. Ich dachte, wenn ich nur jeden Tag so verbringen könnte, mich aufbrezeln und am helllichten Tag herkommen, dann wäre es egal, womit ich meinen Lebensunterhalt verdiente oder wie lange es noch dauerte, bis ich einen richtigen Job fand. Er wäre das Wichtigste in meinem Leben und alles andere bedeutungslos. Sein Blick war so weise, so scharf. Als wisse er alles über mich, obwohl er mich ja kaum kannte, und diese überlegene Allwissenheit machte mich so an, dass ich kam.

»Ich bin gekommen«, sagte ich. Ich komme sehr gesittet, und wenn ich mich nicht melde, merkt es keiner.

»Brav«, sagte er, als klopfe er einem folgsamen Pferd die Flanke.

Er drückte mich mit dem Bauch auf den Boden und hob mein Kleid, und ein paar Sekunden später war er drin.

»Was ist mit der Packung?« fragte ich lahm.

»Wir machen es mal kurz so«, sagte er.

Er bewegte sich in mir und gab wilde Laute von sich. Ich spürte, wie sich ihm mein Becken entgegen wölbte. Es war riskant und dumm, doch der Punkt, an dem es prophylaktisch gesehen kein Zurück mehr gab, der Punkt, an dem man spürt, dass man, falls man schwanger wird, es schon ist und weiterer Sex nur noch das Sahnehäubchen, dieser Punkt war längst überschritten.

Der Boden drückte kalt gegen mein Gesicht. Ich spürte, wie mir der Sabber aus dem Mund lief und an meinen Lippen eine kleine Lache bildete und stöhnte kehlig wie ein behindertes Kind. Ich fühlte mich wund und schwach und geistig zurückgeblieben. Ich entdeckte eine Münze auf dem Boden unter dem Sofa und während ich versuchte zu erkennen, ob es ein Penny oder fünf Pence waren, hörte ich ein triumphierendes Knurren und spürte etwas Warmes auf meinem Rücken.

»Bin gleich wieder da«, sagte er und verschwand im Bad. Ich stand auf, klopfte mir den Dreck ab und stellte mich ans Fenster. Drei kleine Jungen spielten auf der Straße Hockey, und ich fragte mich, ob sie wohl später auch einmal so unbarmherzig sein würde wie Powell.

Er kam zurück und zog seine Hose an. Schweigend ging ich ins Bad, um mir den Po zu waschen, dann spritzte ich mir am Waschbecken etwas Wasser ins Gesicht. Mein Haar war zerzaust, meine Lider schlaff und müde. Während ich mir das Gesicht abtrocknete, sah ich, dass der Kragen meines schönen Kleides gerissen war. Ich fragte mich, was wohl von mir übrig bleiben würde, wenn er mit mir fertig war, vielleicht ein Bündel aus Schorf und verfilzten Strähnen. Nach unserem ersten Date hatte er mich aus seiner Wohnung geworfen, beim zweiten auf dem Fußboden gefickt. Nicht gerade vielversprechend.

Ich wollte bei ihm übernachten, seine Tochter kennen lernen. Ich wollte Sex im Bett, ich wollte in seinem Leben aufrücken, nicht absteigen.

Als ich zurück kam, saß Powell angezogen auf dem Sofa, hörte Bossa Nova und nippte an einem Glas Wein. Neben der offenen Rotweinflasche stand ein leeres Glas. »Bist du wieder sauber?«

»Ja«, sagte ich.

Er deutete auf das leere Glas und sagte: »Willst du?« Ich nickte, und er goss mir was ein. Es war ein Côte du Rhône, und auf dem Preisschild stand $ 17.99. Es schien eine neue Flasche zu sein, die er extra für uns geöffnet hatte, keine, die noch irgendwo offen rumstand. Vielleicht bauschte ich das mit dem Fußboden zu sehr auf. Immerhin waren es Holzdielen. Hätte ja auch Linoleum sein können.

Ich trank den Wein und wir saßen schweigend im Abendlicht. Doch während ich ihn beim Weinschwenken betrachtete, schien sein Gesicht immer frostiger zu werden. Ich hörte Liz sagen: »Wieso mögen sie uns weniger, nachdem sie gekommen sind?« und es war, als läge ein negatives Mantra über uns, das sich mit unserem Sexgeruch vermischte. War Powell auch einer von denen, die die Frauen hassten, sobald er hatte was er wollte, oder war er alt genug, um zu wissen, dass eine Frau, die man haben konnte, die beste war?

»Sieh nur, was du mit meinem Kragen gemacht hast«, sagte ich. Er nahm eine Ecke und klappte sie hoch und runter wie ein Kind einen Lichtschalter. »Was soll ich damit machen?«

»Wie meinst du, was sollst du machen?«

»Hast du Nadel und Faden?«

»Lass es so. Sieht gut aus.«

»Aber ich muss zur Buchgruppe meiner Mutter.«

»Eben«, sagte er. »Dann haben die was, worauf sie neidisch sein können.«

Das Haus meiner Eltern befand sich in der Warren Street, zwischen Clinton und Court Street. Es war ein schlichtes, dunkelrotes Gebäude und wirkte eher heimelig als stattlich. Seit 1975 hatten sie das Erdgeschoss und den ersten Stock gemietet. Obwohl sie nur einen mietpreisgebundenen Riesen pro Monat zahlten, traten sie sich nach der Luxussanierung des Viertels in den Hintern, dass sie die Wohnung nicht gekauft hatten.

Als ich die Treppe rauf kam, sah ich meine Mutter und ihre Freundinnen schon durchs Fenster. Es waren fünf, die in pastellfarbenen Eileen-Fisher-Kleidern verstreut auf Sofa und Bodenkissen saßen und schwatzten und lachten wie die Statisten einer General-Foods-International-Kaffee-Werbung.

»Ich bin so froh, dass du gekommen bist!« empfing sie mich an der Tür. »Hast du das Buch gelesen?«

»Äh … nicht ganz«, sagte ich. »Bist du aufgeregt?«

»Ich bin dran gewöhnt, zu moderieren. Ich habe schon *Die Korrekturen* und *Okonkwo oder Das Alte stürzt* moderiert und das waren so ziemlich die hitzigsten Diskussionen.«

»Wo ist Papa?« fragte ich, während ich eintrat.

»In seinem Büro. Ich hab ihm gesagt, dass er hier unerwünscht ist.« Auf dem Weg ins Wohnzimmer hielt sie mich zurück. »Hör zu. Er hat mir gesagt, dass er dir von seiner beruflichen Situation erzählt hat. Erwähne es meinen Freundinnen gegenüber nicht. Es ist ihm unangenehm.«

»Mach ich nicht«, sagte ich. »Wie geht es *dir* damit?«

»Gut.« Sie zuckte die Schultern. »Mir gefällt es nicht, dass er den ganzen Tag zu Hause ist, aber ich kann es mir nicht aussuchen.«

Sobald ich das Wohnzimmer betreten hatte, ertönte ein lauter »Racheleh«-Chor. Meine Mutter hatte seit dreißig Jahren denselben Freundeskreis. Sie alle hatten Kinder im selben Alter – in den frühen Siebzigern hatten sie eine rotierende Krabbelgruppe organisiert, und seither waren sie eng befreundet und trafen sich regelmäßig und vor ein paar Jahren, als die Kinder aus dem Haus waren, hatten sie die Buchgruppe gegründet.

Da waren Nina Halberstam, die große, dynamische Juristin von gegenüber. Carol Landsman, eine Sozialarbeiterin mit Locken, Joan Ibbotson, eine Englisch-Lehrerin mit schlecht gefärbten roten Haaren und die geschiedene Shelly Katz, ein heißer Feger und die einzige Raucherin. Nina goss Rotwein ein und an der Farbe ihrer Gesichter sah ich, dass es nicht die erste Flasche war.

»Wie läuft's mit dem Kellnern?« fragte Nina und stand auf, um mich zu umarmen.

»Ich bin an der Bar«, sagte ich.

»Ich dachte, du kellnerst.«

»Nee, nicht ganz so nobel«, sagte ich. Auf dem Weg in die Küche warf mir meine Mutter einen tadelnden Blick zu.

»Ich wette, du wirst ständig angebaggert«, sagte Carol. »Als ich Anfang der Siebziger im Caffe Cino gekellnert habe, ging ich jeden Abend mit einem anderen Mann nach Hause.« Sie blickte sehnsüchtig aus dem Fenster. »Damals gab es natürlich noch kein AIDS.«

Meine Mutter kam mit zwei Körben aus der Küche zurück, einer mit Baguette, einer mit Pampelmusen. Als sie die Körbe abstellte, bemerkte sie meinen Kragen. »Omeingott«, sagte sie. »Was ist passiert?«

»Muss heute Morgen beim Anziehen passiert sein«, sagte ich und hielt ihn hoch.

»Sieht schlimm aus«, sagte Carol, ließ den Finger drüber gleiten und sah mich skeptisch an.

»Warum servierst du Pampelmusen und Brot?« fragte ich.

»Das sind keine Pampelmusen«, sagte meine Mutter. »Das sind Blutorangen. Und altes Brot.« Alle sahen sie verständnislos an. »Zu Ehren meiner Menopause«, sagte sie und kicherte wie ein Schulmädchen.

»Du schaffst mich, Sue«, sagte Joan.

»Wieso? Ich versuche nur, uns auf das Thema einzustimmen. Bei *Der Sturm* gab es neuenglische Muschelsuppe, warum dann nicht altes Brot für *The Silent Passage*?«

»Die Suppe war köstlich«, sagte Joan. »Deutlich besser als das Buch.«

»Es sind alle da«, sagte meine Mutter, »lasst uns anfangen.« Sie nahm ein Exemplar des Buches vom Couchtisch und eine Seite mit maschinengeschriebenen Notizen. Alle bekamen eifrige Gesichter, als sei es der Höhepunkt ihrer Woche, und holten die Bücher aus ihren Taschen. Carol setzte sich aufs Sofa und klopfte auf den Platz neben sich. Ich wollte ungern neben ihr sitzen, weil sie mich immer so anzüglich angaffte wie eine Lesbe, aber es war kein anderer Platz frei.

Als ich mich setzte, spürte ich das Kleid an meinem Arsch und mir fiel ein, dass ich keine Unterwäsche trug. Ich schlug die Beine eng übereinander, damit niemand es sah, und zog den Kragen mit der Hand über den BH. Ich kam mir vor wie ein Ghetto-Flittchen, das sich auf eine Veranstaltung der Anti-Diffamierungs-Liga verirrt hatte.

»Allgemeine Kommentare?« sagte meine Mutter und blickte prüfend in die Runde. »Gail Sheehy sagt, bei der Menopause gehe es um die Notwendigkeit zu wissen und die Angst vor dem Wissen. Irgendwelche Meinungen?«

»Wenn es nach dieser blöden Gail Sheehy geht, kann man sich gleich die Kugel geben«, sagte Nina. »Ich hab noch nie so was Deprimierendes gelesen. Wenn man Hormone nimmt, stirbt man an Brustkrebs, und wenn nicht, stirbt man an Osteoporose. Was soll man also tun?«

»Ich hab ein Problem damit, wie du die Hormontherapie verallgemeinerst, Nina«, warf Joan ein. »Mein Frauenarzt sagt, dass ich wegen meiner Neigung zu Osteoporose bei den Hormonen bleiben soll. Ich weiß, das ist umstritten, aber es ist meine ganz persönliche Entscheidung.«

»Spinnst du?« blaffte Nina. »Und das nach der Veröffentlichung der Studie der Women's Health Initiative? Jahrelang hat das männliche Ärzte-Establishment uns weisgemacht, dass Hormone sicher sind, und jetzt wissen wir, dass sie gelogen haben! Warum sollte ich etwas nehmen, wovon ich nicht nur Brustkrebs kriege, sondern auch Herzinfarkte, Schlaganfälle, Thrombosen?« Joan widersprach. Und dann redeten beide gleichzeitig. Sie waren die Jets und die Sharks, nur gealtert.

»Hey!« bellte meine Mutter. Eigentlich hatte sie eine leise Stimme, aber das Unterrichten trainierte ihre Lungen, und ab und zu ließ sie die Muskeln spielen. »Während der offenen Diskussion wird nicht unterbrochen!«

»Sie ist eine tolle Moderatorin«, gackerte Carol.

Meine Mutter wurde rot und blickte auf ihre Notizen. »Mir gefällt, dass Sheehy sagt: Was für die eine Frau richtig ist, muss nicht unbedingt auch für die andere richtig sein. Und das scheint mir auch der Grund zu sein, warum die Debatte so polarisiert.« – Polarisiert? Hatte sie einen Fernlehrgang an der Brown belegt? »Weil jede Diskussion über die Menopause im Grunde eine moralische ist.« Die anderen verstummten und nickten ehrfürchtig wie schwarze Frauen in der Kirche.

»Mich bringt auf die Palme«, fuhr meine Mutter fort, »wie wenig geforscht wird. Die Welt der Medizin schert sich nicht darum, und deshalb sind wir Frauen uns selbst überlassen.« Ich hatte sie noch nie so engagiert reden hören. Als sie mir bei meiner Bar Mizwah einen von blinden Israelis gewebten Gebetsschal überreichte, war sie so aufgeregt, dass ich die Spucke in ihrem Mund knacken hörte. »Es darf uns nicht peinlich sein, offen mit unseren Frauenärzten darüber zu reden, denn die Menopause ist ein ganz normaler Teil des Lebens.«

»Wenn es normal ist, warum ist es dann so qualvoll?« sagte Nina. »Gail Sheehy behauptet, den besten Sex hätten Frauen zwischen fünfundvierzig und fünfundfünfzig! *Wie zum Teufel kommt sie bloß darauf?* Wenn ich Larry gerade mal nicht anzicke, ist mir zu heiß, um in Stimmung zu kommen, und wenn es doch mal klappt, tut es so weh, dass wir aufhören müssen.«

»Ich finde, ich sollte lieber gehen«, sagte ich.

»Es ist wichtig«, sagte meine Mutter. »Du solltest zuhören.«

»Ich habe das Gefühl, als würde mein Körper nicht auf mein Gehirn hören«, sagte Nina.

»Du bist wie ein Mann!« schrie Joan und alle brachen in Gelächter aus.

»Seht ihr, deshalb bin ich froh, geschieden zu sein«, sagte Shelly. »Ich muss mir darüber nicht den Kopf zerbrechen.«

»Nina«, warf Carol ein. »Hat dein Arzt dir vom Estring erzählt?«

»Nie davon gehört.«

»Das ist ein Östrogenring, der in der Vagina sitzt, direkt unter dem Gebärmuttermund. Man setzt ihn für drei Monate ein und er gibt langsam eine geringe Menge Östrogen ab, direkt in den Kanal …« Ich schaltete ab. Meine Taubheit war instinktiv und adaptiv. Bei dem Gedanken an Carol Landsmans kleinen Ring wurde mir übel. Ich sah keine Notwendigkeit zu wissen. Ich hatte nur die Angst vor dem Wissen.

Plötzlich spürte ich einen Löffel voll Ausfluss. Meine Vagina verschaffte sich Gehör. Ich fuhr zusammen und rückte ein paar Zentimeter vor. Wenn ich nicht vorsichtig war, würde ich einen Fleck auf dem Sofa hinterlassen.

»Alles in Ordnung?« fragte Carol und legte einen Arm um meine Schulter. Ich spürte einen weiteren Klecks austreten.

Ich sprang auf. »Bitte entschuldigt mich.«

»Wo gehst du hin?« rief meine Mutter mir nach.

»Ins Bad.«

»Wart nur, bis du älter wirst!« rief Nina. »Dann musst du alle zehn Minuten!«

In meinem Zimmer ging ich schnurstracks zur Kommode. Meine ganzen Poster aus Teenagertagen hingen noch an der Wand – Johnny Depp in *21 Jump Street,* Sean Penn in *Ich glaub, ich steh im Wald.* In der Ecke stand mein alter Spanplatten-Schreibtisch und auf dem gelb-grünen Teppich war noch immer der helle Fleck von damals, als ich in der neunten Klasse über die Bleichcreme für meinen Damenbart gestolpert war.

Ich zog die oberste Schublade auf und wühlte auf der Suche nach alten Schlüpfern ein Dutzend ausgeleierte

Nachthemden mit Sprüchen wie »Jenny Steins Bat Mitzvah 20.10.87« durch. Ich konnte nicht ohne Unterhose wieder nach oben gehen, falls ich noch mehr auslief, und wenn ich mich einfach aus dem Staub machte, würde meine Mutter denken, ich lasse sie im Stich. Es gab nur eine Lösung.

Das Schlafzimmer meiner Eltern lag neben meinem und das Büro meines Vaters lag neben ihrem Schlafzimmer. Ein dünner Lichtstrahl drang aus seiner Bürotür. Wenn er am Computer arbeitete, bestand keine Gefahr, dass er raus kam. Nicht mal ein Atomkrieg konnte meinen Vater von einem Computerbildschirm fort locken.

Ich stieß die Schlafzimmertür auf. Ihr Zimmer war vertraut und roch immer gleich. Die Krimis meines Vaters und sein Computerkram lagen überall verstreut und seine Kommode war mit Nägeln, Schrauben und Brillen mit fehlenden Gläsern übersät. Die Kommode meiner Mutter stand gegenüber vom Bett, und ihre Unterwäsche befand sich in der Schublade oben rechts. Auf der einen Seite stapelten sich BHs, auf der anderen zusammengelegte Unterhosen. Seit meiner Kindheit trug sie dieselben – weiße Satin-Stützschlüpfer, die den Hintern vollständig bedeckten. Ich nahm die oberste und untersuchte sie.

Der Baumwollstreifen war schmuddelig, aber ohne Flecken. Ich stieg hinein und zog sie hoch, während ich versuchte, nicht durch die Nase zu atmen. Sie war zu weit und rutschte, doch die Beine waren eng. Was für ein Frust: meine Oberschenkel waren so dick wie ihre.

Auf dem Weg nach draußen fiel mir etwas auf dem Nachttisch meiner Mutter auf. Etwas, das völlig fehl am Platz war, schrecklicher als ein im Dunkeln leuchtender Dildo oder Transsexuellen-Pornos. Zwischen ihrem Brillenetui und einer Tube Anti-Falten-Creme von Clinique klemmte ganz lässig, als sei es schon immer da gewesen: *Mars, Venus und Eros* von Dr. John Gray. Ich schlug es auf und las den ersten Satz: »Er will Sex. Sie will Romantik. Manchmal kommt es uns so vor, als sei unser Partner von einem anderen Planeten …!« Mit einem Aufschrei des Entsetzens ließ ich es fallen.

Ich wusste, dass die Wechseljahre an Wahnsinn grenzten, aber jetzt drehte meine Mutter echt ab. Sie las das ihrem Alter gemäße Äquivalent zu *Die Regeln* und suchte den Rat eines sexistischen Idioten. Das passte überhaupt nicht zu ihr. Das Einzige in Richtung Selbsthilfebuch, was sie je besessen hatte, war das *Antidiätbuch,* und das hatte sie seit dreißig Jahren.

Warum las sie ungeniert John Gray? Vor ihrem Mann? War es ein Signal an meinen Vater, dass er sie in Ruhe lassen sollte? Vielleicht hatte *er* sexuelle Probleme. War er wegen seiner Arbeitslosigkeit so deprimiert, dass er keinen mehr hochkriegte? Jede mögliche Erklärung ließ mich schaudern.

Als ich das Buch zurück auf den Nachtschrank stellte, hörte ich ein Geräusch aus seinem Büro. Klang wie Keuchen, rhythmisch und entschlossen. Ich ging zu seiner Bürotür und horchte. Neben dem Keuchen hörte man, wie Terri Gross Paul Auster zu seinem neuen Buch befragte. Ich drehte den Knauf und stieß die Tür auf. Er lag auf dem Rücken und hatte die Füße unter das Sofa geklemmt. Mein Vater machte Sit-ups.

Er trug ein weißes T-Shirt mit V-Ausschnitt und eine rotzgrüne Jogginghose und übertönte das Interview: »Sechsunddreißig, siebenunddreißig, achtunddreißig …« Als er mich sah, hielt er überrascht inne, doch statt aufzuhören, hielt er einen Finger hoch und ließ mich warten, bis er bei fünfzig war.

»Ooooooh!« sagte er und ließ sich zu Boden fallen.

»Was ist los?« rief ich.

»Was meinst du mit *Was ist los*?« sagte er keuchend. »Ich halte mich fit.«

»Seit wann treibst du Sport?«

»Ich dachte, es könnte bei der Jobsuche hilfreich sein. Hast du nicht den Artikel im Stellenmarkt gelesen, dass Männer sich mehr um ihr Äußeres kümmern, seit so viele arbeitslos sind?«

»Den Teil lese ich nicht. Ich suche keinen Job.«

»Ich tu, was ich kann, um das Blatt zu meinen Gunsten zu wenden!«

Die Sache wurde langsam interessant. Vielleicht las meine Mutter *Mars, Venus und Eros,* weil sie der Mars in ihrer Beziehung war. Vielleicht war er es, der sie zurückgewinnen wollte. Im Grunde war sie viel männlicher – sie heulte nicht im Kino (wie er) und war überhaupt nicht sentimental. Vielleicht hatte er Angst, sie würde ihn verlassen, wenn er sich nicht zusammenriss.

»Das passt überhaupt nicht zu dir«, sagte ich. »Dir war dein Aussehen doch immer egal.«

»Siehst du?« sagte er. »Deshalb! Damit Leute wie du so etwas nicht mehr sagen.«

»So hab ich es nicht …«

»Schon gut, Rach! Ich hab mich gehen lassen und mir bleibt nicht mehr viel Zeit, es wieder gut zu machen!« Von oben hörte man Gelächter, und er zeigte zur Decke. »Wie läuft das Damenkränzchen so?«

»Sie reden über Östrogenringe«, sagte ich.

»Bäh«, sagte er. »Das will ich gar nicht wissen.«

»Du solltest mehr Anteilnahme zeigen«, sagte ich. »Gail Sheehy sagt, nach der Menopause folgt die postklimakterische Lebensfreude. Die Bezeichnung stammt von Margaret Mead. Postklimakterische Frauen haben mehr Elan und mehr Energie als je zuvor.«

»Sie hat Recht! Der Elan bringt mich um!«

»Warum bist du so unsensibel? Du solltest mal nach oben gehen und lauschen. Vielleicht lernst du noch was.«

»Weißt du was, Rach? Ich hab selbst genug Probleme.«

Ich entdeckte etwas Neues in seinem Gesicht: Verachtung. Ich hatte Andeutungen davon aufblitzen sehen, als ich klein war und meine Eltern sich wegen dummer Kleinigkeiten stritten, zum Beispiel weil meine Mutter irgendwas weggeworfen hatte. Er sagte so etwas wie »Warum schmeißt du etwas weg, auf dem *Steuer* steht? *Bist du nicht ganz dicht? Wie alt bist du? Sechs?«* Und sie schrie: »Dann räum doch selber auf!« und dann schrie er wieder was und am Ende lief sie ins Bad und schloss sich ein.

Doch seither hatten sich die Wogen geglättet. Er war friedlich, geradezu gutmütig, und die Kälte in seinem Blick beunruhigte mich.

»Ich kapiere nur nicht, was deine Muckis damit zu tun haben«, sagte ich.

»Das habe ich doch schon gesagt«, sagte er. »Der Markt ist umkämpft und ich bin doppelt so alt wie die Konkurrenz. Du solltest dich für mich freuen. Fühl doch mal, wie hart mein Bauch ist.« Er nahm mein Handgelenk.

»Ich will deinen Bauch nicht anfassen«, sagte ich und machte mich los.

»Komm schon«, sagte er. »Schlag mich.«

»Ich will deinen Bauch nicht anfassen!«

»Wie du willst«, sagte er. »Aber komm mir nicht in drei Monaten damit, dass du ihn anfassen willst, wenn ich auf meinem Waschbrettbauch ein Zehn-Cent-Stück hüpfen lassen kann.«

Er verzog das Gesicht und machte weiter. Ich stieg über ihn hinweg, als sei er eine Leiche in einem Kreidekreis.

Als ich nach Hause kam, klingelte das Telefon. »Wie war's?« murmelte Powell.

»Düster und deprimierend«, sagte ich und streifte die Unterhose meiner Mutter ab. Ich versuchte, sie in den Wäschekorb neben meinem Schreibtisch zu kicken, doch ich traf daneben. »Wie geht's?«

»Ich bin k.o.«, sagte er. »Ich hab Nora gerade ins Bett gebracht. Sie war total aufgedreht. Ihre Klasse hat einen Ausflug ins Tenement Museum gemacht. Seit wann gehört Armut zum Bildungsauftrag?«

»In welche Schule geht sie denn?«

»Montessori.«

»Werde ich sie irgendwann mal kennen lernen?«

»Keine Ahnung. Ich halte mein Privatleben gern unter Verschluss. Ich möchte sie beschützen.«

»Was ist so schlimm an mir? Ich kann gut mit Kindern. Ich habe oft babygesittet.«

»Eben. Du bist der böse Babysitter. Das hat mir gerade noch gefehlt.«

»Magst du mich überhaupt?« fragte ich unvermittelt.

»Herrgott«, sagte er. »Was ist das für eine Frage?«

»Ich meine ja nur, weil du mich immerzu beleidigst. Ich sagte, ich möchte deine Tochter kennen lernen. Mir ist bewusst, dass es dazu vielleicht nie kommen wird. Aber warum sagst du nicht einfach ja? Hast du keine Manieren?«

»Jetzt hör mir mal gut zu, Rachel«, sagte er leise. »Ich durchschaue dich, vielleicht besser als du dich selbst durchschaust. Ich durchschaue den Instinkt, solche Fragen zu stellen, hässliche Fragen: ›Magst du mich?‹ – ›Kann ich deine Tochter kennen lernen?‹« Er imitierte mich mit weinerlicher hoher Stimme, die jede Frau an meiner Stelle vor Empörung hätte zusammen zucken lassen. »Ich kenne dein Animus-Problem nur zu gut, deshalb weiß ich, wie schwer es dir fällt, Geduld zu haben. Es ist dein Instinkt, der dich zwingt, immer genau *das Falsche* zu sagen und zu tun. Aber wenn du nicht damit aufhörst, und das meine ich nicht als Drohung, sondern als nüchterne Feststellung, ist es aus.«

Ich sah die wunderbare Zukunft mit Powell in Flammen aufgehen. Was auch immer zwischen uns war, es gab einen gefährlichen Feind, und ich wusste nicht, ob es mein Übereifer war oder seine Gefühllosigkeit. Was es auch war, es musste verschwinden, und deshalb tat ich etwas, das ich noch nie getan hatte: Ich zog den Schwanz ein.

»Verstehe«, sagte ich. Ich hasste den hohen Klang meiner Stimme.

»Gut«, sagte er. »Kannst du am Dienstag um vier vorbeikommen?«

»Ja.«

»Ich möchte, dass du die Haare hoch gesteckt trägst.«

»Warum?«

»Damit ich die Adern sehen kann.« Ich ging mit Dracula aus. Wenigstens mochte er meine Venen. Die meisten Typen fanden sie eklig. Ich habe ein perfektes W über der Brust, von der linken zur rechten Schulter. »Außerdem möchte ich, dass du höhere Absätze trägst als letztes Mal. Schuhe, die die Waden betonen.«

»Ich besitze keine höheren Schuhe!«

»Du kommst also nicht?«

»Mal sehen, was sich machen läßt«, sagte ich und legte auf.

Als ich zu Bett ging, zog ich mir die Decke bis unters Kinn, aber ich konnte nicht einschlafen. Ich musste immer wieder an mein erstes Date mit David denken. Er hatte mich in ein teures Asia-Restaurant in der Mott

Street eingeladen. Die Bedienung war lahm, aber unglaublich groß und attraktiv und hatte einen komischen, schwer zuzuordnenden Akzent, und wir rissen Witze über die umgekehrte Proportionalität von Attraktivität und Qualität beim Service. Wir nannten es den Geilheitsfaktor und fanden, der *Zagat* sollte diese Kategorie einführen, und obwohl das Ganze albern war, fand ich es damals total lustig. Beim Essen hielt er unter dem Tisch meine Hand, und ich kämpfte mit meinen Stäbchen, weil ich seine Hand nicht loslassen wollte.

Ich verstand nicht, warum ich bei ihm so schnell aufgegeben hatte. Er war ein guter Mensch, er war witzig, und ich war ihm nicht egal. Wenn David Vater gewesen wäre, hätte er mir sein Kind sofort vorgestellt.

Vielleicht hätte ich ihm eine Chance geben und ihn heiraten sollen. Dann hätten wir in derselben Gemeinde arbeiten können, er als Kantor, ich als Rabbi. So hatten wir es uns nachts im Bett manchmal ausgemalt, nachdem wir miteinander geschlafen hatten, so wie andere Leute davon träumen, ein Haus zu bauen oder nach Paris zu ziehen. Wir wollten beide in einer ländlichen, liberalen Gegend leben und dachten dabei an Burlington oder Montpelier, wo es einen hohen jüdischen Bevölkerungsanteil gab. Wir stellten uns vor, wir würden in einem Bauernhaus mit gusseisernem Ofen wohnen, mit dem Pritschenwagen zur Synagoge fahren und unsere Kinder könnten die Tora singen und Kühe melken.

In diesen Momenten, wenn ich an David gekuschelt unter der Daunendecke lag, fühlte ich mich nie planlos oder orientierungslos. Es machte mir nichts aus, dass ich den halben Tag damit verbrachte, Modernhebräisch zu lernen, weil das Studium pro-israelitisch war. Es machte mir nichts aus, dass ich die meisten meiner Kommilitonen hasste oder dass ich mich während der Gottesdienste oft langweilte oder dass manche Professoren Schlaftabletten waren.

Ich hatte das Gefühl, auf dem richtigen Weg zu sein und mein Leben mit jemandem zu teilen, den ich liebte.

Jetzt war ich ein professionelles Miss-Rheingold-Mädchen, und Stu Zaritzky lästerte wahrscheinlich just in diesem Moment mit meinen ehemaligen Kommilitonen, dass er mich dabei ertappt hatte, wie ich in einer Drogerie Kondome kaufte. Inzwischen schämte ich mich für meinen blöden Spruch mit dem Ficken.

Obwohl ich meinen Eltern, meinen Gästen, Powell etwas anderes erzählte, kam ich mir albern vor. Vielleicht hatte mein Vater Recht und ich hatte den Verstand verloren. Ich war, was ich mir nie hätte träumen lassen: ein Versager. Versager waren die Kinder der Freunde meiner Eltern, über die mit gedämpfter Stimme gesprochen wurde. Drogenabhängig und tätowiert, lernbehindert und vorbestraft. Nicht die schlauen jüdischen Mädchen aus Cobble Hill.

Ich hing in der Luft. Mehr als meine Richtungslosigkeit störte mich die Unfähigkeit, meine Situation zu romantisieren. Es fiel mir nicht leicht, das einzugestehen. Ich war schlecht im Gutsein gewesen, aber bisher war ich auch nicht besonders gut im Schlechtsein. Vielleicht brauchte ich einfach mehr Zeit.

Das Beste – und Schlimmste – daran, in einer Bar zu arbeiten, ist, dass man ständig daran erinnert wird, nicht der einzige einsame Mensch auf der Welt zu sein. Bei meiner nächsten Schicht kam gegen acht Uhr ein Stammgast namens Matt rein, ging schnurstracks zur Jukebox, tippte lustlos ein paar Zahlen ein und kam an die Bar. »Was hast du aufgelegt?« fragte ich aufgekratzt und hoffte, sein Kummer würde ihn zum Trinken animieren.

»Badly Drawn Boy«, sagte er. »Kann ich ein Corona haben?«

Wir hatten uns mal unterhalten. Er spielte in einer Band namens The Changing Subject und hatte normalerweise seine Freundin im Schlepptau, die im Patois kellnerte. Es war das erste Mal, dass er allein kam.

Kaum hatte ich ihm sein Getränk hingestellt, erklang der Song, und er stieß einen langen, tiefen Seufzer aus. Ich blickte stur geradeaus. Bei Gesprächen mit Gästen läuft man Gefahr, sie den Rest des Abends trösten zu müssen.

»Vor ein paar Tagen war ich mit Jenny im ABC Carpet in DUMBO einkaufen«, sagte er.

»Hmm«, sagte ich gleichgültig.

»Und da merke ich, wie sie jemanden im Laden ansieht. Ein attraktiver Mann – gut gebaut, groß, ist ja auch egal. Jenny guckt, als hätte sie ein Gespenst gesehen und meint: ›Ich muss hier raus.‹ Ich sag: ›Warum?‹ und sie: ›Ich will nicht drüber reden. Mit dem Typen da bin ich zur Highschool gegangen. Ich will ihm nicht begegnen.‹«

Ich wusch unnötigerweise Gläser, nur um unbeteiligt zu wirken. »Als wir gingen«, sagte er, »sah ich mir den Heini genau an und mir fiel sein zotteliges braunes Haar auf. Am nächsten Tag beim Yoga setzt sich ein Typ mit zotteligen Haaren neben mich und mir wird klar, das ist derselbe Typ. Erst war ich nicht sicher, aber er starrte mich die ganze Stunde an und danach, auf dem Weg nach draußen, meint er: ›Du kommst mir so bekannt vor.‹ Ich sag: ›Tut mir Leid, ich glaub nicht, dass wir uns kennen.‹ Er sagt: ›Wart mal, kennst du Jenny Ross?‹ Ich sage: ›Ja, ich bin mit ihr zusammen. Woher kennst *du* sie?‹ Er sagt: ›Ich war auch mal mit ihr zusammen. Aber wir haben vor sechs Monaten Schluss gemacht.‹«

»Na und? Sie wollte eben nicht über den Typen reden.«

»Du kapierst es nicht«, sagte er. »Jenny und ich sind seit *zwei Jahren* zusammen!«

»Omeingott«, sagte ich.

»Ja«, seufzte er. »Ich quetsche ihn also aus und es kommt raus, dass sie was mit ihm angefangen hat, als wir ungefähr ein Jahr zusammen waren. Sie hat uns beide in dem Glauben gelassen, wir seien die Einzigen.« Wenn ich mir auch nur einen klitzekleinen Rest Romantik bewahren wollte, hatte ich den falschen Beruf. »Weißt du, was das Schlimmste ist?« sagte er und trank einen Schluck Bier. »Nachdem ich ihr die Meinung gegeigt habe, meinte sie: ›Ich glaube, du brauchst mehr Freiraum. Vielleicht sollten wir uns eine Weile trennen.‹ *Sie* betrügt mich und dann macht *sie* mit *mir Schluss*!«

Er fing mitten in der Bar an zu schluchzen. Wäre ich nicht so schockiert gewesen, hätte ich mich an der Schönheit dieses attraktiven weinenden Mannes ergötzt. Ich legte ihm die Hand auf den Rücken und reichte ihm eine Serviette. Er putze sich geräuschvoll die Nase. »Scheiße, ist das peinlich«, sagte er.

»Schon okay«, sagte ich. »Mein Vater heult ständig.«

Er wischte sich die Nase ab und lächelte schwach wie ein Kind, das kurz vergessen hat, dass aus beiden Knien Blut quillt.

»Weißt du«, sagte ich, »für mich hört sich das an, als sei sie einfach nicht die Richtige für dich. Klingt nach einer Psychotante.«

»So weit würde ich nicht gehen«, sagte er mit gerunzelter Stirn. Die Exfreundin eines Mannes zu beleidigen ist in etwa so, als würde man seine Mutter beleidigen – wenn das jemand darf, dann höchstens er selbst.

»Ich weiß, das ist jetzt hart«, sagte ich, »aber Zeit heilt alle Wunden. Leider kann man den Heilungsprozess nicht beschleunigen. Geh raus und unternimm was.«

»Wie denn?«

»Dienstags kostet Bier vom Fass hier nur drei Dollar.«

»Danke«, sagte er trocken. Er trank einen Schluck, setzte die Flasche ab und fummelte am Etikett herum. »Ich glaub, ich bin vor allem deshalb so wütend, weil ich so blauäugig war. Ich wünschte, ich hätte etwas geahnt. Aber es gab keinerlei Anzeichen, dass sie fremd geht.«

»Ach komm schon – hast du keine Geschenke gefunden? Sie hat nie komisch gerochen, wenn sie nach Hause kam?«

»Nein. Das Einzige, was mich stutzig gemacht hat, war, dass sie plötzlich ins Fitnessstudio rannte.«

In der Bar war es plötzlich stickig, und das bestimmt nicht, weil es so voll war. »Wie meinst du das?«

»Sie ging ständig ins Fitnessstudio und trainierte ihre schrägen Bauchmuskeln. Vorher waren ihr die sowas von egal – sie hatte Kurven, aber ich mochte sie so. Und plötzlich fing sie an abzunehmen. In nur einem Monat hat sie zehn Pfund verloren, und dann hat sie sich einen Waschbrettbauch antrainiert.«

»Du liebe Güte«, sagte ich.

»Was war ich bloß für ein Trottel«, sagte er. »Ich hab mir gesagt, ist doch gut, dass sie sich fit hält. Sie hat sogar aufgehört zu rauchen. Ich dachte, dass sie sich weiterentwickelt, nicht, dass sie fremd geht.«

Sein Corona war leer, und er bestellte noch eins. Über die Kühlbox gebeugt, versuchte ich, mich zu beruhigen. Ich musste rational an die Sache herangehen. Bei meinem Vater lag der Fall ganz anders. Er hatte mir doch gesagt, warum er Sit-ups machte: wegen des Arbeitsmarktes. Und obwohl er außer Fahrradfahren und Squash nie Sport getrieben hatte, durfte ich keine voreiligen Schlüsse ziehen.

Doch welche logische Erklärung konnte es sonst für das plötzliche Interesse an seinen Bauchmuskeln geben? Vielleicht hatte er eine Affäre. Aber mit wem? Man konnte nur untreu sein, wenn man jemanden zum Fremdgehen fand, und außer meiner Mutter gab es in ganz New York keine Frau, die meinen Vater attraktiv finden würde. Die Frau konnte nur eine alte Hexe sein. Sie musste alt sein und verzweifelt und sehr sehr einsam.

Vielleicht war es Shelly Katz. Sie redete nie soviel mit mir wie die anderen Frauen, und wenn ich drüber nachdachte, hatte sie sich sehr distanziert benommen. Er hatte sie zufällig in einer Bar getroffen und draußen mit ihr eine Zigarette geraucht, als ihm plötzlich auffiel, wie straff ihre Titten waren. Wenn sie beschwipst genug war und einsam genug und da mein Vater sich zum Kneipenhocker mauserte, war das nicht völlig ausgeschlossen. Vielleicht war er deshalb während der Buchgruppe unten geblieben – um sich nicht zu verraten.

Doch so sehr ich meine Phantasie auch bemühte, ich konnte das Bild eines Charakterschweins nicht mit dem meines Vaters in Einklang bringen. So lange ich ihn kannte, war er höchstens für *New-Yorker*-Cartoons und Moltofill zu begeistern gewesen. Er besaß vierzig rezeptfreie Lesebrillen aus der Drogerie. Er trug extra breite Schuhe.

Ein Mann, der seine Frau betrog, brauchte ein Mindestmaß an Selbstbewusstsein. Als ich ihn im Kino getroffen hatte, wirkte er trübsinniger denn je. Ich musste einen klaren Kopf bewahren und daran denken, mit wem ich es hier zu tun hatte. Wenn ich mich mit jeder Alkoholiker-Story identifizierte, wurde ich noch verrückt. Ich musste meine Verdrängungsmechanismen aktivieren, genau wie Bill Clinton.

Ich stellte dem armen Jungen eine neue Flasche hin.

»Ich sollte eigentlich nicht trinken«, seufzte er. »Ist schlecht für meine Nieren.«

»Heute kannst du mal eine Ausnahme machen«, sagte ich. »Betrachte ihr Verhalten als Gefallen.«

»Wieso als Gefallen?«

»Sie hat dir zu verstehen gegeben, dass sie nicht die Richtige für dich ist. Du willst doch nicht mit einer zusammen sein, die dich nie geliebt hat?«

»Du glaubst, sie hat mich nie geliebt?« fragte er verstört. Meine Versuche, ihn zu trösten, machten es nur noch schlimmer.

»Nicht, wenn sie dich betrogen hat!«

»Ich hatte eigentlich gehofft, sie würde zur Vernunft kommen.«

»Spinnst du?«

Er starrte mich ungläubig an, als sähe er plötzlich klar. Ich wollte mir gerade selbst auf die Schulter klopfen, als sich sein Gesicht vor Schmerz verzerrte. »Seit wann arbeitest du an der Bar?« sagte er.

»Seit zwei Monaten«, sagte ich.

»Das erklärt einiges.« Er knallte einen Dollar auf den Tresen und ging.

»Komm zurück!« schrie ich. »Der Nächste geht auf mich!« Aber er war schon weg. Ich vögelte das Glas mit der Spülbürste und stellte es umgekehrt auf das Abtropfgitter.

Als ich mir am Dienstag einen Kaffee holen wollte und die Court Street überquerte, wurde ich fast überfahren. *»Hey!«* schrie ich und sprang zurück auf den Gehweg.

»’tschuldigung!« schrie der Fahrer, nachdem das Auto mit quietschenden Reifen zum Stehen gekommen war. Es war weiß und klein und auf der Tür stand in leuchtend blauen Buchstaben U.S. FAHRSCHULE – MIT UNS

KOMMT IHR GUT DURCH. Ich beugte mich runter und entdecke meinen Vater neben einem schwarzen Mann mit Bart. »Hey, Rach!« kreischte mein Vater winkend.

Ich kapierte es einfach nicht. Seit fünfundzwanzig Jahren weigerte er sich, Auto fahren zu lernen. Meine Mutter, der es eine Last war, ihn durch die Gegend zu kutschieren, lag ihm ständig damit in den Ohren, doch er sagte immer: »Irgendwann ist es zu spät, etwas Neues zu lernen.«

Und jetzt plötzlich kam er in die Gänge. Ich konnte es kaum glauben, aber vielleicht besorgte er es tatsächlich Shelly Katz. Wer eine Affäre hatte, musste in der Lage sein, am Wochenende geheime Liebesnester zu erreichen, vielleicht hatte er sich deshalb überwunden.

Etwas wackelig auf den Beinen ging ich zur Fahrerseite. »Rachel«, sagte mein Vater, »das ist mein Fahrlehrer, Mr. Goddard.«

»Freut mich«, sagte er mit einem Hauch Südstaaten-Akzent und streckte eine Hand aus dem Fenster.

Ich schüttelte sie mit aufgesetzter Freundlichkeit und fragte mich, ob er etwas wusste, das ich nicht wusste. Fahrlehrer kriegten eine Menge zu hören.

»Seit wann nimmst du Fahrstunden?« fragte ich.

»Das ist meine zweite. Seit letzter Woche habe ich einen Lernführerschein.« Er öffnete seine Brieftasche und zeigte mir einen Ausweis mit einem Foto, auf dem er so glücklich lächelte, als sei es sein erster Schultag. Mir brach der kalte Schweiß aus.

»Warum tust du das?«

»Keine Ahnung. Ich dachte, niemals oder gleich.«

»Papa«, sagte ich. »Zitierst du etwa *Rent*?«

»Seit ich arbeitslos bin, habe ich viel Zeit, und da bin ich einfach zur Kraftfahrzeugbehörde rüber, habe mich angestellt und schon beim ersten Versuch die schriftliche Prüfung bestanden! Nur die Frage, was man macht, wenn man auf nasser Fahrbahn ins Schleudern gerät, hatte ich falsch.«

»Nicht gegenlenken«, sagte ich.

»Woher weißt du das?« sagte er, als sei es die Eine-Million-Dollar-Frage bei irgendeiner Quizshow.

»Ich habe denselben Test gemacht«, sagte ich. »Als ich *fünfzehn* war.«

»Na und? Seh ich nicht gut aus? Ich fahre!« sagte er und lehnte seinen Ellbogen aus dem Fenster. »Ich komm mir vor wie Harrison Ford in *American Graffiti*.«

»Eher wie Charles Martin Smith.«

»Wer?«

»Schon gut.«

Er sah Mr. Goddard an und drehte die Handflächen nach oben. »Redet Ihre Tochter auch so mit Ihnen?«

»Töchter sind schwierig«, sagte Mr. Goddard.

»Sieht du? Siehst du?« sagte mein Vater. »Ein weiser Mann. Wir schenken unseren Kindern alle Liebe der Welt und was bekommen wir dafür?«

»Bubkes«, sagte Mr. Goddard.

»Sie sprechen Jiddisch?« sagte ich.

»Klar. Ich gebe seit einundzwanzig Jahren Fahrstunden.«

»Wie kannst du dir die Fahrstunden überhaupt leisten, Papa? In deiner Situation?«

»Mr. Goddard sagt, die Hälfte seiner Schüler ist arbeitslos. Das ist der Grund, warum sie es schließlich tun. Deine Mutter unterstützt mich voll und ganz und von dir hätte ich das auch erwartet.«

»Ich glaube, du machst einen großen Fehler. Du gefährdest nicht nur dich selbst, sondern auch unschuldige Leute. Manche Menschen sind einfach nicht dazu bestimmt, sich hinters Steuer zu setzen. Ich dachte, du hättest Angst, jemanden umzubringen.«

»Mr. Goddard bringt mir bei, den Verstand auszuschalten.«

»Du wirst noch jemanden verletzen. Sagen Sie mir die Wahrheit, Mr. Goddard. Ist er nicht der schlechteste Schüler, den Sie je hatten?«

»Es gab eine Schülerin, die noch schlechter war«, sagte Mr. Goddard.

»Siehst du?« rief mein Vater.

»Sie war auf einem Auge blind.«

Ich machte kehrt und einen großen Bogen um das Auto, damit er mich nicht überfuhr. Auf der anderen Straßenseite angekommen, hörte ich jemanden schreien: *»Vorsicht!«* und als ich mich umdrehte, sah ich, dass das Auto ungefähr fünfzehn Zentimeter vor einer Frau mit Kinderwagen zum Stehen gekommen war. Mein Vater wedelte kleinlaut mit den Armen in den Rückspiegel, während Mr. Goddard immer tiefer in seinen Sitz sank.

Ich trank an jenem Morgen zwei Tassen Kaffee und fühlte mich den ganzen Nachmittag, als klebte ich unter der Decke. Er musste eine andere haben. Warum sonst war er so um sein eigenes Wohlergehen besorgt? Menschen änderten sich nicht einfach so. Da war was im Busch. Ich musste nur herausfinden, was. Doch was sollte ich tun? Shelly Katz anrufen und sie zur Rede stellen? Ich hätte gern mit meiner Mutter darüber gesprochen, aber wie äußert man ganz nebenbei den Verdacht, dass der eigene Vater fremd geht? Powell wusste bestimmt eine Lösung. Ich musste nur warten, bis ich ihn sah.

Punkt drei Uhr fünfundvierzig machte ich mich auf den Weg zu unserer Verabredung, damit er sich nicht beschweren konnte, dass ich zu spät kam. Er hatte gesagt, ich sollte hohe Absätze tragen, und in letzter Minute hatte ich die nuttigen weißen Plastikschuhe mit sieben Zentimeter hohen Plateauabsätzen gefunden, die ich vor ein paar Jahren online für eine Halloween-Party erstanden hatte. Dazu wählte ich ein blau-weiß gepunktetes Polyesterkleid, das meine Möpse einzwängte.

Allein um die Treppe runterzukommen, brauchte ich fünf Minuten, weil ich fürchtete, mir den Hals zu brechen. Beim koreanischen Gemüseladen an der Ecke fiel mir ein Strauß Blumen ins Auge. Ich wusste, meine Aufgabe war es, mich von meinem Animus zu *befreien*, nicht mich darin zu suhlen, doch ich verspürte den Drang, sie Powell zu kaufen. Ich wollte ihm etwas Schönes mitbringen, etwas, das die Frau in ihm zu schätzen wüsste.

Am Strong Place kam mir ein sonderbarer Mann entgegen, der nicht so aussah, als wohnte er hier im Viertel. Seine Wangen waren eingefallen, das verfilzte graubraune Haar hing ihm ins Gesicht. Er trug eine Jeansjacke und eine Zigarette im Mundwinkel. Er sah aus wie jemand, der entweder ein Mörder *war* oder eine Menge Geld damit verdiente, in Filmen den Mörder zu *spielen*. Er musterte er mich von oben bis unten, ohne mit der Wimper zu zucken. Als ich mich nach ihm umdrehte, sah er mich immer noch an.

Powell öffnete die Tür in einem langen türkisblauen Morgenrock. Sein Haar war ungekämmt und sein Blick glasig, aber er war nicht betrunken. Ich versteckte die Blumen hinter dem Rücken.

»Vor dem Haus steht ein ziemlich sonderbarer Mann«, sagte ich.

»Das war Abel Ferrara«, sagte Powell. »Der Regisseur von *Bad Lieutenant*.«

»Was macht der hier? Arbeitet ihr zusammen an was?«

»Nein, er hatte sein Heroin vergessen.«

Er verzog keine Miene, und ich wusste nicht, ob er scherzte. »Nimmst *du* Heroin?« fragte ich.

»Nein! Es ist ihm aus der Tasche gefallen, als er letztes Mal hier war! Ich bitte ihn schon seit Wochen, es abzuholen.«

Er öffnete die Tür. »Für dich«, sagte ich und reichte ihm den Blumenstrauß. Er wich zurück, als sei er ein Vampir und die Blumen Knoblauch. »Was ist los?«

»Du hast mir Blumen mitgebracht.«

»Das heißt doch nichts«, sagte ich sanft. »Ich fand nur, dass sie schön aussehen.« Er riss sie mir aus der Hand und stapfte in die Küche. Ich folgte ihm wackelig auf den hohen Schuhen.

Er riss das Papier ab und das Zellophan, legte die Blumen auf das Küchenbrett wie einen Laib Brot, zog ein großes Messer aus dem Messerblock und begann, die Köpfe abzuschneiden. »Hey! sagte ich. Er schob die Köpfe mit dem Messer zur Seite und hackte die Stengel in zwei Zentimeter lange Stücke, schob alles zu einem Haufen zusammen und begann in die andere Richtung zu hacken. »Was machst du da?« sagte ich.

Er hackte immer weiter wie ein durchgeknallter Fernsehkoch, der Schweiß stand ihm auf der Stirn, bis der schöne Blumenstrauß nur noch ein bunter Haufen war. Er öffnete den Gemüsezerkleinerer, warf den ganzen Haufen rein, schloss den Deckel und drückte den Schalter. Entsetzt sah ich zu, wie er sich in kotzgrünen Brei verwandelte. Die Pampe war so dickflüssig, dass er Wasser hinzufügte, und dann goss er das Ganze in ein Glas, trank es und wischte sich, ganz außer Atem, den Mund ab.

»Du hast gerade meinen Blumenstrauß getrunken«, sagte ich.

»Allerdings!« schrie er. »Ich bin *kriminell!* Wenn du mir

nochmal mit so einem Mist ankommst, fress *ich ihn! Ich fresse dich!*«

Seine Augen funkelten irre. Ich drückte mich an die Wand. »Jetzt zieh deine Jacke aus und leg sie auf den Boden«, sagte er. Sein Blick war starr, aber nicht böse. Als würde ihn beruhigen, mir zu sagen, was ich tun soll.

Ich tat, was er sagte. »Du bist so viel größer in den Schuhen«, sagte er. Er kam auf mich zu und fuhr mit der Hand über mein glattes Kleid und dann nahm er zärtlich mein Kinn in die Hand. Er starrte auf meine Titten, die gegen den Stoff drückten. Dann hob er eine heraus und senkte den Kopf, um daran zu lutschen, während er mit der anderen Hand meinen Arsch knetete. Das ging alles viel zu schnell. Statt mich zu entspannen, fragte ich mich, welche Wirkung die Blumen auf seine Verdauung haben würden. »Ich wünschte, mein Hintern wäre größer«, sagte ich.

»Das passt schon.«

»Aber du bist so etwas wie ein Arsch-Purist …«

»Verdirb jetzt nicht alles. Die Blumen waren schon schlimm genug.« Als er den Finger in mich steckte, öffneten sich meine Lippen und ich ließ den Kopf nach hinten fallen. Ich wurde allmählich heiß, und dann hob er mich hoch und trug mich zum Sofa. Ich hatte keine Ahnung, dass er so stark war.

Er warf mich lässig aufs Sofa und warf die großen Kissen auf den Boden. Er öffnete den Reißverschluss von meinem Kleid, zog es aus und legte es auf einen Stuhl. Dann quetschte er sich rechts neben mich und wedelte mit der Hand, damit ich kapierte, warum er auf *der* Seite liegen wollte. Ich wollte gerade meine Schuhe ausziehen, damit das Sofa nicht dreckig wurde, doch er sagte: »Lass sie an. Was glaubst du denn, warum ich wollte, dass du sie anziehst?« und schob mein Bein über den Rand. Während er mich befummelte, kam er ganz nah an mein Gesicht und strich mir übers Haar. Von Zeit zu Zeit lutschte er leise stöhnend an meiner Brustwarze.

Ich kam so lange und intensiv, dass meine Eierstöcke schmerzten. Diesmal schrie ich auf und als ich das tat, zog er mich nah an sich heran, als neide er mir meinen weiblichen Orgasmus. »Omeingott«, sagte ich und legte einen Arm über die Stirn. »Du bist gut.«

»Ich weiß.«

Ich wollte ihn gerade küssen, da stand er auf. Er zog mir den BH aus, schob meine Beine hoch, so dass ich mich in derselben Position befand wie beim Frauenarzt, und kniete sich vor mir auf das Sofa. Er knöpfte seine Jeans auf, holte ihn raus und begann ihn zu streicheln wie eine Art Zauberstab. Von Zeit zu Zeit sagte er »Mmmmh!« und »Ahhhhh!«, als lausche er einem sehr ernsten Vortrag, den ich nicht hören konnte, und stimme diversen wichtigen Punkten zu. Nach etwa fünfzehn Minuten schrie er: »Ohhhhh! Ohhhhhh! Onnnnhhhh!« und schoss es auf meine Brust.

Ich blickte auf die weiße Pfütze, die sich auf meinen Brüsten bildete, und während er es in meine Brustwarzen massierte, sagte ich: »Denkst du, wir können irgendwann mal nach Manhattan fahren?«

Er runzelte die Stirn, als hätte ich was total Perverses vorgeschlagen. »Warum sollten wir das tun?«

»Ich dachte, du musst da manchmal auf Veranstaltungen.«

»Was für Veranstaltungen?«

»Wohltätigkeitsbälle. Mit Abel Ferrara zum Beispiel.«

»Denkst du, ich habe so viel Geld, dass ich auf Wohltätigkeitsbälle gehe? Meine Freunde sollten einen Wohltätigkeitsball für *mich* schmeißen!«

»Ich dachte nur, du willst dich vielleicht mal mit mir zeigen.«

Er zog die Augenbrauen hoch und nickte zynisch. »Interessierst du dich deshalb für mich? Weil du mit Abel und Harvey verkehren willst?«

»Du kennst Harvey Keitel?«

»Das ist dann wohl die Antwort.«

»Nein! Ich will keine Berühmtheiten treffen! Ich … ich will nur deine Freunde kennen lernen. Ich versteh nicht, warum wir uns immer verstecken müssen. Langsam habe ich das Gefühl, du schämst dich für mich.«

»Seh ich so aus, als würde ich mich darum scheren, was andere denken?«

»Nein«, sagte ich. »Aber warum können wir nicht mal in ein anderes Viertel gehen?«

»Ich verstecke mich nicht«, sagte er. »Ich bin ein Privatmensch. Ich verspüre keinerlei Bedürfnis, mich zur Schau zu stellen, um die Öffentlichkeit über mein Liebesleben auf dem Laufenden zu halten. Wenn du meine Regeln nicht akzeptierst, respektiere ich das und du bist frei, dir einen anderen zu suchen. Aber wenn du mit mir zusammen sein willst, tu ich dir den Gefallen und sag dir, wie's läuft.« Ich hatte keine Wahl. Entweder so oder gar nicht. Und Ersteres schien mir besser als Letzteres, weil er mich zum Lachen brachte und zum Nachdenken. Und doch war mir irgendwie mulmig.

Er stand auf und ging ins Bad. Ich betrachtete seinen breiten Rücken und befürchtete, er würde mich jetzt raus schmeißen und ich müsste am helllichten Tag allein im Nuttenlook nach Hause stöckeln, den Geruch seines Saftes auf meiner Haut. Er kam mit einem warmen nassen Waschlappen zurück und während er sein Sperma wegwischte, sagte er: »Wollen wir was essen gehen?«

»Echt?« quietschte ich.

»Keine Tränen«, sagte er. »Wir werden den Fluss nicht überqueren.«

Wir aßen in einem mediterranen Restaurant namens Sam's, das in einer ehemaligen Frittenbude in der Henry Street aufgemacht hatte. Da es keine Schanklizenz hatte, kauften wir unterwegs eine Flasche chilenischen Merlot (er sagte, chilenischer unterscheide sich von anderen Merlots), und während des Essens war er lieb und verbindlich. Er erzählte mir, er tue sich mit *Wer hat meine Frau umgebracht?* schwer, und ich begriff, dass ihm das Schreiben nicht immer so leicht von der Hand ging, wie ich gedacht hatte. Nach dem Essen sagte er, er würde mich nach Hause begleiten, was ich als gutes Omen für unsere gemeinsame Zukunft betrachtete, und in der Clinton Street legte er seinen Arm um mich.

Beim Cobble Hill Park sagte er: »Wollen wir uns kurz setzen?«

»Okay«, sagte ich.

Der Himmel leuchtete blau und die Bäume davor zeichneten sich dunkel ab. Am Tag war der Park belebt wie ein Marktplatz, doch früh am Abend waren fast nur noch Pärchen und Hundebesitzer unterwegs. Wir setzten uns auf eine Bank unter einem Baum mit Blick auf das große, mit Hecken und Blumenbeeten gespickte Grasoval in der Mitte, wo tagsüber Kinder Verstecken spielten. Er legte seinen Arm um mich und sagte: »Willst du auf meinem Schoß sitzen?«

Ich stieg rittlings auf und schlang meinen Arm um seinen Hals. Er fuhr mit dem Daumen über meine Lippen und ich lutschte daran. »Hast du als Kind am Daumen genuckelt?« fragte er.

»Woher weißt du das?«

»Das merkt man sofort. Du bist sehr oral.«

»Und du?« sagte ich. »Warst du Bettnässer?«

»Ich hatte Schlafstörungen«, sagte er. »Schon als Kind trug ich die Last der ganzen Welt auf meinen Schultern.«

»Wenn ich damals deine Freundin gewesen wäre«, sagte ich, »hättest du jede Nacht wie ein Baby geschlafen.«

»Weil deine Gegenwart auf die männliche Spezies so beruhigend wirkt?«

»Nee«, sagte ich. »Ich hätte dich um soviel Sperma erleichtert, dass du völlig platt gewesen wärst.« Ich konnte nicht glauben, was ich da sagte, aber bei Powell kam das wie von selbst, als hätte er einen Schalter in mir umgelegt, den außer ihm niemand kannte.

Wir knutschten zärtlich. Als wir uns lösten, um nach Luft zu schnappen, blickten wir in den Himmel. »Ist das da drüben nicht deine Freundin?« hörte ich ihn sagen. Ich folgte seinem Blick zu einer Bank auf der anderen Seite des Parks und sah Liz auf dem Schoß eines Mannes, dessen Gesicht sie verdeckte, weil sie ihn innig küsste.

»Ja, ist sie«, sagte ich.

Auch sie saß rittlings. Ich hatte das Gefühl, wenn ich meinen Fuß bewegte, würde sich ihrer auf magische Weise ebenfalls heben. Sie löste sich von dem Mann, doch statt ihn anzusehen, blickte sie zur Seite, als läge dort die Antwort auf alle Fragen. Sein Gesicht war noch immer verdeckt, doch an seinen Händen sah ich, dass er weiß war.

»Ist das ihr Freund?« sagte Powell.

»Liz hat keine Freunde.«

Der Mann strich ihr übers Haar, und als er sich vorbeugte, um sie erneut zu küssen, fiel das Mondlicht auf sein Gesicht. Bei seinem Anblick wurde mir speiübel, und ich schlug die Hand vor den Mund.

»Was ist los?« fragte Powell.

»Das ist mein Vater«, sagte ich. »Ohne Bart.«

TRENNUNG IST EINE ZWEISPURIGE STRASSE

»Willst du kurz *Hallo* sagen?« sagte Powell.

»Spinnst du?« zischte ich. »Wir müssen hier weg, bevor die uns sehen.«

»Sollte *ihr* das nicht eher einfallen?«

Ich packte seine Hand und zog ihn rasch aus dem Park, wie aus einem Theatersaal, bevor der Vorhang fällt, damit man vor den anderen an der Garderobe ist. Er blickte über die Schulter, aber ich zog ihn mit einem Ruck hinter einen Grashügel, und wir watschelten in der Hocke, bis wir außer Sichtweite waren.

Auf der Straße begann ich zu schluchzen. Heftig und laut und mit viel Rotz. In der Clinton Street lehnte er mich ans Tripoli, ein libanesisches Eckrestaurant, und ich schniefte in sein Hemd.

»Komm, ich spendier dir eine Limo«, sagte er. Wir gingen auf der Atlantic Richtung Westen zum Wasser, und irgendwie hatten die Autos, die an uns vorbei über den Expressway zischten, eine beruhigende Wirkung auf mich. Wenn sich die Welt weiter drehte, ohne von meinem Elend Notiz zu nehmen, war es vielleicht doch nicht so schlimm.

Ich zog ihn in das Long Island Restaurant, Ecke Henry Street. Das Lokal hatte noch immer seine ursprüngliche Einrichtung aus den späten Vierzigern. Alle Kneipen in dieser Straße waren früher Matrosenkneipen gewesen, und in dieser gab es vier Nischen, einen Tisch, einen Tresen und keine Karte. Die Besitzerin, eine feindselige Irin um die sechzig, kochte jeden Abend ein anderes Tagesgericht wie Lasagne oder Cheeseburger, je nach Laune. Offiziell machte der Laden um neun zu, doch sie machte um halb neun dicht und schloss die Küche, wann immer ihr danach war. Es war das einzige Restaurant im Viertel, wo der Gast an zweiter Stelle stand.

»Woher kennst du diese ganzen Lokale?« sagte er mit einem Blick auf das schwarz-weiße Hochzeitsfoto hinterm Tresen. »Du bist zu jung für Nostalgie.«

»Nicht mehr«, schniefte ich. »Von diesem Moment an bin ich alt.«

Er führte mich zu einer der hinteren Nischen. Die Besitzerin stand hinterm Tresen und sah im Fernseher über der Tür gemeinsam mit einem übergewichtigen, unglücklichen jungen Mädchen einen Film. Ich reckte den Hals, um zu erkennen, was sie sahen, und erblickte zu meinem Entsetzen Sally Field in Burka. *Nicht ohne meine Tochter*. Sie stand in einem Pulk von Arabern und rief ihre Tochter. Ihr Mann guckte verschlagen und geheimnisvoll, so dass man wusste, er hatte was damit zu tun. War die blöd. Wäre Alfred Molina mein Mann gewesen, hätte ich sofort gewusst, dass er böse ist.

In der Werbepause kam die Besitzerin an unseren Tisch. »Wie geht's?« fragte sie.

»Danke«, sagte ich leise.

»Was soll's denn sein?«

»Eine Kräuterlimo mit Vanilleeis«, sagte ich.

»Und einen Kaffee«, sagte Powell.

Sie nickte, grinste erst ihn an und dann mich und sagte: »Ist das dein Vater?«

Ich schluchzte so laut und theatralisch, dass die Lastwagenfahrer auf dem Expressway es hören konnten.

»Könnten wir ein paar Servietten bekommen?« fragte Powell.

»Ich bring die Schlampe um«, sagte ich und putzte mir die Nase. Ich klang wie Michael Douglas in *Eine verhängnisvolle Affäre*. Unter solchen Umständen konnte man schon mal zum Frauenhasser werden.

»Was wirst du als Mordwaffe benutzen?« fragte er.

»Was soll das werden, *Alle Mörder sind schon da?*«

»Ich versuche nur, ein wenig Leichtigkeit in diese ansonsten schwerwiegende Situation zu bringen.«

»Ich hab geahnt, dass er eine andere hat«, sagte ich, »aber ich hätte nie gedacht, dass sie so attraktiv ist. Ich dachte, wenn überhaupt, ist es eine Freundin meiner Mutter!«

»Warum sollte jemand eine Affäre mit einer unattraktiven Frau anfangen?«

»Weil er glaubt, er hat nichts Besseres verdient. Ich verstehe nur nicht, was Liz an ihm findet. Mein Vater ist fünfundfünfzig, dick und kriegt eine Glatze. Mit so jemandem lässt man sich doch höchstens aus Barmherzigkeit ein.«

»Verstehe«, sagte er ironisch. »Du hältst mich für einen Ausflug zur Heilsarmee. Verstehe vollkommen.«

»Natürlich nicht! Du bist anders! Du bist ein Alphamännchen! Mein Vater ist eher ein *Zeta*-Männchen. Er hat nicht den Mumm, was anzufangen.«

»Vielleicht ist in deinem Vater ein Trickster aktiv, von dem du nichts weißt.«

Die Frau brachte unsere Getränke und legte meinen Strohhalm auf den Tisch. Ich klopfte vergeblich damit auf den Tisch, um die Hülle zu öffnen. »Gib her«, sagte Powell, als sei ich ein kleines Kind. Ich saugte, aber der Strohhalm steckte im Eis, so dass nichts kam.

»Jüdische Männer gehen nicht fremd«, sagte ich und

rührte in meiner Kräuterlimo. »Es liegt ihnen nicht im Blut.«

»Was ist mit Eddie Fisher?«

»Bei Promis ist das was anderes. Jüdische Männer gehen fremd, indem sie lesen, nicht indem sie vögeln. Sie sind Büchermenschen. Wenn überhaupt, ist mein Vater nur einmal fremd gegangen, und das war, als er die *VI Warshawski*-Serie verschlungen hat.«

»Auf die Gefahr hin, das Offensichtliche auszusprechen«, sagte Powell, »vielleicht ist gar nicht mehr passiert als das, was wir gesehen haben. Vielleicht läuft da gar nicht mehr.«

Ich erzählte ihm von den leisen Geräuschen aus Liz' Wohnung neulich Abend. »Bei jedem anderen schlägt sie Krach«, sagte ich. »Warum war sie an dem Abend so leise?« Das klang wie die fünfte Passah-Frage.

Ich seufzte kopfschüttelnd. »Ich verstehe nicht, warum er das gerade zu einem Zeitpunkt macht, wo er meine Mutter am meisten braucht.«

»Wie meinst du das?«

Ich erzählte ihm von der Arbeitslosigkeit, und prompt meinte Powell: »Jetzt ergibt alles einen Sinn! Männer sind Amphibien. Sie brauchen sowohl Wasser als auch Luft zum Leben. Ihre Luft und ihr Wasser sind Arbeit und Sex, und dein Vater kriegt keines von beiden.«

»Wieso bist du da so sicher?«

»Deine Mutter liest *The Silent Passage*.«

»Na und?«

»Sie trocknet aus!«

»Es heißt, Frauen hätten den besten Sex zwischen fünfundvierzig und fünfundfünfzig!«

»Quatsch. Sie gibt ihm keinen Grund, zu Hause zu bleiben. Dein Vater kann nicht beide Probleme zugleich lösen. Also löst er wenigstens eins.«

»Du glaubst also, dass er die Affäre beendet, wenn er einen Job kriegt?«

»Nicht unbedingt, aber wir wollen hoffen, dass sich die Lage auf dem Arbeitsmarkt bald bessert.«

Ich löffelte etwas Eis. »Denkst du, ich sollte es meiner Mutter erzählen?«

Er nahm mein Gesicht in beide Hände. »Auf gar keinen Fall. Ich verstehe dein Bedürfnis, es ihr zu erzählen. Du bist ein Wahrheitssucher, genau wie ich. *Wir lieben die Wahrheit.* Aber du brauchst sie nicht mit deiner Mutter zu teilen. Das ist, als würdest du einen Stein ins Wasser werfen. Irgendwann geht der Stein unter, aber man weiß nie, welche Kreise er zieht.«

»Sehr poetisch«, sagte ich und verdrehte die Augen.

»Gut«, sagte er, »denn ich wollte den Satz in einer Restaurantszene von *Wer hat meine Frau umgebracht?* benutzen.« Ich knirschte mit den Zähnen. Ich steckte in der schlimmsten Familienkrise meines Lebens, und er testete sein Manuskript. Kein guter Zeitpunkt.

»Dein Vater tut, was er tun will«, sagte er. »Wie heißt es in der Bibel? *Gam zeh yavor*. Das geht vorbei.«

»In der Tora heißt es: ›Auge um Auge, Zahn um Zahn.‹«

»Daher all die Probleme im Nahen Osten«, sagte er. Er nahm eine Serviette und wischte mir den Mund ab. »Und selbst wenn nicht«, sagte er, »und wenn deine Eltern sich trennen, was kümmert es dich?«

»Es sind meine Eltern! Ich will nicht, dass sie sich scheiden lassen!«

»Du benimmst dich wie ein Kind, aber du bist erwachsen. Dass du dich so aufregst, ist nur ein Beweis dafür, dass du an der Kette deiner Eltern liegst.«

»Nur weil ich will, dass sie zusammen bleiben, bin ich noch lange nicht angekettet.«

»Bist du doch. Ich kenne niemanden, der so stagniert.«

Er war das Gegenteil eines Motivationsredners. »Ich verstehe nur nicht, wie er ihr das antun kann. Ich meine, ich weiß, sie haben so ihre Probleme, aber ich wusste nicht, dass es so schlimm ist.«

»Trennung ist eine zweispurige Straße. Das ist Aphorismus Nummer Drei von Powells Aphorismen. Ich bin mal mit einem Mädchen ausgegangen, das eine Schuppenflechte hatte. Obwohl sie am ganzen Körper schuppte, trug sie hautenge ärmellose Kleider und machte keinerlei Anstalten, die Läsionen zu verbergen. Ich fand es nicht abstoßend, sondern mutig und aufregend. Um das Jucken zu lindern, nahm sie gern Hafermehlbäder, und wir badeten jeden Abend zusammen. Wenn wir uns danach liebten, grummelte mein Magen, denn ich musste immer an meine Mutter denken, die mich als Kind in Jackson Heights jeden Morgen gezwungen hat, irischen Haferbrei zu essen …«

»Worauf willst du hinaus!«

»Als ich ein paar Monate mit diesem Mädchen zusammen war, begann ihre Haut zum ersten Mal seit zwanzig Jahren zu heilen. Sie meinte, das läge daran, dass ich sie so liebte, wie sie war. Ich war so entzückt von dieser Veränderung, dass ich unachtsam wurde. Wenn sie spät von der Arbeit nach Hause kam und sagte, die U-Bahn habe Verspätung gehabt, glaubte ich ihr. Eines Tages wachte ich auf und auf dem Kissen lag eine Packung Haferbrei mit einer Notiz: ›Ein hässliches Mädchen kann mit nur einem Mann glücklich werden, ein hübsches aber braucht Abwechslung.‹ Da wurde mir klar, dass ich die Trennung orchestriert hatte. Ich hatte sie schön gemacht, weil ich mich selbst zu sehr hasste, um zu glauben, ich hätte sie verdient. Du siehst also, Trennung ist eine zweispurige Straße.« Er lächelte und hob den Kopf, als erwarte er Beifall.

»Ich glaube nicht, dass meine Mutter ihn dazu getrieben hat«, sagte ich.

»Sie musste es tun! Du hast doch erzählt, wie umtriebig deine Mutter ist. Vielleicht war das ihre Art, ihm zu verstehen zu geben, dass er an anderen Mösen schnuppern soll.« Ich war anderer Meinung, aber ich hatte gelernt, ihm nicht zu widersprechen.

»Hast du deine Frau betrogen?«

»Darüber reden wir ein anderes Mal.«

Auf niemanden war Verlass. »Omeingott! Mit wie vielen Frauen?« Er blickte stur geradeaus und schwieg. »Weniger als ein Dutzend?«

»Bäckerdutzend?«

»Du hast doch gesagt, du besitzt eine starke Anima. Ich dachte, du denkst wie eine Frau. Frauen gehen nicht fremd.«

»Erstens, *falsch!* Zweitens, wenn du es wissen willst, war ich nicht der Erste in meiner Ehe, der das Ehegelübde gebrochen hat.« Alle Männer waren Schweine, sogar der, mit dem ich zusammen war. »Aber abgesehen von meinen Affären war die Ehe sowieso ein Fehler. Als Nora zwei war, fingen meine Frau und ich jeden Morgen gleich nach dem Aufwachen an zu streiten, als hätten wir es abgesprochen. Wir stritten uns im Bett, dann beim Anziehen, dann im Bad und in der Küche beim Frühstück. Jeder Morgen endete gleich: Sie warf Geschirr nach mir, und ich duckte mich. Schließlich ging sie zur Arbeit und ich setzte mich an den Schreibtisch und schrieb Filme, die die Kritiker als frauenfeindlich bezeichneten, die aber nur meine Realität reflektierten.«

»Was hat sie gemacht?«

»Sie war Krankenschwester.« Ich lachte. »Das ist kein Zufall. Sie hatte einen Pflegeberuf, weil sie nach Blut lechzte und sich dafür so schämte, dass sie sich der Retttung von Menschenleben verschrieb. Sie wollte meinen Tod und mir wurde klar, dass es nur eine Frage der Zeit war. Eines Morgens, als ich nach Hause kam, überraschte ich sie dabei, wie sie mit dem Besen eine Maus tot schlug, und mir wurde schlagartig klar, dass ich mit einer Mörderin verheiratet war. Da fiel mir Aphorismus Nummer Vier von Powells Aphorismen ein: Hüte dich davor, den Tod zu heiraten.«

»Ich bin nicht der Tod«, sagte ich. »Ich bin das Leben.«

»Hier geht es doch überhaupt nicht um dich«, sagte er. »Warum musst du immer alles auf dich beziehen?«

Wenn ein Teil von mir geglaubt hatte, dass Powell in dieser schweren Zeit aufgrund von Alter und Eheerfahrung ein Trost sein würde, starb dieser Teil einen schnellen schmerzlosen Tod. »Es war ein harter Tag«, sagte ich.

»Hör auf mit diesem Getue«, sagte er. »Jung würde dir raten, dich auf die Symbolik in der Geschichte zu konzentrieren. Wer ist deine Mutter und wie beeinflusst dieses Ereignis die Beziehung zu deiner Mutter? Wer ist Liz – ein Teil von dir, vor dem du dich fürchtest? Wer ist dein Vater? Ist er ich?«

»Nein!« schrie ich. »Da gibt es nichts zu interpretieren! Da sind keine Symbole! Meine Familie ist im Arsch.« Ich begann wieder zu schluchzen. »Ogott«, sagte ich. »Was, wenn er wieder zu ihr in die Wohnung kommt? Kann ich heute Nacht bei dir schlafen?«

»Ich weiß, das sind mildernde Umstände«, sagte er mit einem Blick auf die Uhr, »aber Noras Mutter liefert sie in einer halben Stunde bei mir ab. Und normalerweise habe ich keinen Damenbesuch, wenn sie ...«

»Bitte?« sagte ich.

»Ich hab's dir von Anfang an gesagt«, sagte er. »Die Mutterfigur in mir ist tot. Bei mir hast du die Wahl zwischen Teufel und Trickster, und soweit ich weiß, betreibt keiner von beiden eine Pension.«

»Viel Spaß mit deiner Tochter«, sagte ich und lief raus.

WÄHREND ich die Atlantic Avenue entlang ging, spielte ich die Szene im Park immer wieder durch und wünschte, alles wäre nur ein Traum. Dass es mit mir bergab ging, war eine Sache, aber warum auch mit *ihm*? Ich hätte in meinem persönlichen *Du und dein Abenteuer* gern zu dem Moment zurück geblättert, wo ich Liz zum ersten Mal mit dem Typen aus dem Waschsalon vögeln hörte. Statt an ihre Tür zu klopfen, hätte ich instinktiv gewusst, dass sie der Teufel in der Gestalt eines verwöhnten Töchterchens aus Chappaqua war, und ich hätte mich gehütet, nach oben zu gehen, um mich zu beschweren. Dann wäre sie ihm nie begegnet und all das wäre nicht passiert.

Da ich wusste, dass ich die Zeit nicht zurückspulen konnte, überlegte ich mir stattdessen, wie Liz sterben könnte. Ich stellte mir vor, wie sie die Atlantic Avenue überquerte und von einem Achtzehn-Tonner überrollt wurde. Ich wusste, wenn sie abkratzte, würde mein Vater ein bisschen traurig sein, aber nicht sehr. Nachdem er ihre verkohlte, übel zugerichtete Leiche identifiziert hatte, würde er die göttliche Fügung akzeptieren, kein *Wenn guten Menschen Böses widerfährt,* sondern ein *Wenn bösen Menschen Böses widerfährt.* Während er dem Gerichtsmediziner zunickte und der Liz zurück in die Leichenschublade schob, würde ihm klar werden, wie sehr er meine Mutter doch liebte.

Wie hatte es angefangen? Hatte er sich seinen gesunden Menschenverstand zusammen mit dem Bart abrasiert? So sehr ich glauben wollte, dass Liz die treibende Kraft war, hatte möglicherweise er die Sache angeleiert – mein halbherziger, gebeugter, totaler Versager von einem

Vater? Es war nicht die moralische Verderbtheit, die mir unverständlich war. Es war sein Tatendrang. Passivität prägte sein Leben. Er gab sich mit Mittelmäßigkeit zufrieden, so lange ich es nicht tat. Wie in diesem Witz darüber, warum es so wenige drogenabhängige Juden gibt: Es ist ihnen suspekt, sich gut zu fühlen.

Liz *musste* schuld sein. Er war vorbeigekommen, um mich zu einer Fahrradtour zu nötigen, hatte versehentlich ihre Klingel gedrückt und sie hatte ihn rein gelassen. Als sie sein Klopfen ein Stockwerk tiefer hörte, kam sie einen Treppenabsatz nach unten, um zu sehen, was los war. »Mr. Block«, sagte sie. »Ich dachte, Sie wären eine Sonderzustellung. Rachel ist nicht da.«

»Oh«, erwiderte er blöd und musterte ihre Figur. »Naja, dann geh ich wohl besser.«

Sie betrachtete seine Homer-Simpson-Wampe, doch da sie eine Gelegenheit witterte, mein Leben zu ruinieren, gurrte sie: »Kommen Sie doch einen Moment mit nach oben, ich mache Ihnen eine Tasse Darjeeling.«

Verwirrt, verloren und durch seinen kürzlichen Jobverlust noch unter Schock, folgte er ihr nach oben, und während er auf ihrem Sofa saß und wartete, dass das Wasser kochte, bemerkte sie, wie er *A Clock Strikes Bizarre on Butt Row* auf dem Fernseher beäugte. »Haben Sie schon mal was von Joey Silvera gehört?« trällerte sie, und als er den Kopf schüttelte, warf sie ihm einen Schlafzimmerblick zu und legte den Film ein. Während er mit offenem Mund gaffte, rutschte sie auf Knien über den Flokati und machte ihm mit der coolen Autorität der Oval-Office-Jüdin die Hose auf.

Deshalb war sie wahrscheinlich von Manhattan nach Brooklyn gezogen, weil sie wusste, wie ruhig und friedlich wir waren. Sie pinkelte mir ans Bein, weil ich eine Familie hatte.

Meine Mutter tat mir Leid. Sie war kein Bauerntölpel, aber sie vertraute ihm. Mit sechzehn schlich ich mich um fünf Uhr morgens aus dem Haus, um mit John Lederer, einem Jungen aus dem Französischunterricht rumzuknutschen, der im Village wohnte und die Tür für mich offen ließ. Es war leicht. Ich hinterließ einen Zettel, auf dem stand: »Bin verabredet.« Sie stellte mich nie zur Rede. Meine Mutter anzulügen war, als würde man einem Baby den Lutscher klauen.

Aber was mich wurmte, was mich an der ganzen Sache fertig machte, hatte eigentlich gar nichts mit ihr zu tun. Was mich ärgerte, was mich ganz krank machte, mehr als meine Wut auf ihn und Angst um sie, war das: irgendwo ganz hinten in meinem Kopf, in einer jener Ecken, die man meidet oder leugnet, hatte ich immer gedacht, wenn er sich je für eine andere Frau als meine Mutter entscheiden würde, dann wäre ich es.

Für mich waren die beiden immer ein seltsames Paar, mein Vater der Hyperintelligente, der immer seine Schlüssel vergaß, meine Mutter das kleine Dummchen, das das Essen auf den Tisch brachte. Manchmal stellte sie eine dumme Frage oder kapierte die Pointe einer Geschichte nicht, und dann kam ich mir vor wie die Naive, und meine Mutter war die, in die der Held sich am Anfang verliebt, bei der er aber nicht bleibt. Es schlägt auf die geistige Gesundheit, wenn man glaubt die Hepburn zum Tracy des eigenen Vaters zu sein, aber manchmal schien er es genauso zu sehen.

Dass er mit Liz schlief hieß, dass er im Grunde seines Herzens wusste, dass wir füreinander bestimmt waren. Aber da er sich selbst dafür hasste, hatte er stattdessen meinen bösen Zwilling gewählt. Einen Stellvertreter. Das war schlimmer als eine Affäre mit Shelly oder Joan. Dass es ausgerechnet Liz war, traf mich tief. Ich fühlte mich, als hätte man mir beide Beine amputiert. Er liebte meine Mutter nicht mehr, er liebte mich nicht mehr.

Zu Hause zog ich mir die Kissen über den Kopf und versuchte zu schlafen, doch es hatte keinen Zweck. Vor gar nicht langer Zeit hatte ich eine intakte Familie gehabt, einen Mann, der mich liebte, und eine berufliche Zukunft. Jetzt betrog mein Vater meine Mutter mit der Nachbarschaftsnutte, und ich ging mit einem Anti-Ehe-Aktivisten aus, während ich in der lahmsten Bar der Smith Street Bier ausschenkte.

Der moralische Abstieg meines Vaters hatte genau in dem Moment begonnen, wo ich das Studium geschmissen hatte. Wäre ich in der Rabbinerschule geblieben, wäre all das nicht geschehen. Sandte Gott mir eine Botschaft? Würde mein Vater aufhören, mit Liz zu vögeln, wenn ich wieder aufs RCRJ ging? Es war ungerecht. Zum ersten Mal in meinem Leben hatte ich das Richtige getan, und nun ging alles in die Brüche.

Ich brauchte jemanden zum Reden, aber mit Powell über Untreue zu reden war, als würde man sich zur Trauerbewältigung an Hitler wenden. Ehe ich noch recht wusste, was ich tat, stand ich auf und wählte die immer noch erste Nummer im Datenspeicher meines Telefons.

Es klingelte zweimal und eine Frau mit leichtem Akzent, den ich nicht einordnen konnte, nahm ab. »Hallo«, stotterte ich. »Ist David da?«

»Einen Moment.« Ich hörte, wie die Hand über den Hörer gelegt wurde, dann seine Stimme.

»Hier ist Rachel«, sagte ich. Er schwieg. »Bitte leg nicht auf.«

»Wollte ich gar nicht«, sagte er. »Geht's dir gut? Es klingt nicht so.«

»Doch, mir geht's gut. Wer war das?«

»Das«, sagte er stolz, »war meine Freundin Yael.«

»Wohnt sie bei dir?«

»Ja.«

»Ist ja ... toll«, sagte ich bemüht. »Wo habt ihr euch kennen gelernt?«

»Diesen Sommer in Israel. Wir waren beide Betreuer in einem Camp für taubstumme Kinder in Safed. Ich wäre für sie auch nach Israel gezogen, aber sie hat sowieso überlegt, nach New York zu gehen, und so hat es sich irgendwie ergeben.«

»I-ist ja toll«, sagte ich.

»Bist du sicher, dass es dir gut geht?« sagte er. »Du klingst so komisch.«

So spontan wie der Impuls gewesen war, ihn anzurufen, begriff ich nun auch, dass ich nicht mit ihm darüber reden konnte. Es war demütigend genug, dass er mit einer altruistischen Israelin zusammen wohnte. Er brauchte nicht auch noch erfahren, dass mein Vater ein Schürzenjäger war.

»Ich hätte nicht gedacht, dass du ran gehst«, sagte ich.

»Warum nicht?«

»Ich dachte, du hasst mich.«

»Naja«, sagte er. »Ich war lange sauer auf dich, aber jetzt nicht mehr. Ich hab eine Weile gebraucht, aber rückblickend ist mit klargeworden, dass du nicht für mich bestimmt warst.«

»Nicht für dich bestimmt? Ist es nicht eher so, dass wir nicht füreinander bestimmt waren?«

»Sicher. Aber mir ist klar geworden, dass du eine Wahnsinnswut auf mich hattest, obwohl ich überhaupt nichts falsch gemacht hatte. Ich habe das immer hingenommen und mir eingeredet, es würde nachlassen, aber das hat es nicht. Und schließlich begriff ich, dass ich nicht mit jemandem zusammen sein möchte, der mich hasst.«

»Hört Yael mit?« sagte ich.

»Nein, sie hat den Webstuhl an.«

»Sie webt?«

»Ja.« Sie war nicht nur musikalisch, sondern auch noch geschickt. Schlimmer ging's nimmer.

»Hältst du mich für einen schlechten Menschen, weil ich dich so behandelt habe?«

»Nein, das nicht. Ich bin nur froh, dass du Schluss gemacht hast, damit ich kapieren konnte, was abgeht. Sonst hätte ich mir weiter in die Tasche gelogen. Und ich hätte nie Yael kennen gelernt. Also, was ist los? Es kursieren die wildesten Gerüchte darüber, warum du das Studium geschmissen hast. Unter anderem, hieß es, ich hätte dir das Herz gebrochen, was ich besonders komisch fand.«

»Ein Mann im Memorial ist gestorben, als ich bei ihm war, und seine letzten Wort waren: ›Sie sind der schlechteste Rabbi, dem ich je begegnet bin.‹«

»Im Ernst?«

»Ja«, sagte ich. »Und ich beschloss, ihm zu glauben.«

Er schwieg eine Weile, dann sagte er: »Du warst bestimmt nicht der schlechteste. Vielleicht wusste er gar nicht, was er sagte. Vielleicht war er senil.«

»Er war neununddreißig. Und bei klarem Verstand.«

»Meinst du nicht, du nimmst dir die Meinung eines Fremden zu sehr zu Herzen? Was ist mit deinen Plänen?«

»Es war nicht das Richtige für mich. Ich meine, ich wusste, dass ich das Richtige tue, als ich ging.«

»Wo liegt dann das Problem?«

Ich wollte ihm gern erzählen, wie schrecklich alles war, dass ich meinen Vater im Park gesehen hatte, aber ich schämte mich. Noch nie hatte ich die schmutzige Wäsche meiner Familie in der Öffentlichkeit gewaschen, aber es hatte ja auch keine gegeben. Es war mir peinlich, ihm zu erzählen, was los war. Er war nicht mehr mein Freund, er war nicht mal ein *guter* Freund. Er hatte eine Neue, eine heiße israelische Weberin. Ich musste ihn in Ruhe lassen.

Ich spürte einen Kloß im Hals. »Weißt du«, sagte ich, »ich muss jetzt auflegen.«

»Ist was nicht Ordnung, Rachel?« sagte er. »Ich bin für dich da, wenn du willst ...«

»Tschüss, David«, sagte ich und nachdem ich aufgelegt hatte, schluchzte ich los.

Am nächsten Morgen erwachte ich um halb neun, als es an der Tür klingelte. Als ich in die Gegensprechanlage sagte: »Wer ist da?«, hörte ich meine Mutter: »I–ich.« *Ogott.* Vielleicht war sie hinter meinem Vater her und stand mit einer geladenen Waffe unten, um Liz umzubringen.

Ich rannte nach unten und öffnete die Tür.

»Wie geht's dir?« sagte sie.

»Gut«, sagte ich. »Musst du nicht in die Schule?«

»Wir haben heute Morgen Konferenz und ich muss erst in einer Stunde da sein. Kann ich rauf kommen?« Ich nickte widerstrebend und sah sie die Treppen hoch stapfen, die Hand am Geländer. »Mir gefällt die neue Lackierung«, sagte sie und fuhr mit der Hand über die Wand. »Der Glanz hebt ...«

»Mama. Kannst du das Dekor ein anderes Mal begutachten?«

»Wie geht's deiner Freundin?« sagte sie an meiner Tür und deutet mit dem Kopf zur Decke.

»Welcher?«

»Der, die oben wohnt. Liz.«

Ich suchte in ihrem Gesicht nach Spuren stillschweigender Duldung, konnte aber nichts entdecken. Ich glaubte nicht, dass sie mir etwas vormachte. Sie schien wirklich nichts zu wissen. Und obwohl es mich bekümmerte, verstand ich es. Ich konnte ja selbst kaum glauben, dass mein

Vater einer Mittdreißigerin nachstieg. Für sie musste es unvorstellbar sein. Sie wusste, wie er nackt aussah.

»Der geht's gut«, sagte ich.

»Was treibt sie so?«

»Dies und das.«

»Hat sie sich mit ihrem Freund versöhnt? Er wirkte ziemlich …«

»Ja ja«, sagte ich. »Er war gerade neulich hier.« Ich schob sie durch die Tür, als sei ich Frau van Daan und sie Anne Frank.

»Was gibt's?« fragte ich, nachdem sie sich an den Küchentisch gesetzt hatte.

»Nun, erst einmal wollte ich dir danken, dass du neulich da warst. Das hat mir viel bedeutet. Ich weiß, die Wechseljahre sind für dich noch weit weg, aber Bildung ist die beste Medizin.«

»Da stimme ich dir zu.«

»Nachdem du weg warst, haben wir uns noch unterhalten«, sagte sie. »Alle haben mir zu meiner Moderation gratuliert, und dann kamen wir darauf, wie wenig intellektuelle Anreize es im Viertel gibt und wir hatten die Idee, eine Gruppe zu gründen.« Sie griff in ihre Handtasche und holte ein bonbonrosa Flugblatt heraus:

KAFFEE KLATSCH
Mangelt es Ihnen an geistiger Anregung?
Finden Sie Widerspruch spannender als Zustimmung?
Dann kommen Sie zu unserer wöchentlichen Diskussionsrunde
bei Susan Block
Warren Street 191
Ab Donnerstag, dem 18. September, um 20.00 Uhr
Themenvorschläge willkommen!

Darunter stand neben dem Wort *Fragen?* fein säuberlich unsere Telefonnummer. Ich fühlte mich, als hätte ich gerade mein eigenes Gesicht auf einem Steckbrief gesehen.

»Was hältst du von dem Namen?«

»Schöne Alliteration.«

»Ist das sarkastisch gemeint? Bei dir bin ich mir nie sicher.«

»Warum bei uns zu Hause?«

»Warum nicht?« Stell einem Juden eine Frage, und du wirst eine Gegenfrage bekommen.

»Warum trefft ihr euch nicht in einem Café, wenn es ein Kaffeeklatsch ist? Warum lässt du Fremde in unser Haus?«

»Zu Hause ist es persönlicher. Ich möchte, dass tiefer gehende Beziehungen entstehen.« Sie war die Einzige in der Familie, die nicht in tiefer gehenden Beziehungen ersoff. »Und da es meine Idee war, habe ich den Treffpunkt angeboten. Nina und ich werden heute Nachmittag Plakate aufhängen.«

»Und wenn irgendein Verrückter das liest?« sagte ich. »Da könnte jeder kommen! Auch Typhus Mary.«

»Wer ist Typhus Mary?«

»Die Stadtstreicherin mit den knallroten Backen, die am Sabbat immer in die Synagoge kam, um einen Hefezopf abzustauben! Was machst du, wenn die auftaucht? Ist dir je in den Sinn gekommen, dass man auch zu aufgeschlossen sein kann?«

»Genau darum geht es uns doch! Kommunikation zu fördern. Wir wollten es ursprünglich OFFENE LEITUNGEN nennen, aber Nina meinte, das klingt nach Heroin-Selbsthilfegruppe.«

»Du machst einen Fehler«, sagte ich. »Jemand könnte eine Waffe mitbringen. Ihr wohnt nur wenige Straßen von der größten Al-Quaida-Zelle des Landes entfernt. Block ist ein jüdischer Name! Die wissen, dass ihr der Feind seid und knallen euch ab. An Passah öffnen wir nicht mal Elias die Tür, weil man nie weiß, wer davor steht, aber jetzt ist das plötzlich okay?«

Sie sah mich an, als sei ich bei der Geburt vertauscht worden. Sie schüttelte missmutig den Kopf und sagte: »Wenn du meinst.«

Dieser Spruch, den sie sich vor etwa einem Jahr angewöhnt hatte, machte mich wahnsinnig aggressiv. Ich hatte keine Ahnung, ob sie ihn auch bei ihren Freundinnen gebrauchte oder nur bei mir, aber in letzter Zeit brachte sie ihn ständig. Sie benutzte ihn immer, wenn wir unterschiedlicher Meinung waren oder wenn sie fand, ich würde meine familiären Pflichten vernachlässigen. Erst schwieg sie lange und dann seufzte sie resigniert. Wie konnte sich eine Mutter ihrem Kind gegenüber so feindselig verhalten? Es schien fast so, als hätte ich sie irgendwann vor langer Zeit mal verärgert, irgendeine Vase zerbrochen, bevor mein Erinnerungsvermögen einsetzte, und würde immer noch dafür bezahlen.

»Hör mal«, sagte ich mit zusammen gebissenen Zähnen. »Ich mein ja nur … hältst du es für eine gute Idee, die Sache zu Hause abzuhalten, wo Papa so eine schwere Zeit durchmacht?«

»Was meinst du?«

»Die Jobsuche. Ich finde, du solltest dich mehr um ihn kümmern.«

»Wovon redest du?« fragte sie anklagend. Es ist nicht leicht, der eigenen Mutter vorzuschreiben, wie sie sich als Ehefrau zu verhalten hat.

»Ich mein ja nur, vielleicht braucht er deine Unterstützung. Ein paar Streicheleinheiten. Schenk ihm mal eine Kleinigkeit, damit er weiß, dass er dir nicht egal ist. Wie wär's mit einem Buch? Warum kaufst du ihm nicht die Koufax-Biographie?«

»Er soll keine Biographien lesen, er soll sich einen Job suchen. Bei Vorstellungsgesprächen kommt er zu spät und dann beschwert er sich, dass er den Job nicht kriegt!«

»Hör mal«, sagte ich, »versuch wenigstens, ein bisschen Verständnis zu zeigen. Ich glaube, er ist wirklich ganz unten.«

»Du hast ja keine Ahnung, wovon du redest«, sagte sie. »Er hat sich letzte Woche den Bart abrasiert und seitdem ist er ein neuer Mensch.«

»W–was meinst du?«

»Er nimmt sogar Fahrstunden! Mir gefällt zwar nicht, dass er arbeitslos ist, aber wenn er das braucht, um sein Leben umzukrempeln, muss ich sagen, habe ich nichts dagegen. Wenn du mich fragst, ist die Arbeitslosigkeit das Beste, was ihm je passiert ist.«

Was konnte ich sagen? Ich würde ihr bestimmt nichts erzählen, und was sie betraf, ging es ihm gut. Warum braucht es eine außereheliche Affäre, um jemanden dazu zu bringen, sein Leben zu ändern? Was sagte das über den Wert der Ehe aus?

Als ich sie zur Tür brachte, schnippte sie mit den Fingern und sagte: »Fast hätte ich es vergessen. Merk dir den Freitag für das *Rosch-Haschanah*-Essen vor.«

Ich konnte nicht fassen, dass schon wieder ein neues Jahr begann. Ohne den RCRJ-Kalender, der mich erinnert hätte, ohne regelmäßige Synagogen-Besuche überrumpelten mich die Hochheiligen Tage. Normalerweise markierte ich sie in meinem Kalender mit großen Blockbuchstaben, fetter als meinen eigenen Geburtstag. Nun kamen sie zum ersten Mal ohne Vorwarnung.

»Okay«, sagte ich. »Soll ich was mitbringen?«

»Vielleicht eine Flasche Rotwein, irgendeinen.«

»Machst du Rinderbrust?«

»Das habe ich vor«, sagte sie. »Mit grünen Bohnen vom Markt, und ich wollte *Tsimmes* machen.«

»Muss das sein?« sagte ich. *Tsimmes* war eine dieser merkwürdigen jüdischen Speisen, ein Mix aus Karotten, Zimt und anderem Mundgeruch-fördernden Dreck. Ich mochte es nicht nur nicht, ich kapierte auch nicht, wie irgend jemand so was mögen konnte.

»Was hast du gegen *Tsimmes*?« sagte sie. Diese Diskussion führten wir jedes Jahr. Es war ein tiefer verwurzeltes Ritual als das Sich-auf-die-Brust-Pochen bei der Aufzählung der Sünden.

»Es ist das Ekligste aller jüdischen Gerichte«, sagte ich, »und das will schon was heißen.«

»Du musst es ja nicht essen. Ich dachte, wir essen gegen halb sieben, weil der Gottesdienst um acht beginnt.«

»Ich weiß noch nicht, ob ich zum Gottesdienst gehe«, sagte ich.

»Was? Warum nicht?«

»Ich glaube, ich bin dieses Jahr nicht in der Stimmung.«

Sie sah mich an, als hätte sie sich verhört. »Aber du liebst *Rosch-Haschanah.«*

Das stimmte. Ich war verrückter nach den Feiertagen gewesen als jedes andere Kind in meiner Klasse. Seit meiner Bat Mizwah war ich am *Rosch-Haschanah*-Vorabend hingegangen, am *Rosch-Haschanah*-Morgen und am zweiten Tag, was die wenigsten Reformjuden tun. Ich ging immer schon ganz früh, um einen Platz ganz vorn bei den *alten Knackern* zu ergattern. Meinen Eltern erzählte ich immer, es ginge mir nur um den Platz, dabei war ich einfach gern da, wenn es fast leer war und ich in Ruhe nachdenken konnte.

Doch der Gedanke daran, neben meinen Eltern im

Tempel zu sitzen und zuzuhören, wie der neue junge Rabbi, Rabbi Ron, sich darüber ausließ, wie wichtig es war, das Gute vom Bösen zu unterscheiden, war zu viel. Wie konnte ich neben meinem Lügner von einem Vater sitzen und ihm dabei zusehen, wie er sich auf die Brust klopfte, obwohl er keinerlei Reue empfand? Ich wollte ihm nicht zu nahe kommen, und ich wollte in keinem Haus Gottes sein, wo ich mir doch immer sicherer war, dass es gar keinen gab. Wozu mit meinen Eltern in die Synagoge gehen, aufgerüscht wie ein Zirkuspony, wenn unsere Familie von innen total *fakakta* war?

»Rachel«, sagte meine Mutter. »Ich weiß, du hast es im Moment nicht leicht, aber …«

»Ich möchte nicht darüber reden«, sagte ich.

»Aber alle werden fragen, wo du …«

»Tut mir Leid«, sagte ich, »aber das ist wirklich nicht mein Problem.«

»Sei nicht so frech zu deiner Mutter«, sagte sie. »Sonst wirst du nicht ins Buch des Lebens eingeschrieben.«

Am liebsten hätte ich gesagt, dass nicht ich es war, um die sie sich Sorgen machen musste, doch stattdessen sagte ich nur, wir würden uns dann zum Essen sehen.

Sobald sie fort war, zog ich mich an und ging zu Liz. Ich klopfte und schrie: *»Liz!«* wie Brando in *Endstation Sehnsucht*. Ich legte den Kopf an die Tür. Alles still. Ich klopfte erneut. T. Russell, der dicke Kiffer von gegenüber, steckte den Kopf aus der Tür. »Könntest du bitte aufhören zu klopfen?« sagte er, in eine Cannabis-Wolke gehüllt.

»Tut mir Leid«, sagte ich und schlich wieder runter.

Die Schlampe ging mir aus dem Weg. Sie ahnte, dass ich was ahnte. Wenn das stimmte, hatte ich vielleicht noch eine Chance. Vielleicht war ihr moralisches Gewissen doch nicht kaputt, der Akku war nur leer. Ich würde sie an die Wand nageln, bevor er es tat. Und wenn ich mich rund um die Uhr auf die Lauer legen musste. Ab jetzt hieß es Block gegen Kaminsky.

Es war an einem Donnerstag um Mitternacht, wo grundsätzlich nur Menschen in Bars hocken, die nicht schlafen können, Alkoholiker sind oder einsam. Ein verheirateter Stammgast namens Randy hatte sich an eine sehr jung aussehende Zwanzigjährige mit langen blonden Zöpfen rangemacht. Ich wusste, dass er verheiratet war, weil ich mir eines Abends eine lange Tirade darüber hatte anhören müssen, wie wenig Sex er mit seiner Frau hatte, obwohl sie einen achtjährigen Sohn hatten und seit zehn Jahren zusammen waren. Mir war aufgefallen, dass er keinen Ehering trug, und als ich ihn danach fragte, holte er seine Schlüssel heraus und da hing er, am Schlüsselring.

»So denke ich daran, ihn wieder anzustecken, bevor ich nach Hause komme«, sagte er.

Doch er hatte sich lange nicht mehr über seine Frau beschwert, und vor ein paar Wochen hatte er mir dann erzählt, dass ein zweites Kind unterwegs war. Daher wurmte es mich, ihn so schamlos flirten zu sehen. Andererseits war es nicht das erste Mal, dass ich einen verheirateten Mann sah, der sich gänzlich unverheiratet benahm. Die Blondine war zierlich und kurvig, was ihr rosa T-Shirt noch betonte, auf dem in weißen Buchstaben stand: »Mach ein Foto. Das hält länger.« Zehn Minuten nachdem sie rein gekommen war, ging Randy zu ihr rüber und quatschte sie an. Jetzt waren sie bei ihrer vierten Runde Kamikaze-Shots, und das Mädchen wirkte so desolat, dass ich mir Sorgen machte.

Ihre Wangen waren feuerrot, und als er sie ein paarmal nachdrücklich am Arm berührte, tat sie nichts, um ihn zu entmutigen. Nachdem sie erklärt hatte, warum die erste Staffel von *Survivor* besser war als die zweite, versuchte er, sie zu küssen. Als sie sich nicht wehrte, wurde er zudringlich. Sie züngelten etwa zehn Minuten, während ich die Gläser abräumte und Jasper, der heute ungewöhnlich still war, ein Harp brachte. Ich hörte Randy murmeln: »Bin gleich wieder da, okay? Und dann gehen wir«, bevor er aufstand und zum Klo schwankte.

Das Mädchen lächelte, aber dahinter lag Traurigkeit, als gäbe es einen düsteren Grund, warum ein so hübsches Ding mit so einem Lüstling nach Hause ging. Seit zwei Monaten versuchte ich nun, mich aus den Angelegenheiten meiner Gäste rauszuhalten, doch durch ihren zweifelnden Blick fühlte ich mich irgendwie verantwortlich. Ich flitzte zu ihr rüber, beugte mich dicht an ihr Ohr und sagte: »Er ist verheiratet, weißt du.«

»Was?« fragte sie gleichgültig, als hätte sie sich verhört.

»Er hat eine Frau und einen achtjährigen Sohn und ein zweites ist unterwegs.« Sie blinzelte und spähte in ihr leeres Schnapsglas. »Hör mal«, sagte ich schnell, weil er gleich wieder kommen würde, »ich will dir nicht vorschreiben, was du zu tun hast. Ich dachte nur, du solltest das wissen.«

Sie nickte, schwieg eine Sekunde, dann stand sie auf und kreischte: »Es ist mir scheißegal, ob er verheiratet ist. Vielleicht bin ich ja auch verheiratet!« Die Leute drehten sich um. Ich wäre am liebsten im Boden versunken. Jetzt würde mir wohl niemand mehr seine Geheimnisse anvertrauen.

»Tut mir Leid«, sagte ich. »Ich dachte nur …«

»Vielleicht hat mein Freund mich ja das ganze letzte Jahr mit meiner Nachbarin betrogen und glaubt, ich weiß nichts davon! Was sagst du jetzt? Was sagst du *jetzt*?« Ich hatte den größten Fehler gemacht, den ein Barkeeper machen kann: Ich war von der Unschuld eines Gastes ausgegangen.

Randy kam vom Klo zurück. »Können wir gehen?«

»Die Tresenschlampe sagt, du bist verheiratet und dass deine Frau schwanger ist«, sagte sie. »Stimmt das?«

»Wie kommt sie denn da drauf?« sagte er süffisant und warf mir einen vernichtenden Blick zu.

»Ich hab ihr gesagt, ist mir scheißegal, ob du verheiratet bist. Ich hab ihr gesagt, ich hab sowieso einen Freund.«

»Wohnst du mit ihm zusammen?« Randy kam gleich zur Sache.

»Nein!«

Schwankend stand sie auf und zeigte mit dem Finger auf mich. »Das Mädchen sollte sich verdammt nochmal um ihre eigenen Angelegenheiten kümmern«, sagte sie. »Ich kann Klugscheißer nicht leiden!«

»Ganz deiner Meinung«, sagte Randy.

Ich wusste, dass ich das Richtige getan hatte, aber ich wusste nicht, warum ich mich so elend fühlte. Ich hätte ihnen gern von Hillels Philosophie erzählt: »Wenn nicht ich, wer dann?« Aber das hätte schal und albern geklungen. An der Uni hatte man uns beigebracht, dass Juden die moralische Verpflichtung haben, sich gegen Unrecht zu erheben. Tat man das aber in einer Bar, kriegte man nicht mal Trinkgeld.

»Komm, wir gehen«, sagte das Mädchen, während Randy seine Jacke überwarf und ihren Arm packte. An der Tür drehte sie sich nochmal um und sagte: »Weißt du was? Von jetzt an geh ich ins Boat.« Das Boat lag ein paar Blocks weiter, Ecke Wyckoff, hatte die hippere Klientel, einen Flipper, und machte doppelt soviel Umsatz wie wir.

»Bitte tu das nicht«, flehte ich.

Arm in Arm verschwanden sie in die Nacht. In der Bar war es, abgesehen von einem echt beknackten Oasis-Song, ganz still. Die Gäste, die alles mitangehört hatten, guckten mich böse an. Ich schnappte mir einen Lappen und wischte den Tresen. Ich hatte gedacht, der Seitensprung meines Vaters würde eine bessere Barfrau aus mir machen, stattdessen vergraulte ich die Gäste.

Jasper starrte mich bestürzt an. »Anstandsdame«, sagte er.

»Das war's«, sagte ich. »Du hast genug.«

»Sag ich doch«, sagte er und nickte selbstgefällig.

Am nächsten Tag nach dem Frühstück wurde ich kribbelig. Es war drei Tage her, seit ich Powell gesehen hatte, und er fehlte mir. Trotz allem, was er zu mir gesagt hatte, fand ich es okay, die Initiative zu ergreifen. Er mochte Ehrlichkeit. Er hatte gesagt, dass er nicht an »die Regeln« glaubte. Wir hatten die Art Beziehung, wo man einfach unangemeldet bei dem anderen rein schneien konnte.

Ich machte den Kleiderschrank auf und wählte ein magenta-rotes hautenges ärmelloses Kleid, so tief ausgeschnitten, dass meine Möpse herauszufallen drohten. Dazu zog ich kniehohe schwarze Wildlederstiefel an, die wie Folterinstrumente aussahen.

Bei Powell angekommen, stieß ich die Haustür auf und ging nach oben. Ich nahm einen Spiegel aus der Tasche und inspizierte meine Zähne, dann meine Möpse. Die Brustwarze, die raus guckte, schob ich wieder rein. Ich verwuschelte mein Haar wie eine Diva und schnupperte an meinen Achseln. Die linke, die irgendwie muffte, wischte ich mit dem Handrücken ab, wusste dann aber nicht, wo ich die Hand abwischen sollte. Der Tanz endloser Schweißübertragung. Ich entschied mich für die Wand, dann streckte ich die Hüfte vor und klopfte.

Als sich die Tür öffnete, sagte ich mit Jessica-Rabbit-Stimme: »Nimm mich, du böser Mann!«

Ein kleines Mädchen mit blonden Zöpfen starrte ausdruckslos zu mir auf. Sie hatte blassblaue Augen wie er, Augenringe und fahle rosa Haut, und sie hielt eine ziemlich nuttige Puppe in der Hand.

»Ich bin nicht böse«, sagte sie.

»Du musst Nora sein«, sagte ich und nahm die Hand vom Türpfosten.

Sie nickte und beäugte mich misstrauisch: »Bist du Jennifer?« sagte sie.

Die Sache wurde langsam interessant. »Ich bin nicht Jennifer«, sagte ich. »Wer ist Jennifer?«

»Papas Freundin.« Er traf sich mit einer anderen. Ich wusste es.

»Ich heiße Rachel«, sagte ich und beugte mich nach unten, um ihr die Hand zu geben. Dabei fiel meine rechte Brust aus dem Kleid. Zwar gelang es mir, sie zurück zu stopfen, doch es war zu spät. Sie machte auf dem Absatz kehrt und rannte schreiend davon: »*Papa!* Ich habe Rachels Brust gesehen!« Nicht gerade die beste Empfehlung.

Ich hörte die Klospülung, dann erschien Powell. Nora klammerte sich an sein Bein, so dass er hinkte wie ein Krüppel. »Was machst du hier?« sagte er. Seine Stimme war kalt und frei von jeglicher Zuneigung.

»I–ich dachte, ich komm mal vorbei«, sagte ich und fragte mich, wie viel Nora schon mitkriegte. Er küsste mich kühl auf die Wange und musterte mein Kleid, das sich vor dem Kind plötzlich obszön anfühlte.

»Ich wollte dich anrufen«, sagte er. »Nora war die letzten beiden Nächte hier, weil meine Exfrau eine Lebensmittelvergiftung hat. Wie geht's?«

»Ich dreh langsam durch. Meine Mutter scheint nichts

zu wissen. Ich habe bei Liz geklopft, aber sie war nicht da. Ich glaube, sie geht mir aus dem Weg.«

»Du musst dich da raus halten«, sagte er.

»Kann Rachel mit uns essen?« fragte Nora.

»Klar kann sie das«, brummte er widerwillig.

»Kann ich auch mein Kleid anziehen, Papa?« sagte Nora.

»Welches?« sagte er. Sie zog an seiner Hand, und er beugte sich runter, das Ohr nah an ihrem Mund. »Oh«, sagte er. »Das ist eine gute Idee. Soll Rachel dir helfen?«

»Nein.« Sie machte kehrt und lief in ihr Zimmer.

»Sie wird schon noch auftauen«, sagte er. »Bei neuen Menschen ist sie wie ich. Katzenhaft. Sie muss dich kennen, bevor sie beschließt, dich zu mögen.«

Ich pflanzte meine Hände auf seine Schultern wie beim Abschlussball. »Tut mir Leid, dass ich einfach so rein schneie. Ich hatte solche Sehnsucht«, flüsterte ich ihm ins Ohr und knabberte an seinem Mund.

»Sie kann jede Sekunde reinkommen«, sagte er abwehrend.

»Und?«

»Und ich weiß nicht, in was für einem Haushalt du aufgewachsen bist, aber ich will nicht, dass sie den Rest des Leben zum Psychotherapeuten rennt. Ich hab schon genug Geldsorgen.«

»Warum hast du so schlechte Laune?« sagte ich.

»Willst du wissen, wieso? Ich glaube, meine Exfrau hat die Lebensmittelvergiftung vorgetäuscht, weil sie keine Lust hat, sich um Nora zu kümmern. Und ich kann nichts dagegen tun. Ich hab mich unter anderem deshalb getrennt, weil die Rolle des Vollzeitvaters mir nicht liegt. Ich fühle mich übervorteilt, wenn ich sie auf den letzten Drücker nehmen muss.«

Nora kam in einem blau-weiß gestreiften Kleid mit U-Boot-Ausschnitt zurück. Sie wirkte schüchtern und aufgeregt, schien die Aufmerksamkeit gleichzeitig zu suchen und zu fürchten.

»Du siehst umwerfend aus«, sage ich. »Was für ein hübsches Matrosenmädchen.«

»Ich bin kein Matrose«, sagte sie schnippisch. »Ich bin ein Flapper.« Sie war definitiv Powells Tochter.

Sie hielt noch immer die Puppe in der Hand. »Wie heißt deine Puppe?« sagte ich.

»Jade. Das ist eine Bratz-Puppe«, sagte sie.

»Kennst du die nicht?« sagte Powell. »Es gibt eine ganze Serie, eine nuttiger als die andere.«

»Sollen wir Jade auch ein Kleid anziehen?« sagte ich. Sie nickte, nahm meine Hand und führte mich durch Powells Schlafzimmer in ihres. Ich suchte im Vorbeigehen nach Spuren einer anderen Frau, aber das Bett war sauber und unberührt.

Noras Zimmer sah aus wie ein Kriegsgebiet. Puppen lagen herum, rosa Autos und Klamotten waren über Bett und Teppich verteilt, und in den Ecken stapelten sich Bilderbücher. Ich setzte mich neben sie und streckte die Beine aus, da meine Aufmachung keinen Schneidersitz zuließ. Sie nahm einen großen Plastikkorb. Darin befanden sich Dutzende Barbies, Kens und Puppenkleider von funkelnden Bustiers bis zu Jeans und rosa Hotpants. Sie reichte mir eine Puppe, die wie eine Cousine der anderen aussah. »Das ist Diana«, sagte sie.

Sie zog Jade ein glitzerndes, rückenfreies 70er-Jahre-Kleid an. Als sie Probleme mit dem Klettverschluss im Nacken hatte, hielt ich die Haare für sie hoch. Nachdem die Puppe angezogen war, setzte Nora sie mit übereinander geschlagenen Beinen auf ihr Knie. Woher wusste sie, dass man die Beine übereinander schlug?

»Wie findest du sie?« sagte sie.

»Eine echte Disco-Lady.«

»Was ist Disco?« sagte Nora.

»Britney Spears ist Disco«, sagte ich.

Sie wühlte in ihrer Kiste und zog einen Miniaturgrill und zwei Stühle hervor. Sie setzte ihre Puppe Jade auf den einen Stuhl und Diana auf den anderen.

»Hey Jade«, sagte ich und bewegte Diana auf und ab. »Willst du noch einen Hot Dog?«

»Auf jeden Fall«, sagte Jade. »Ich liebe Hot Dogs!«

Wir taten, als äßen sie, und dann hatte ich eine Idee.

»Jade«, sagte Diana. »Du hast es so gut. Du hast zwei Zuhause und ich nur eins.«

»Ja«, sagte sie. »Bei Papa und bei Mama.«

»Und wo wohnt deine Mama?«

»An der Upper East Side.« Natürlich. Wo reiche geschiedene Frauen zu Hause sind. Bestimmt hatte sie lange Beine und sah aus wie ein Model, eine heiße, picobello gekleidete Madison-Avenue-Braut mit Botox-Gesicht und strahlend weißen Zähnen.

»Hat Mama einen Freund?«

Sie nickte. »Robert. Robert ist ihr Freund. Wenn wir in East Hampton sind, wohnen wir bei Robert.«

»Hat Papa eine Freundin?« Sie legte den Kopf schief und sah mich stirnrunzelnd an. »Wer ist Jennifer?«

»Hab ich dir doch schon gesagt«, sagte sie und warf die Puppe hin. »Papas Freundin.«

»Wie lange kennt Papa sie schon?«

»Sieben Jahre.« Das Problem bei Kindern war, dass sie kein Zeitgefühl hatten. Vielleicht plapperte sie irgendwas nach oder dachte sich alles nur aus.

»Ist Jennifer Papas feste Freundin?«

Sie zuckte die Schultern. »Spielt Papa auch mit Bratz-Puppen?« fragte ich.

Sie runzelte die Stirn. »Papa ist ein Junge! Er hat keine Puppen.«

»Aber trifft Papa sich mit Frauen, die aussehen wie Bratz-Puppen?«

»Wer bist du, Nancy Drew?« sagte Powell hinter mir. Ich spürte, wie mein Gesicht röter wurde als mein Nagellack.

»Wer ist Nancy Drew?« fragte Nora.

»Das neugierigste Mädchen der Welt«, sagte er und spitzte die Lippen.

Ich stand auf, wobei ich meine Brust stützte, um weiteres Möpseplumpsen zu vermeiden. »Triffst du dich mit anderen Frauen?« fragte ich leise.

»Das ist kaum der richtige Zeitpunkt für so ein Gespräch«, sagte er und behielt Nora im Blick, die Jade die Sachen vom Leib riss.

»Ich decke dann schon mal den Tisch«, sagte ich und drückte Powell im Vorbeigehen die Puppe in die Hand.

DAS Essen verlief besser als erwartet. Powell machte Penne rigate und wir tranken chilenischen Merlot aus Kelchen, Nora einen Tetrapak Saft. Er setzte sich ans Tischende, und Nora und ich saßen einander gegenüber. Meine Sorge, ob sich gemeinsame Gesprächsthemen finden würden, erwies sich als überflüssig. Die beiden diskutierten die sinkende Qualität der *Rugrats,* die verschiedenen Eigenschaften der Powerpuff Girls und den neuesten Film von Mary-Kate und Ashley und wie eklig es war, dass Mary-Kate den Jungen küsste. Das führte zu einer Diskussion über den Ekelfaktor von Küssen im Allgemeinen, gefolgt von meiner nicht ausreichend gewürdigten Bemerkung, dass Mary-Kate und Ashley schon als Kleinkinder in einer Fernsehserie mitgespielt hatten, die weder Nora noch ihr Vater je gesehen hatten, gefolgt von der Diskussion, ob Nora Schauspielerin werden wollte, wenn sie groß war (ja), obwohl ihr Vater das für eine schlechte Idee hielt.

Nach dem Essen schob Powell seinen Stuhl zurück, wischte sich den Mund mit einer Ecke der beigen Stoffserviette ab und meinte, es sei Zeit für Noras Badewanne. Ich setzte mich aufs Sofa. Ich hörte das Wasserplätschern und ihre gedämpften Stimmen. Ich war eifersüchtig auf ihre stille Vertrautheit. Etwas an dem leisen Echo, dem unverständlichen Genuschel, verlieh dem gemeinsamen Bad etwas Exklusives, von dem Dritte ausgeschlossen waren.

Das Wasser verschwand gurgelnd im Abfluss, und ein paar Minuten später hörte ich kleine Füße herein tapsen. In einem weißen Bademantel, die Kapuze auf dem Kopf, kam Nora auf mich zu.

»Gute Nacht, Rachel«, sagte sie leise.

»Gute Nacht«, sagte ich. Sie zögerte kurz, dann kletterte sie aufs Sofa, gab mir einen hastigen Kuss auf die Wange und flitzte davon. In dem Moment kapierte ich, dass einem Kinder das Herz brechen können.

Sie rannte in ihr Zimmer. Es gab ein kurzes Hin und Her wegen des Schlafanzugs, und dann hörte ich durch die Schlafzimmertür, wie Powell ihr in einem melodischen Singsang etwas vorlas.

»Spelunke an der Überführung«, hörte ich ihn sagen. »Lenny und Arty sitzen an einem Tisch mit rot-weißer Tischdecke und trinken Scotch. Lenny: ›Nur weil du deine Frau hasst, brauchst du sie doch nicht gleich umzubringen.‹ Artie: ›Sie frisst mich auf. Als ich sie geheiratet habe, war ich einsachtundachtzig. Ich schwöre bei Gott, Lenny, jetzt bin ich nur noch einsachtzig.‹«

Nora kicherte. Mit fast leierndem Tonfall fuhr fort. »Lenny: ›Nicht sie ist das Problem. Sondern du.‹ Artie:

›Ich weiß, aber das hilft mir auch nicht weiter. Ich stecke zwischen Baum und Borke.‹ Lenny: ›Es gibt andere Möglichkeiten als Mord.‹ Artie: ›Nämlich?‹ Lenny: ›Ich mein ja nur.‹ In dem Moment schlendert eine schöne Frau mit Beinen wie Crème Caramel in die Bar.«

»Papa?« fragte Nora. »Was ist Crème Caramel?«

»Da kommst du schon noch hinter.«

»Sie setzt sich auf einen Barhocker und sieht zu Artie und Lenny. Schöne Frau zum Barkeeper: ›Den stärksten Bourbon, den Sie haben.‹ Lenny (schmatzt mit den Lippen): ›Gottes Wege sind wunderbar.‹«

Es entstand eine kurze Pause, dann sagte Powell: »Findest du den letzten Satz gelungen? Ist er nicht zu platt?«

»Er ist nicht platt.«

»Ist dein Papa ein Genie? Ist dein Papa der klügste Mann der Welt? Wer ist der klügste Ire diesseits des Gowanus? *Das bin ich!* Wer gibt dir deinen blöden Saft? Hm? Hm?«

Sie quietschte: »Hör auf hör auf hör auf!« und kicherte wie blöde.

»Wie heißt das Zauberwort?«

»Bei Fuß! Bei Fuß, Papa, bei Fuß!«

Ich legte mich hin und vergrub das Gesicht im Kissen. Wozu brauchte er mich? Sie war eine gute Kritikerin, und sie stellte keine Bedingungen. Ich wusste, es gehörte sich nicht, jemanden zu beneiden, der gerade erst gelernt hatte, sich die Schuhe zuzubinden, aber ich konnte nicht anders. Sie hatte ihn ganz und ich hatte ihn nur halb.

Eine Weile später kam Powell angetappst. Er setzte sich neben mich und legte meine Beine auf seinen Schoß. »Gibt sie dir auch mal Tipps?«

»Ständig! Einmal hat sie mir gesagt, ich solle einen Geist reinschreiben, ein anderes Mal meinte sie, eine weibliche Figur solle männlich sein. Ich habe beide Ratschläge befolgt. Du hättest sie nicht über mein Liebesleben ausfragen dürfen.«

»Kann ich *dich* dann fragen? Sind wir monogam?«

»Das geht dich nichts an«, sagte er, als sei das die unverschämteste Frage, die er je gehört hatte.

»Ich finde, das geht mich sehr wohl was an«, sagte ich. »Besonders, da du nichts von Kondomen hältst.«

»Na gut! Nächstes Mal benutzen wir ein Gummi!«

Mit Powell zu reden war, als würde man ein Orakel befragen. Es war unmöglich, eine brauchbare Antwort von ihm zu bekommen. »Ich will doch nur wissen, woran ich mit dir bin. Erinnerst du dich an die Szene in *Queensboro Blues,* wo Yvette und Henry mitten in der Nacht auf der Brücke stehen und sie zu ihm sagt, dass sie eine Entscheidung treffen muss?«

Seine Augen weiteten sich. »Bitte sag nicht, dass du schwanger bist.«

»Nein! Ich mein nur, ich weiß gar nichts über dich. Ich weiß nicht, was du treibst, wenn du nicht mit mir zusammen bist. Oder ob du an mich denkst, wenn ich nicht da bin.«

»Wie kann ich es noch deutlicher ausdrücken?« sagte er, als rede er mit einem Kind. »Ich bin im Moment nicht in der Verfassung, mich an eine Frau zu ketten.«

»Wenn du das Wort ›ketten‹ gebrauchst, muss es wohl so sein.« Ich hob meine Beine von seinem Schoß und stellte sie auf den Boden. »Scheiß auf das ganze Viertel. Scheiß auf Liz.«

»Ich glaube, die hat alle Hände voll zu tun.«

»Das war unnötig«, sagte ich. Ich blickte auf meine Füße. Ich trug hochhackige Wildlederstiefel, und obwohl er ein Schuhfetischist war, interessierte ihn das überhaupt nicht. »Meinst du, ich könnte dir einen blasen?«

Er streckte die Hände aus wie Tevye, wenn er mit Gott

spricht. »Irre ich mich oder waren wir gerade mitten im Gespräch?«

»Waren wir, aber darf ich dir einen blasen?«

»Nebenan ist ein Kind!«

»Sie schläft.«

»Vielleicht nicht. Wenn sie was sieht, wäre sie fürs Leben gezeichnet.« Man hörte ein lautes Schnarchen.

»Okay?« sagte ich und deutete in ihre Richtung. »Reicht dir das? Sind Gottes Wege nicht wunderbar?«

»Klau mir nicht meinen Text«, sagte er und hob den Zeigefinger.

»Ich will nur mal anfassen«, sagte ich, während ich mich hin kniete und nach seiner Gürtelschnalle griff. »Ich nehme ihn auch nicht ganz in den Mund. Ich … will nur mal probieren.«

»Vielleicht will ich ja eine Verbindung zu dir herstellen«, sagte er, legte seine Hand auf meine Schultern und schob mich weg. »Man kann sich nicht jede Minute des Tages von seinem Schwanz steuern lassen.«

»Natürlich kann man das!« rief ich. Ich wusste, dass ich mich zum Narren machte, aber je weniger er wollte, desto mehr wollte ich ihn überzeugen. Ich versuchte, die Regeln guter schulischer Leistungen auf mein Liebesleben zu übertragen: klare Argumente formulieren, Durchhaltevermögen demonstrieren und sich auf die gestellte Aufgabe konzentrieren. Bei Powell kam das allerdings nicht ganz so gut an wie bei meinen Lehrern.

»Rachel«, sagte Powell. »Manchmal ist es gut, es nicht zu tun. Es bedeutet, dass ich dich respektiere.«

»Könntest du mich nicht ein bisschen *weniger* respektieren?« jammerte ich.

»Was ist nur mit dir los?« sagte er, hob mich hoch und ließ mich aufs Sofa plumpsen. Der Sarkasmus in seiner Stimme gefiel mir ganz und gar nicht.

»Findest du, dass ich gut aussehe? Gefallen dir meine Stiefel nicht?«

»Ich liebe sie«, sagte er. »Ich war heute nicht auf dich eingestellt. Du hast was bei mir gut.«

»Ich will nichts gut haben.«

»Man kann nicht immer alles haben.«

»Du bist das einzig Gute in meinem Leben. Ich kapier nicht, warum ich dich nicht haben kann.«

»Ich bin kein Weichtier«, sagte er. »Ich bin eine Krake.« Mir wurde klar, dass es auch sein Gutes hatte, wenn es zwischen mir und Powell nicht klappte. Ich würde mir keine Gedanken mehr darüber machen müssen, was auf seinem Grabstein stehen sollte. »Damit will ich sagen, ich habe Verpflichtungen, die vorgehen.«

»Ich will nicht vorgehen, ich will mit dir gehen.«

»Das hätte ich kommen sehen müssen«, sagte er.

Ich stand auf. Jeder lässt sich nur bis zu einem gewissen Grad demütigen, bevor er den Gong schlägt.

Er erhob sich mit der übertriebenen Anstrengung eines erschöpften fetten alten Mannes und brachte mich zur Tür. »Ich ruf dich an, okay?« sagte er seufzend.

Ich nickte, aber mir schnürte sich die Kehle zu. Das Seufzen war ein gefährliches Zeichen. Das Seufzen war der Anfang vom Ende. Ich wünschte, ich hätte es mit dem Einatmen aus der Luft saugen können, aber es hatte sich schon verflüchtigt.

DER ELANA-KOMPLEX

Ein paar Tage später hinterließ meine Mutter eine Nachricht auf dem Anrufbeantworter, um mich an ihren ersten Kaffeeklatsch zu erinnern. Eigentlich wollte ich mir das nicht antun, doch Punkt acht setzte mein Schuldmechanismus ein, und ich ging doch. Das Grüppchen, das sich in unserem Wohnzimmer versammelt hatte, erinnerte an das Ensemble von *Lifesavers – Die Lebensretter.* Ein fetter Latino um die dreißig, eine kleine, nervöse Jüdin in den Fünfzigern in *Schmatte,* ein paar benebelte Folkies, die sich kein bisschen daran zu stören schienen, dass sie ziemlich aus dem Leim gegangen waren, und Nina, die sich wahnsinnig cool vorkam.

Der einzige halbwegs attraktive Typ war ein Biker um die dreißig, der sein Haar zu einem langen fettigen Zopf gebunden hatte, den er deutlich zu oft betatschte. Alle hielten dekorative Pappbecher mit faltbaren Henkeln. Der Latino hatte eine knallblaue Hantel in der Hand und sagte gerade: »Der Autor von *Flächenland* hat vorgeschlagen, die Zeit als vierte Dimension zu betrachten. Wenn die erste Dimension eine Linie ist, die zweite eine Ebene und die dritte ein Würfel, dann ist die vierte ein Hyperkubus oder eben Zeit.«

»Und wie soll das aussehen?« sagte die *Schmatte*-Frau.

»Das ist es ja«, sagte er. »Uns fehlt das Bezugssystem, um uns das vorzustellen.«

Er reichte ihr die Hantel.

»Ich denke, die Bedeutung von Zeit ändert sich im Laufe der Zeit«, sagte sie. »Für Kinder vergeht sie ganz langsam,und je älter man wird, desto schneller vergeht sie.«

Sie reichte die Hantel an Fetthaar weiter.

»Was ist mit der Vorstellung von der Zeit als Zyklus?« fragte er. »Warum sagen wir: ›Ich habe das Gefühl, ich kenne dich schon ewig‹, wenn wir jemandem begegnen, den wir uns vorstellen können zu lieben?«

»Das ist eine interessante Frage, Ray«, sagte meine Mutter.

»Ist es möglich, dass wir dem Menschen schon in einem anderen Leben begegnet sind? Als ich fünfzehn war, kam ein neues Mädchen in unsere Klasse, das ich von irgendwoher kannte. In den Pausen fühlten wir uns magnetisch voneinander angezogen, und sie erzählte mir, sie sei der wiedergeborene Geist einer ägyptischen Prinzessin aus dem dreizehnten Jahrhundert und ich sei der Geist ihrer ersten großen Liebe, ein Soldat, der auf dem Schlachtfeld gestorben war.« Alle kicherten. »Ich weiß, das klingt albern, aber ich glaubte ihr. Wir haben bis heute Kontakt.«

Es wurde getuschelt, und alle blickten sich nervös an, um die Reaktion der anderen abzuschätzen. Der südländische Typ nahm die Hände zum Kopf und machte Wellenbewegungen wie in *Wayne's World,* und alle lachten.

»Bevor wir weitermachen«, sagte meine Mutter, »möchte ich euch allen meine Tochter Rachel vorstellen.« Ihr Gesicht leuchtete vor Stolz.

Es kamen Bemerkungen wie: »Ich wusste gar nicht, dass du eine Tochter hast« und: »Ihr seht euch ja so ähnlich«, was so ziemlich das Schlimmste ist, was man zu einem Mutter-Tochter-Gespann sagen kann.

»Möchtest du noch etwas hinzufügen?« fragte meine Mutter.

»Ich möchte wissen, was die Hantel soll«, sagte ich.

»Du hast den Anfang verpasst«, sagte sie angesäuert. »Das ist der Redestab. Ein indianischer Brauch, damit jeder drankommt.«

Fetthaar reichte sie an Nina weiter, die in einen begeisterten Monolog über Madeleine L'Engles *Die Zeitfalte* verfiel. Die Veranstaltung dauerte noch fünfundvierzig Minuten, aber irgendwie schien die Zeit sehr viel langsamer zu vergehen. Danach liefen die Leute umher und schwatzten, kamen auf meine Mutter zu und erzählten ihr, wie toll sie sei und wie froh sie waren, dass sie die Gruppe gegründet hatte. Sie sog alles auf, warf den Kopf zurück, lachte zu laut und nickte energisch, als unterrichte sie Sechsjährige. Sie tauschte meinen Vater gegen einen Haufen Looney Tunes.

Die Schmatte-Frau ertappte mich beim Gaffen und sagte: »Du hast wirklich eine klasse Mutter.«

»Ja.« Ich nickte.

»Gerade dachte ich, wie sehr dieses Viertel so etwas braucht, da sah ich den Zettel deiner Mutter im Cobble Hill Park. Sie ist wirklich eine Visionärin.«

»So weit würde ich vielleicht nicht gehen.«

Sie runzelte die Stirn, als fragte sie sich, wie jemand so Nettes wie meine Mutter ein Biest wie mich gebären konnte und verzog sich.

Ihr kapiert es nicht! wollte ich schreien. *Sie treibt damit meinen Vater aus dem Haus und der bumst jetzt meine ehemals beste Freundin! Normalerweise würde ich sie unterstützen, aber nach allem, was passiert ist, fällt mir das ein bisschen schwer!* Stattdessen ging ich in die Küche, um nachzusehen, was im Kühlschrank war.

Als alle Gäste fort waren, war es halb zehn. Ich half meiner Mutter abzuräumen. Sie war so high von alledem wie jemand auf Speed. Sie hörte nicht auf zu gackern und die Höhepunkte der Diskussion zu wiederholen, als hätte sie ein tolles erstes Rendezvous gehabt. Als wir schließlich aufs Sofa sanken, klatschte sie in die Hände und sagte: »Ich hätte nicht gedacht, dass es so gut läuft.«

»Ich auch nicht«, sagte ich.

»Ich hatte keine Ahnung, dass so viele kommen würden. Wirklich komisch, all diese Menschen in unserem Wohnzimmer. Das erinnert mich an die Zeiten, als Papa und ich noch öfter Gäste hatten. Ich mag es, wenn das Haus voll ist.« Ihr Blick wurde sehnsüchtig.

»Hast du eine Hitzewallung?« sagte ich.

»Nein«, sagte sie genervt. »Ich dachte nur gerade daran, wie verschieden wir beide unser Leben leben.«

»Wie meinst du das?« sagte ich und rechnete mit Vorwürfen.

»Nach dem College hast du gearbeitet und deinen eigenen Lebensunterhalt verdient. Du hast dich an der Rabbinerschule beworben. Ich hab mit einundzwanzig geheiratet, und als ich in deinem Alter war, gab es dich schon.«

»Ja, aber du hast später weiter unterrichtet. Du bist schließlich keine Hausfrau.«

»Ich habe nur manchmal das Gefühl, ich müsste die verlorene Zeit nachholen. Ich wünschte, ich hätte mehr aus meinem Leben gemacht. Manchmal wünsche ich mir sogar, ich wäre länger Single gewesen.«

So was wollte ich gar nicht hören. »Tust du nicht«, sagte ich. »Freiheit wird überbewertet.«

»Aber sieh doch nur, wie gut du es hast! Du gehst mit einem Star aus!«

»Er ist kein ...«

»Natürlich ist er das. Ich bin nie mit jemandem ausgegangen, der wichtig war. Dein Vater war der Einzige, mit dem ich je ... du weißt schon.«

»Warum erzählst du mir das?« fragte ich angriffslustig.

»Damit du weißt, wie gut du es hast.«

»Hast du vor, Papa zu verlassen?«

»Nein!«

»Wolltest du ihn je verlassen?« fragte ich. »Zum Beispiel als ich in der Pubertät war und ihr euch ständig gestritten habt?«

»Das war keine gute Zeit«, sagte sie und ihr Blick verdüsterte sich. Mit vierzehn kam ich von der Geburtstagsparty einer Freundin im Village zurück und fand meinen Vater im Wohnzimmer über irgendeinem Computerproblem brütend und meine Mutter im Bad auf der Toilette mit einem Taschentuch in der Hand. Sie hatte ganz offensichtlich geweint, doch als ich sie fragte, ob alles okay sei, tat sie, als sei nichts los, wischte die Tränen fort und sagte: »Ja, alles in Ordnung.«

»Was hat er dir angetan?« hatte ich gefragt.

»Das geht dich wirklich nichts an«, hatte sie mich angefahren, und ich fühlte mich doppelt geschlagen. Man sollte die Nase nicht in die Angelegenheiten seiner Eltern stecken, weil es einem keiner von beiden danken wird. Ihre Verbundenheit übertrumpft deine Verbundenheit mit ihnen, ihre Vertrautheit übertrumpft ihr Bedürfnis, sich bei jemandem auszuheulen.

»Hast du je daran gedacht, ihn zu betrügen?«

»Rachel!«

»Das ist eine berechtigte Frage.«

»Das ist nicht mein Stil«, sagte sie mit gekräuselter Nase. »Ich gebe nicht so leicht auf«, sagte sie derart resigniert, dass ich nicht wusste, ob ich glücklich oder traurig sein sollte.

»Hattest du je Angst, dass *er* so was tun könnte?«

»Dein Vater?« Sie lachte heftig und warf den Kopf so wild zurück, dass ich fürchtete, das Sofa würde umkippen. »Da müsste er erstmal jemanden finden, mit dem er

mich betrügen könnte.« Genau wie ich befürchtet hatte. Das mangelnde Vertrauen in meinen Vater würde ihr Verderben sein.

»Wo ist er überhaupt?« sagte ich und forschte in ihren Augen nach einem Zeichen des Misstrauens.

»Er repariert irgend jemandes Computer. Ich hab ihm gesagt, er muss etwas dazu verdienen, damit nicht die ganze finanzielle Last auf meinen Schultern ruht. Allein diese Woche hatte er drei Jobs an verschiedenen PCs in der Nachbarschaft.« Woran er wirklich arbeitete, ahnte sie nicht.

Zwar verdiente sie, die Wahrheit zu erfahren, aber wie sollte ich es ihr sagen? Wenn meine Mutter es heraus fand, würde alles auseinander brechen. Eine Frau, die eine Konversationsgruppe leitet, lässt sich nicht verarschen. Sie ist zu offen für Veränderungen. Sie würden einen Kaffeeklatsch zum Thema Untreue abhalten und mit Hilfe des dicken Latino und der Schmatte-Frau würde sie das Für und Wider einer Scheidung abwägen, und wenn sie ihn erstmal verlassen hatte, würde sie den Kaffeeklatsch zu einer Selbsthilfegruppe umwandeln und würde sich Woche um Woche bei den anderen ausheulen.

Zur selben Zeit würde der Pacific-Street-Penner sterben und mein Vater würde ihn als bärtiger Fettsack an der Ecke ablösen und Zigarette rauchend um Kleingeld betteln. Ich würde versuchen zu vergessen, dass er je mit mir verwandt gewesen war, wenn Powell und ich jeden Abend auf dem Weg zu meiner Wohnung über ihn hinweg stiegen. Um mit der psychischen Belastung fertig zu werden, würde ich immer mehr Zeit mit Powell verbringen und mich mit ihm in eine so dunkle und böse S&M-Geschichte verstricken, dass es ein Wunder war, wenn er mich nicht umbrachte.

»Warum plötzlich all diese Fragen?« fragte sie und sah mich mit zusammen gekniffenen Augen an.

»Nur so.«

»Hast du Probleme mit Hank?«

»Nein.« Seit der Pubertät hatte ich ihr nichts mehr über mein Liebesleben anvertraut. Irgendwann hatte ich einfach aufgehört, ihr zu vertrauen, sie zu brauchen, und obwohl ich spürte, wie sehr sie das verletzte, konnte ich nichts dagegen tun.

»Wann lernen wir ihn denn mal kennen?« fragte sie munter. »Ich meine offiziell? Willst du ihn zum Rosh-Hashanah-Essen einladen?«

Wie sollte ich ihr erklären, dass ich nicht mal sicher war, ob ich ihn überhaupt je wiedersehen würde? Und dass die Wahrscheinlichkeit, dass Hank Powell Lust auf eine jüdische Familienfeier hatte, ungefähr so groß war wie dass er ein Drehbuch über eine glückliche Ehe schrieb?

Ich hätte mir gewünscht, Powell wäre ein Mensch, der sich für meine Herkunft interessierte, aber ich wusste, dass ich mich vor allem deshalb von ihm angezogen fühlte, weil er genau das nicht tat.

»Er ist NJ«, sagte ich.

»Na und? Deshalb kann er doch trotzdem mit uns essen. Oder ist er allergisch gegen Rinderbrust?«

»Ich frag ihn, ob er Zeit hat«, sagte ich, doch als wir uns ansahen, wussten wir beide, dass ich das nicht tun würde.

Auf dem Nachhauseweg traf ich meinen Vater. Obwohl er direkt auf mich zu kam, erkannte ich ihn nicht gleich, und als er vor mir stehen blieb, wich ich zurück wie vor einem Straßenräuber.

»Ach stimmt ja!« sang er und fuhr sich übers Gesicht. »Du kennst mich ja noch gar nicht ohne Bart! Wie findest du's?«

»Weiß nicht«, sagte ich. Er hatte ihn sich wahrscheinlich gleich nach Fick Nummer Eins abrasiert. Liz legte ihre Hand auf sein leicht debiles postkoitales Gesicht und sagte: »Ohne Bart würden Sie viel besser aussehen, Mr. B.« Er ging nach Hause wie eine der Frauen von Stepford nach verpasster Gehirnwäsche und griff, Liz' Gestank noch an den Händen, zum Clipper.

Auf seinem Batik-T-Shirt war ein leerer Squash-Court mit zwei fliegenden Schlägern, und er trug Kopfhörer, den CD-Spieler in die Shorts gesteckt. Ich hörte etwas daraus pulsieren.

Die Musik klang dynamisch, eingängig und irgendwie vertraut. »Was hörst du da?« sagte ich, und er setzte mir die Kopfhörer auf.

Der Sänger hatte eine heisere Stimme und sang nuschelnd durch einen Filter, dass er aus irgendeiner Tür gehen wollte. Ich riss die Kopfhörer runter und gab sie ihm zurück. »Du hörst die *Strokes*?«

»Ich liebe sie«, sagte er. »Ich höre sie nonstop.«

Sie mussten vögeln. Es war die einzige Erklärung.

»Woher kennst du die *Strokes*?« sagte ich.

»Ira hat letzte Woche auf *TAL* ein Stück aufgelegt«, sagte er. Ira war Ira Glass, ein Idol meines Vaters, und *TAL* war *This American Life,* eine Sendung, bei der mein Vater nach spätestens fünf Minuten weinen musste. »Wusstest du, dass der Sänger der Sohn von John Cassavetes ist?«

»Casablanca«, stöhnte ich. Manche Dinge ändern sich nie.

Es war grauenhaft. Liz war noch viel gefährlicher, als ich befürchtet hatte. Bisher war mein Vater in Sachen Popkultur unbelehrbar gewesen. Er hielt Courtney Love für eine Schauspielerin bei *Friends* und Marilyn Manson für eine Frau.

Ich roch etwas. Wodka. Sie machte ihn zu einem Indie-Alkie. Mein Vater verwandelte sich in Jack White. »Hast du getrunken?« fragte ich.

»Nein.« Er schüttelte den Kopf. Wann immer er log, machte er, was meine Mutter und ich UKB nannten: Unmotivierte Kopfbewegungen. Normalerweise ging es um Nichtigkeiten – er übertrieb eine Geschichte, die ihm jemand bei der Arbeit erzählt hatte oder behauptete, meine Mutter hätte etwas gesagt, das sie nie gesagt hatte. Normalerweise sagten wir dann: »Das denkst du dir doch aus!« Und er sagte: »Naja, vielleicht ein bisschen.« Doch diesmal hätte ich ihn erwürgen können.

»Warum stinkst du dann nach Wodka?«

»Okay, erwischt«, sagte er. »Ich war auf einen Drink im Brawta.«

Liz benutzte meine Restaurant-Empfehlungen, um meinen Vater zu bezirzen. Bösartiger ging's nicht. »Mama hat gesagt, du reparierst einen PC.«

»Hab ich ja auch. Das war danach. Es war der erste bezahlte Job seit Wochen, da wollte ich mich ein bisschen belohnen. Hast du vielleicht was dagegen?«

Sein Blick war feindselig und böse. Ich wollte ihn an den Schultern packen, ihn schütteln und ihm sagen, er solle aufhören, seine berufliche Situation als Ausrede zu missbrauchen. Ich wollte ihn anschreien, dass er sich doch eine aufblasbare Puppe besorgen solle oder besser noch Gleitgel, dass meine Mutter ein guter Mensch war, auch wenn sie fremde Leute in unser Wohnzimmer einlud, dass er es aussitzen solle und langfristig denken wie bei seinen Anlagefonds.

Ich öffnete den Mund und schloss ihn gleich wieder. Es hieß, untreue Ehemänner würden nicht eher gestehen, als bis ihre Frau konkrete Beweise hatte. Wenn ich ihn zur Rede stellte, würde er es bis zum bitteren Ende abstreiten, wie der Ehemann in *Das Haus der Lady Almquist*, und versuchen mir einzureden, dass ich mir alles nur einbilde. Oder er würde sagen, er sei heilfroh, dass ich Bescheid wisse, er habe es mir sowieso sagen wollen, er habe vor, meine Mutter zu verlassen und mit Liz durchzubrennen. Oder sie war längst schwanger und das alles gehörte zu ihrem Hurley-esken Plan, noch vor fünfunddreißig schwanger zu werden.

Ich versuchte ihm eine unterschwellige Botschaft zu senden: *»Beende die Affäre, beende die Affäre«,* weil ich davon in Laura Days *Praktische Intuition* gelesen hatte, doch er schien meine Gehirnwellen nicht zu empfangen.

»Was hält Mama von deinem neuen Look?« fragte ich.

»Sie sagt, sie erkennt mich nicht wieder, aber ich glaube, das heißt, es gefällt ihr.«

»Da wäre ich mir nicht so sicher.«

»Ich glaub's ja nicht«, sagte er. »Du bist die Einzige, die rummäkelt. Sonst höre ich ständig, was für eine Verbesserung es sei!«

»Es ist keine Verbesserung«, sagte ich. »Ich erkenne dich kaum wieder.«

»Das ist nur verständlich«, sagte er und zwickte mich ins Ohr. »Aber wenn du dich erstmal dran gewöhnt hast, wirst du dich gar nicht mehr erinnern, wie ich vorher ausgesehen hab.«

Es war Viertel vor sechs am Tag vor Rosch Haschanah und ich zog mich gerade um, als Liz Nicos »These Days« voll aufdrehte. Diese entsetzlichen Triolen, die wie die Stechschritt-Hymne einer verletzten Kuh klingen.

Es war eine Sache, Nico zu hören, wenn man gerade verlassen worden war. Es war eine andere, wenn man dabei war, eine Familie zu zerstören. Ich klopfte an ihre Tür, doch Nico war so laut, dass sie mich nicht hörte. Ich schlug mehrmals mit der Faust dagegen und versuchte, ihren Namen zu rufen. Keine Antwort. Ich ging zum Ende des Flurs, wo das Fenster zur Feuertreppe war und riss es auf. Über ihrer Feuertreppe hatte sie eine Wäscheleine mit BHs und Cosabella-Stringtangas aufgehängt. Das war das widersprüchliche Wesen meiner ehemaligen neuen besten Freundin: Sie war ein umweltbewusstes verwöhntes Töchterchen.

»*Liz!*« brüllte ich mit raus gestrecktem Kopf. Wenige Sekunden später tauchte ihre ausgemergelte Visage auf. Ihre Wangen waren gerötet, und sie wirkte genervt. »Was ist?« sagte sie.

»Ich muss mit dir reden. Könntest du bitte die Tür aufmachen?« Sie zögerte kurz. Als sie die Tür öffnete, war ihr Blick ungerührt und hart. Sie trug eine Jogginghose und ein Juicy-T-Shirt, keinen BH, kein Make-up. Sie drehte sich um, und ich folgte ihr. Von *ihrem* Wohnzimmer sah man nur die Spitze der Tennisglocke, und ich beneidete sie um ihr Stück Himmel. Ich suchte im Zimmer nach Spuren meines Vaters, doch die einzige Spur war ein glänzender schwarzer Schuhanzieher auf ihrem Schreibtisch, was nicht reichte, um ihr den Prozess zu machen.

Auf dem Küchentisch lag ihr Föhn. Sie nahm ihn und begann erstaunlich fachkundig, sich die Haare zu föhnen. Das wurde ja immer interessanter.

»Ich dachte, du hältst nichts vom Haare glätten«, sagte ich.

»Ich habe was dagegen, wenn man sie *immer* glättet«, sagte sie über den Lärm hinweg. »Gegen gelegentliches Glätten ist nichts einzuwenden.«

Auf dem Zeitschriftenstapel lag ein schwuler Porno mit dem Titel *Honcho.* Ich blätterte ihn durch und starrte auf die prallen Schwänze. Ich schindete Zeit.

»Ich hab dich gesehen«, sagte ich schließlich und legte das Heft zurück.

»Ach ja?« sagte sie gleichmütig.

»Neulich Abend im Park. Ich hab dich mit ihm gesehen.«

Sie erwiderte meinen Blick, sammelte ein paar Haare aus der Bürste und sagte: »Ich weiß.«

Darauf war ich nicht vorbereitet. »Was?« stammelte ich.

»Wie auch nicht? Euer Watschelgang war so was von auffällig.« Sie verzog das Gesicht zu einer Grimasse und bewegte zwei Finger wie ein Käfer. Liz zögerte nicht, mich im dramatischsten Moment unserer so genannten Freundschaft zu brüskieren. »Zum Glück hat er euch nicht gesehen. Sonst hätte er ein hysterischen Anfall gekriegt.«

»Warum tust du das?« Ich ging auf sie zu und sah ihr fest in die Augen.

»Ich tu doch gar nichts«, sagte sie bockig.

»Du meinst, das war alles? Ihr habt euch nur geküsst – und sonst nichts?«

»Nein nein«, sagte sie. »Wir ficken seit zwei Wochen. Ich meine, ich hatte nicht vor, was zu tun. Es hat sich einfach irgendwie ergeben.«

»Liz!« schrie ich. »Man fängt keine Affäre mit dem Vater seiner Freundin an, weil es sich so *ergibt*.«

»Tut man doch! Eigentlich eine lustige Geschichte. Ich war auf dem Weg von der U-Bahn nach Hause und ging auf einen Drink ins Boat, als …« Ich steckte mir beide Finger in die Ohren und sang die ersten Zeilen von »If I Were a Rich Man«. Keine Ahnung, wie ich ausgerechnet auf den Song kam.

Als ich die Finger schließlich wieder rauszog, sagte sie gerade »… dein Vater weiß wirklich, wie man eine Quiche isst!« Ich weiß nicht, was mich mehr aufregte: das, was sie sagte, oder dass sie das Wort »Quiche« dafür wählte.

»Das ist ja ekelhaft!« sagte ich.

»Ist es gar nicht. Was mich an unserem Sex am meisten überrascht hat, ist, wie aufgeschlossen dein Vater ist. Er ist total offen und viel toleranter als manch anderer Mann, mit dem ich zusammen war. Ein wissbegieriger Schüler. Er kennt schon sämtliche Namen meiner Vibratoren ...«

»Hör sofort damit auf!« sagte ich. »Sag mir nur, wie lange du dich schon mit ihm triffst. Schon vor dem Banania?«

»Bana*nia*«, sagte sie. »Da habe ich ihn kennen gelernt.«

»Und wie oft seither?«

»Kommt drauf an«, sagte sie und legte die Bürste auf den Tisch. »Meinst du treffen oder ...«

»Weißt du was? Vergiss es. Mir ist egal, wie oft. Ich will nur, dass es aufhört.« Ich klang wie eine Mutter, die ihren Kindern sagt, sie sollen aufhören zu streiten, aber wenn es darum ging, der Sünde Einhalt zu gebieten, braucht man wohl hirnrissige Mutterlogik.

»Warum?« fragte sie verblüfft und ging ins Bad.

»*Warum?*« wiederholte ich und folgte ihr. »Fragst du mich allen Ernstes warum? Ist dir zufällig aufgefallen, dass er eine Frau hat?«

»Natürlich ist mir das aufgefallen«, sagte sie und begann, sich die Augenbrauen zu zupfen. »Aber wieso sollte mich das abhalten, wenn es ihn nicht abgehalten hat? Dein Vater kann sehr offensiv sein, wenn er etwas haben will.«

»Bist du sicher, dass wir über denselben Menschen reden?«

»*O ja*«, sagte sie und zupfte ein besonders langes Haar.

Ich massierte meine Stirn und setzte mich auf den

Rand ihres Bettes. Auf einem der Kissen war ein V-förmiger Fleck und ich konnte nur hoffen, dass es Spucke war.

»Bist du wegen irgendwas sauer auf mich?« fragte ich flehend. »Bist du eifersüchtig auf Powell und willst mich irgendwie bestrafen?«

»Ich finde es sehr interessant, dass du glaubst, es hätte was mit dir zu tun.«

»Natürlich hat es was mit mir zu tun! Er ist mein Vater!«

»Ich bin nicht sauer, Rach«, sagte sie. Sie zog einen zart violetten Missoni-Pullover mit V-Ausschnitt aus dem Schrank und setzte sich aufs Bett.

»Aber du musst sauer sein«, sagte ich. »Sonst würdest du das nicht tun! Wenn du mich verletzen willst, kann ich dir ungefähr fünfzig andere echt schreckliche Sachen sagen, die mich genauso treffen, aber die ihn aus dem Spiel lassen. Du kannst mir ins Gesicht schlagen.« Ich griff nach ihrer Hand und schlug mir damit auf die Wange. »Komm schon! Los! Sag mir, warum du sauer bist. Lass uns darüber reden. Lass uns kämpfen.«

»Rachel«, sagte sie und schälte meine Finger von ihrer Hand. »Ich will nicht kämpfen.«

»Ich versteh nicht, warum du nicht Schluss machst!«

»Weil ich nicht davon überzeugt bin, dass er das will.«

»Er *will* es!« kreischte ich. »Ich kenne ihn sehr gut und glaub mir, er will es. Ich helfe dir, eine Selbsthilfegruppe für Frauen, die auf schwarze Männer stehen, zu finden. Ich schalte bei JDate eine Anzeige für dich. Aber lass ihn in Ruhe.«

»Tut mir Leid«, sagte sie. »Das kann ich nicht.«

»Was findest du überhaupt an ihm? Er färbt sich die Haare.«

»Ich auch.« Sie nahm ein Deo von der Kommode am Fenster und verrieb es in ihrer Achselhöhle.

»Und er hat ganz schlimme Neurodermitis. Ist dir das aufgefallen? Im Gesicht. Überall. Das ist total ansteckend.«

»Ist es nicht«, sagte sie. »Hältst du mich für blöd?«

»Ich dachte, du suchst jemanden mit Geld! Mein Vater ist arbeitslos!«

»Ich weiß«, sagte sie. »Ich hab ihm gesagt, er soll sie wegen Altersfeindlichkeit verklagen.«

»Er hat es dir *erzählt?«*

»Wir unterhalten uns auch, Rachel. Es geht nicht nur ums …«

»Schon gut!« sagte ich und hielt ihr die flache Hand vor das Gesicht. Es wurmte mich, dass er es ihr erzählt hatte. Nicht einmal *mir* hatte er es gleich erzählt.

»Ich halte sowieso nichts davon, dass er weiter programmiert«, sagte sie cool. »Er wollte schon immer den großen amerikanischen Roman schreiben und …«

»Mein Vater wollte *nicht* schon immer den großen amerikanischen Roman schreiben. Wie kommst du darauf?«

»Wollte er doch. Sein Professor an der Columbia hat damals gesagt, er habe Potenzial. Aber als er deine Mutter heiratete, musste er sich einen richtigen Job suchen und seine Träume aufgeben.« Sie sagte »Träume«, als sei sie einer davon. »Ich finde, das ist *die* Gelegenheit, sich neu zu orientieren, seine Möglichkeiten abzuwägen.«

»Mein Vater kann nicht mal eine verständliche E-Mail schreiben!« sagte ich. »Alles ist voller Klammern und Bindestriche. Ich muss sie dreimal lesen, bevor ich begreife, dass ich ihm die *Sopranos* aufnehmen soll.«

Sie nickte langsam, als habe sie mir Jahre an Weisheit voraus. »Er sagt, die mangelnde Unterstützung seiner Familie sei der Hauptgrund, warum er das Schreiben aufgegeben habe.«

»Wie oft siehst du ihn überhaupt?«

»So oft es geht. Er kommt nur her, wenn du arbeitest, deshalb gehen wir manchmal ins Brooklyn Marriott. Wenn wir schon was Verbotenes tun, können wir wenigsten Brooklyns Wirtschaft beleben, dachte ich.«

»Bäh!« sagte ich. »Ich versteh einfach nicht, was du in ihm siehst! Er hat ungefähr fünfzehn Kilo Übergewicht! Wie kannst du nur ...«

»Warum sagt du es mir nicht?« sagte sie. »Hank Powell ist fett.«

»Ist er nicht!«

»Ist er doch. Er hat eine dickere Wampe als dein Vater.«

»Hat er nicht!« Ich war ein schrecklicher Verhandlungsführer. Aber wie soll man mit einer Verrückten auch argumentieren. Ich könnte nachts in Liz' Schlafzimmer schleichen, was in ihren Drink kippen und ihr heimlich die Vagina zunähen. Es war die einzige Möglichkeit, sie aufzuhalten. Und ich hatte einen Schlüssel.

Als sie aus ihrer Jogginghose schlüpfte, erblickte ich einen riesigen Busch dunkler Locken, doppelt so groß wie meiner. Aber er verjüngte sich über ihrer Klitoris zu einem perfekten V wie der Pfeil einer Computermaus. Eine haarige Judenmuschi mit perfekt gewachsten Schamlippen – ein perverser Mix aus modern und retro.

Sie zog ihr T-Shirt aus, warf das Haar zurück und drehte sich so zu mir um, dass ich ihre kessen rosa Knospen sah. Mein Vater ging mit der jüdischen Uma Thurman. Wie konnte er je zu meiner Mutter zurückkehren? Man kann nicht mehr bei McDonald's essen, nachdem man in einem Viersterne-Restaurant war.

Ich versuchte es auf die Mitleidstour. »Weißt du, meine Mutter macht eine harte Zeit durch. Sie ist alles andere als gefestigt. Wenn sie es raus kriegt, weiß ich nicht, was sie tut.«

»Nach allem, was Richard erzählt, hat sie reichlich

Unterstützung.« Ich schauderte. In Liz' Mund klang sein Name sonderbar, irgendwie falsch.

»Wo bleibt dein Anstand?« sagte ich. »Hast du keinen Respekt vor der Ehe? Meine Eltern sind seit einunddreißig Jahren verheiratet!«

»Zweiunddreißig.«

»Woher weißt du, wie lange sie …«

»Wir kamen zufällig drauf.« Sie zuckte die Schultern. Ich rechnete schnell nach. Daten konnte ich mir schlecht merken. Jedes Jahr kam ich aufs Neue ins Schleudern, ob der Hochzeitstag meiner Eltern am 17. oder 18. Mai war.

»Na gut«, räumte ich ein. »Zweiunddreißig!« Jetzt schlug sie mich auch noch auf dem Gebiet elterlicher Kompetenz. Dass sie mich als Tochter übertrumpfte, machte mich weit wütender, als dass sie meine Mutter als Ehefrau ausstach. Sie nahm einen weißen Cosabella-Stringtanga aus der Kommode und stieg hinein. Das Vorderteil war winzig, viel kleiner als ihr Schamhaar, das an allen Seiten herausquoll wie ein bärtiger Mann, der einen Dorito aß.

»Du kannst doch keine zweiunddreißig-jährige Ehe zerstören«, sagte ich. »Es ist Rosh Hashanah. Wie kannst du noch in den Spiegel sehen?«

»Was meinst du?«

»Du brichst drei Gebote.«

»Ach ja? Welche denn?«

»Fangen wir mit dem siebenten an.«

»Ah ah ah«, sagte sie und drohte mit dem Zeigefinger. »Es ist nur Ehebruch, wenn die Frau fremd geht.«

»Das Reformjudentum glaubt nicht an die wörtliche Übertragung der Gesetze.«

»Deshalb nimmt euch auch niemand ernst.«

Ich hätte sie am liebsten an den mageren Armen gepackt und in die Tennisglocke geschleudert. »Na gut. Du begehrst etwas, das deinem Nächsten gehört.«

»Er gehört dir nicht«, sagte sie, während sie in einen hellbraunen Bleistiftrock schlüpfte.

»Tut er doch!«

»Das ist echt faszinierend«, sagte sie. »Du empfindest das als Affront gegen dich und nicht gegen deine Mutter.«

»Es ist ein Affront gegen alle!« sagte ich. »Wäre meine Mutter hier, würde ich sie gern für sich selbst sprechen lassen.«

»Du hast eindeutig ein Problem. Du betrachtest ihn als Ehemann. Du hast einen Electra-Komplex. Die klassische jüdische Tochter.«

»Electra war keine Jüdin.«

»Dann eben Elana-Komplex«, sagte sie. »Du solltest dich mal damit auseinander setzen, sonst wird die Sache dir bei all deinen Beziehungen im Weg stehen. Ich kenne einen echt guten buddhistischen Psychologen in Tribeca, der vielleicht ...«

»Du denkst, *ich* brauche eine Therapie?«

»Ich bin in Therapie, Rach.« Sie zuckte die Schultern. »Du nicht.«

»Liz.« Ich ließ mich auf die Knie fallen und blickte sie flehentlich an. Ich erniedrigte mich, doch ich erniedrigte mich für eine gute Sache. »Bitte mach Schluss. Ich flehe dich an.« Sie musterte mich, als sei ich ein Vietnam-Veteran ohne Beine, der auf seinem Wägelchen durch den U-Bahn-Waggon rollert und um Kleingeld bettelt.

»Das ist keine Einbahnstraße«, sagte sie. »Ich will sehen, wo es hinführt. Und um die Wahrheit zu sagen, Rach, ich glaube, er auch.«

Ich kam mir vor wie Stella McCartney. Aber die konnte sich wenigstens damit trösten, dass die böse Stiefmutter ein Krüppel war. Liz war *mobil.* Vielleicht könnte ich es ertragen, wenn ich ihr ein Bein abhackte, aber so war es einfach zu viel. Meine Brust fühlte sich enger an als Liz' bulimische Taille. Ich war erst sechsundzwanzig, doch plötzlich war der Herzinfarkt ganz nah. Ich würde in Liz' Wohnung tot umfallen – hier und jetzt. Vielleicht würde die Trauer meine Eltern wieder zusammenführen. Sie wären gezwungen, ihre Differenzen zu überwinden, um ihren liebsten Schatz zu betrauern. Ich würde es zwar nicht mehr erleben, aber egal! Der Tod war ein geringer Preis für die Vermeidung einer Scheidung.

Liz zog ein Paar Fick-mich-Schuhe aus Krokodilleder aus dem Schrank. »Wohin gehst du?« sagte ich.

»Zum Rosh-Hashanah-Essen bei meinen Eltern«, sagte sie. Sie zog mich vom Boden hoch, wirbelte mich herum und schob mich zur Tür. »Frohes Rosh.«

»Was ist los?« sagte ich.

»Nichts«, sagte sie. »Aber … musst du nicht zu deinen Eltern? Richard hat gesagt, ihr würdet zusammen essen.«

»Ich hab noch ein paar Minuten Zeit«, sagte ich. »Warum hast du es so eilig, mich loszuwerden?«

»Nicht doch. Ich hab nur das Gefühl, wir drehen uns im Kreis.«

»Erwartest du jemanden?«

Sie zögerte kurz, dann seufzte sie: »Ich kann nicht lügen. Ich war es, die den Kirschbaum gefällt hat.«

Ich sah auf meine Uhr. Zwei Minuten nach sechs. Mein Vater stand in diesem Moment unter der Dusche, um sich fürs Abendessen fertig zu machen und hörte *All Things Considered* im wasserfesten Radio. »Sag nicht, dass er vorbeikommt«, sagte ich.

»Ich hab nicht gesagt, dass es um deinen Vater geht.«

»Was?«

»Wenn du es unbedingt wissen willst«, sagte sie und verdrehte die Augen, »es ist unser Kellner von neulich Abend.«

»Aus dem Banania.«

»Bana*nia.*«

»Wie heißt er?« sagte ich, um sie zu testen.

»Sebastian. Er ist Algerienfranzose. Vor ein paar Tagen war ich auf einen Drink da und wir kamen ins Gespräch.«

»Du betrügst ihn?«

»Auf wessen Seite stehst du?«

»Keine Ahnung!« Mein Vater betrog meine Mutter mit einer Nymphomanin, die nicht mal einer außerehelichen Affäre treu sein konnte. Ich machte mir ernsthaft Sorgen um den Zustand seiner Schamgegend. Wenn er sich Herpes einfing! Das wäre die größte Ironie von allen: Mein Vater hatte es geschafft, die Siebziger unbeschadet zu überstehen, nur um sich im neuen Jahrtausend doch noch was einzufangen.

»Wie schützt ihr euch?« sagte ich, während sie mich in den Hausflur schubste.

»Frohes neues Jahr«, sagte sie und schlug mir die Tür vor der Nase zu.

Ich trottete die Treppe zu meiner Wohnung runter und fühlte mich wie ein verwundeter Soldat nach der Schlacht. Ich würde zu spät zum Rosh-Hashanah-Essen kommen, weil ich versucht hatte, jemanden zur Umkehr zu bewegen. Das Neil-Roth-Szenario wiederholte sich. Ich war rhetorisch unbegabt.

Ich ging ins Schlafzimmer, um mich umzuziehen, und während ich meinen Rock überstreifte, hörte ich, wie sich die Haustür unten öffnete und schloss. Ein Paar Füße joggten hoch, schnell, zwei Stufen auf einmal nehmend. Mein Vater war eher ein Schlurfer als ein Hüpfer. Man hörte Murmeln aus Liz Wohnung – ich war fast sicher, einen französischen Akzent ausmachen zu können – und ein paar Minuten später wurde dieser schleimige Coldplay-Song aufgelegt.

Während Chris Martin die Sterne anheulte, *how they shine for you, and everything you do*, ging ich ins Bad und fuhr mit der Bürste durch mein Haar, denn meine Mutter sagte immer, das könne nicht schaden. Zu dem knielangen Tweed-Rock zog ich eine Vintage-Seidenbluse an, um meiner Mutter eine Freude zu machen. Auch wenn ich nicht mit ihnen zum Gottesdienst ging, konnte es nicht schaden, sich so anzuziehen.

Ich betrachtete mich im Spiegel, legte etwas Lippenstift und Make-up auf und klopfte ein bisschen Cavalli auf den Hals. Coldplay dröhnte weiter, und ich fragte mich, wie irgendein Mann, und sei es ein Froschfresser, bei dem Gesülze einen hochkriegen konnte. Ich rannte die Treppe runter, die Straße entlang, doch ein paar Schritte weiter blieb ich wie angewurzelt stehen.

Die Supermarkt-Prospekte waren weg.

Mein Vater sammelte die verdammten Prospekte jedes Mal auf, wenn er vorbei kam. Kein anderer Mann konnte so penibel sein, dass er auf dem Weg zu seinem Flittchen einen Stapel Papier in die Recyclingtonne warf. Mein Vater war die Bette Midler von Cobble Hill. Zwar hatte er kein Problem damit, gegen das Siebente Gebot zu verstoßen, doch beherzigte er seine persönliche Nummer Eins: »Du sollst die Umwelt nicht verschmutzen.«

Liz hatte den Froschfresser nur fabriziert, um mich aus der Bude zu kriegen. Und es hatte fast geklappt. Aber es würde nicht nochmal klappen. Ich musste dem ein für alle Mal ein Ende setzen.

Ich hörte Coldplay lauter und lauter werden, während ich die Treppe hoch stieg. Als ich vor ihrer Tür ankam, formte ich meine Hand zu einer Faust und wollte gerade gegen die Tür hämmern, als ich über Chris Martins abgeschmacktem Falsetto-Gewimmer einen anderen, älteren Mann stöhnen hörte.

Die Klang war vertraut, ähnlich dem Jaulen, wenn er sich den Zeh an seinem Werkzeugkasten stieß oder sich hinkniete, um Unkraut zu jäten, aber länger und irgendwie unwirklich. Ich stand wie gelähmt, die Hand in der Luft, wenige Zentimeter vor dem Spion, und wusste nicht, sollte ich klopfen oder wegrennen. Und dann, ehe ich mich entscheiden konnte, entschied wie so oft mein Vater für mich. Durch die Tür explodierte er mit den verstörendsten zwei Wörtern, die je aus seinem Mund gekommen waren: »*O Bruuuuder!*«

Ich machte auf dem Absatz kehrt und nahm die Stufen so schnell, dass ich stolperte und fast auf dem Arsch gelandet wäre. Ich klammerte mich ans Geländer und schwang mich herum, in der Luft gleitend wie im Traum, wenn man man fliegt, und ich blieb erst in der Court Street stehen.

Wie konnte er es wagen, am Tag vor Rosh Hashanah mit seiner Geliebten zu schlafen? Wie konnte er es wagen »O Bruder!« zu sagen, wenn er kam?

Sie trieben es miteinander, das war nicht zu leugnen. Er war auf einen Fick zum Jahresende bei seiner Süßen reingeschneit. Glaubte er, wir schrieben das jüdische Millennium? Er hatte sich mit ihr verabredet, weil er wusste, dass ich aus dem Haus war, weil ich dieses eine Mal im Jahr pünktlich war. Und nun würde *er* zu spät kommen und ich musste ihn decken. Mit Fotzenfingern kehrte er an den heimischen Rosh-Hashanah-Herd zurück. Das war nicht nur Ehebruch. Es war Frevel.

Bei meinen Eltern roch es ekelhaft süß. In einem schwarz-weiß karierten Kleid mit Gürtel, Strumpfhosen und hochhackigen Schuhen stand meine Mutter in der Küche und machte *Tsimmes.*

»Was ist im Ofen?« sagte ich.

»Honigkuchen«, sagte sie.

»Frohes neues Jahr«, sagte ich und versuchte normal zu klingen.

»Dir auch *Schanah towah.«* Sie blickte mich forschend an und legte den Handrücken auf meine Stirn. »Geht es dir gut?«

»Ja. Wieso?«

»Du bist ein bisschen blass.«

»Ich trage Make-up.« Ich schielte auf die Küchenuhr. Zwanzig vor sieben. Ich hoffte, er würde bald kommen, beziehungsweise dass Liz bald kam.

»Wo ist denn Papa?«

»Er hat gesagt, er verspätet sich etwas. Er wollte noch beim Buchladen vorbei, um Programmierbücher abzuholen. Er will seine Kenntnisse auffrischen, um den Anforderungen auf dem Arbeitsmarkt für Neue Technologien gerecht zu werden.«

Was für eine Schlange. Andererseits, wenn man ihn kannte, war es möglich, dass er tatsächlich auf dem Weg zu Liz beim Buchladen vorbeigegangen war. Er geht mit *Adobe für Anfänger* zur Kasse, doch als er *Ehebruch für Anfänger* entdeckt, überlegt er es sich anders.

Ich blickte zur Tür und wünschte ganz fest, er möge kommen. Ich bezweifelte ernstlich, dass er zum postkoitalen Knuddeln verweilen würde. Er wusste, wie wichtig dieses Essen meiner Mutter war. Andererseits besorgte er es just in diesem Moment einem magersüchtigen Flittchen. Ich konnte kaum behaupten, mich noch auszukennen.

»Hast du Wein mitgebracht?« fragte meine Mutter.

Ich schlug mir mit der flachen Hand an den Kopf. Dieses eine Mal, wo ich wirklich eine gute Entschuldigung für meine Vergesslichkeit hatte, durfte ich nicht darüber reden. Typisch. Was sollte ich sagen? »Nein, habe ich nicht. Weißt du, ich habe Papa ejakulieren gehört und da habe ich den Kopf verloren.«

»Tut mir Leid«, sagte ich. »Hab ich vergessen. Soll ich noch mal los?«

»Ist schon gut«, sagte sie mit diesem Hauch von Überschwang, den sie immer in der Stimme hatte, wenn ich sie enttäuschte. Sie würde nie Rabbi werden oder auch nur eine Musterschülerin, aber in praktischen Haushaltsdingen war sie mir jederzeit überlegen. »Ich ruf Papa an.«

»Tu das lieber nicht.«

»Warum nicht?«

»Weil … ich geh schnell noch mal los, okay?«

»Er ist unterwegs«, sagte sie und nahm den Hörer. »Lass mich ihn kurz anrufen.«

Ich hörte seinen Schlüssel in der Tür. »Ich bin da-ha!« rief er wie ein durchgeknallter Ward Beaver. Er kam mit einem dicken Scheißefresser-Grinsen hereinstolziert, das angesichts von Liz' Vorlieben hoffentlich nur metaphorisch war.

»Du siehst hübsch aus«, sagte er zu mir und pflanzte mir einen dicken Kuss auf die Wange.

»Sie trägt Make-up«, sagte meine Mutter.

Er lief zu meiner Mutter und schlang von hinten die Arme um sie. »Schanah towah, mein Schatz«, sagte er.

Sie drehte sich um und blickte ihn verwundert an, als sei sie solche Aufmerksamkeit nicht gewohnt. Aus einer braunen Tüte, die unter seinem Arm klemmte, holte er eine Flasche Rotwein. »Ich dachte, wir haben vielleicht keinen mehr«, sagte er.

Unglaublich: seine Affäre machte ihn zu einem besseren Ehemann statt zu einem schlechteren. Er benahm sich als Familienmitglied honoriger als ich.

Er stellte sich neben mich, als ich begann, den Tisch zu decken, und sagte: »Du siehst wirklich bezaubernd aus.

Ist das der neue Mann in deinem Leben?« Ich sah ihn prüfend an, ob das sarkastisch gemeint war, doch er lächelte nur, als habe der Streit im Kino nie statt gefunden. »Was es auch ist, du leuchtest richtig. Du wirkst so strahlend, so lebendig.« Er stand hinter mir und massierte mir die Schultern. Ich zuckte zusammen wie Ted Dansons Tochter im allerersten Fernsehfilm über Inzest.

Er nahm den Korkenzieher aus der obersten Schublade und entkorkte feierlich den Wein. »Ich kann dir gar nicht sagen, wie glücklich ich bin«, sagte er und schenkte jedem ein Glas ein. »In diesem Augenblick hier zu sein, an diesem perfekten Abend mit den beiden schönsten Frauen der Welt.« Sie hielten die Gläser hoch und nippten.

»Der ist wirklich gut«, sagte meine Mutter.

Als ich den Hefezopf hinlegte, sah ich etwas unter dem Tisch stehen. Einen großen weißen Karton, auf dem »iBook« stand.

»Was ist das?« sagte ich.

»Den hat Papa neulich gekauft«, sagte meine Mutter und wandte sich um.

»Du hast einen *Mac* gekauft?« Mein Vater war schon PC-Fan, als es sowieso nur PCs gab. Das Programmieren lernte er auf einem Computer, der so groß war wie eine Wand. Seine Lieblingsbeschäftigung war, alte Compaqs auseinander zu nehmen und die Festplatten auf neuen zu installieren. Er hatte stets dreißig halb demontierte Computer in seinem Büro herumstehen.

»Ich fand, es war Zeit für einen Wechsel«, sagte er. »Ich möchte mich mit Webdesign beschäftigen, und Grafikprogramme laufen auf Macs einfach besser.« Er hob den Karton hoch und fuhr mit dem Finger über das Bild. »Ist der nicht wunderschön?«

»Aber du hasst Macs!« sagte ich. »Als ich dir erzählt habe, dass ich im Computerraum an der Wesleyan an einem gearbeitet habe, hast du eine Woche nicht mit mir geredet.«

»Und *du* hast *mir* gesagt, wie altbacken und verbohrt ich sei, was auch stimmt, wie mir jetzt klar geworden ist. Den Macs gehört die Zukunft.« Liz' Einfluss war stärker als eine Million »Switch«-Werbespots. Ein einziges Schamhaar konnte ein ganzes Schiff ziehen.

Merkte meine Mutter denn nicht, wie sonderbar er sich verhielt? Der Wechsel vom PC zum Mac war verräterischer als Lippenstift am Kragen.

»Das Essen duftet herrlich!« bemerkte er und lief wieder zu ihr. »Weißt du, wer diese Frau ist? Eine Attraktion! Die tollste Ehefrau der Welt!«

»Ich muss kotzen«, sagte ich.

»Benimm dich deiner Mutter gegenüber nicht so respektlos!« sagte er stirnrunzelnd. »Sieh doch, welche Arbeit sie sich macht, wie sie sich abschuftet für diese Mahlzeit! Du solltest deine Mutter nicht als selbstverständlich betrachten, besonders nicht an diesem Abend! Komm zur Besinnung, riech doch nur den Duft der *Tsimmes!«* Er hob zwei Topfdeckel vom Küchentresen und schlug sie zusammen.

Meine Mutter kicherte und nahm ihm die Topfdeckel ab. Er legte seinen Mund auf ihren Hals und gab ihr einen dicken feuchten Kuss.

Ich wäre am liebsten aus der Tür gestürzt. Ich dachte immer, wenn ein Mann seine Frau betrügt, würde es ihn quälen, würde ihn das schlechte Gewissen plagen, doch mein Vater wurde dadurch zu einem besseren Menschen.

»Könntet ihr bitte damit aufhören?« sagte ich.

»Darf ich deiner Mutter etwa nicht meine Zuneigung zeigen? Komm schon, Rach. Heute ist ein Feiertag.«

»Sie kommt nicht mit zum Gottesdienst«, verkündete meine Mutter triumphierend, während sie die Rinderbrust auf einen Untersetzer in die Mitte des Tisches stellte.

»Was soll das heißen?« sagte mein Vater und zum ersten Mal an diesem Abend verging ihm sein aufgesetzt munterer Tonfall.

»Ich sehe keinen Sinn darin, mir was vorzumachen«, erwiderte ich gleichmütig.

»Dir was vorzumachen?« sagte er mit erhobener Stimme. »Willst du die Synagoge hinschmeißen wie du die Rabbinerschule hingeschmissen hast? Einfach so?«

»Ja.«

»Das ergibt doch keinen Sinn! Ich weiß, dass du dein Gewissen prüfst, aber dass du am heiligsten Abend des Jahres nicht mit deinen Eltern in die Synagoge gehst?!«

»Am zweit heiligsten. Jom Kippur ist der heiligste.«

»Warum tust du das? Um deiner Mutter weh zu tun?«

»*Nein!* Ich kann einfach nicht. Niemand bereut die Dinge, die er getan hat.« Ich blickte ihm fest in die Augen, aber er tat, als wisse er nicht, wovon ich rede. »Niemand hält sich an seine Vorsätze.«

»Das ist nicht wahr«, sagte er. »Ich habe mir letztes Jahr vorgenommen, mich besser zu beherrschen, und das habe ich. Stimmt's, Sue?« Sie nickte eifrig. Natürlich beherrschte er sich, worüber sollte er sich auch aufregen?

»Hört zu, ich gehe nicht zum Gottesdienst und ich werde kein Rabbi. Und je eher ihr beide das kapiert, desto besser für uns alle.«

Sie wechselten schweigend einen dieser besorgten, resignierten Blicke, die ich noch aus meiner Pubertät kannte, und dann stellte meine Mutter Gläser auf den Tisch und mein Vater massierte sich gequält die Stirn. »Na gut«, sagte er. »Ich hoffe nur, Mama kriegt die Eintrittskarte erstattet.«

Nachdem wir uns hingesetzt hatten, schlug er mit der

Gabel an sein Glas und sagte: »Ich möchte einen Toast aussprechen.« Glücklich hob meine Mutter ihr Glas, und ich hob meines.

»Auf die beiden schönsten Frauen der Welt«, sagte er gestelzt. »Und auf ein neues Jahr voller Liebe, Glück und Wohlstand.«

»So ein Quatsch«, schnaufte ich, als sie anstießen. »Wir sind total arm.«

»Wir sind doch nicht arm«, sagte meine Mutter.

»Sind wir doch«, sagte ich. »Vier Monate nur ein Einkommen ist verdammt lang.«

»Dreieinhalb«, sagte er.

»Vielleicht solltest du einfach aufgeben, Papa, und in den Vorruhestand gehen. Ich meine, welche Chancen hat ein Fünfundfünfzigjähriger bei dieser Wirtschaftslage, einen Job zu finden? Du wirst dir die Zähne daran ausbeißen.«

»Ich kann nicht glauben, wie deine Tochter mit mir redet«, sagte er.

»Sie ist nicht meine Tochter«, sagte meine Mutter. »Sie ist deine.«

»Das war gemein«, sagte ich.

»Wenn du deine Eltern nicht ehrst«, tönte meine Mutter, »warum sollten deine Eltern dich dann ehren?« Er hob die Hand, und die beiden klatschten triumphierend ab.

Sie bat ihn, die Rinderbrust zu verteilen, und während er ein paar Scheiben auf ihren Teller spießte, lag ein sonderbares Funkeln in seinem hinterhältigen Blick.

»Wie war denn dein Vorstellungsgespräch heute?« fragte sie.

»Vielversprechend«, sagte er.

»Ein Computer-Job?« fragte ich.

»Nee«, sagte er und senkte den Kopf.

»Was dann?«

»Persönlicher Assistent«, sagte er.

»Für wen?«

»Susan Sarandon.«

»Was? Warum stellst du dich für so einen Job überhaupt vor?«

»Meine Güte, Rach! Du stellst die falschen Fragen! Ich habe unter einem Warhol auf sie gewartet. Ein Original. Ich sage euch, diese Frau ist noch genauso schön wie in *Atlantic City*. Noch schöner. Ich musste mich zurückhalten, sie nicht anzuspringen.« Meine Mutter verdrehte die Augen, wie sie es immer tat, wenn er Witze über andere Frauen machte, doch diesmal fand ich es nicht lustig.

»Wie bist du überhaupt darauf gekommen?«

»Sie hat eine Anzeige in *The Nation* geschaltet. Sie fand es wichtig, dass der Bewerber ihre politischen Ansichten teilt.«

»Was wären deine Aufgaben?«

»Ich soll ihre Termine organisieren, Einkäufe erledigen und ein bisschen mit dem Computerkram helfen.«

»Du hasst es, herumkommandiert zu werden.«

»Nicht von Susan Sarandon!« sagte er. Es ging mit ihm in jeder Hinsicht den Bach runter. Es reichte nicht, dass er Liz Abend für Abend in den Arsch kroch, nun kroch er auch noch dem Rest der Welt in den Arsch.

»Warum willst du das tun?«

»Aufstiegschancen.«

»Aber du bist alt. Bevor du aufsteigst, bist du tot.«

»Sei etwas nachsichtiger«, sagte meine Mutter. »Was ist falsch daran, für alles offen zu sein?«

»Hör auf deine Mutter«, sagte er.

»Warum verhältst du dich so schizophren, Papa?«

»Wieso schizophren?« heuchelte er.

»Neunundneunzig Prozent der Zeit behandelst du sie wie ein Stück Scheiße und plötzlich machst du einen auf *Vater ist der Beste.«*

»Er behandelt mich nicht wie ein Stück Scheiße!« sagte meine Mutter.

»Du hast gesagt, er benimmt sich wie ein Arschloch! Du hast gesagt, er ist schuld, dass es dir hundeelend geht!« Ihr Gesicht wurde rot.

»Du findest, ich benehme mich wie ein Arschloch?« fragte er verletzt.

»So hab ich das nicht gemeint ...«

»Schon gut«, sagte er geziert. »Ich weiß, du hattest es in den letzten Monaten nicht leicht mit mir. Aber um es an diesem heiligen Abend wiedergutzumachen, soweit das möglich ist, möchte ich einen Vorsatz fassen.« Er nahm ihre Hand. »Ich werde hart daran arbeiten, mich in diesem Jahr nicht wie ein mieser Hurenbock zu benehmen.«

»Und ich auch«, sagte sie. »Ich werde mich bemühen, meine Gefühle besser in den Griff zu bekommen und zu akzeptieren, dass meine Veränderung auch ihr Gutes hat.« Ich beäugte den Hefezopf und fragte mich, ob der ganze Laib auf einmal in meinen Mund passen würde. Er küsste ihre Handfläche. »Nehmt euch ein Zimmer«, murmelte ich.

Meine Mutter entriss ihm ihre Hand und packte mich am Arm. »Weißt du was?« spuckte sie. »Ich wollte, dass wir den heutigen Abend gemeinsam verbringen, aber wenn du nicht damit aufhörst, ist es mir lieber, wenn du gehst.«

»Na schön!« schrie ich, schleuderte meine Serviette auf den Tisch und stürmte zur Tür. Mein Leben befand sich an einem neuen Tiefpunkt. Ich war das einzige Kind in der Geschichte des jüdischen Volkes, das je vom Rosch-Haschanah-Tisch verbannt worden war.

Draußen fing ich an zu rennen. Ich rannte und rannte und rannte bis in die Smith Street. Während ich rannte, dachte ich an Jeremiah und daran, wie er es hasste, ein Prophet zu sein, wie er es hasste zu wissen, was er wusste. Doch nicht mal er hatte seinen Vater durch eine billige Tür ejakulieren hören müssen.

Ich rannte weiter, versuchte alles zu verdrängen, doch ich war so außer Form, dass ich ein paar Straßen weiter anhalten musste. Vor dem Serenity Frisiersalon stützte ich keuchend meine Hände auf die Knie und sah etwas Kleines, Pelziges direkt auf mich zu trippeln. Ich schrie auf und wich zurück. Verwirrt blieb es mitten auf dem Gehweg stehen und verschwand dann im U-Bahn-Schacht. Wie passend. Es war das Jahr der Ratte.

BEZIEHUNGSRETTER

Zu Hause legte ich mich aufs Bett und dachte an Powell. Ich war sicher, wenn er mich liebte, würde sich alles andere schon finden. Ich musste versuchen, nicht in Panik zu geraten, mir nicht einzureden, dass es aus war. Er arbeitete an *Wer hat meine Frau umgebracht?* Er hatte keine Zeit für eine Psychotante wie mich. Er gab mir nicht den Laufpass. Er war eben ein Promi.

Ich ging zum Kleiderschrank, griff das ärmellose Kleid und roch daran. Es duftete leicht nach Powell, männlich und nach Moschus. Ich warf mich aufs Bett, hielt es übers Gesicht und atmete tief ein. Ich wollte nicht allein im Bett liegen und an ihn denken. Ich wollte ihm nah sein, wollte, dass er mir schreckliche Dinge ins Ohr flüsterte.

Das Telefon klingelte. Ich sprang auf. »Hallo?«

»Ich habe mich gefragt, ob du Lust hast, mit mir auf eine Party zu gehen«, sagte er. Ich hörte laute Sirenen und verstand nicht, was er sagte. »Entschuldige«, sagte er. »Ich stehe in einer Telefonzelle.«

»Hast du kein Handy?«

»Nein.«

»Was machst du, wenn du in L.A. bist?«

»Ich versuche, nicht in L.A. zu sein.«

»Wo ist die Party?«

»Bei Julian Schnabel.«

»An Rosh Hashanah? Sollte er nicht beim Gottesdienst sein?«

»Er ist nicht die Art Jude.«

»Ich fass es nicht!« sagte ich. »Wer ist sonst noch da?«

»Eine Menge Leute.«

»Wer?«

»Keine Ahnung. Vielleicht De Niro. Willem Dafoe.«

»Das ist unglaublich«, sagte ich. »Früher war ich Rabbi und jetzt geh ich auf dieselbe Party wie Jesus!«

»Vielleicht sollte ich lieber jemand anders fragen.«

»Gib mir die Adresse.«

Nachdem ich aufgelegt hatte, sprang ich ein paarmal in die Luft und öffnete dann meinen Kleiderschrank. Es durfte nicht gewollt wirken, aber ich musste trotzdem gut aussehen. Powell würde mich an seinem Arm herumführen, und ich wollte als Original rüberkommen, wollte nicht nur die bewundernden Blicke der Männer, sondern ihren Respekt. Ich wählte ein rosa-gelb-orange farbenes Wickelkleid mit eingeschnittenen orientalischen Ärmeln. Es ließ Titten und Arsch auf wundersame Weise riesig erscheinen, meine Taille dagegen umso schmaler. Der Originalität halber band ich meine Haare zu zwei tiefen Zöpfen und statt Lippenstift trug ich ein bisschen Lipgloss auf.

In der Bahn starrte ich auf die Werbung und fühlte mich wie betäubt und kribbelig zugleich. Das neue Jahr ließ sich doch noch ganz gut an. Er hatte mich nach Manhattan eingeladen – und dann auch noch auf eine Promi-Party. Dann hielt er mich wohl doch nicht für eine Nutte.

Schnabel wohnte in einer umgebauten Fabrik im Meatpacking District. Am Eingang gab es eine Garderobe mit zwei Frauen, die viel zu schön waren, um an der Garderobe zu arbeiten.

Ich stieg ein paar Betonstufen hinauf und betrat einen

dämmrigen riesengroßen Raum mit dezentem Renaissance-Dekor. Überall hingen Bilder an den Wänden. Ein grelles Blitzlicht blendete mich, und dann kam ein Fotograf, ein leutseliger Typ mit fettigem langen Haar, auf mich zu und sagte mit Reibeisenstimme: »Ich brauche deinen Namen.«

»Rachel Block.« Er runzelte die Stirn und schien sich zu fragen, ob ihm das was sagen müsste: »Ich bin kein Promi«, sagte ich.

»Oh«, sagte er und drehte sich um, als habe er seine Zeit verschwendet.

Ich sah mich um und entdeckte Laurie Anderson und Lou Reed, die mit einem kleinen Hund die Runde machten. Alle taten wahnsinnig interessiert an dem Hund, um ihr Interesse an den beiden zu überspielen. Jemand rempelte mich an, und als ich mich umdrehte, sah ich Vince Vaughn und Jon Favreau reinkommen. Vince wurde immer fetter und Jon immer dünner. Ich fragte mich, wie sich ihre Freundschaft verändert hatte, ob das Kräfteverhältnis dasselbe war wie am Anfang, wie sie über die Erfolge und Misserfolge des anderen dachten. »Nichts für ungut«, sagte Vince, »hatte nicht die Absicht, dich anzubumsen.«

»Sei nicht so ein Arschloch«, sagte Jon Favreau und weg waren sie.

Ich bahnte mir den Weg ins Nebenzimmer, wo Jim Jarmusch auf einer Chaise lag und mit Harvey Keitel plauderte. »Du musst im Winter hinfahren«, sagte Harvey.

Angesichts der Anwesenheit zweier lebender Denkmäler der Filmgeschichte um Lässigkeit bemüht, setzte ich mich ihnen gegenüber auf ein Sofa, dippte Olivenbrot in eine zweifelhaft aussehende Soße und biss hinein. »Wie schmeckt's?« fragte Jim mit seinem tiefen Bariton.

Fast hätte ich mich verschluckt. Jarmusch war der einzige Filmemacher, den ich ebenso bewunderte wie Powell, und ihn zu treffen, war wie eine Begegnung mit dem Präsidenten. »I … ich weiß nicht genau, was das sein soll«, sagte ich. »Ich bin nicht mal sicher, ob es Gemüse ist.«

»Ich auch nicht«, sagte er. »Und wenn ich die Lebensmittelgruppe nicht kenne, esse ich es nicht.« Ich kicherte ein bisschen übertrieben, und sie betrachteten mich mit müdem Blick. Hier waren alle Stars oder Schaulustige, und es bestand kein Zweifel, zu welcher Gruppe ich gehörte.

»Ich mag dein Kleid«, sagte Harvey Keitel. Am liebsten hätte ich ihn gefragt, ob er es mir nicht vom Leib reißen will.

»Danke«, sagte ich. »Es ist gebraucht. Ich meine, es ist Vintage. Aber eigentlich ist das ja nur ein anderes Wort für gebraucht. Es ist eines dieser Kleider, das man anprobiert und unbedingt haben muss, weißt du? Ich musste es an der Naht und unter den Armen bestimmt schon dreimal nähen, weil er Stoff so dünn ist, aber …«

»Ich sehe, du hast es dir schon bequem gemacht«, sagte Powell neben mir. Ich stand auf und küsste ihn, doch er drehte den Kopf zur Seite, so dass es ein Wangenkuss wurde.

»Du bist also mit diesem Taugenichts hier«, sagte Harvey und stand auf. Powell umarmte ihn herzlich und sie fassten sich an die Schultern wie Mafiosi. Es ist kein gutes Zeichen, wenn dein Typ einen anderen Mann herzlicher umarmt als dich.

Ich wartete, dass Powell mich vorstellte, doch das tat er nicht, und so fragte ich schließlich: »Woher kennt ihr euch?«

»Ich hätte ihn fast in meinem ersten Kurzfilm besetzt,

Der Tod kommt zu langsam«, sagte Powell, »aber dann habe ich mich doch für Ben Gazzara entschieden.«

»Und das bereut er bis heute!« sagte Keitel und beide brachen in übertriebenes Macker-Gelächter aus.

Jim Jarmusch hatte die ganze Zeit geschwiegen. Er lag einfach da, die Hand an der Stirn, als läge er am Strand. »Ist das *Jimmy,* der sich da versteckt?« sagte Powell. Jarmusch entfernte den Arm und nickte langsam. »Wie geht's, Mann?«

Jarmusch gähnte und schlenderte mit langen Schritten und aufrechtem Gang davon. Ich fragte mich, ob sie ein Konkurrenzding laufen hatten, weil Powell inzwischen berühmter war als Jarmusch.

»Was hat er?« fragte Powell Harvey. »Schlechte Laune?«

»Er steckt in der Vorproduktion einer Nō-Version von *Frankensteins Braut,* und die Geldgeber wollen Britney Spears in der Hauptrolle«, sagte Harvey.

»Mit dem Teufel ins Bett zu gehen, bewahrt dich nicht vor dem Fegefeuer«, sagte Powell.

»Du bist ein weiser Mann«, sagte Harvey und drohte mit dem Finger.

Ich räusperte mich und sah Powell flehend an. Warum stellte er mich nicht vor? Ich sah nicht aus wie ein Model, aber ich war doch ganz süß und clever und er hatte mich hierher *eingeladen.* Ich fühlte mich wie ein überflüssiges Anhängsel. »Ach so«, sagte Powell. »Harvey, das ist Rachel.«

»Bist du Schauspielerin?« sagte Harvey und schüttelte mir die Hand.

»Barkeeper«, sagte ich. Sein Blick ruhte einen Moment auf mir, als überlegte er, ob es seine Zeit wert war nachzufragen. Offenbar nicht, denn er wandte sich wieder Powell zu, sagte: »Schön, dich zu sehen«, klopfte ihm auf den Rücken und ging.

»Das war nicht sehr nett«, sagte ich.

»Er muss eine Menge Leute begrüßen.« Powells Blick war kalt und hart und am liebsten wäre ich gleich wieder gegangen.

»Alles in Ordnung?« fragte ich.

»Eigentlich nicht. Ich habe Nora bei ihrer Mutter abgesetzt, und meine Exfrau und ich hatten einen Riesenkrach. Sie will, dass ich Nora über die Weihnachtsferien nehme, damit sie mit ihrem neuen Freund nach St. Vincent fahren kann, aber ich will Freunde in Rom besuchen. Sie ist eine unerträgliche Giftschlange.«

»Könnt ihr es euch nicht teilen?«

»Ich will *nicht darüber reden.«*

Ich betrachtete es als meine Aufgabe, ihn aufzuheitern. »Und wo ist Schnabel?« fragte ich munter. Er führte mich in den anderen Raum und zeigte auf eine Ecke, wo der Maler sich von einer schwanengleichen Frau unklarer Volkszugehörigkeit hofieren ließ. Er sah aus wie ein glücklicher Buddha. »Siehst du das? Immer wenn er eine Party gibt, steht er in genau dieser Ecke und bewegt sich nicht vom Fleck.« Powell hatte Recht. Während ein Gast nach dem anderen ihm seine Aufwartung machte, blieb Schnabel wie angewurzelt stehen und rührte sich keinen Schritt von der Stelle. Er ließ sie alle bei sich antanzen. Vielleicht wurden berühmte Leute auf genau diese Weise berühmt – indem sie alle antanzen ließen.

»Siehst du?« sagte Powell. »Das ist genial, pure psychologische Genialität. Seit zehn Jahren versuche ich, ihn dazu zu bringen, sich zu bewegen. Bisher erfolglos.« Er hob die Hand und sagte: *»Julian!«* Schnabel hob sein Glas, als spreche Powell einen Toast aus. »Frohes neues Jahr!« Schnabel lächelte und nickte. Powell winkte ihn rüber. Schnabel lächelte wieder, tat, als würde er es nicht bemerken, und wandte sich wieder der Frau zu. »Siehst du?« sagte Powell kopfschüttelnd. »Der Typ ist unschlagbar.«

Powell entdeckte gegenüber einen kleinen Mann im Anzug und sagte: »Ich muss mit dem da hinten kurz was besprechen. Er schuldet mir Geld.« Und weg war er. Langsam hatte ich das Gefühl, ich hätte zu Hause bleiben sollen. Ich spähte in ein Arbeitszimmer und sah eine kleine weiße Katze an der Wand entlang schleichen. Sie wirkte einsam, aber glücklich. Eine magersüchtige Kellnerin kam mit einem Tablett Gurkensandwiches vorbei und ich nahm mir eines. Als ich gerade hinein biss, kam ein Pulk Promis herein, ein Blitzlichtgewitter hinter sich lassend: Harvey Weinstein, Chelsea Clinton, Nicole Kidman, Chloë Sevigny und Robert De Niro.

»Krieg ich ein Foto?« hörte ich den Fotografen fragen. Ehe ich wusste, wie mir geschah, stellten sie sich neben mir auf und drehten die Köpfe zur Schokoladenseite. Er hob die Kamera und wartete auf den Blitz, doch statt abzudrücken, ließ er sie sinken. »Könntest du ein Stück zur Seite gehen?« sagte er zu mir und winkte. Harvey Weinstein, Chelsea Clinton, Nicole Kidman, Chloë Sevigny und Robert De Niro funkelten mich vorwurfsvoll an, weil ich sie aufhielt, und ich trottete unglücklich aus dem Bild.

Ich fand Powell in ein Gespräch mit Willem Dafoe vertieft. Dafoe trug ein durchsichtiges, halb aufgeknöpftes Hemd und sah so wunderbar hässlich aus wie eh und je. Ich ging zu ihnen und legte besitzergreifend meinen Arm um Powells Hals. »Ich bin Rachel Block«, sagte ich und gab Dafoe die Hand.

»Ich bin Willem«, sagte er, als sei das nötig. Er grinste durch die schiefen Zähne. Ich war sicher, dass sein Penis bis zum Knie reichte.

»Willem hat Probleme mit einem weiblichen Co-Star,

und ich habe ihm gesagt, sie ist bloß neidisch auf sein Talent«, sagte Powell und wand sich aus meiner Umarmung.

»Wer ist die Schauspielerin?«

Sie starrten mich an, als sei das eine total verbotene Frage. »Darf ich nicht sagen«, sagte Dafoe, »aber sie macht mir jeden Tag am Set zur Hölle, deshalb habe ich den König der Frauen hier um Rat gefragt.«

»Ist doch ganz klar, was du tun musst«, sagte Powell. »Etwas an dir stört sie offensichtlich. Sprich sie darauf an, damit sie aufhört, aus den falschen Gründen sauer zu sein. Vor zwanzig Jahren hatte ich einen Traum. Ich arbeitete als Schnellimbiss-Koch, wohnte in einem Haus ohne Fahrstuhl in Astoria mit Blick auf den Luftschacht …«

Etwas Sonderbares passierte, während er weiter redete. Mir wurde klar, dass es Powell wichtiger war, das Wort zu haben, als mit einem anderen Menschen zu kommunizieren. Er wiederholte, was er mir bei unserem Rendezvous erzählt hatte, Wort für Wort, mit derselben Betonung, Mimik und Kadenz, wie den zentralen Monolog einer Vorstellung, den er acht mal pro Woche aufsagte. Die Geschichte war ihm wichtiger als ich oder der Grund, warum er sie mir erzählt hatte, und das machte mich wütend, weil es mir das Gefühl gab, bedeutungslos zu sein.

Ehe ich wusste, was ich tat, unterbrach ich ihn: »Ja, ja, ja. Frauen sind Sünde, Männer wollen Sünde. Männer sind Seele, Frauen wollen Seele.«

Powell glotzte, als wollte er mich verbrennen. »Vielen Dank«, sagte er.

»Was?« sagte Dafoe irritiert. »Ich habe nichts verstanden, weil ihr beide gleichzeitig geredet habt. Wie ging der Traum?«

»Ist egal«, sagte Powell und winkte ab. Ich hatte das

Schlimmste getan, was man einer narzisstischen Rampensau antun kann: Ich hatte ihm die Pointe verdorben.

»Tut mir Leid, Hank. I … ich habe nicht nachgedacht.«

»Das tust du nie«, spuckte er.

Dafoe sah von Powell zu mir, schluckte, als fehlte ihm die Kraft, Zeuge von Beziehungsstress zu sein, sagte: »Ist das da hinten John Waters?« und weg war er.

»Ich fass es nicht!« sagte Powell. »Bezahlt dich jemand dafür, dass du alles verdirbst?«

»Nein, i … ich mache das umsonst«, sagte ich.

»Ich hätte dich nie hierher einladen sollen.«

»Vielleicht nicht«, sagte ich. Der riesige Raum kam mir plötzlich winzig und stickig vor. Ich war die niedrigste Lebensform auf der Erde: ein Zivilist. »Tut mir echt Leid, Hank. Ich bin solche Situationen nicht gewohnt. Es ist einfach mit mir durchgegangen. Außerdem habe ich nichts gegessen, weil meine Eltern mich vor dem Essen raus geschmissen haben. War nicht gerade ein toller Abend.«

Er schwieg einen Moment, als würden das Arschloch und der nette Kerl in ihm miteinander ringen. Keine Ahnung wieso, doch der nette Kerl musste gewonnen haben, denn er legte mir die Hand auf die Schulter und seufzte: »Komm, wir gehen.«

Wir nahmen ein Taxi zu Raoul's in der Prince Street, weil Powell sagte, er sei lange nicht mehr dort gewesen. Das Restaurant war schummrig und romantisch und alle sahen aus, als hätten sie schon lange gelebt und gelitten.

Die Wirtin führte uns zu einer Nische im hinteren Teil. Ein Kellner kam mit einer Tafel, auf der alles auf Französisch war. Powell sagte, er wisse schon, was er wolle, das Steak Frites, und ich bestellte dasselbe. Ich wartete darauf, dass er eine Flasche Wein bestellte, doch er sagte, er wolle nur ein Glas Syrah und deshalb sagte ich, ich wolle auch eines.

»Ich wollte auf der Party nicht unhöflich sein«, sagte Powell müde, als erschöpfe es ihn, sich zu entschuldigen. »Es war ein harter Tag, wegen meiner Exfrau.«

»Ist schon gut«, sagte ich leise.

»Was ist denn bei deinen Eltern passiert?«

Ich erzählte ihm von meinem missglückten Eingreifen und dem »O-Bruder«-Moment und wie heuchlerisch sich mein Vater gegenüber meiner Mutter benahm, und als ich fertig war, war ich kurz vorm Heulen. »Wenn ich wüsste, dass es bald vorbei wäre«, sagte ich, »aber es sieht nicht so aus. Liz ermutigt ihn, den großen amerikanischen Roman zu schreiben.«

»Das leuchtet ein«, sagte er und massierte sein Kinn.

»Was?«

»Die Affäre ist der Versuch deines Vaters, sein Anima-Problem zu lösen.«

»Ich dachte, es hätte mit seiner Arbeitslosigkeit zu tun.«

»Beides! Dieses Mädchen verkörpert die Anima deines Vaters. Sie ist das Symbol seines ungenutzten kreativen Potentials. Sie ist die verschleierte Gestalt in seinem Traum. Als sie ihm im wahren Leben begegnete, musste er mit ihr zusammen sein, um sein Problem zu lösen. Und sie hat ein sehr männliches Kinn, was es für ihn leichter macht, sich selbst in ihr zu sehen.«

»Warum braucht er sie, um sein Problem zu lösen?«

»Er glaubt, dass sie er ist. Er ist verstört, sucht Bestätigung. Ich hatte mal genau dieselbe Nummer mit einer Frau laufen.«

»Mit wem?«

»Ich nenne keine Namen. Ich habe sie auf einer Party kennen gelernt. Ich habe beobachtet, wie sie einem Mann zuhörte, und wusste, dass er sie langweilt. Ich musterte sie von der anderen Seite des Raumes, und zwei Sekunden später waren wir draußen auf der Straße. Ihre ersten Worte waren: ›Es ist mir ein Vergnügen, mich kennenzulernen.‹ Sie wusste, dass sie meine Projektion war. Wir waren zwei Jahre zusammen. Wenn wir jemanden trafen, den sie kannte, und sie sich mit ihm unterhielt, hatte ich das Gefühl, als spräche diese Person mit mir. Ich hatte das Gefühl, ich sei sie. Schließlich verließ sie mich, weil sie wusste, dass meine Liebe nur Projektion war, und mir wurde klar, dass ich nur mit ihr ausging, weil ich dachte, mit ihrer Hilfe ein Problem im zweiten Akt von *Roberto beißt sich auf die Zunge* lösen zu können.«

»Davon habe ich noch nie gehört«, sagte ich.

»Weil nie etwas daraus geworden ist. Nachdem wir uns getrennt hatten, biss ich mich an einer Stelle im dritten Akt fest. Ich will damit sagen, es ist besser, allein zu sein, als mit sich selbst auszugehen.«

»Aphorismus Nummer Fünf?«

Er nickte feierlich. »Dein Vater wird bei diesem Mädchen bleiben, bis er die eigene Anima integrieren kann. Wenn ihm klar wird, dass sie nur einen Teil seines Selbst verkörpert, wird er sie loslassen können.« Ich fragte mich allmählich, ob all seine Aphorismen nur ein anderer Ausdruck dafür waren, dass Frauen Scheiße sind.

Der Kellner brachte die Weingläser und sagte, unser Essen käme gleich. Powell trank einen Schluck, ohne ihn zu genießen. »Hör zu«, sagte er. »Vielleicht ist das angesichts deines überspannten Zustands der falsche Zeitpunkt, aber wäre es dir recht, wenn ich dir etwas vorlese?«

»Klar«, sagte ich. »Was?«

»Ich habe morgen eine Präsentation«, sagte er und holte ein paar Zettel aus seiner Tasche, »und da ich so etwas schon lange nicht mehr gemacht habe, würde ich gern einen Probelauf machen.«

»Auf jeden Fall! Mit wem hast du das Meeting?«

»Joe Roth. Revolution Studios.«

Ich war eine ehemalige Rabbiner-Schülerin, aber wie jeder New Yorker las ich die Wirtschaftsseiten der *New York Times.* »Wahnsinn!« sagte ich. »Wovon handelt der Film?«

»Ein Mann verliebt sich in die Schwester seiner Frau«, sagte er. Auf dem Gebiet kannte ich mich aus. Er legte die Seiten auf den Tisch. Es waren ungefähr zehn, doch als ich mich vorbeugte, sah ich, dass sie einzeilig beschrieben waren. Ich betete, dass er nicht alles vorlesen wollte.

»Ich würde dir gern alles vorlesen«, sagte er. »Könnte eine Weile dauern, aber es ist eine gute Übung für mich.« Obwohl ich vorher nicht darüber nachgedacht hatte, stand Powell am Scheideweg seiner Karriere. Er hatte seit drei Jahren keinen Film mehr gemacht, und mir wurde klar, dass er vielleicht zu kämpfen hatte, mit den Armen ruderte, genau wie ich.

»Hattest du für *Sturzflut* auch eine Präsentation?« fragte ich.

»Natürlich.«

»Was hast du daran verdient?«

»Zweihunderttausend Dollar.« Er setzte seine Brille auf und begann zu lesen. »*Der Schwager.* Erster Akt. Nick Clay, unser Held, steht in einer prächtigen Kirche von Angesicht zu Angesicht mit seiner schönen zukünftigen Braut Alessandra.«

»Eine Italienerin?«

»Was?« Er blickte von seinen Seiten auf, die Brille schief auf der Nase.

»Ich dachte, Namen sind symbolisch. Deshalb heißt Rose of Sharon in *Früchte des Zorns* Rose of Sharon. Sie verkörpert Sexualität und Leben.«

»Ich war nie Anhänger dieser speziellen Schule der Diktatur«, sagte er. »Mir scheint das willkürlich. Bei der

Hälfte der Protagonisten ändere ich die Namen in letzter Minute. Ich mag den Namen Alessandra, weil er mich an die begrenzte Zeit erinnert, die mir hierfür zur Verfügung stand. Ich stelle mir den *Sand* vor, der durch die Uhr läuft. Darf ich fortfahren?«

»Klar«, sagte ich.

»Nicks Gesicht drückt nicht Freude, sondern Entsetzen aus. Tatsächlich sieht er Alessandra nicht mal an ...«

»Tut mir Leid«, sagte ich und meldete mich wie ein Schulkind. »Aber für eine Mainstream-Produktion solltest du vielleicht einen weniger folkloristischen Namen wählen. Hollywood hasst sich selbst. Deshalb wurde auch Diane Lane als jüdische Mutter in ...«

»Unterbrich mich nicht«, sagte er. Er sah mich an wie einen Sonderschüler bei McDonald's, der seine Bestellung verbaselt hat.

»Ich dachte, du willst Feedback?« sagte ich.

»Habe ich das gesagt? Von Feedback habe ich nichts gesagt. Ich sagte, ich will üben.«

»Okay«, sagte ich. »Dann bin ich still.« Es war deprimierend. Ich war kurz davor, einen lebende Ikone zu kritisieren, nur um dann zu erfahren, dass ich die Helen Keller spielen sollte.

Er räusperte sich wieder. »Tatsächlich sieht er Alessandra nicht mal an. Er sieht zur Jesusstatue an der Wand über dem Altar und sein Gesicht spiegelt das des gepeinigten Heilands. Während er sich durch die Gelübde stammelt, sieht er zu Jesus' blutigen, ans Kreuz genagelten Händen auf und beginnt zu weinen. Alessandra hält seine Tränen fälschlicherweise für Freudentränen und umarmt ihn, während wir zu dem wahren Jesus schwenken, der nun ebenfalls wirklich weint.«

»Muss das so genau sein?« sagte ich.

Er ließ die Seiten sinken. »Was?«

»Ich meine, mit Kameraanweisungen und so. Soll ein Treatment nicht eher eine allgemeine Vorstellung von den Szenen vermitteln als jede Einstellung …«

»Weißt du was? Vergiss es«, sagte er und stopfte die Seiten wieder in die Mappe.

»Nein!« sagte ich. »Ist schon gut! Ich höre dir zu.«

»Ich glaube, das funktioniert nicht.«

»Komm schon! Ich will dir wirklich helfen.«

»Ich meine, ich will dich nicht mehr sehen.« Mein Herz sprang mir in die Kehle und hüpfte in meinem Mund hin und her wie ein rosa Flummi.

»Nur wegen des Feedbacks?«

»Nein. Wegen vieler Dinge. Ich fühle mich ausgenutzt, auch von dir.«

»Aber das will ich gar nicht.«

»Es zählt nicht, was man will, sondern was man tut. Ich hab es schon an unserem zweiten gemeinsamen Abend gemerkt. Du willst Dinge, die ich dir nicht geben kann. Ich bin nicht sauer, aber so geht es nicht.«

»Du hast mich heute eingeladen!«

»Und das hätte ich nicht tun sollen«, sagte er ernst. »Als ich mit dir telefonierte, sah ich eine schwarze Katze die Straße überqueren. Ich wusste instinktiv, dass ich hätte auflegen sollen, aber ich habe nicht auf meinen Instinkt gehört und immer, wenn ich nicht auf meinen Instinkt höre, gibt es Ärger.«

»Ich glaube, du machst einen großen Fehler«, sagte ich.

»Ich weiß, dass du das denkst, aber wir wollen nicht dasselbe. Ich kann keine Beziehung haben.«

»Aber ich *will* keine Beziehung!« schrie ich.

»Tust du doch«, sagte er. »Du brauchst keinen Kriminellen. Du brauchst einen spießigen jüdischen Jungen in deinem Alter.«

»Tu ich nicht!« sagte ich und zwang mich, nicht zu

heulen. »Ich geh heute Abend nicht mal in die Synagoge, dabei ist es der zweit höchste Feiertag des Jahres!«

»Da gibt es nichts zu diskutieren. Wenn wir so weitermachen, werd ich dir nur noch mehr weh tun, und ich will niemandem weh tun. Ich muss Energie sparen.« Er verließ mich aus ökologischen Gründen.

Der Kellner brachte unser Essen und fragte, ob ich frisch gemahlenen Pfeffer wünschte. Ich schüttelte den Kopf. Powell nahm ein paar Zwanziger und legte sie auf den Tisch, steckte die Mappe in seine Umhängetasche und stand auf. »Es tut mir Leid, dass ich dir das ausgerechnet jetzt sage, wo es für dich hart auf hart kommt, aber es ist das Richtige. Ich weiß es.«

»Was macht dich so sicher?«

»Ich lebe länger.«

Ich nickte wie betäubt und sah ihm nach. Wäre ich doch nur zu Hause geblieben und ins Bett gegangen oder sogar in die Synagoge. Dann wäre ich jetzt wenigstens nicht Single.

Plötzlich öffnete sich die Tür. Er kam zurück, mit demselben zügigen Schritt und entschlossenem Blick. Er hatte seine Meinung geändert, ihm war klar geworden, dass er sich wie ein Arschloch benahm, dass er mich nicht nur liebte, sondern für immer mit mir zusammen sein wollte.

»Ich bin völlig durch den Wind«, sagte er.

Ich fing an zu weinen, doch durch die Tränen lächelte ich und sagte: »Ich weiß.«

»Ich weiß gar nicht, welche U-Bahn ich nehmen muss. Wie komme ich nach Hause?«

Meine Hoffnung sackte auf den Boden wie ein Slinky und watschelte hinaus auf die Prince Street. »Oh«, sagte ich. »Du gehst links in die Sullivan bis zur Spring, dann rechts bis zur A. Du kannst an der Jay in die F umsteigen.«

»Danke«, sagte er, drehte sich wieder um und verschwand. Ich trank einen Schluck von seinem Wein und starrte auf die Stelle, wo er gesessen hatte.

Mit dreizehn wollte ich auf eine Junior-Jugendgruppen-Party in einem Tempel an der Upper West Side. Weil ich noch nicht allein mit der U-Bahn fahren durfte, wollte mein Vater mich hinbringen, doch ich machte gerade eine Phase durch, in der mir alles peinlich war, und ich sagte: »Ich will nicht mit dir gesehen werden! Ich will nicht, dass irgendjemand mich mit dir sieht, weil du nicht weißt, wie man sich anzieht.«

Er antwortete nicht. Sein Gesicht verzerrte sich vor Wut, und er ließ mich einfach stehen. Meine Mutter bot an, mich hinzubringen und in der Nähe zu warten, bis die Veranstaltung vorbei war. Als wir nach Hause kamen und meine Mutter den Schlüssel in die Tür steckte, drehte er sich zurück. Ich dachte an einen Geist. Sie drehte ihn erneut, und er drehte sich zurück. Noch vor mir begriff sie, was gespielt wurde. »Richard!« sagte sie und klopfte gegen die Tür. »Sei nicht albern!«

»Sie kommt hier erst rein, wenn sie gelernt hat, sich nicht wie ein verzogenes Gör aufzuführen!« sagte er.

»Komm schon«, sagte meine Mutter müde. »Es ist spät. Lass uns rein.« Wieder versuchte sie aufzuschließen und wieder drehte sich der Schlüssel zurück.

»Ich scherze nicht!« schrie er. »Hier kommt keiner rein!« Das ging noch ungefähr fünf Minuten so weiter, dann nahm mich meine Mutter an der Hand und führte mich über die Straße zu Nina und Larry.

Mit gedämpfter, eindringlicher Stimme erklärte sie Nina, was los war, und dann sagte sie, sie würde mich später holen. Ich setzte mich zu Nina an den Küchentisch und begann zu weinen, weil ich mich schämte. Ich schämte mich, das Kind meines Vaters zu sein. »Das ist so peinlich«, sagte ich.

»Alle Eltern sind manchmal ein bisschen gaga«, sagte sie und drückte meine Hand, doch ich glaubte ihr nicht.

Etwas später kam meine Mutter zurück, um mich abzuholen. Sie sagte irgendwas zu Nina, als sei alles ein Witz, obwohl wir alle wussten, es war keiner. Und dann gingen wir rüber. Das Haus war still, und er ließ sich nicht blicken, und als ich nach unten ging, war die Schlafzimmertür zu. Ich ging in mein Zimmer und legte mich ins Bett. Meine Mutter kam herein und ich fragte, worüber er sich so aufregte. Sie sagte: »Was du über seine Kleidung gesagt hast, hat ihn verletzt. Du weißt ja, wie er sein kann.«

»Was soll ich machen?« sagte ich. »Soll ich zu ihm gehen und mich entschuldigen?«

»Ich glaube, das ist jetzt nicht der richtige Moment«, sagte sie. »Aber du könntest ihm was aufschreiben.«

Und so schrieb ich einen langen Entschuldigungsbrief, wie verzogen und schrecklich ich wäre und wie Leid es mir täte, dass ich ihn verletzt hatte, und dass ich es nie wieder täte. Ich steckte ihn unter der Tür hindurch, und am nächsten Morgen kam er in mein Zimmer und sagte: »Ich habe überreagiert«, fing fast an zu heulen und ging wieder raus. Wir haben nie mehr darüber gesprochen und wenn ich meine Mutter ab und zu an die Geschichte erinnere, behauptet sie, sich nicht erinnern zu können.

KAUM war ich zu Hause, ging ich zum Bücherregal und zog *Powell: Sechs Drehbücher* hervor. Wenn ich nur den kleinsten Beweis in einem seiner Filme fand, dass er und Rachel Block füreinander bestimmt waren, könnte ich ihn Powell vorlegen wie ein Beweisstück und er hätte keine andere Wahl, als mich zurückzunehmen. Ich wusste, ich konnte ihn glücklich machen. Ich musste ihn nur dazu bringen, mich zu lassen.

Ich schlug *Besuch für Greenberg* auf, das Drehbuch über den kränkelnden Vermieter, der von einer Krankenschwester gesund gepflegt wird. Der Höhepunkt war die Szene, bevor Rosanna Arquette und Ron Silver sich zum ersten Mal lieben.

GREENBERG

(wehrt Constanza ab)

Ich kann allein ins Bett gehen. Geh nach Hause zu deinem Mann.

CONSTANZA

Ich wohne mit meiner Mutter zusammen. Ich helfe Ihnen mit dem Hemd.

Er beobachtet hungrig, wie sie auf ihn zukommt. Sie öffnet den ersten Knopf, dann den zweiten und fährt mit dem Finger über die Narbe von der Herzoperation.

CONSTANZA

Tut das weh?

GREENBERG

(ohne Ironie)

Ich spüre es kaum.

CONSTANZA

(kräftiger massierend)

Und jetzt, Mr. Greenberg?

Während Constanza Greenbergs Brust streichelt, öffnet er sich der Möglichkeit der Liebe. Das Gefühl trifft ihn wie ein Blitzschlag, und plötzlich spürt er den scharfen Schmerz der langen Einsamkeit. Er schluchzt hysterisch wie eine Frau, die ihre Tage hat, bis er sich auf den Mann in sich besinnt. Er packt sie und küsst sie mit enormer Kraft und einer Erektion, die das Dach eines Hauses fortreißen könnte.

CONSTANZA

Auf diesen Moment habe ich mein ganzes Leben gewartet. Von allen Männern, die ich kenne, besitzen Sie das größte Herz, und glauben Sie mir, ich kenne viele Männer. Ich will damit sagen, Sie küssen sehr gut, Mr. Greenberg.

GREENBERG

Nenn mich Izzy.

Ich wischte mir die Tränen aus den Augen. Powell war ein Romantiker. Ich erkannte es an seinen Worten. Er wollte mich eigentlich gar nicht los sein. Er hatte nur Angst. Ich musste nur zärtlich zu ihm sein, so wie Constanza zu Izzy, dann würde er weich werden und einsehen, was für einen Riesenfehler er gemacht hatte.

Sein Telefon klingelte dreimal und der Anrufbeantworter sprang an. »Der Herbst geht in die Offensive, drängt den Sommer in die hinterste Ecke unserer Erinnerung und zwingt uns, dem unvermeidlichen Angriff der Winterferien mit einer Mischung aus Optimismus und Grauen entgegen zu blicken.«

Ich räusperte mich. »Hank? Bist du da?«

Nichts. Wahrscheinlich stand er daneben, doch da ich

seinen Namen gesagt hatte, wusste er, wer ich war. Ich konnte nicht einfach auflegen. »Ich wollte … nur sagen, dass es mir Leid tut. Ich war zu kritisch. Meine Familie ist schuld. Sie treibt mich noch in den Wahnsinn.« Ich hasste den Klang meiner Stimme, das offensichtliche Verlangen darin. Ich hätte mir vorher überlegen sollen, was ich sagen wollte, mir Stichworte machen.

»Jedenfalls tut es mir Leid, dass du so einen Stress mit deiner Exfrau hast. Ich wollte dir nur sagen, dass du mich jederzeit anrufen kannst. Ich meine, wir können doch Freunde bleiben.«

Was faselte ich da? Wir waren nie Freunde gewesen. Gleich bei unser ersten Verabredung hatte ich mit ihm geschlafen. Das war Geschichtsrevisionismus. Er musste mich für total gestört halten. Ich musste auflegen, bevor ich es noch schlimmer machte. »Wollen wir morgen Kaffee trinken gehen? So gegen neun? Ruf mich doch mal an.«

Ich legte auf und ließ den Kopf hängen. Ich war dämlicher als dämlich, blöder als blöd. Ich rief ihn an, um die Wogen zu glätten, und schlug ihm stattdessen ein Rendezvous vor. Ich klang nicht gerade wie eine süße puertoricanische Krankenschwester. Ich klang wie eine neurotische Jüdin. Vielleicht war gerade ein anderes Mädchen bei ihm, die mysteriöse Jennifer, und sie lachten sich kaputt über das durchgeknallte Groupie, das sein digitales Band vollquatschte. Ich stellte das Buch zurück ins Regal und schob es so weit wie möglich nach hinten, damit ich nicht in Versuchung kam, es nochmal aufzuschlagen.

JEDEN Morgen der darauf folgenden Woche ging ich bei D'Amico vorbei und hielt nach Powell Ausschau. Ich trank meinen Kaffee wieder am Park, obwohl es kälter wurde und ich und meine Zeitung mit Handschuhen halten musste.

In Liz' Wohnung war es in jener Woche verdächtig still, obwohl die Supermarktwerbung verschwunden blieb. Ich redete mir ein, die Stille bedeute, dass sie sich nicht mehr sahen, dass Rosh Hashanah sie aufgerüttelt hatte und sie am nächsten Tag Schluss gemacht hatten. Aber wie das mit Luftschlössern so ist, war es nur eine Frage der Zeit, bis die hässliche Wahrheit ans Licht kam.

Eines Abends, als ich mir bei meinem Lieblingsrestaurant, dem Fountain Café in der Atlantic, etwas zu essen geholt hatte und auf dem Weg nach Hause war, sah ich Liz aus unserem Haus kommen. Sie trug einen schwarzen, figurbetonten Blazer, hochhackige schwarze Stiefel und Minirock. Ich duckte mich und wartete, bis sie vorbei war.

Als sie ein Stück die Pacific entlang gegangen war, folgte ich ihr, den Blick auf ihren perfekten runden Arsch geheftet wie auf einen Kompass. Sie ging die Pacific weiter bis zur Hoyt, vorbei am Community Garden, den ich, obwohl ich mein ganzes Leben in Cobble Hill gewohnt hatte, noch nie offen gesehen hatte. Auf der Atlantic Avenue bog sie rechts ab und ging Richtung Williamsburg Savings Bank. Während wir weitergingen, wurde das Viertel immer schwärzer, die Antiquitätenläden und Boutiquen, teuren Möbelläden und Galerien wichen schäbigen Tante-Emma-Läden und Charity-Shops.

Wir gingen an einer Reihe Antiquitätenläden vorbei, dem Blumenladen mit meinem absoluten Lieblingsnamen, Flowas, der schicken Boutique mit den überteuerten T-Shirts. Auf halber Strecke zwischen Nevins und Third öffnete sie eine Tür und verschwand. Ich duckte mich in einen Eingang, damit sie mich nicht sah, wenn sie sich umdrehte, dann wartete ich, um nachzusehen, wohin sie gegangen war.

Es war eine schäbige Bar, die ich noch nie betreten

hatte. Auf dem Schild stand »Studio Tavern«, was für mich wie ein Kompromiss klang. Im Fenster hing Neon-Bierreklame und drum herum Weihnachtsbeleuchtung. Hätte ich nicht so darauf gebrannt herauszufinden, ob er da drin war, hätte ich inne gehalten, um die schäbige Schönheit auf mich wirken zu lassen. Ich hockte mich hin und watschelte zum Fenster, die Nase knapp über der Kante. Es waren nicht viele Gäste da, nur einige Latinos zwischen sechzig und siebzig, die am Fenster saßen.

Mein Vater saß auf einem Barhocker, und seine Arme waren um Liz' dünnen Körper geschlungen. Ihre Hände umfassten seinen Hals, und er war vor gerutscht, so dass er seine Leisten gegen sie pressen konnte. Sie küssten sich, sein Mund öffnete und schloss sich rhythmisch wie bei Maggie Simpson, wenn sie am Schnuller nuckelte. Als Liz sich von ihm löste, fuhr sie mit dem Daumen über seinen Mund, um den Lippenstift abzuwischen.

Er klopfte auf den Hocker neben sich, und sie setzte sich und schlug die Beine in seine Richtung übereinander. Er packte die Sitzfläche ihres Hockers und zog ihn näher an sich heran. Ich hörte das schabende Geräusch durchs Fenster – die markerschütternde Übertragung seiner Liebe.

Er gab der Barfrau ein Zeichen, eine korpulente Latina, die freundlich lächelte und sich daran machte, ihre Drinks zu mixen. Wahrscheinlich strandeten hier ständig irgendwelche alten Knacker mit ihren Lolitas auf der Flucht vor ihren Ehefrauen. Es war Hernando's Hideaway mitten in Boerum Hill.

Drinnen zündete Liz meinem Vater eine Zigarette an. Die Bar war so abgelegen, dass man das Rauchverbot einfach ignorieren konnte.

»Ich dachte, du hast aufgehört«, sagte ich. Mein Vater fuhr herum wie Linda Blair, als ich auf ihn zu kam und seine Zigarette im Aschenbecher ausdrückte. Dass sie ihn fickte, war eine Sache, dass sie ihn umbrachte, eine andere.

Sein Gesicht wurde so weiß, dass die roten Flecken seines Rasurbrands leuchteten wie Pickel. Ich hoffte inständig, er würde nicht umkippen. Er hatte so hohe Cholesterinwerte, dass er Medikamente nehmen musste. Ein toter Ehebrecher war das Letzte, was ich brauchte.

Er starrte mich verängstigt an, den Mund offen wie Neil Roth, und sagte leise: »Wie?«

»Sie hat uns im Park gesehen«, sagte Liz.

»Und du hast mir nichts davon gesagt?« sagte er verärgert.

»Ich fand, du trägst schon genug Schuldgefühle mit dir herum.«

Die Barfrau brachte ihre Drinks. »Grey Goose Grapefruit und einen Grey Goose Martini extra dry«, sagte sie, während Liz löhnte.

»Du trinkst Grey Goose?« sagte ich. »Und rauchst? Sind wir hier am Set von *Swingers*?«

»Das ist ganz milder Wodka«, klagte er. »Und ich rauche nur, wenn ich trinke.« Er klang wie eine blondes Dummchen mit einer Schachtel Parliament Ultra Lights im Handtäschchen.

»Warum tust du das?« Eine geschlagene Minute sagte er gar nichts, dann fing er an zu schluchzen – inbrünstig, aus voller Kehle, wobei sein Kopf auf und ab wippte wie der eines Truthahns.

Er hatte schon immer ein Problem mit Tränen gehabt. Als ich zehn war, ging er mit mir und Ruthie Levinson-Rudowsky, meiner besten Freundin an der Packer, in *Splash*. Als Daryl Hannah Tom Hanks am Ende verlässt, um ins Meer zurückzukehren, hörte ich dieses leise rhythmische Geräusch neben mir. »Weint dein Vater?« sagte Ruthie, und ich nickte beschämt.

»Es tut mir so Leid«, schluchzte er in seinen Ärmel. »Ich hoffe, du kannst mir eines Tages vergeben.«

»Ich will dir nicht vergeben. Ich will, dass du Schluss machst.«

»Ich wollte nicht, dass du davon erfährst! Schon am ersten Abend sagte ich zu Elizabeth: ›Bitte sag Rachel nichts davon.‹ Ich wollte nicht, dass meine Probleme deine werden.« Rotz lief ihm übers Gesicht. Früher hatte sich der Rotz immer im Schnurrbart gesammelt. Liz reichte ihm eine Serviette. »Ich weiß, das muss sehr unerfreulich für dich sein«, fuhr er fort. »Ich kann mich an keinen Moment in meinem Leben erinnern, der für *mich* unerfreulicher war.«

»Hey«, sagte Liz und schlug ihm auf den Arm. Ich unterdrückte ein Kichern. Eins zu Null für die Blocks.

»Ich weiß, du stellst jetzt viele Dinge in Frage«, sagte er. »Wahrscheinlich denkst du, dass ich ein schlechter Ehemann bin.«

»Treffer«, sagte ich.

»Dass ich ein schlechter Vater bin.«

»Treffer!«

»Und wahrscheinlich hast du Recht. Ich hänge im Moment in der Luft, sonst würde ich so was nie im Leben tun.«

»Hey«, sagte Liz. Vielleicht brauchte ich gar nichts zu sagen. Vielleicht erledigte die große Klappe meines Vaters den Rest.

»Nicht deinetwegen«, sagte er und legte die Hände auf ihre Schultern. »Du bist wundervoll. Du bist schön.« Ich hatte nie verstanden, was Catherine Zeta-Jones an Michael Douglas fand, doch jetzt sah ich ihre Beziehung in einem neuen Licht. Wie sollte ich auf ihn einwirken, wenn alles, was uns verband, passé war? Liz war wie Scientology im Unterrock. Ich wünschte, mein Einfluss auf ihn wäre größer gewesen, aber sie hatte ein Ass im Schlüpfer.

Sie rieb seine Nase und sagte: »*Du* bist wundervoll.«

Ich machte ein Geräusch, als müsste ich kotzen.

»Biest«, murmelte Liz über seine Schulter.

»Willst du wirklich einen Wettstreit anzetteln, wer das größere Biest ist?« sagte ich. »Ich glaube, wir wissen beide, wer den gewinnen würde.« Ich muss zugeben, ich war schockiert über meine Furchtlosigkeit. Ich hatte die Art Adrenalinschub, die einen superschnell laufen lässt, wenn man im Wald von einem Bären verfolgt wird, der riecht, dass man seine Tage hat.

»Leider hab ich schlechte Neuigkeiten für dich«, sagte ich und blickte dem Bösen ins Gesicht. »Mein Vater macht Schluss mit dir. Du warst eine heiße Nummer, aber jetzt ist er zur Besinnung gekommen und hat seine Prioritäten neu gesetzt.« Ich packte ihn am Arm und wollte ihn vom Hocker ziehen. Vielleicht zog die Nummer mit der töchterlichen Strenge.

»Komm schon, Papa«, sagte ich. »Es könnt so einfach sein. Denk doch mal nach. Du stellst dir einfach vor, sie wäre ein Autowrack am Straßenrand. Du hast die Verwüstung gesehen, den schlaffen halbtoten Körper. Jetzt fahr endlich weiter.«

»Rachel«, sagte mein Vater, »rede nicht so über Elizabeth.«

»Elizabeth?« Ich war schockiert. »Wer bist du – Sybil?«

»Kapier ich nicht«, sagte Liz.

»Siehst du, Papa?« schrie ich. »Mama hätte es kapiert. Sie nicht. Du denkst, der Altersunterschied stört nicht, doch das tut er. Dieses Mädchen kennt nicht mal *Bonanza* und sie denkt nicht an Opie, wenn sie in einen Ron-Howard-Film geht. Denk daran, wie nahe du dich Mama fühlst, wenn sie die Titelmelodie der *Dick Van*

Dyke Show summt. Solche Momente wird es mit Liz nicht geben.«

»Wir haben andere Momente«, schnaubte sie.

Es klappte nicht. Ich konnte ihn nicht gegen sie aufbringen, aber vielleicht konnte ich *sie* gegen *ihn* aufbringen. »Er benutzt dich nur, Liz! Kapierst du's nicht? Er respektiert dich nicht.« Sie sah ein bisschen blass aus. Andererseits hatte sie wahrscheinlich seit zehn Uhr morgens nichts gegessen.

»Netter Versuch«, sagte sie. »Aber ich weiß, was ich Richard bedeute. Nur weil es in *deiner* Beziehung nur um Sex geht, muss es bei uns nicht genauso sein.«

»Wovon redest du?« sagte ich. »In meiner Beziehung geht es nicht nur um Sex!«

»Worum dann?«

»Er ist eher … mein Mentor.«

»Ach so«, sagte Liz sarkastisch. »Natürlich.«

»Du hast doch keine Ahnung!«

»Sie hat recht«, mischte mein Vater sich ein. »Du kannst uns nicht sagen, was wir zu tun haben, solange du selbst eine Beziehung mit einem älteren Mann hast.«

»Das ist nicht dasselbe! Er ist nicht verheiratet!«

»Doch du verstehst offensichtlich den Reiz einer Beziehung mit großem Altersunterschied«, sagte mein Vater. »Wenn du mir Vorschriften machen willst, sollten wir erstmal vor deiner Haustür kehren.«

»Vor meiner Haustür ist es blitzblank!« polterte ich. »Wollt ihr wissen wieso? Weil er Schluss gemacht hat.«

Mein Vater wirkte aufrichtig besorgt und legte den Arm um mich. »Ach, Süße«, sagte er mitleidig. »Das tut mir so Leid. Warum hat er das getan?«

»Er findet, dass wir nicht zusammen passen!«

»Sieht er nicht, dass du etwas ganz Besonderes bist?« Das war eine sehr gute Frage.

Auch Liz' Gesicht wurde milder. Sie drückte meine Hand und sagte: »Das tut weh.«

Ich schüttelte beide ab. »Hier geht es nicht um mich und Hank! Hier geht es um dich und Mama. Ist sie dir denn völlig egal?«

Zum ersten Mal entdeckte ich so etwas wie Kummer in seinem Gesicht. »Rachel«, sagte er, »was zwischen mir und Mama läuft, ist kompliziert. Es … es gibt Dinge, von denen du nichts weißt.«

»Was denn? An Rosch Kaschna habt ihr ziemlich kuschelig gewirkt.«

Ich forschte in Liz' Gesicht, ob sie das verletzte, doch sie sagte nur: »Es macht mir nichts aus, dass sie noch miteinander schlafen. Er liebt uns beide.« Es war ein einziger Albtraum. Mein Vater legte zwei Frauen am selben Tag flach.

»Papa, hast du denn überhaupt keinen Stil? Dieses Mädchen ist böse. ›Wohl dem, der nicht wandelt im Rat der Gottlosen.‹ Erster Psalm, okay? Das heißt, es ist der Wichtigste.« Sie starrten mich mit großen Augen an, aber das war mir egal. »Sie ist die reinste Raumverschwendung, was ihr heimlich bewusst sein muss, da tut sie ja alles, um so wenig wie möglich einzunehmen. Sie hat ein Problem mit ihrem Körper, sie hat wahrscheinlich mehr als eine Geschlechtskrankheit und sie wird dich für irgendeinen aus der Arbeiterklasse verlassen. In ihrer Wohnung geht es zu wie auf einer Parade, einer nach dem anderen nach dem anderen!« Ich blickte ihr ins Gesicht. »Hast du mir nicht erzählt, dass du fast mit dem Kühlschrankmann geschlafen hättest? Oder war es der Klempner? Du bist die Fotze, die hier alle auffrisst!«

In der Bar wurde es sehr still. Meine Wangen brannten. Der Raum war sehr sehr klein.

»Du bist hier die Fotze«, sagte Liz.

»Hört auf, so zu reden, alle beide«, sagte er. Und dann zu mir: »Du darfst sauer auf mich sein, aber mäßige bitte deinen Zorn auf deine Freundin. Wenn einer Schuld hat, dann ich.«

»Freundin? Omeingott! Dieses Privileg hat sie in dem Moment verspielt, wo sie dich in ihre Wohnung gelassen hat.«

Seine Augenbrauen trafen sich in der Mitte seiner Stirn wie bei Woody Allen. Er sah aus wie ein armer Schmock, der seine beiden Kumpel bei einer Kneipenschlägerei auseinander hält. Er trank einen Schluck Martini, stellte das Glas ab und sagte: »Elizabeth, würdest du uns für eine Minute entschuldigen?«

»Warum? Damit sie hinter meinem Rücken über mich herziehen kann?«

»Bitte. Ich mach's wieder gut.«

»Ach ja?« sagte sie und lüpfte die Augenbraue, dass mir ganz schlecht wurde.

Im Hinterzimmer stand ein Billardtisch. Mein Vater und ich setzten uns an einen der roten Plastiktische außer Sichtweite der Bar. Ein junger Latino versenkte die Kugeln in scheinbar willkürlicher Reihenfolge.

»Rach«, sagte mein Vater und legte seine Hand auf meine. »Ich schäme mich so …«

»Dann mach Schluss«, sagte ich und stieß ihn weg.

»Das ist nicht so leicht. Hör zu, was ich tue, ist falsch. Ich weiß, Mama zu betrügen, ist … Es ist nur, dass …« Er stützte den Kopf in die Hand und massierte die Augenbrauen. »Ich weiß nicht, wie ich es sagen soll. Ich leide und ich versuche, … alles wieder gut zu machen … Aber ich brauche Zeit.« Er seufzte schwer, als laste das Gewicht der ganzen Welt auf seinen Schultern und nicht das Gewicht einer magersüchtigen Nutte auf seinem Zipfel. »Ich hänge in der Luft. Aber das wird sich ändern. Wenn du es noch eine Weile für dich behältst, verspreche ich, dass alles gut wird.«

»Was meinst du mit ›alles gut‹? Wirst du Mama für Liz verlassen?«

»Ich weiß es nicht. Das versuche ich ja herauszufinden.«

»Omeingott! Am Ende wird sie noch meine Stiefmutter!«

»Es gibt eine Menge, was du über Liz nicht weißt.«

»Eigentlich nicht«, sagte ich. »Man kann nicht sagen, dass sie mit irgendetwas hinter dem Berg hält.«

»Bitte, gib mir etwas Zeit.«

»Über wie viel Zeit reden wir?«

»Ein paar Wochen. Ich verspreche, es wird nicht immer so sein.« Ich starrte ihn mürrisch an. »Komm schon, Rach. Tu es für mich.« Ich nickte seufzend. »Danke«, sagte er, doch ich kam mir alles andere als edelmütig vor.

An der Bar war Liz bei ihrem zweiten Grey Goose Grapefruit, und ihre Wangen waren gerötet. »Wie war das Gipfeltreffen?« sagte sie.

»Das geht dich nichts an«, sagte ich.

»Was für eine elegante Retourkutsche, Racheleh«, sagte sie. »Ich bin beeindruckt von der Kraft deiner Worte.«

»Ich bin beeindruckt von der Kraft deines Ausflusses.«

»Mädchen«, sagte mein Vater. Ich musterte ihr hageres Profil, das Neandertalerkinn, das tätowierte Muttermal über der Lippe. Am liebsten hätte ich es ihr mit den Fingernägeln abgekratzt.

Ich ging zur Tür und mein Vater sagte: »Ich bring Rachel nach Hause. Bin gleich wieder da, okay?«

»Darauf kann ich verzichten«, sagte ich.

»Komm schon, Rach«, sagte er und kam mir nach. »Ich will mich nur vergewissern, dass alles in Ordnung ist.«

»Nichts ist in Ordnung!« schrie ich. »Also lass mich einfach in Ruhe!«

Er ließ den Kopf hängen und sagte: »Nur noch ein bisschen, ja?« Ich wusste nicht, ob ich ihm glauben sollte, doch ich nickte und stieß die Tür gegen den Wind auf.

Ich schaffte es bis vor die Tür, doch dort angekommen, trieb es mich zur Court Street. Ich lief ein paar Blocks, bog rechts in die Kane und stand vor der Kane Street Synagoge, der ältesten in Brooklyn. Jedes Mal wenn ich daran vorbei kam, kriegte ich ein warmes Gefühl, obwohl sie nicht reformiert, sondern konservativ war, und ich nur einmal dort gewesen war, zur Beerdigung der Mutter einer Freundin aus der Grundschule. Reformjuden fühlen sich in konservativen Tempeln ungefähr so wohl wie Schwarze in Vermont.

Ich ging die Treppen in die Vorhalle hoch und stieß die Flügeltür zum Altarraum auf. Ein tröstlicher modriger Geruch, der eher nach Neuengland als nach New York zu gehören schien, fuhr mir in die Nüstern, und ich hob den Kopf, um alles in mir aufzunehmen. Die Decke war atemberaubend hoch und an den Wänden waren schmale Buntglasfenster. Ich ging den Gang entlang und setzte mich ungefähr in der Mitte auf eine Bank. Ich saß eine Weile still da und betrachtete den Toraschrein, die Kanzel, das Ewige Licht.

Ich war nicht mehr in einer Synagoge gewesen, seit ich die Uni geschmissen hatte, aber es war wohl Zeit, dass Gott und ich uns mal unterhielten. Meinen Vater zu beknien hatte nicht funktioniert, also musste ich eine Ebene höher ansetzen. Vielleicht war der Grund für diese Affäre nicht, dass mein Vater durchgedreht war, sondern dass Gott mich bestrafen wollte. Er sandte mir eine Botschaft, indem Er mein Leben ruinierte: Es war falsch gewesen, das Studium abzubrechen.

Doch wenn das wahr wäre, dann war Gott noch

törichter, als ich gedacht hatte. Die Rabbinerschule abzubrechen, war das Beste, was ich je für das Judentum getan hatte. Ich hatte Tausende Sterbenskranker vor dem vorzeitigen Ende bewahrt. Mit mir auf der Kanzel würden Generationen junger Menschen ihrer Moral beraubt. Zweifelnde Religionsschüler würden die Schule noch vor Bar und Bat Mizwah abbrechen. Die Mitgliederzahl der Synagogen würde dramatisch einbrechen und das Judentum einen herben Rückschlag erleiden. Wenn Gott die Affäre zwischen meinem Vater und Liz als eine Art kosmisches Symbol setzte, damit ich zum Rabbinat zurückkehrte, war es das Beste, Ihn zu ignorieren.

Vielleicht wollte Er mich weniger bestrafen, als auf Sich aufmerksam machen. Er fühlte sich vernachlässigt, nachdem Er gehört hatte, was ich zu Neil Roth gesagt hatte, so wie ich mich von Powell vernachlässigt fühlte, und Er wollte nur hören, dass Er mir noch etwas bedeutete. Die Finger über den Augen betete ich mit leiser Stimme: »Gott, es tut mir wirklich Leid, dass ich Dich enttäuscht habe. Die Gründe dafür sind mannigfaltig, aber damit keine Missverständnisse aufkommen: Ich bin nicht sauer auf Dich. Du bist nicht der Grund für diese schrecklichen Dinge. Ich weiß, Du weinst mit mir, wenn ich dabei zusehen muss, wie *mein Vater sein Leben ruiniert.*

Obwohl die letzten Wochen die schlimmsten meines Lebens waren, hätte ich öfter dankbar sein sollen für das, was ich habe, und im Geist dieser Dankbarkeit handeln sollen. Ich danke Dir, dass Du mir einen Job gegeben hast, wenn auch nur als Barkeeper. Ich danke Dir, dass meine Familie und ich den 11. September überlebt haben. Obwohl ich mir dessen oft nicht bewusst bin, habe ich Glück. Ich könnte auch irgendein irakisches Waisenkind sein, das sich von Jauchewasser und Schotter ernähren muss, doch stattdessen arbeite ich in einer Bar in einem

Viertel mit wohlhabender Kundschaft und ich wohne in einer schönen, wenn auch etwas beengten Einzimmerwohnung.«

Ich fühlte mich allmählich etwas besser, als hätte ich den Grundstein gelegt. Gott war wie jeder andere. Man musste Ihn erst einlullen, bevor man um Hilfe bat. »Doch Du musst mir einen Gefallen tun, Gott, und es ist wichtig, dass Du mich nicht im Stich lässt. Ich flehe dich an: Bitte mach, dass mein Vater aufhört, Liz zu ficken, bitte mach, dass mein Vater aufhört, Liz zu ficken.« Nachdem ich das ein paarmal gesagt hatte, fiel mir die unglückliche Wortwahl auf, obwohl ich ja nicht den Namen des Herrn missbrauchte. Also tat ich etwas, worin Juden sehr gut sind: ich modifizierte: »Bitte mach, dass er erkennt, dass er vom rechten Weg abgekommen ist. Bitte mach, dass er zu meiner Mutter zurück kehrt. Mach, dass er zur Vernunft kommt. Wenn Du das tust, werde ich meiner Mutter eine bessere Tochter sein, ich werde nie wieder mit Giftschlangen wie Liz Freundschaft schließen, und ich werde dem Ursprung meines masochistischen Problems auf den Grund gehen, eine Therapie machen und einen netten jüdischen Jungen heiraten.«

Ich wiegte mich noch eine Weile hin und her, ohne etwas zu sagen. Ich versuchte die Präsenz Gottes im Raum zu spüren, und ich dachte an meine Mutter und daran, wie lieb ich sie hatte und wie glücklich wir alle einmal gewesen waren. Dann sprach ich das *Schehechejanu,* das Gebet für besondere Anlässe, weil ich fand, dies sei ein besonderer Anlass. Ich wollte gerade gehen, als ich etwas Sonderbares neben dem Toraschrein bemerkte. Das Ewige Licht war ausgegangen.

Zuerst wollte ich es einfach so lassen, doch als Quasi-Rabbi empfand ich es als meine Pflicht, etwas so offensichtlich Falsches zu berichtigen. Ich stieg auf das *Alme-*

mor und stellte mich unter das Licht. Heutzutage waren alle elektrisch, eine einfache Glühbirne in schicker Davidstern-Verkleidung an der Wand. Ich folgte dem Kabel zu einem Verlängerungskabel, aber der Stecker steckte. Ich zog ihn raus, steckte ihn wieder rein. Irgendwann während meiner Gebete hatte Gott beschlossen, ein Päuschen zu machen. Man konnte sich nicht auf Ihn verlassen. Mein Volk war ein Meister unerklärlicher Wunder, doch ich konnte nicht mal ein Kabel reparieren. Ich stieg vom Almemar und eilte hinaus.

Am nächsten Abend bei der Arbeit erwischte ich mich dabei, wie ich meine Kundschaft musterte. Es ist beschämend, die eigenen Gäste unter die Lupe zu nehmen. Als würde man einem Penner das Kleingeld stehlen.

Ein dünner Junge an der Tür saß dort seit einer Stunde und trank Guinness. Er hatte sich eine Glatze rasiert und rannte alle zehn Minuten nach draußen, um selbst gedrehte American Spirits zu rauchen, die ich an ihm auf sechs Meter Entfernung roch. Doch er hatte schöne Augen mit feinen, langen Wimpern.

Per Fernbedienung ließ ich zum dritten Mal an diesem Abend »Pale Blue Eyes« laufen, als er sich zu mir beugte und sagte: »Ein richtiger Tausend-Yard-Blick. Alles in Ordnung?«

»Mir geht's gut«, sagte ich. »Noch ein Guinness?«

Er nickte und ich zapfte eins. Als ich es vor ihn hinstellte, sagte er: »Also, was ist los?« Ich war nicht sicher, ob ich diese Tür öffnen wollte, aber meine Schicht ging noch viereinhalb Stunden.

»Hast du schon mal jemanden geliebt, der nicht mit dir zusammen sein will?« Seine Augen wurden schwarz und füllten sich mit Verhängnis. »Weiß du was?« ruderte ich zurück. »Vergiss, was ich gesagt habe.«

»Nein«, sagte er. »Tatsächlich bin ich auf diesem Gebiet sehr bewandert. Meine Frau und ich waren zwölf Jahre zusammen, und dann habe ich rausgekriegt, dass sie mich betrogen hat.«

Zwölf Jahre? Wie alt war der Typ überhaupt? Ich hatte ihn auf Anfang dreißig geschätzt, doch er musste mindestens Ende dreißig sein. Umso alberner, dass er allein in einer Bar saß. »Wie hast du's rausgekriegt?«

»Wir machten gerade eine schwierige Phase durch, wo wir keinen Sex hatten und kaum miteinander redeten. Ich wusste, dass was nicht stimmte, aber ich hielt es eben für eine Phase. Wir versuchten es damals mit Dr. Phils *Relationship Rescue Workbook*, dieses Selbstanalyse-Programm in sieben Schritten.« Er musste meinen Gesichtsausdruck bemerkt haben, denn er fügte hinzu: »Er kennt sich mit dem Männer-Frauen-Kram echt gut aus. Jedenfalls soll man Buch führen, über das, was man durchlebt, und sie ließ ihr Arbeitsbuch wochenlang auf dem Küchentisch liegen. Offen. Jeden Tag ging ich daran vorbei und sah nicht hin ...«

Ein fetter Schwarzer aus der Sozialsiedlung namens Blimp kam herein und hob den Kopf, um zu bestellen. Ich ging zu ihm. Ich hatte immer ein schlechtes Gewissen, wenn ich Leute mittendrin unterbrach, aber ich musste arbeiten. Sie konnten nicht erwarten, dass ich für sie alles stehen und liegen ließ.

»Wie geht's, Blimp?«

»Irre. Letzte Nacht habe ich mich mit meiner Freundin gekracht und da fiel das Bild von uns beiden von der Wand.« Er machte ein unheimliches Gesicht, als würde es ihm kalt den Rücken runter laufen. »Ich glaube, das ist ein Zeichen.«

»Ein Zeichen wofür?«

»Dass ich der Schlampe den Laufpass geben soll.«

Guinness nickte ermutigend, obwohl sie sich gerade erst kennen gelernt hatten.

»Was trinkst du?«

»Einen Henry und ein Heiny«, sagte Blimp. Alle Sozialbau-Typen bestellten dasselbe, einen Hennessy und ein Heineken. Ich wurde dann immer ganz nervös, weil die Schnäpse teuer waren, acht Dollar, was mehr Trinkgeld bedeutete.

Als ich zu Guinness zurück kehrte, war sein Blick bedürftig und gehetzt, als würde er sterben, wenn er seine Geschichte nicht los wurde. »Sie ließ also ihr Arbeitsbuch immer herumliegen, und eines Tages fühlte ich mich so einsam, dass ich hineinsah. Wo man auflisten sollte, was man bedauert, hatte sie geschrieben: ›Ich bedaure meine Affären.‹ Plural.«

»Ach herrje«, sagte ich. Jedes Mal, wenn ich glaubte, ich sei schlimmer dran als die anderen, wurde ich eines Besseren belehrt. »Was hast du getan?«

»Ich habe mich im Schrank eingeschlossen, mich in Embryohaltung eingerollt und drei Stunden lang geheult.« Ich fragte mich, was Therapeuten so trieben, wenn sie nicht gerade Patienten behandelten, wie sie es schafften, sich nicht das Gehirn wegzupusten. »Als sie nach Hause kam, erzählte ich ihr, dass ich es gelesen hätte. Ich sagte: *›Affären? Affären?‹* Sie sagte, es sei nur eine gewesen, sie habe ›Affären‹ geschrieben, weil sie mich wütend machen wollte, doch im Laufe des Gesprächs knickte sie ein und es kam heraus, dass es zwei waren. Eine hatte sie, nachdem wir ungefähr sieben Jahre verheiratet waren, und dann noch eine, die sie ein Jahr zuvor beendet hatte.«

»Und hast du sie raus geschmissen?«

»Das brauchte ich nicht. In jener Nacht schlief sie auf dem Sofa und am nächsten Morgen packte sie ihre Sachen.«

Seine ausgemergelten Wangen schienen noch tiefer einzusacken. Er kippte den Rest Bier runter und rollte sich die nächste Zigarette. »Ich bin Buddhist«, sagte er, »und da heißt es, man soll keinen Ballast mit sich rumtragen, also versuche ich, nicht sauer zu sein, aber es fällt mir schwer.«

Jeder Mann, den ich kennen lernte, ging an irgendeiner Frau zu Grunde. Ich war immer davon ausgegangen, dass Männer die eigentlichen Sadisten waren, aber vielleicht war es andersrum. Vielleicht war ich im Innern ein Mann, und das war der Grund, dass ich keine Männer quälen konnte. »Wünschst du, du hättest sie nie geheiratet?«

»Nein«, sagte er, als hätte ich ihn beleidigt. »Wir hatten viele gute Jahre. Aber ich wünschte, ich wäre nicht achtunddreißig und Single. Die Chancen, dass ich mich je wieder verliebe, stehen schlecht.«

»Sei nicht so pessimistisch«, sagte ich.

»Ich weiß, wovon ich rede«, sagte er. »Ich pflege Datenbanken für große Unternehmen. Wusstest du, dass, wenn du von acht Uhr am Freitagabend bis acht Uhr am Sonntagabend vor irgendeinem Seven Eleven im Lande stehst, eine siebzigprozentige Chance besteht, dass ein männlicher Kunde zwischen zwanzig und dreißig mit einer Packung Pampers und einem Sixpack Bud raus kommt?«

»Du musst mich kurz entschuldigen«, sagte ich und ging zum Telefon. Ich drehte ihm den Rücken zu und wählte die Nummer meines Anrufbeantworters. Es war das vierte Mal während dieser Schicht. Das Telefon klingelte, klingelte wieder und klingelte ein drittes Mal, und das hieß: kein Powell. Im Spiegel sah ich, wie Guinness mich beobachtete. Wenn ich gleich wieder auflegte, wusste er, dass ich keine Nachrichten hatte. Ich tat also, als würde ich konzentriert zuhören, drückte ein paar Tasten auf dem Telefon, lauschte weitere dreißig Sekunden und legte auf.

»Also, wer ist der Typ, der nicht mit dir zusammen sein will?« sagte er.

Sofort bereute ich, dass ich die Katze aus dem Sack gelassen hatte. »Ich hätte nicht damit anfangen sollen.«

»Jeder Typ, der nicht sieht, wie toll du bist, ist ein Idiot.«

»Du kennst mich doch gar nicht.«

»Ich bin sehr intuitiv.«

Jasper saß ein paar Plätze weiter auf seinem Stammplatz und hob die Augenbrauen, als müsse er mich beschützen.

»Danke für den Rat«, sagte ich und ging mich um Blimp kümmern. Er hatte seine Drinks schon verbrannt. »Noch eine Runde?« Er nickte.

»Geht der Typ dir auf die Nerven?« sagte er. »Dann hau ich ihm eine rein.«

»Nein, ist schon okay.«

Als ich mit Blimp fertig war, winkte Guinness mich rüber. Widerstrebend ging ich hin. »Wollen wir mal essen gehen?« sagte Guinness. »Nicht als Date, nur … du scheinst ein cleveres Mädchen zu sein.«

»Das ist nett von dir.« Mein Standardsatz. »Aber nein.«

»Wenn du dich nach irgendeinem Kerl verzehrst, der dich nicht liebt … Du bist doch nicht auf den Kopf gefallen.«

»Tut mir echt Leid, dass ich davon angefangen habe.«

»Es ist nur … wie dein Haar das Licht reflektiert und wie deine Oberlippe …« Er verstummte und ließ den Kopf hängen.

»Lass sie in Ruhe, Mann«, sagte Jasper.

»Schon gut, Mann.« Er winkte ab. »Alles locker.« Letzten Endes waren sie alle Machos.

Ich kümmerte mich um die anderen Gäste, füllte ein

paar Biere nach. Guinness ließ mich den Rest des Abends in Ruhe, doch er blieb. Beim Last Call waren nur noch Jasper, Guinness und ein Hipster-Pärchen übrig, das bei den Stühlen neben dem Billardtisch rumknutschte. Eines musste man dem Typen lassen: Er besaß Ausdauer. Er war dünn und albern, aber vielleicht half es mir zu vergessen, wenn ich mit ihm ins Bett ging.

Ich ging zu dem Pärchen und sagte ihnen, dass ich zu machen wollte. Sie gingen, ohne voneinander zu lassen. Jasper half mir, Bier aus dem Keller zu holen, um den Cooler aufzufüllen, und den Schnaps aufzustocken. Auf dem Weg nach oben sagte er leise: »Soll ich dich nach Hause bringen?«

»Nein, ist schon gut!« sagte ich.

»Gehst du mit ihm nach Hause?«

»Warum sind alle immer so verdammt neugierig?«

»Dann eben nicht«, sagte er, »aber vergiss nicht, er weiß, wo du arbeitest.«

Er hatte Recht. Ich durfte nichts überstürzen. Ich wischte den Tresen und brachte den Müll runter. Dann schloss ich ab und zählte das Geld. Jasper warf mir einen warnenden Blick zu und ging. Ich schloss die Tür hinter ihm ab und als ich mich umdrehte, grinste Guinness, als habe er im Lotto gewonnen.

Unterwegs rauchte er eine Zigarette und als wir vor meinem Haus ankamen, legte er los. Sein Atem stank nach Nikotin, und ich vermisste Powells sauberen, erwachsenen Geruch. »Du bist so schön«, sagte Guinness.

»Wie heißt du?« sagte ich.

»Tony.« Hätte schlimmer kommen können. Er hätte auch ein Rick oder ein Gary sein können. »Und du?«

»Rachel.« Na prima. Jetzt konnte er mich mit Namen begrüßen, wenn er in die Bar kam.

»Ich will mit dir zusammen sein«, sagte er und küsste mich erneut. »Ich will heute Nacht mit dir zusammen sein.« Und obwohl er das Wort »sein« gewählt hatte, obwohl ich den Verdacht hatte, dass ich einen großen Fehler machte, drehte ich den Schlüssel und nahm ihn mit nach oben.

Wir gingen gleich ins Bett, und Tony rödelte in Klamotten auf mir rum. »Du bist so schön«, stöhnte er. »Du bist soooo schön.« Es waren die richtigen Worte aus dem falschen Mund.

Ich öffnete seine Gürtelschnalle und nahm seinen Schwanz in die Hand. Er war klein und schlank wie ein Musikerfinger. Ich pumpte ein bisschen, stand auf und sagte: »Bin gleich wieder da.« Ich ging ins Bad und holte ein LifeStyle, das noch von David stammte.

»Gute Marke«, sagte Tony, als ich es ihm gab. Es hatte etwas zu bedeuten, dass er kein Problem mit Kondomen hatte und ließ Powells Abneigung umso unfairer scheinen. Er rollte es über und ich zog mich ein bisschen aus. Er steckte seinen Finger in mich, aber ich war nicht sehr feucht, so dass er an mir runter robbte.

»Was machst du da?« sagte ich.

»Darf ich sie mal probieren?«

Ich war noch nie mit einem Mann zusammen gewesen, der in der dritten Person darüber sprach. Am liebsten hätte ich Powell angerufen und gemeinsam mit ihm drüber gelacht, doch dass ich Powell nicht anrufen durfte, war ja gerade der Grund, warum dieser Typ überhaupt hier war.

»Nein, lass mal«, sagte ich und hakte meine Finger unter seine Achseln.

»Aber ich will«, sagte er. »Ich will sie glücklich machen. Bitte!«

»Sie ist gerade ein bisschen schräg drauf«, sagte ich und

küsste ihn fest auf den Mund. Wir wälzten uns noch ein wenig hin und her, dann versuchte ich, ihn reinzustecken. Weil es nicht eben leicht ging, musste ich die Beine mit den Händen spreizen. Endlich drin, war sein »Ahhh!« so triumphierend, dass es mich beunruhigte.

Er bewegte sich für eine gefühlte Ewigkeit rein und raus – wahrscheinlich wegen der ganzen Guinness. Sollte ich je wieder mit einem Gast schlafen, würde ich ihm früher den Hahn zudrehen. »Ist das okay für dich?« sagte er schließlich.

»Super!« sagte ich.

»Es wirkt aber nicht so«, sagte er, »und mir ist es sehr wichtig, dass die Frau es genießt.« Komisch, wie manche Typen das Bedürfnis hatten, das an die große Glocke zu hängen wie eine lobende Erwähnung in ihrem Lebenslauf.

»Mach dir um mich keine Sorgen«, sagte ich. »Denk nur an dich selbst.« Ich konnte mit einem Fremden vögeln, aber ich konnte nicht kommen. Das war unlogisch, aber unwiderlegbar.

Er machte noch ein bisschen weiter, dann hörte er auf und sagte: »Ich glaube, ich hab zu viel getrunken. Und ich bin irgendwie nervös. Du verunsicherst mich.«

Ich nickte traurig. Er zog ihn raus und sagte: »Soll ich sie nicht doch ein bisschen küssen?«

»Nein«, sagte ich.

Eine Weile schwieg er, dann schälte er langsam das Kondom ab. Er ging raus auf die Feuertreppe und rauchte eine Zigarette.

Als er wieder ins Bett kam, sagte er: »Tut mir echt Leid.«

»Mir auch«, sagte ich.

An seinem Blick sah ich, dass er enttäuscht war. Ich war wahrscheinlich die erste Barfrau in der Geschichte, der so etwas je passiert war. Von uns wurde geradezu erwartet, dass wir unbekümmerte Schlampen waren, und ich schaffte es nicht mal, dass mein One-Night-Stand kam. Er gab mir einen halbherzigen Kuss auf den Mund, und wir drehten einander den Rücken zu, die Gesichter zur jeweils anderen Wand.

SCHWIERIGE FRAUEN

NACHDEM Guinness am nächsten Morgen gegangen war, versuchte ich unter der Dusche, seinen Geruch abzuschrubben. Dann wechselte ich die Bettwäsche. Es gibt nichts Schlimmeres als schlechten Stellvertreter-Sex. Danach fühlt man sich noch schlechter als vorher. Ich wollte keine Kneipenhocker, ich wollte Powell, trotz seiner Verrücktheit, seiner Kälte, seiner Selbstverliebtheit. Er wusste, was er mit mir machen musste, wie er mich auf Touren brachte, und er war niemals langweilig. Vielleicht war der Schlüssel bei Powell, genauso hart ranzugehen wie er. Er sollte wissen, dass ich keine Angst vor ihm hatte, dass ich als Frau stark genug für den Mann in ihm war.

Der Sonntag war kühl und die Straße voller Yuppie-Pärchen, zu schön, um wahr zu sein. Sie trugen gedeckte Herbstfarben und Babys in schickeren Sachen, als ich jemals zu besitzen hoffen konnte.

Ich frühstückte im Park und schlenderte danach wie von selbst zum Strong Place. Vor Powells Fenster blieb ich stehen. In *Schwierige Frauen* gab es eine wunderbare Szene, in der Lola (Lena Olin), eine lettische Cocktailkellnerin in Brighton Beach, versucht, das Herz von Schmuel (Michael Imperioli), dem russisch-jüdischen Schmalspur-Mafioso und Stammgast in ihrer Bar, zurückzugewinnen. Er hat mit ihr Schluss gemacht, weil irgendwelche Schurken Geld von ihm wollen und er sie nicht mit reinziehen will. Sie weint eine ganze Woche, dann hat sie eines Abends eine Vision: Ihre verstorbene Großmutter Ruschka erscheint ihr und sagt: »Sag Schmuel, dass du ihn liebst.«

Sofort springt sie auf, rennt zu seiner Wohnung, bastelt aus ihren Strümpfen einen Flaschenzug und transportiert damit eine Flasche Chivas zu seinem Schlafzimmerfenster. Shmuel sitzt an seinem Schreibtisch und verfasst gerade einen Abschiedsbrief, weil er nicht weiß, wie er das Geld auftreiben soll, als er die Flasche draußen vor seinem Fenster baumeln sieht. In diesem Augenblick beginnt es zu schneien. Er öffnet das Fenster, entdeckt das Tablett, zwei mit Eis gefüllte Gläser und den Chivas, blickt nach unten und sieht sie auf der Straße stehen, den Strumpf-Flaschenzug in der Hand.

»Lola!« ruft er.

»Was ist los, Schmuel?«

»Ich wollte mich umbringen, aber jetzt ist alles anders!«

»Wie meinst du das, Schmuel?«

»Ich dachte, der Tod sei die Lösung, aber in Wahrheit ist es die Liebe!«

»Natürlich«, ruft Lola mit einem eher lettischen als schwedischen Akzent. »Du warst schon immer dumm.«

Er weint vor Freude, weil er plötzlich erkennt, wie kostbar das Leben ist, nimmt die Flasche und die Gläser und klettert die Feuertreppe hinunter zur schneebedeckten, glitzernden Straße. Er rennt zu ihr und küsst sie, und sie weint wunderschöne Tränen, die sich mit den Schneeflocken vermischen. Dann sagt sie: »Es ist Happy Hour«, und sie setzen sich auf eine Motorhaube und trinken auf die Zukunft.

Ich fragte mich, wie Powell reagieren würde, wenn ich eine Flasche Chivas zu ihm hoch transportierte. Wenn ich es überhaupt schaffte, einen Flaschenzug am Dach anzubringen, würde ich wahrscheinlich das Fenster irgendeines Nachbarn zertrümmern und verhaftet werden. Und am Ende hielt er mich noch für eine Plagiatorin. Ich musste mir eine Abwandlung einfallen lassen, eine strahlende Liebeserklärung wie die Lolas an Shmuel, die gleichwohl den Powell in Powell und das Ich in mir berücksichtigte.

Ich ging zu Winn Discount in der Court Street. Ich strich durch die Gänge, vorbei an Werkzeugen und Schrauben und Nägeln, Gartenharken und -schläuchen und fand schließlich, was ich brauchte: eine große Spule weiße Wäscheleine. Ich lief weiter durch die Gänge, fand einen Stapel Halstücher und kaufte eines für neunundneunzig Cent.

Da D'Amico zu hatte, ging ich zu Starbucks, holte einen großen Cappuccino zum Mitnehmen, stellte ihn auf einen dieser Pappträger für vier Becher und legte ein paar Zuckerpäckchen dazu, weil ich mich nicht erinnern konnte, wie er ihn trank. Während ich zu seiner Wohnung zurückeilte, legte ich die Wäscheleine in das zweite Körbchen und das Halstuch in das dritte. Am Strong Place setzte ich mich in den Hauseingang neben seinem und nahm einen Zettel aus meiner Tasche.

Lieber Powell –
Lust auf einen morgendlichen Kaffee, oder bist Du eingebunden?

– Block

Das war Mist. Ich knüllte den Zettel zusammen und versuchte es nochmal.

Lieber Mr. Powell –
Kann ich Sie zu einem Morgen-Kaffee einfangen?

– Lola

Noch schlimmer. Etwas fehlte, und zwar nicht nur in dem Brief. Ich blickte auf meine Brust und in weniger als zwanzig Sekunden hatte ich mich aus meinem BH gewunden, einen Wacoal-Minimizer. Ich stopfte ihn in den Pappträger neben den Cappuccino, die Wäscheleine und das Halstuch und versuchte mich an einem neuen Brief.

Lieber Mr. Powell –
Da ich Ihre Körbchengröße jetzt kenne, ist es an der Zeit, dass Sie meine erfahren.
In Liebe,
Ihre Schwanzmamsell

Ich faltete den Zettel zu einem kleinen Quadrat, stopfte ihn neben den BH und öffnete die Tür zu Powells Haus. Ich stellte mein Liebestablett in den Hausflur wie ein Opfer und drückte die Klingel. »Wer ist da?« hörte ich ihn sagen.

Ich rannte hinaus und suchte mir ein Versteck. Vor dem Hauseingang war mit rosa Kreide ein Himmel-und-Hölle-Spiel gemalt, und ich legte mich darauf, den Kopf zwischen der eins und der zwei. Ich kreuzte die Hände über der Brust, als sei ich tot, und schloss die Augen. Ein paar Minuten später ging die Tür mit einem Knarren auf und schlug wieder zu. Ich zuckte zusammen und spürte, wie das Blut durch meinen Körper rauschte. Ein Paar Füße lief die Stufen hinunter und blieb neben meinem Kopf stehen.

Ich spürte das kühle Pflaster an meinem Rücken. Durch die Lider sah ich, dass jemand mir die Sonne nahm. Ich spürte eine Hand an meinem Hals und betete, es möge Powells sein. Wer sich ohne BH auf den Gehweg legt, ist ein Gefahrensucher. Ich hielt die Augen geschlossen und schnaufte vor Aufregung. »Ich nehme keinen Zucker«, knurrte er, und die beiden Papiertütchen prallten wie Querschläger von meinen Möpsen ab.

Ich schlug die Augen auf und lächelte breit. Er legte seine Hand unter meinen Kopf und hob ihn vorsichtig an, als läge ich mit amputiertem Arm in einem Kriegshospital und er flöße mir eine Flasche Brandy ein. Über dem Mund spürte ich die kühle Baumwolle des Halstuchs, das er an meinem Hinterkopf zusammen knotete. Er packte mich am Arm und zog mich grob auf die Füße. »Whn ghn wr?« sagte ich durch den Knebel.

»Nicht reden.«

Er steuerte mich die Treppen hinauf und durch die Tür. Wir gingen durch den Flur, und er öffnete die Tür zum Keller. Ich hatte kurz die Vision, dass er mich in Millionen Stücke zersägt. Während wir die Treppen hinunter gingen, fiel mir auf, dass es weder ein Geländer noch Licht gab. Unten angekommen führte er mich in eine Ecke. Ein paar Fahrräder waren an die Pfeiler angeschlossen und im Raum verteilt standen Grills und alte Trainingsgeräte.

Wir kamen an eine offene Tür, und er schob mich vor sich her. Ich hörte ein lautes Summen und spürte eine plötzliche Staubwolke. Ich nieste in den Knebel und wischte mir die Nase mit dem Handrücken ab. »Gesundheit«, sagte er.

Ich hörte ein Rascheln hinter mir, und als das Licht anging, stand ich vor einem Heizkessel. Er war riesig und furchteinflößend und erinnerte mich an eine Lokomotive. Powell ging an mir vorbei und betrachtete mich wie ein Museumsstück, von dem er nicht so recht wusste, ob es ihm gefiel. Dann strich er mir übers Haar. Ich fühlte mich an das Spiel erinnert, wo man seine Hände auf die eines anderen legt und der andere versucht, einen zu hauen, wenn man nicht damit rechnet.

»Zieh die Bluse aus«, sagte er.

»Und wenn dein Vermieter uns hier entdeckt?« sagte ich.

»Das sind Genossenschaftswohnungen!«

Ich drehte ihm den Rücken zu, zog die Bluse aus und legte sie vorsichtig auf den schmutzigen Boden. Er ging mit dem Seil um mich herum und betrachtete mich konzentriert wie ein Chirurg vor einer komplizierten Operation. Er fesselte mir die Handgelenke mit einem komplizierten Seemannsknoten, warf die Leine über ein Rohr und zog daran, bis ich auf Zehenspitzen stand. Er hob mich gerade soviel an, dass meine Fersen vom Fußboden abhoben, während die Ballen ihn noch berührten. Dann befestigte er das Seil am Rohr und warf die Spule auf den Boden. Sie schlug einige Male auf dem Beton unter mir auf, und er verließ den Raum.

»W gst d hn?« rief ich lahm. Ich hörte seine Schritte die Treppen hinauf verschwinden. Eine Minute verging und dann noch eine. Ich fing an, mir Sorgen zu machen, dass er nie mehr zurück käme, dass dies die Strafe dafür war, dass ich mich mit einem Irren eingelassen hatte.

Als ich klein war, setzte mein Vater mich sonntags immer auf seinen Gepäckträger und fuhr mit mir zur Lower East Side, wo wir Käse und Kaffee für meine Mutter kauften. Ehe wir zurück fuhren, ging er noch in die Bibliothek in Chinatown, um nach Büchern zu stöbern. Wir kamen zwangsläufig immer kurz bevor sie dicht machten, und während er durch die Gänge ging und in Büchern blätterte, fingen sie plötzlich an, die Lichter zu löschen. »Die Bibliothek schließt in fünfzehn Minuten!« rief ein Wärter mit sonorer Stimme, ein markerschütternder Verstoß gegen den Flüster-Kodex.

»Papa!« schrie ich dann. »Sie werden uns einschließen.«

»Ich bin gleich fertig«, erwiderte er. »Such dir doch

auch noch ein paar Bücher aus.« Widerstrebend schlich ich durch die Gänge, während immer mehr Lichter in ganzen Abteilungen gleichzeitig erloschen, bis ich ganz im Dunkeln stand. Schließlich fand ich ihn in der Krimiabteilung, zog ihn am Hemd und bat ihn, sich zu beeilen: »Ich hab's gleich«, sagte er.

Ich fing an zu schwitzen, denn irgendwie musste ich in Bibliotheken immer scheißen, doch ich traute mich nicht zu gehen, weil ich Angst hatte, im Klo eingesperrt zu werden. Immer mehr Lichter gingen aus, und der Raum kam mir stickig und trostlos vor.

»Papa!« schrie ich. »Ich hab Angst. Man wird uns einschließen!«

»Bestimmt nicht«, sagte er.

»Die Bibliothek ist jetzt geschlossen«, rief die Stimme und selbst dann suchte er sich noch Bücher aus und zwang alle, auf ihn zu warten, bevor er endlich zur Ausleihe ging.

Draußen weinte ich vor lauter Anspannung, und er sagte: »Ist ja gut, niemand hat uns eingeschlossen, alles ist gut«, aber ich klammerte mich trotzdem den ganzen Heimweg an seinem Rücken fest.

Ich hing am Seil, spürte wie meine Waden immer müder wurden und zitterte vor Anstrengung. Was hatte ich mir nur dabei gedacht, mit einem Seil bei ihm aufzukreuzen? Das war, als würde man bei einer Kneipenschlägerei einem der Typen eine Waffe zustecken.

Ich hörte Schritte auf der Treppe und Powell kam durch die Tür, einen Klappstuhl in der einen und die Sonntagsausgabe der *New York Times* in der anderen Hand. Er setzte sich wenige Zentimeter vor mir auf den Stuhl, kreuzte die Beine übereinander wie eine Frau und schlug die SundayStyles-Beilage auf. Er blätterte weiter zur Rubrik Hochzeiten und hielt die Seite hoch, so dass ich sie sehen konnte. »Siehst du das?« sagte er. »Das ist Porno für alleinstehende Frauen.«

Er zeigte auf das Foto eines Burschenschaftlers mit verschlagenem Blick und seiner austauschbaren Braut. »Er wird sie betrügen«, sagte er.

»Er liebt sie nicht«, sagte er über ein asiatisches Pärchen.

»Irgendwas ist komisch an ihm. Sie heiratet ihn wegen des Geldes. *Die* Ehe hält, weil es Inder sind. Der hier hasst sie. Das ist eine *Schwuchtel.* Die ist schwanger, aber er weiß es nicht.«

Während ich am Seil hing und auf den Füßen kippelte, während meine Waden taub wurden, ich allmählich kein Gefühl mehr in den Fußgelenken hatte, die Handgelenke wund und schwach, kommentierte er jedes einzelne Foto und gab seine Prognose ab. Dann las er eine Weile schweigend, blätterte den Immobilienteil durch, wobei er über die Grundstückspreise im Viertel frohlockte, mokierte sich beim Feuilleton über das Porträt einer jungen Schauspielerin, von der er nichts hielt, und redete sich in Rage über eine »listige und total verlogene« doppelseitige Banana-Republic-Werbung, auf der Frau, Mann und Baby glücklich in einem Bett schliefen.

»Hnk!« rief ich. »Btt mch mch ls!«

»Du hast kein Durchhaltevermögen.« Er hatte recht. Masochist zu sein, erforderte Mut, viel mehr Mut, als es erforderte, Rabbi zu sein. Man brauchte Konzentration und Willenskraft. Ich wünschte mir verzweifelt, gut im Leiden zu sein, aber ich war zu feige.

»Ch spr mn Fß ncht mhr!«

Er seufzte, schüttelte den Kopf, stand auf und legte beide Hände auf meine Brüste. Er strich mit den Fingern über die Brustwarzen. Ich schloss die Augen und versuchte mich darauf einzulassen, fürchtete jedoch, ich könnte vor Erschöpfung ohnmächtig werden.

Er kniete sich auf den Boden, knöpfte meine Cord-Levi's auf und zog sie aus. Er zog meine Unterhose aus – einen schwarzen Slip von Jockey for Her, den ich nur trug, wenn ich lange keine Wäsche mehr gewaschen hatte – und legte sie kommentarlos auf den Boden. Dann kniete er sich hin, plazierte je eine Hand auf jeder meiner Pobacken und positionierte meine Beine zu beiden Seiten seines Kopfes.

Langsam stand er auf, stützte meinen Arsch mit den Händen und begann, mich zu lecken, wobei er klang wie ein Mann, der seit Monaten keine Mahlzeit mehr zu sich genommen hatte. Seine Technik war okay, aber mich packte plötzlich das Lampenfieber. Manchmal komme ich mir bei Männern vor wie ein Maler mit einem widerspenstigen Modell. Jedesmal wenn ich gerade in Fahrt komme, bewegt sich das verdammte Mädchen und ich lasse den Pinsel sinken, muss das Zimmer durchqueren, sie wieder richtig hinsetzen und von vorn beginnen. Es musste einfach klappen. Wenn man extra in den Heizungsraum geht, um es zu treiben, sollte wenigstens ein Orgasmus dabei raus kommen.

Er bewegte den Mund wie ein wildes Tier, das sein Opfer verschlingt, und ich schnitt eine Grimasse und zog das Becken zurück. Er hob den Kopf wie ein Stier, die Augen rot und zornig, und sagte: »Du hast ein Problem damit, dich fallen zu lassen.«

Er hob die Schamlippen, als habe er einen Kurs besucht, und vollführte eine Reihe magischer Zungentricks. Ich fragte mich, ob er seine besten Zeilen rezitierte. Er manövrierte derart gebieterisch und ungezwungen, so besitzergreifend und nüchtern, dass ich ihn nach einer Weile gewähren ließ. Ich ließ mich fallen und warf den Kopf zurück. Schleckend steckte er einen Finger rein, und ich fing an zu schwitzen. Es war von Vorteil, mit jemandem zusammen zu sein, der das Mösenbuffet durchprobiert hatte. Er wusste, was er tat. Deshalb standen junge Frauen auf ältere Männer. Das hatte nichts mit Status oder Geld zu tun. Es war viel viel simpler.

Ich stöhnte und er grunzte, ein Cunnilingus-Call-and-Response, und dann bewegte er seinen Finger auf eine bestimmte Weise und ich kam, mein Körper warm und elektrisiert, meine Schenkel zitterten, meine Kehle formte das dumpfe Blöken eines sterbenden Lamms.

Er senkte meine Füße zu Boden und wischte sich den Mund mit dem Handrücken ab. Er löste die Knoten, so dass ich wieder auf festem Boden stand, und machte das Seil ab. Ich löste das Haarband, fiel ihm in die Arme, küsste ihn und versuchte krampfhaft, nicht zu weinen.

Statt die Küsse zu erwidern, fummelte er an seiner Hose herum und stieß mich zu Boden. Er ruderte wild mit den Armen, während seine Hand alle paar Sekunden nach meiner Brust oder meinem Arsch griff. Ich versuchte nicht daran zu denken, dass ich vor weniger als vierundzwanzig Stunden Sex mit einem anderen gehabt hatte.

Ich schlang die Beine fest um seinen Körper, machte mich eng wie ein Schraubstock, und nach weiteren zwanzig Minuten war er draußen und ich spürte eine Pfütze auf dem Bauch. »Wir müssen ein anderes Verhütungsmittel finden«, sagte ich.

»Ich weiß«, sagte er, stand auf und klopfte sich die Knie ab.

Ich setzte mich auf und sah ihn an. »Hast du vielleicht Lust, brunchen zu gehen?«

Er blickte mit einem Ausdruck tiefster Verachtung auf mich herab. »Du bist nicht ganz dicht.«

»Warum?« sagte ich. »Es ist so ein schöner Tag. Ich dachte, wir könnten ins Banania gehen.«

»Wenn die Hochzeitsbeilage Porno für alleinstehende Frauen ist, dann ist der Sonntagsbrunch der goldene Schuss.«

»Die Muffins sind umsonst«, versuchte ich es, doch er war schon aus der Tür gestürmt.

Ich stand auf, griff nach einem Stück Papier, und während ich mir seinen Saft vom Bauch wischte, sah ich meine geröteten, wunden Handgelenke. Kein Blut, aber zwei große Stellen, die brannten, wenn ich sie berührte. Das war ein ganz anderes Level als Stoppelschorf. Ich würde bei der Arbeit lange Ärmel tragen müssen, sonst würden die Gäste Fragen stellen.

Oben stand die Haustür offen. Powell saß auf den Stufen und beobachtete eine junge Mutter, die mit ihrem Kinderwagen vorbei schob. Das verschmierte Himmel-und-Hölle-Spiel war der einzige Hinweis darauf, was gerade passiert war. Die drei sah aus wie eine acht. »Hank«, sagte ich und setzte mich neben ihn. »Tut mir Leid, dass ich gefragt habe, ob wir brunchen gehen wollen. Ich wollte dich nicht beleidigen.«

»Dann frag so was nie wieder«, sagte er.

Wir schwiegen, bis ich sagte: »Hat dir mein Geschenk gefallen? Hat dir mein kleiner Brief gefallen?«

»Ja, aber hör auf zu fragen. Du musst lernen loszulassen. Jeder Jude, den ich kenne, ist wie du. Ihr löst die Mathe-Hausaufgaben der ganzen Welt in eurem Kopf. Gibt's was Neues von deinem Vater?«

»Ich hab ihm gesagt, dass ich Bescheid weiß, und er sagt, er braucht ein bisschen Zeit.«

»Oh-oh.«

»Was soll das denn heißen?«

»Das heißt, das letzte Wort ist noch nicht gesprochen.«

»Ich will nicht über ihn reden! Ich bin froh, dass du

runter gekommen bist«, sagte ich und nahm seine Hand. »Ich hab echt geglaubt, ich hätte dich verloren.«

»Ich hätte dich sowieso angerufen.«

»Ach ja?«

»Die Präsentation ist gut gelaufen. Ich habe den Film verkauft.«

»Das ist ja großartig!«

»Nicht unbedingt«, sagte er. »Jetzt muss ich ihn schreiben.« Powell fand immer einen Grund sich zu beschweren.

»Du hast mir gefehlt«, sagte ich und setzte mich eine Stufe tiefer, um den Kopf auf sein Knie zu legen. »Am liebsten würde ich jeden Tag mit einem neuen Geschenk her kommen.«

»Immer langsam«, sagte er, doch er bewegte sein Knie nicht.

»Am liebsten würde ich unter deinem Schreibtisch wohnen«, sagte ich. »Du könntest mich fesseln und dann ein paar Besorgungen machen gehen, zum Beispiel ein Freilandhuhn. Wenn ich bei dir wohnen würde, bräuchtest du das Haus gar nicht mehr zu verlassen. Du könntest jeden Abend etwas beim Chinesen bestellen und ich würde unter deinem Schreibtisch sitzen und dir einen blasen, wann immer du willst. Einmal die Woche käme die Putzfrau. Du könntest deine Freunde einladen und dabei zu sehen, wie sie mich vögeln.«

»Ich glaub, ich geh nach Bologna«, sagte er träumerisch.

»Was?« sagte ich und rutschte wieder eine Stufe hoch.

»Hast du mal die Ärsche in Italien gesehen? Da geht's viel schneller zur Sache.«

Sein Gesicht war seelenruhig, als würde er sich mit einem Freund unterhalten. Wieso sandte ich das Signal *Bloß nicht ernst nehmen?*

»Warum sagst du das jetzt?« jammerte ich.

Er reckte überrascht den Kopf. »Ich dachte, du magst die Wahrheit.«

»Das tue ich, aber deine Wahrheiten sind rücksichtslos und gemein! Ich kapier nicht, wie man so bösartig sein kann! Es ist ein herrlicher Tag und ich sitze hier und erzähle dir, dass ich unter deinem Schreibtisch wohnen möchte, und du sagst, du willst das Land verlassen. Das ist einfach … fies.«

»Du machst aus einer Mücke einen Elefanten.«

»Ich will nicht, dass du mit mir redest wie mit einem Mann«, sagte ich. »Ich will, dass du lieb zu mir bist.«

»Weißt du was?« sagte er und stand auf. »Ich hab eine Menge zu tun.«

»Geh nicht einfach so!« sagte ich. »Lass uns darüber reden.«

»Warum musst du alles schwierig machen?«

»Du bist es, der alles schwierig macht. Du bist es, der plötzlich schlecht drauf ist. Manchmal benimmst du dich richtig prämenstruell.«

»Ich *bin* nicht schlecht drauf. Du *bringst* mich schlecht drauf.« Er machte auf dem Absatz kehrt und marschierte die Stufen hoch. »Einen schönen Tag noch«, sagte er und salutierte.

Ich blieb noch fünfzehn Minuten sitzen und übte mich in Zen. Ich sah sein Benehmen nach wie vor als ein Problem, das ich lösen konnte. Wenn ich nur richtig reagierte, würde er sich auch nicht wie ein Arschloch aufführen. Wenn ich gelassener wäre und ihn nie wieder provozierte, könnten wir uns ein perfektes gemeinsames Leben aufbauen.

Ich wollte gerade aufstehen, als ich eine Frau mittleren Alters die Straße entlang kommen sah, mit einem kleinen Kind an der Hand. Nora. Dem blonden Haar nach und der Ähnlichkeit mit Nora war es Powells Exfrau. Als sie näher kam, sah ich, dass sie keinesfalls der Catherine-Zeta-Jones-Typ war. Ihr Haar war mit zwei Haarspangen zurück frisiert und sie trug einen hellbraunen Mantel, der zwar schick, aber nicht teuer aussah. Sie war nicht so jung, wie ich sie mir vorgestellt hatte. Sie wirkte wie Anfang vierzig, und sie sah definitiv nicht wie jemand aus, der mit Geschirr warf.

Als Nora mich auf den Stufen sitzen sah, blieb sie stehen und sagte kühl: »Hi, Rachel.« Also hatte sie doch ein gutes Gedächtnis.

»Hi, Nora«, sagte ich. Ich streckte der Exfrau meine Hand entgegen. »Ich bin eine Freundin von Hank«, sagte ich.

»Oh«, sagte seine Ex mit durchdringendem, aber nicht besonders feindseligem Blick. »Ich bin Annie.«

Er hatte sie als böseste Frau der Welt dargestellt, dabei war ihr Name Annie. Wie böse konnte eine Annie schon sein? Eine Diana vielleicht, eine Katerina, aber eine *Annie?*

»Wollen Sie gerade rein?« fragte sie und deutete verzagt auf das Haus.

»Nein, ich wollte gerade gehen.« Nora zog einen kleinen Pokémon-Koffer Stufe für Stufe hoch und grunzte bei jedem Schritt. »Das macht sie gut«, sagte ich. »Vielleicht wird sie ja mal Stewardess.«

»Ja, das habe ich mir schon immer für sie gewünscht«, sagte Annie trocken. Sie hatte sogar Humor. Ich konnte mir die beiden nur schwer zusammen vorstellen. Sie wirkte nicht wie jemand, der chronischen Irrsinn toleriert.

Ich hätte sie am liebsten gefragt, ob alles, was Powell mir erzählt hatte, gelogen war – ob sie die streitsüchtige Zicke war, als die er sie darstellte, ob er sie zuerst betrogen hatte oder sie ihn, wie es war, mit einem Menschenfeind verheiratet zu sein, ob sie einen Rat für mich hatte, wie ich mich verhalten sollte, wenn er so Sachen sagte wie: »Ich glaub, ich geh nach Bologna.« Doch hätte sie gewusst, wie man mit Powell umgeht, wären sie ja nicht geschieden.

»Mach schon, Nora«, sagte sie und stupste sie die Stufen hoch. »Papa wartet. Sag Rachel auf Wiedersehen.«

»Tschüss, Rachel.« Annie nickte mir freundlich zu und sagte, es sei nett, mich kennen gelernt zu haben. Nora klingelte, und als ich Powells Stimme durch die Gegensprechanlage hörte, lief ich die Stufen hinunter.

Um zwei Uhr morgens bei meiner nächsten Schicht kam Powell rein. Es war ein langer Abend gewesen, ein geschäftiger, und ich war kaputt und sah nicht besonders gut aus. Je später der Abend, desto unattraktiver der Barkeeper, besonders, wenn er zu beschäftigt ist, um sich auf dem Klo neuen Lippenstift aufzutragen. Er kam direkt auf die Bar zu, wo ich einen Gimlet mixte, und sagte: »Ich würde dich gern zu Salami verarbeiten und zwischen zwei Scheiben Ciabatta verspeisen.«

»Bist du betrunken?« sagte ich.

»Nein«, sagte er. »Nur romantisch gestimmt. Kann ich einen Chivas ohne Eis und ein Glas Wasser haben?«

Ich brachte den Gimlet einem jüdischen Mädchen mit geglätteten Haaren in Begleitung eines Einfaltspinsels. Dann machte ich Powells Drink. Er holte sein Portemonnaie heraus, doch ich winkte ab.

»Das war ja was, neulich«, sagte er. »Du hast mich gelesen und mir genau das gegeben, was ich brauchte.«

»Warum bist du dann abgehauen?«

»Ich bin nicht abgehauen«, sagte er. »Ich hatte zu tun.«

»Warum gibst du nicht zu, dass du dich wie ein Arschloch benommen hast.«

Er kniff die Augen zusammen und taxierte mich. Ich fürchtete schon, er würde mich wieder anschreien, doch stattdessen sagte er: »Du hast dich verändert. Ich konnte es spüren, als ich dich gefesselt habe.« Er blickte mich forschend an, als entdeckte er in meinem Gesicht etwas Neues, Schönes.

»Ach ja?« sagte ich skeptisch. »Was ist anders?«

»Ich bin nicht sicher. Du hast Feuer. Feuer, das ich vorher nicht gesehen habe. Und das *gefällt* mir.« Er nickte, als hätte er mich gerade mit dem Stethoskop untersucht und genau den unregelmäßigen Herzschlag gehört, mit dem er gerechnet hatte. »Dein wahres Ich kommt zum Vorschein. Deine Stimme kommt aus einer anderen Stelle deines Körpers.«

»Das stimmt«, tönte es aus meinem Zwerchfell.

»Die Hysterie ist weg. Ich höre es in deinem Timbre. Du siehst auch anders aus. Deine Wangen sind gerötet und dein Blick ist nicht mehr so hektisch. Du siehst aus wie ein italienischer Filmstar aus den fünfziger Jahren.«

»Meinst du die durchgeknallte Nutte in *Die Nächte der Cabiria*?«

»Diese Kraft habe ich in dir noch nie gesehen, diese Leichtigkeit.« Ich hob das Kinn und versuchte, meinen Kiefer in eine Position großer Stärke zu bringen. »Vielleicht hat das mit den Problemen in deiner Familie zu tun. Du bist gezwungen, stark zu sein. Dasselbe ist mir passiert, als meine Familie zerbrach. Ich befreite mich von meinem Zorn und erwachte jeden Morgen erfrischt und lebendig. Ich hatte den Frühling im Gang. Ständig wurde ich gefragt, ob ich verliebt sei.«

»Du glaubst also wirklich, ich habe mich verändert?« sagte ich. Vielleicht hatte er mich prüfen wollen, um zu sehen, ob ich ihm sein Verhalten durchgehen ließ und nun hatte er endlich erkannt, dass ich das knallharte Luder war, nach dem er sich sehnte.

»Und ob! Und es ist *wundervoll!«* rief er. »Du hast es kapiert! Du siehst, was kommt, und bist bereit. Die Wahrheit zu erkennen, hat dich erwachsen gemacht.« In seinem Gesicht lag eine Faszination, eine Offenheit, die ich seit unserem ersten Rendezvous nicht mehr gesehen hatte. Ich wusste, es war gefährlich, sich auf die an den Haaren herbei gezogene Phantasie eines schwanzgesteuerten Irren einzulassen, doch wenn er mich dann öfter sehen wollte, war ich zu allem bereit.

»Das ist wohl wahr«, sagte ich.

»Hör zu«, sagte er. »Wann hast du Schluss?«

Besser ging's nicht. Er hatte mich in seinem Heizungsraum gevögelt, er hatte gesagt, ich hätte mich verändert, und nun wollte er auch noch mit zu mir kommen. Das war ja fast wie in einer echten Beziehung.

Meine Schicht dauerte noch eine Stunde, aber es waren nur noch sieben Gäste da, also formte ich meine Hände zum Trichter und bellte. *»Letzte Runde!«* Einige protestierten, aber das war mir egal. Hank Powell war es wert, eine Stunde eher zu schließen.

Bei mir zu Hause angekommen, steckte ich den Schlüssel ins Schloss, doch er blieb am Fuße der Stufen stehen. »Willst du nicht reinkommen?« sagte ich.

»Das interessiert mich nicht.« Vielleicht hatte ich mich zu früh gefreut.

»Ich dachte, du willst mit zu mir kommen.«

»Ich meinte, dass ich dich nach Hause bringen will. Ich muss morgen früh aufstehen. Ich hab ein Meeting.«

»Aber du kennst mich seit einem Monat. Findest du nicht, dass es an der Zeit ist?«

»Sobald man bei der Frau zu Hause war, gibt es Probleme. Ich bin mal mit einer Frau ausgegangen, die mich nie zu sich rein ließ. Ich drängte und drängte, doch sie blieb hart. Nach sechs Monaten gab sie endlich nach. Großer Fehler. Sie wohnte in der Siebenundvierzigsten Straße in einem Haus ohne Fahrstuhl, und die Wohnung war ein Schweinestall. Pizzakartons, Dutzende voller Mülltüten, Zeitschriften aus den achtziger Jahren, ausrangierte Trainingsgeräte. Sie stand mitten in diesem Inferno, fing an zu weinen und sagte: ›Ich hoffe, du kannst mich trotzdem lieben.‹ Ich sagte: ›Keine Chance!‹ und rannte raus.«

»Aber ich bin kein Schmutzfink.«

»Ich will es so.«

Man hörte jemand auf der Treppe, die Haustür öffnete sich und mein Vater kam heraus. Er zuckte zusammen, als er mich sah, doch dann bemerkte er Powell und guckte interessiert. »Hank«, sagte ich müde. »Das ist mein Vater, Richard Block.«

»Ich habe mich schon gefragt, warum sie Sie vor mir versteckt«, sagte Powell herzlich. Sie gaben sich die Hand wie alte Schulfreunde.

»Ich hab viel von Ihnen gehört«, sagte mein Vater. Es war drei Uhr morgens vor der Haustür seiner Geliebten, aber das Gespräch hätte ebenso gut beim Sonntagsbrunch im Banania stattfinden können.

»Das Gleiche kann ich auch von Ihnen sagen«, sagte Powell.

Der Blick meines Vaters flackerte nervös. »Keine Sorge«, sagte ich. »Er weiß von deiner Streunerei.«

»Obwohl ich nie diesen Ausdruck wählen würde«, sagte Powell. »Rachel hat mir erzählt, dass Sie einen sehr interessanten und fruchtbaren Wandel durchmachen.«

»Allerdings«, sagte mein Vater, als habe er ein Kompliment bekommen. Das hatte mir gerade noch gefehlt, dass Powell die Untreue meines Vaters romantisierte.

»Was machst du hier so spät?« fragte ich. »Wird Mama nicht …?«

»Sie denkt, ich bin im Boat was trinken.«

»Um drei Uhr morgens?«

»Sie sagt, sie schläft besser, wenn ich nicht im Bett bin. Sie leidet wegen ihrer Wechseljahre an Schlafstörungen.«

Powell nickte grimmig, als sei meine Mutter selbst schuld, wenn sie ihm sagte, er solle nicht in ihrem Bett schlafen. Mir gefiel der Gedanke nicht, dass Powell Verständnis hatte. Mein Vater sollte mit sich ringen, an sich arbeiten, stattdessen erntete er Sympathien.

»Ich muss gestehen, Hank«, sagte mein Vater an Powell gewandt, »als Rachel mir erzählte, dass sie mit einem Einundfünfzigjährigen ausgeht, war ich etwas besorgt, aber Sie gehen ohne weiteres als Anfang vierzig durch.«

»Ich bin nicht einundfünfzig«, sagte Powell stirnrunzelnd. »Ich bin achtundvierzig.«

»Aber ich habe in der IMDB nachgesehen«, sagte ich. »Und da stand, du wurdest …«

»*Glaub doch nicht alles, was du liest!*«

»Naja, Sie sehen jedenfalls auch jünger aus als achtundvierzig«, sagte mein Vater schnell. »Höchstens vierzig!« Das machte er immer, meine Liebhaber umschmeicheln, als wollte er sie selbst verführen. »Ich hoffe, das klingt nicht anbiedernd, aber für mich ist *Die Geschichte des Bleistifts* das beste Off-Broadway-Stück der Saison.«

»Papa! Du bist raus gegangen!«

»Was?« Powell explodierte.

»Wir sind nach der Pause gegangen, aber nur wegen meiner Frau. Ich fand's klasse, aber sie hat sich an der Sprache gestört. Bei Mamet geht sie auch immer nach dem ersten Akt.«

»Frauen mögen meine Arbeit nicht«, brummte Powell.

»Ich fand das Stück aufschlussreich und provokativ,

den ersten Akt jedenfalls. Als Betrachtung darüber, wie wenig der Künstler die eigene Kreativität im Griff hat, kann höchstens Ed Harris' *Pollock* es damit aufnehmen.«

»Wenn Sie doch nur für die *Times* schreiben würden.« Ben Brantleys Besprechung der *Geschichte des Bleistifts* hatte mit den Worten begonnen: »In der Karriere eines jeden großen Künstlers kommt der Moment, wo er derart daneben greift, dass man all seine bisherigen Erfolge in Frage stellt.«

»Aber eigentlich sind mir schlechte Kritiken egal«, sagte Powell und legte die Hand auf das Tor hinter sich. »Sie spornen mich höchstens an. *Au.*«

»Alles okay?« fragte mein Vater.

»Ja. Ist nur mein Tennisarm. Mein Arzt hat mir was Entzündunghemmendes verschrieben, aber das macht mich nur reizbar.«

»Ich spiele auch Tennis«, sagte mein Vater. Ein Lastwagen schepperte um die Ecke, und ich verspürte das plötzliche Verlangen, mich vor seine Räder zu werfen.

»Wo spielen Sie?« sagte mein Vater.

»New York Sports«, sagte Powell und zeigte auf die Glocke am Ende der Straße.

»Die Plätze sind furchtbar«, sagte mein Vater. »Überteuert und ohne Rückfeld! Sie müssen mal auf den Plätzen am Fluss spielen. Sie können sich für hundert Dollar im Jahr bei der Parkbehörde registrieren.«

»Sie machen Witze. Da war ich noch nie. Ich würde gern mal gegen Sie spielen.« Das war *Ein Vater zu viel,* nur noch schwuler. »Darf ich Ihnen meine Nummer geben?«

»Klar«, sagte mein Vater, holte sein Handy raus und gab sie ein.

»Wo lang müssen Sie?« sagte Powell. Mein Vater zeigte zur Court.

»Wollten Sie nicht gerade rein?«

»Nein, ich habe Rachel nur von der Arbeit nach Hause gebracht. Ich wohne am Strong Place. Ich begleite Sie.«

Er wollte nicht mit rauf kommem, aber er war bereit, meinen Vater nach Hause zu begleiten. Sie hätten sich gleich dort auf der Pacific Street gegenseitig in den Arsch ficken sollen. Das hätte zwar neue Probleme geschaffen, aber manche der alten definitiv gelöst.

Ich sah ihnen nach, wie sie Seite an Seite davon gingen.

»Ich habe da eine Theorie zu Ihrem Anima-Problem«, sagte Powell und gestikulierte schwul.

»Was ist Anima?« sagte mein Vater. Ich wartete, doch keiner der beiden drehte sich um, um sich zu verabschieden.

Am nächsten Abend rief ich meine Mutter an und sagte ihr, ich wolle sie sehen. Sie sagte, sie gehe zum Volkstanz bei Families First, ob ich mitkommen wolle. Meine Mutter hatte als Jugendliche in einem linken Sommerferienlager mit Volkstanz angefangen und ihn vor ein paar Jahren wieder entdeckt. Zunächst nur sporadisch, doch mittlerweile regelmäßig und überall in der Stadt. Oft lud sie mich ein mitzukommen, aber die Vorstellung, allein in einem Raum voll alternder Hippies zu sein, erschien mir ungefähr so verlockend wie ein Brazilian Waxing.

Doch ich dachte, sie brauchte mich jetzt. Ich wollte netter zu meiner Mutter sein. Seit ich flügge geworden war, hatte ich es immer wieder versucht, mich vergeblich danach gesehnt, doch jetzt kam es mir ganz natürlich und richtig vor.

Ich ging zu Families First in der Baltic und fand die Tänzer in einer Art Gemeindesaal versammelt. Es waren circa zwanzig, die die Arme umeinander gelegt im Kreis standen, und sie machten schnelle komplizierte Kicks, eher schottisch als jüdisch. Es war ein anderer Schlag Langweiler als die Kaffeeklatscher, älter und kurzsichtiger. Die Frauen sahen mit ihren weiten Röcken und Brillen aus wie Ableger meiner Mutter. Die Männer waren ergraute Waschlappen.

Meine Mutter schrie: »Langsam, schnell, schnell« und: »Hacke, Spitze, Spitze« und: »Und jetzt wieder die erste Schrittfolge«. Alle grinsten breit, als hätten sie einen Heidenspaß. Als die Musik zu Ende war, gingen sie an den Tisch, der mit Weinblättern, Humus und Rumkuchen gedeckt war. Meine Mutter stand am CD-Spieler und überlegte, was sie als Nächstes auflegen sollte. Als ich zu ihr ging, wirkte sie überrascht, dass ich tatsächlich gekommen war.

»Hallo«, sagte sie. »Wie komme ich zu dieser Ehre?«

»Ich wollte dich einfach sehen. Tut mir Leid, dass ich an Rosch Haschanah so zickig war.«

»Was war mit dir los? Du warst unmöglich.«

»Ich ... ich war einfach schlecht drauf.«

Ein großer Mann mit großer Nase und rotem Haarband kam angeschlendert und tat, als würde er sich für den Gemüsedip interessieren. »Ist die Frau mit dir verwandt, Sue?«

»Sie ist meine Tochter«, sagte meine Mutter und lächelte aufgesetzt. Wenn wir unter uns waren, funktionierten wir nicht, aber vor Publikum waren wir ein eingespieltes Team.

»Sie sieht aus wie du«, sagte er. Er schüttelte mir die Hand und sagte: »Ich bin Yitz.« Er war süß, aber ich konnte mir beim besten Willen nicht vorstellen, mir jeden Abend den Hintern von ihm versohlen zu lassen.

»Als Nächstes kommt ›Leftes‹«, rief meine Mutter der Gruppe zu, »also stellt euch im Kreis auf.« Die Musik begann – griechisch und beängstigend schnell.

»Zugucken gibt's nicht«, sagte Yitz und nahm meine Hand.

»Ich bin nicht so begabt wie meine Mutter«, sagte ich. »Ich kann nicht tanzen.«

»Kann nicht gibt's nicht«, sagte er. Ich verdrehte die Augen, und ehe ich wusste, wie mir geschah, hatte er mich in den Kreis gezogen.

Ich dachte, ich würde den Dreh schon rauskriegen, doch als es anfing, ging das Gespringe und Gehüpfe viel zu schnell. Jedes Mal, wenn ich dachte, mein Fuß sei am richtigen Platz, stellte es sich als der falsche heraus, und ich stieß mit Yitz zusammen. Meine Mutter machte alles nur noch schlimmer, indem sie rief: »Nein, Rach! Der *linke* Fuß, nicht der *rechte!«* und alle starrten mich an, als sei es furchtbar niedlich, dass ihre Tanzgene eine Generation übersprungen hatten.

Nach jedem Lied klatschten alle und johlten, lösten ihre Bauernblusen und Mostly-Mozart-T-Shirts von der verschwitzten Brust und wischten sich die Brauen.

»Du warst gar nicht schlecht«, sagte Yitz. »Du hast ein gutes Rhythmusgefühl.« Er legte mir eine warme verschwitzte Hand auf den Arm.

Eine junge Frau mit schwarzem Bob, die mir vorher nicht aufgefallen war, kam an den Tisch. Sie trug einen Wildlederrock und Vierziger-Jahre-Schuhe mit hohen Absätzen, und da sie so hip aussah, ging ich davon aus, dass sie sich aus Versehen hierher verirrt hatte. Doch sie lief an mir vorbei zu meiner Mutter und sagte: »Sue?«

»Was ist?« sagte meine Mutter. Das Mädchen flüsterte ihr was ins Ohr. Meine Mutter schlang den Arm um sie und zog sie in eine Ecke.

Die Frau begann zu weinen und meine Mutter besorgte ihr Taschentücher und drückte sie innig. Nie hatte ich sie jemanden so drücken sehen, nicht mal meinen Vater. »Rebecca und ihr Mann trennen sich«, sagte Yitz leise. »Sie hat in letzter Zeit oft gefehlt.«

»Oh«, sagte ich. Ich hatte meine Mutter nie als mütterlichen Typ gesehen, aber vielleicht hatte ich ihr nur keine Gelegenheit gegeben.

»Deine Mutter ist echt toll«, sagte er. »Gerade neulich sagte Rebecca, sie wüsste nicht, wie sie das Ganze ohne sie durchstehen sollte.«

Meine Mutter nickte, und ich hörte sie sagen, Männer seien wie Straßenbahnwagen. Sie schien völlig in ihrem Element, wie Fernsehmutter Meredith Baxter-Birney. Rebecca putzte sich die Nase, nickte lächelnd und kam zum Tisch zurück. Es war unlogisch, unfair und unangebracht, aber ich hatte das Gefühl, wenn sie diesen beliebigen Losern etwas weniger Aufmerksamkeit geschenkt hätte und dem, mit dem sie lebte, etwas mehr, wäre er gar nicht erst mit Liz zusammen gekommen.

Ehe der Nächste Florence Nightingale vereinnahmen konnte, ging ich zu ihr. »Wer war das?«

»Eine Freundin.«

»Worüber habt ihr geredet?«

»Das geht dich wirklich nichts an.«

»Und was gehen *dich* die persönlichen Probleme irgendwelcher Mädchen an?«

»Ich werde gebraucht.«

»Ich weiß nicht«, schmollte ich. »Manchmal kommt es mir so vor, als würdest du vergessen, dass du eine Familie hast.«

»Du bist es, die ihre Familie vergessen hat«, fauchte sie. »Du hast dich noch nie so aufgeführt wie an Rosch Haschanah. Und immer, wenn ich dich anrufe, bist du schlecht drauf. Wenn ich dich was frage, gibst du mir das Gefühl, als ginge mich dein Leben nichts an, dabei erzählst du Papa alles. Du gibst mir das Gefühl, als wäre es dir am liebsten, wenn ich mich irgendwo verkriechen und dich in Ruhe lassen würde.«

»Das verstehst du nicht.«

»Was verstehe ich nicht?«

Das war die Gelegenheit, ihr zu sagen, warum ich an Rosch Haschanah so zickig gewesen war, warum es mich irre machte, dass sie nie zu Hause war. Doch als ich das letzte Mal ehrlich gewesen war, war jemand gestorben. So sehr ich auch entlastet werden wollte, war ich doch noch nicht bereit, die Geheimnisse meines Vaters auszuplaudern. Ich liebte meine Mutter und wollte, dass sie die Wahrheit erfuhr, doch ich brachte es nicht übers Herz.

»Vergiss es«, sagte ich.

Sie starrte mich kurz an, als hätte ich wieder einmal bewiesen, was für eine schlechte Tochter ich war, dann ging sie zum CD-Spieler und legte das nächste Stück auf. Es war langsam und ergreifend. »Erev Ba«, was Leichtes zum Schluss. Die Tänzer stellten sich plaudernd im Kreis auf und legten einander die Hände auf die Schultern, froh über die Verschnaufpause. Sie kam dazu und löste zwei Hände, um sich dazwischen zu stellen.

Sie hatte ein neues Leben, für das sie ihn nicht brauchte, und es war nicht fair von mir, sie da heraus zu reißen, wo er doch der Verräter war. Ich sah eine Weile zu, wie sie im Kreis gingen, und jedes Mal, wenn ich das Gesicht meiner Mutter erblickte, lag ein Lächeln darauf.

Am nächsten Abend bei der Arbeit war ich unkonzentriert und kurz angebunden. Ich wusste, dass der Abend unter keinem guten Stern stand, als Jasper mir erzählte, Tony sei neulich vorbei gekommen, als ich nicht da war. Da Jasper dachte, er suche mich, sagte er ihm, ich hätte frei, und Tony meinte: »Nein, Mann, ich bin hier, weil ich wusste, dass sie nicht arbeitet. Das war ein Riesenfehler neulich. Das Mädchen hat echt einen Schaden.« Um halb eins war es einigermaßen voll, ein Dutzend Italiener mittleren Alters aus der Nachbarschaft, die Billard spielten, einige weiße Szene-Mäuschen, die mit den Jungs aus der Sozialsiedlung flirteten, um zu demonstrieren, dass sie keine Vorurteile hatten, und ein paar alleinstehende Männer um die vierzig mit feuchten Lippen und traurigem Blick.

Ich spielte einen stetigen Strom aus Bob, Costello und Bacharach, und als ich gerade mal einen Moment Zeit hatte, die Gläser zu spülen, kam ein Pulk angetrunkener Popper aus dem Tennisteam der Long Island University mit perfekt verstrubbelten Haaren und Polohemden rein. Sie bestellten alle Guinness, außer einem – ein attraktiver schwarzhaariger Ire. »Ich nehme einen Cape Cod«, sagte er.

Ich mixte ihm den Drink und konnte mir meinen Spruch nicht verkneifen: »Nur zu deiner Information«, sagte ich und alle seine Freunde drehten sich um. »Bei uns heißt das Wodka Cranberry. Niemand sagt Cape Cod.«

Seine Freunde lachten schallend und bedeckten ihre Münder, wie Männer es tun, wenn eine Frau zu weit gegangen ist. »Danke«, sagte er steif. »Wie viel kostet die Runde?«

»Einundzwanzig«, sagte ich. Er gab mir einen Zwanziger und einen Fünfer. Ich gab ihm vier Einer zurück. Er nahm drei.

Als ich mich gerade beschweren wollte, kamen Powell und mein Vater rein gestürmt und setzten sich ans andere Ende der Bar. »Rachel, Rachel!« schrie mein Vater. »Dein Freund ist der coolste Mann auf Erden!«

»Ach, hör auf!« sagte Powell und schlug ihn auf den Arm. »Das war doch nicht der Rede wert.«

»Nicht der Rede wert!« schrie mein Vater. Keiner der

beiden schien das Bedürfnis zu verspüren, mir zu erklären, was sie zusammen trieben. Schwer zu sagen, was mich mehr nervte: dass sie ohne meine Erlaubnis etwas zusammen unternahmen oder dass sie das Durchschnittsalter meiner Kundschaft gerade von dreiundzwanzig auf fünfundvierzig angehoben hatten.

»Wir sind in der Court aus dem Taxi gestiegen«, sagte mein Vater, »und es war dunkel, weil es regnete. Hank sagte, er müsse dringend aufs Klo und ich sagte, er solle warten, weil wir nur wenige Straßen von der Bar entfernt waren, aber er sagte, er könne nicht, weil ...«

»Woher kamt ihr?«

»Aus dem Theater! Hank sagt also zu mir: ›Ich muss mal. Ich mach sonst in die Hose‹ und ich sag: ›Um ehrlich zu sein, ich muss auch.‹ Also dreht sich Hank zu Barnes & Noble. Ich sag: ›Du pinkelst gegen die Wand einer Großbuchhandlung?‹ und er sagt: ›Als ich letztes Mal da war, hatten sie keines meiner Bücher vorrätig.‹« Powell kicherte zufrieden.

»Wir stehen da und erleichtern uns, da kommt dieser Schwarze von hinten an und sagt: ›Ich hab eine Waffe. Geld her.‹ In weniger als zwei Sekunden ist mein Portemonnaie in seiner Hand, aber statt klein beizugeben, packt dieser irische Schwarzenegger hier, dieser Terrier, den Kerl am Kragen, so dass er dreißig Zentimeter über dem Boden schwebt, und wirft ihn in die Gosse. Nee, *schleudert* ihn.«

»Ich hab ihn nicht geschleudert«, sagte Powell. »Eher gestoßen.«

»Der Kerl stöhnt und ächzt«, fuhr mein Vater fort, »und in Wahrheit hat er gar keine Waffe, er hat seinen Finger benutzt, und er liegt da wie das armseligste Häufchen Elend, das du je gesehen hast. Als hätte Hank den armen Kerl nicht schon genug gedemütigt, tritt er ihn noch in den Magen und sagt: *›Du solltest nie jemanden überfallen, der uriniert. Das hat keinen Stil.‹«*

Mit ergebenem Grinsen wandte er sich Powell zu. Powell zuckte die Schultern und sagte: »Ich war früher in Gangs.«

»Ihr könnt froh sein, dass er keine Waffe hatte«, sagte ich. »Sonst wärt ihr jetzt tot.«

»Ich habe einen guten Instinkt«, sagte Powell.

»Glaubt ihr, er ist in Ordnung?« sagte ich.

»Er stöhnte, als wir gingen«, sagte Powell. »Bestimmt dauert es nicht lange, bis er den Nächsten überfällt.«

»Was für ein Stück habt ihr euch angesehen?« fragte ich bemüht locker.

»Take Me Out.«

»Ihr zwei habt euch ein schwules Theaterstück angesehen?«

»Das ist doch Schubladendenken«, sagte Powell. »Es geht eher um Baseball und den amerikanischen Traum.«

»Es geht um einen schwulen Baseballspieler!«

»Es ist das beste Drama des Jahres!« rief mein Vater.

»Warum hast du nicht *mich* gefragt?«

»Na, weil du arbeitest, ist doch klaro.«

»Klaro?« rief ich. »Seit wann sagst du klaro? Hast du das von Liz aufgeschnappt?«

»Klaro«, sagte er. »Rach, du musst dir das Stück ansehen. Es ist das fantastischste Werk des neuen amerikanischen Theaters, das ich seit *K3* gesehen habe.« Powell räusperte sich. »Außer natürlich *Die Geschichte des Bleistifts*, aber das versteht sich ja von selbst. Hank hat es nicht ganz so gut gefallen wie mir. Er fand es ein wenig geschwätzig, aber ich hab gesagt: ›Ist doch egal, so lange die Schauspieler nackt sind!‹« Mein Vater hatte sich noch nie so schwul aufgeführt. Vielleicht ging es bei seinem späten Anima-Problem um ganz was anderes. »Eins sag

ich dir. Es hat das Klischee über die Anatomie des schwarzen Mannes voll bestätigt.«

»Sie hätten es *Schwarze Schwänze* nennen sollen«, sagte Powell. »Dann hätten sie auch mehr Karten verkauft!«

»Schwarze Schwänze!« brüllte mein Vater. »Das ist gut!«

Ich kapierte nicht, warum Powell zu mir so gemein war und zu meinem Vater so nett. Es kam mir vor, als wollte er mich damit verletzen. Vielleicht war ihm auch klar geworden, dass ihn mit meinem Vater mehr verband als mit mir, und er hatte beschlossen mich umzutauschen.

»Hey, was ist das eigentlich für eine Bar?« rief mein Vater. »Willst du uns nicht fragen, was wir trinken wollen?«

»Extradry Grey Goose Martini und einen Chivas«, sagte ich.

Mein Vater sah zu Powell und nickte langsam, als habe dieser einmal mehr bewiesen, dass er der King of Cool war. »Wenn ich's mir recht überlege«, sagte mein Vater, »nehm ich auch einen Chivas.« Es war einfach albern. Er guckte sich alles bei Powell ab, selbst seinen Drink.

Ich machte beide Drinks, wobei ich den für meinen Vater etwas sparsamer einschenkte. »Wart ihr auch essen oder nur im Theater?« fragte ich und stellte ihnen die Drinks hin.

»Wir waren bei Joe Allen«, sagte Powell. »Das war unser Stammlokal während der *Bleistift*-Proben. Ich kenne alle Kellner.«

»Am Nebentisch saß Al Pacino«, sagte mein Vater. »Er ist jetzt blond und sieht viel jünger aus als er ist.«

»Worüber habt ihr zwei beim Essen geredet?« sagte ich und tötete Powell mit meinen Blicken.

»Über vieles«, sagte mein Vater.

»Omeingott«, sagte ich zu Powell. »Hast du ihm gesagt, dass er meine Mutter verlassen soll?«

»Hey«, sagte mein Vater. »Trennung ist eine zweispurige Straße.«

»Du hast!« schrie ich. »Du probierst deine Aphorismen an ihm aus!«

»Rachel weiß von den Aphorismen?« fragte mein Vater gekränkt, als gehörte Powell ihm.

»Jeder kennt sie! Er quatscht jeden damit voll, der bereit ist zuzuhören!« Powell sah mich an und trank einen großen Schluck Chivas, aber ich war so darauf erpicht, meinen Vater von ihm fernzuhalten, dass mir egal war, ob ich ihn beleidigte. »Weißt du was? Ich will nicht, dass ihr beide noch mehr Zeit miteinander verbringt. Mein Vater braucht jetzt einen guten Einfluss, keinen schlechten.«

»Sag deinem Vater nicht, was er zu tun oder zu lassen hat.«

»Er hat Recht, Rach«, sagte mein Vater. »Das muss ich selbst herausfinden.«

»Was gibt's da rauszufinden? Ich dachte, es sei bloß eine Frage der Zeit, bevor du Schluss machst.«

»Das hab ich nie gesagt.« Er hatte mich also angeschmiert. Er hatte mich in dem Glauben gelassen, er würde mit sich ringen, während er in Wahrheit auf zwei Hochzeiten tanzte. Powell würde ihn nur noch mehr von meiner Mutter entfernen. Er war das Gegenteil eines Schlichters. Statt die Menschen zusammenzuführen, brachte er sie auseinander.

»Wir haben nicht nur über Mama geredet«, sagte mein Vater. »Hank hat mir von seinem Leben als Verfechter des Independant-Kinos erzählt. Wusstest du, dass er fast mit Julia Roberts zusammen war?«

»Was?« sagte ich.

»Julia und ich standen uns mal sehr nahe«, sagte Powell.

»Ich dachte, du hättest es ihr erzählt«, sagte mein Vater. »Tut mir Leid. Vielleicht war das un ...«

»Nein, das interessiert mich brennend«, sagte ich. »Bitte. Erzähl mir davon, wie du fast mit Julia Roberts zusammen warst.«

Er zögerte kopfschüttelnd, als wüsste er, dass er mit dem Feuer spielte, aber die Versuchung, im Mittelpunkt zu stehen, war einfach zu viel für ihn. »Naja«, sagte er und legte die Hände auf den Tresen, »als wir *Leon und Ruth* drehten, wohnte sie in Hell's Kitchen mit einem unzuverlässigen Simulanten namens Fritz zusammen, ein Performance-Künstler, der von ihren Schauspiel-Jobs lebte und zum Lebensunterhalt beitrug, indem er Nahrungsmittel klaute. Eines Morgens tauchte sie mit einem Seesack auf dem Rücken am Set auf, das Haar verfilzt, die Wimperntusche verschmiert. Sie hatte plötzlich klar gesehen, ihre Sachen gepackt und auf einer Parkbank übernachtet. Ich lebte damals in einer Souterrain-Wohnung im East Village und sagte ihr, sie könne bei mir wohnen.«

»Klar«, sagte ich.

»Es war eine ganz unschuldige Geste. Ich habe nichts in ihr gesehen. Sie war eine unberührbare, sterile Schönheit, gut gebaut, aber geschlechtslos wie ein kastrierter Perser. In meiner Wohnung gab es keine Heizung und weil es so kalt war, schliefen wir nackt und hielten einander umschlungen, um uns zu wärmen. Eines Nachts in der letzten Woche der Dreharbeiten kam sie in einem meiner Schlafanzüge ins Bett. Da wusste ich, es würde Probleme geben. Ich sagte: ›Was ist los?‹ und sie: ›Ich kann nichts dafür, Hank. Ich bin dabei, mich zu verlieben. Für mich hat es immer nur dich gegeben. Wenn ich Don küsse, schließe ich die Augen und stelle mir vor, dass du es bist.‹«

»Das kapier ich nicht«, sagte ich. »Wie kann man sich vorstellen, dass du Don Cheadle bist?«

»Method Acting. Ich sagte: ›Julia, ich empfinde nichts für dich.‹ Und sie: ›Wie kannst du das sagen?‹ und riss den Schlafanzug auf. Ihre Brustwarzen waren braun und klein und grüßten mich wie die zwei Knöpfe auf dem Kopf eines Sockenaffen. Aber ich kann einfach nicht, wenn ich nicht mit dem Herzen dabei bin. Und ich wusste, es würde dem Film gut tun, wenn ich sie zurückweise. An den letzten drei Tagen drehten wir die Szenen, wo sie herausfindet, dass Leon in Vietnam gestorben ist, und ich wollte sie wund wie eine frisch gefickte Möse. Also sagte ich: ›Raus hier‹, und schickte sie zum Schlafen aufs Sofa.«

»Was für eine Willenskraft!« sagte mein Vater.

»Es lief wie geschmiert. Von da an kam sie jeden Abend in mein Zimmer und flehte mich an, doch ich weigerte mich standhaft. Am Set war sie fantastisch. Als sie kurz davor ist, aus dem Fenster zu springen, und zu Gott sagt: ›Beantworte mir nur eine Frage: Wenn mein Mann im Krieg ist, welchen Grund gibt es für mich dann noch morgens aufzustehen?‹ waren die Tränen echt.«

Mein Vater lächelte mit so unverhohlener Verehrung, dass es mich nicht überrascht hätte, wenn er ihn auf den Mund geküsst hätte. »Julia Roberts«, sagte er. »Kannst du dir das vorstellen, Rach? Er ist der einzige Mann auf der Welt, der eine Nacht mit Julia Roberts ausgeschlagen hat.«

»Das wage ich zu bezweifeln«, sagte ich.

Mein Vater warf mir einen dieser wissenden väterlichen Blicke zu, die mich auf die Palme bringen. »Siehst du, Hank?« sagte er. »Sie kann nicht mal den Gedanken ertragen, dass du *fast* mit Julia Roberts geschlafen hättest. Das Mädchen ist verrückt nach dir.« Powell sah aus, als hätte er sich gerade in die Hose geschissen. Schwer zu sagen, was mich mehr nervte – dass ihm die Vorstellung, ich sei verrückt nach ihm, so unbehaglich war oder dass er versuchte, es vor meinem Vater zu verbergen.

Sie blieben noch eine halbe Stunde, dann entschuldigte mein Vater sich damit, dass er nach Hause müsse, weil meine Mutter sonst Fragen stellen würde. Sobald er aufstand, erhob sich auch Powell und sagte, er müsse noch an *Der Schwager* arbeiten. Ich sah ihn flehend an, als er ging, doch sein Blick war hart und unbewegt. Er hatte gesagt, ich hätte mich geändert, doch allmählich wurde klar: *er* sich nicht.

Ein paar Abende später lud Powell mich in Sam's zum Essen ein. Eigentlich hätte ich arbeiten müssen, doch weil er mit mir ausgehen wollte, in der Öffentlichkeit – was im Vergleich zu unseren vorigen Treffpunkten eine Verbesserung darstellte – hatte ich das Gefühl, dass wir Fortschritte machten. Ich rief Caitlin an und bat sie, mit mir zu tauschen, und da es Samstag war, ein guter Abend, schlug sie ein.

Trotz meiner guten Laune während des Essens beschwerte Powell sich ständig – darüber, wie unzurechnungsfähig Annie sei, welche Probleme er mit dem *Schwager* habe, wie knapp er bei Kasse sei. Ich saß nur da, nickte und stärkte ihm den Rücken, weil ich dachte, das bräuchte er jetzt – Dampf ablassen. Nach dem Essen beugte er sich zu mir herüber: »Du bist ein guter Freund, Rachel.«

»Was soll das jetzt wieder heißen?«

»Reg dich nicht gleich auf«, sagte er. »Du bist auch ein guter Fick. Ich meine nur, dass du viel für mich tust. Ich kenne nicht viele Menschen in diesem Viertel, und es tut gut, jemanden zum Reden zu haben.« Er war noch nie näher dran gewesen, mir zu sagen, dass ich ihm etwas bedeutete, und ich fühlte mich geschmeichelt, dass er sich ein bisschen, ein winzig kleines bisschen öffnete.

Danach begleitete ich ihn zur Kane, doch statt in seine Straße einzubiegen, sagte er zu meiner Überraschung: »Ich dachte, ich könnte vielleicht mit zu dir kommen.«

»Meinst du mich nach Hause bringen oder mit zu mir kommen?«

»Ich meine, mit zu dir kommen«, sagte er.

»Ich dachte, du siehst nicht gern, wie die Frauen wohnen.«

»Ich glaube, du hättest mich nicht so oft gefragt, wenn es Grund zur Sorge gäbe.« Ich kicherte und schlang meine Arme um ihn. »Achtung«, sagte er, »sonst überlege ich es mir noch anders.«

Oben in meiner Wohnung ließ ich ihn im Flur warten, während ich aufräumte. So schnell ich konnte, beseitigte ich alles, was mir auch nur im Geringsten pubertär schien. Darunter das Crosby, Stills & Nash-Cover über meinem Computer, das Foto von Bob Dylan aus *Don't Look Back* sowie das von Sean Penn aus dem *New York Times Magazine* über meinem Bett. Das Letzte, was ein Mann mittleren Alters brauchte, war der Anblick eines Teenager-Idols aus den Achtzigern, während er mich vögelte.

Ich ging zur Tür, riss sie auf und folgte Powell hinein. »Deine Bude behagt mir«, sagte er. »Minimalistisch, aber gut ausgenutzt.« Er entdeckte etwas im Bücherregal an der gegenüberliegenden Wand. »Du hast den *Treppensitzer*?«

»Das kannst du von hier aus erkennen?« sagte ich.

»Ich kenne den Einband«, sagte er. Er nahm es aus dem Regal und schlug die Titelseite auf, in deren rechter oberer Ecke der Preis von $ 1.00 gekritzelt war. »Wo hast du das her?«

»Aus einer Ramschkiste«, sagte ich.

»Du hast mich *gebraucht* gekauft?«

»Kein Buchladen hatte es auf Lager.«

Sein Gesicht verhärtete sich, doch dann fuhr er mit der Hand über den Umschlag, ein mieses Bild von einem Mann in engen Jeans, von der Taille abwärts, der auf den Stufen eines baufälligen Mietshauses sitzt. »Ich signier's dir«, sagte er.

Ich holte einen Stift vom Schreibtisch, doch er hatte bereits einen gezückt. Er kritzelte etwas und reichte mir das Buch. Ich schlug die Titelseite auf.

Liebe ist ungeschminkte Romantik.

– Hank Powell

Er versuchte, mir etwas Tiefschürfendes und Wichtiges mitzuteilen. Vielleicht war das seine Art zu sagen, dass ich ihm tatsächlich etwas bedeutete – dass er seine Zuneigung nicht schönte, weil sie so echt war. »Was bedeutet es, dass du das in mein Buch geschrieben hast?« fragte ich heiser.

»Das schreibe ich immer«, sagte er.

Er war ein hoffnungsloser Fall. Aber er war hier. Ich ging zur Stereoanlage, durchforstete meine Plattensammlung und entschied mich für *Baby I'm-A Want You* von Bread. »Du magst David Gates?« sagte er, als die Musik anfing.

»Er wird als Texter total unterschätzt«, sagte ich. Ich setzte mich aufs Sofa, und er setzte sich neben mich. Er neigte sich sehr langsam vor und legte seinen Mund auf meinen. Wir knutschten ein bisschen, dann nahm ich seine Hand und führte ihn ins Schlafzimmer.

Ich stieß ihn auf das Bett, warf meine Bluse weg, ließ den BH zu Boden fallen und rieb mich durch unsere

Sachen hindurch an ihm. Nichts macht ein Mädchen geiler als ein Hausbesuch. Er zog meine Jeans und Unterhose runter und steckte seine Hand zwischen meine Beine.

»Sekunde«, sagte ich. Ich flitzte ins Bad und holte die LifeStyles.

Er war vollkommen nackt und streichelte sich. »O nein«, sagte er, als er die Gummis sah.

»Du willst also nicht?« sagte ich. Das konnte ich auch.

Er zog mich zu sich und sagte: »Dann muss ich mir wohl die Nase zu halten.« Ich packte das Kondom aus und rollte es aus.

Ich kletterte auf ihn, beugte mich gemäß CAT vor und ließ das Becken kreisen, wie ich es von Liz gelernt hatte. »Mmmmmm«, sagte ich. Mein ganzes Becken wurde so warm, dass ich mein Gesicht noch fester an ihn drückte.

»Du erstickst mich«, sagte er.

Ich legte eine Hand über seinen Mund und bewegte mich noch energischer. »Halt die Klappe, du kleine Hurra«, sagte ich. Statt sauer zu werden, grinste er nur und legte seine Hände auf meine Hüfte. Ich fühlte mich klar und heiß, mehr Körper als Hirn. Ich dachte daran, wie er durch meine Tür gekommen war. Mir fiel ein Zitat ein, das ich irgendwo gelesen hatte, dass das Beste am Sex mit einer Frau der Weg hinauf zu ihrer Wohnung sei, und ich fragte mich, warum – wenn dem so war – es nur wenige so weit schafften.

Ich spürte, dass sich tatsächlich etwas verändert hatte, seit er mich im Heizungsraum gefesselt hatte. Es war, als hätte ich ihn von dem Druck befreit, anständig sein zu müssen. Alles ging. Ich konnte ihn fesseln und ihm seinen dicken alten Hintern versohlen.

Ich bewegte mich, als würde ich Suppe umrühren und konzentrierte mich ganz auf meine Klitoris. Ich versuchte, an nichts zu denken außer daran, wie gut es sich anfühlte. Ich schloss die Augen und ließ die Hände neben Powells Gesicht aufgestützt. Ich dachte an Sekretärinnen, die gezwungen wurden, ihren Chefs einen zu blasen, an Frauen in Wäldern, die es mit Männern mit Wolfsgesichtern trieben. Ich dachte an wichtige Geschäftstreffen, wo jedem Mann eine persönliche weibliche Begleitung zugeteilt wird, die nichts weiter trägt als teure Dessous und die ihn von vorn bis hinten bedient. Ich dachte an die Szene bei den *Sopranos*, wo die Männer es mit einer ganzen Truppe isländischer Stewardessen treiben. Mir fiel die Stelle in *Candy* ein, wo Professor Mephisto ihr an die Brust fasst und sie das Sherryglas fallen lässt. Diese Bilder fochten in meinem Kopf, manche länger als andere, manche klar, andere verschwommen. Zwanzig Minuten später geschah das Wunderbare: Ich kam.

»Omeingott!« sagte ich, weniger vor Entzücken als vor Schreck.

»Krieg dich wieder ein«, sagte Powell.

»Omeingott, omeigo, amaga, ich bin ein Mann! Ich bin ein Mann! Ich bin ein Mann!«

»Besänftige deinen Animus«, sagte Powell und nahm meine Hand von seinem Mund.

»So fühlt sich das also an!« sagte ich, als die Kontraktionen allmählich nachließen. »Man nimmt sich einfach, was man braucht! Du bist nichts weiter als ein Leib, an dem ich meine Klitoris reibe! Du bist Fleisch an einem Körper! Ein Werkzeug, ein Spielzeug!« Ich hob meine Hände zum Himmel wie ein Sportler, der gerade einen Wettkampf gewonnen hatte.

»Machst du das jetzt immer?«

»Lass mich in Ruhe«, sagte ich. »Das ist ein großer Moment für mich. Endlich kapier ich, was das ganze Trara soll.«

»Wie meinst du das?«

»Deshalb benehmen sich die Männer Frauen gegenüber wie Arschlöcher. Wenn man vögelt, um zu kommen, ändert das alles. Frauen verlieben sich, weil sie einen Grund brauchen, jemanden zu vögeln, *ohne* zu kommen. Männer brauchen keinen Grund und deshalb wollen sie sich nicht binden.«

»Du klingst wie ich«, sagte er, als sei das ein Riesenkompliment.

Ich hielt das Kondom fest und stieg ab. Er starrte auf seine Erektion, als sei ich eine Kellnerin, die vergessen hatte, den Tisch abzuräumen.

»Tut mir Leid«, sagte ich. »Ich bin fertig. Ich kann nicht mehr.«

»Was soll das heißen, du bist fertig?«

»Ich will wissen, wie es sich anfühlt, ein Mann zu sein. Ficken, um zu kommen und sonst nichts.«

Er wirkte verblüfft, doch dann wich die Verblüffung Resignation, als sei er zu erschöpft, um einen Streit anzufangen. »Du widersprichst mir nicht?« sagte ich.

»Du weißt doch, ich habe das Herz einer willfährigen Frau.«

Ich ging ins Bad und sah in den Spiegel. Ich fühlte mich aufgekratzt und lebendig, meine Wangen waren gerötet. Ich ging wieder ins Bett und legte mich in Löffelstellung hinter ihn, wobei ich mein Kinn in die Delle zwischen Kopf und Schultern legte. Er legte seine Hand auf meinen Arsch und zog mich näher an sich heran, was mich so sehr überraschte, dass ich mich fast vorgebeugt hätte, um nachzusehen, ob er es auch wirklich war. Es war die schönste Nacht des Jahres: Ich hatte gefickt, um zu kommen und Hank Powell dazu gebracht, bei mir zu übernachten.

Als ich gerade dabei war einzuschlafen, hörte ich über

mir ein sonderbares Surren. Es klang wie ein Ventilator oder ein Staubsauger. Man hörte ein Stöhnen, gefolgt von einem tieferen elektrischen Summen. Das Licht flackerte. »Ohhhhh«, sagte mein Vater. Schwer zu sagen ob vor Schmerz oder Lust.

»Ist das der, wer ich denke?« sagte Powell.

»Mm-hm.« Ich nickte und legte mir ein Kissen über den Kopf, um nichts hören zu müssen.

»Gefällt dir das?« sagte Liz.

»Ob es mir *gefällt?*« rief mein Vater. »Das fühlt sich *ir*re an!«

Ich rollte auf meine Seite und stöhnte. Wieder hörte man ein summendes Geräusch, diesmal höher als das einer Biene, und dann ein Kichern und ein Jaulen.

»Heiliger Jesus Christus«, sagte Powell. »Betreiben die da oben eine Fabrik?«

»Sie steht auf Geräte«, sagte ich.

»Er scheinbar auch.«

»Stell ihn schneller!« sagte mein Vater wie der Trainer einer Fußballmannschaft. »O ja! *Ja!*«

»Weiß er, dass du hier bist`?« sagte Powell.

»Er glaubt wohl, dass ich arbeite. Ich habe meine Schicht getauscht.«

»O Elizabeth«, schrie mein Vater. »Das ist *himmlisch!*«

Vor sechs Monaten war ich eine ganz normale Studentin, deren größte Sorge es war, rechtzeitig zum nächsten Seminar die Mischna zu lesen und mich möglichst weit weg von Stu Zaritsky zu setzen, damit er mir während des Hebräisch-Unterrichts nicht auf die Titten starrte. Jetzt konnte ich nicht mal einen Mann mit nach Hause bringen, ohne von der elektrischen Sexshow meines Vaters und meiner Nachbarin akustisch belästigt zu werden.

»*O Baby!*« sagte mein Vater. »Ich komm jetzt!«

»Und ich gehe jetzt«, sagte ich und stand auf.

»Machst du Witze?« sagte er und stellte sich aufs Bett, um besser zu hören. »Das ist Action! Das hier ist Urscheiß!«

»Es ist nur Ur, wenn es deine Eltern sind!«

»Dann ist es eben postmoderner Urscheiß!« sagte er. »Siehst du denn nicht, was für eine unglaubliche Chance das für dich ist? Dein Vater hat Sex mit einer Stellvertretertochter, während du hier unten mit einem Stellvertretervater fickst!«

»Wovon redest du?«

»Er ist vom Podest gefallen und hat sich mit einer Frau ins Industriezeitalter katapultiert, die jung genug ist, um seine Tochter zu sein. Was geht dir dabei durch den Kopf? Woran denkst du?« Er legte den Kopf schief und betrachtete mich tiefsinnig und forschend.

»Dass ich hier raus will!« sagte ich. Meine Sachen in der Hand, lief ich ins Wohnzimmer und zog mich an.

»Da musst du durch!« Powell lief mir nach und hielt meine Arme fest. »Befreie dich!«

Mein Vater sagte: »Ahhh«, und Liz sagte: »Ja, Baby!« Ich wusste nicht, mit wie vielen Geräten sie arbeiteten oder mit wie vielen Löchern, und ich *wollte* es auch nicht wissen. Ich hoffte, dass niemand einen Schlag bekam. Wie hätte ich das meiner Mutter erklären sollen?

Als ich gerade angezogen war und fast aus der Tür, hörte ich das schrille »O Bruuuuuuder!« meines Vaters durch die Deckendielen in meine Ohren dringen, direkt in die Stelle meines Gehirns, die für alle zukünftigen Beziehungen zu Männern verantwortlich war.

»Warum dieses Selbstmitleid?« fragte Powell und sprang dabei auf und ab wie ein irrer Clown. »Das ist doch *wundervoll!* Du bist gezwungen, dich mit deinem Animus-Problem auseinanderzusetzen. Das ist der Kern! Das Bild deines Vaters bricht durch die Decke deiner

Idealisierung. Hier hast du den unwiderlegbaren Beweis, dass der Mann ein Betrüger ist, und nicht nur das, sondern auch noch ein Energieverschwender. Du wirst ihn nie wieder mit den gleichen Augen sehen.«

»Ich *weiß!*«

»Hör auf zu jammern. Du wirst endlich erwachsen. Du hättest dich schon vor fünfzehn Jahren von deiner Familie lösen sollen, aber du hast es bis jetzt aufgeschoben! Ehe du nicht kapierst, dass dein Vater kein Teil von dir ist, sondern ein eigenständiges Wesen, das eigene Bedürfnisse hat, das weder streng ist, noch dich kontrolliert oder bestraft, wirst du auf ewig mit deinen Eltern verheiratet bleiben und unfähig, eine gesunde Beziehung zu führen.« Er betrachtete mich mit einem gefährlichen Lächeln. Sein Penis richtete sich wieder auf, das Kondom war noch dran.

»Das ist jetzt echt krank«, sagte ich.

»Ich kann nichts dafür«, sagte er. »Ein solcher Angriff auf das Spießbürgertum erregt mich.«

Ich sprang auf und stand mit dem Rücken zur Wand. »Ich werde in einem Moment wie diesem nicht mit dir ins Bett gehen! Ich hab schon genug Probleme.«

»Du bist scheinheilig«, sagte er stirnrunzelnd.

»Es ist wohl kaum scheinheilig, wenn ein Mädchen unter den gegebenen Umständen nicht in der Stimmung ist.«

»Ich dachte, du bist anders«, sagte er und schüttelte verärgert den Kopf. »Aber du ruderst zurück und lässt dich von deiner Angst leiten!«

»Nicht jeder löst sich so leicht von den Fesseln des Spießbürgertums! Was ist, wenn sie in die zweite Runde gehen?«

Er schüttelte den Kopf und zog das Kondom ab. *»Au!«* sagte er, weil sich ein Haar verfing. »Siehst du? Deshalb benutze ich die nie.« Er stürmte ins Schlafzimmer und zog seine Hose an.

»Was tust du?«

»Ich gehe.«

»Aber ich dachte, du bleibst über Nacht«, sagte ich.

»Das dachte ich auch«, sagte er. »Aber so einfach ist das nicht.« Er zog sich zu Ende an und schlug die Tür laut hinter sich zu.

Ich legte mich auf mein Bett und versuchte, alles zu verdrängen. Jedes Mal, wenn ich einen Schritt nach vorn machte, warfen mich die Männer in meinem Leben zu Boden. Mein Vater attackierte mich mit seinem Sex, egal, ob er es nun wusste oder nicht. Er dachte nur noch an sich.

Schlimm genug, dass ich seine bevorzugte Verbalisierung kannte. Ich würde ihm kaum noch in die Augen sehen können. Ich hatte keine Ahnung, dass er so aufgeschlossen war. Dieses Spielzeug war das Äquivalent zu DSL. Wenn man es erst mal hatte, gab es kein Zurück mehr. Liz besaß praktisch den gesamten Good-Vibrations-Katalog. Sie hatte ihn zweifellos mit Bereichen bekannt gemacht, die er nie zuvor erkundet hatte, mit Positionen, von denen er nicht gewusst hatte, dass sie existierten. Es würde nicht lange dauern und sie würde dafür sorgen, dass er durch die Nase kam. Wie sollte er da noch zu meiner Mutter zurückkehren?

Powell war nicht nur unnütz, sondern geradezu schädlich für meine geistige Gesundheit. Ich hatte ihn in der Hoffnung mit zu mir genommen, dass es unsere Beziehung auf eine neue Ebene heben würde, stattdessen hatte er nur bewiesen, dass er tatsächlich verrückt war. Wenn er gehört hatte, was er gehört hatte, und ihn das geil machte, was sagte das über seine Fähigkeit aus, langfristig etwas für mich zu empfinden?

Ich ging ins Bad und putzte mir die Zähne. Mein

Gesicht war verhärmt und traurig und von der Seite sah mein Kieferknochen genauso aus wie der meines Vaters. Immer musste er sich in meine Angelegenheiten einmischen, selbst wenn er dafür durch die Decke kommen musste. Wie sollte ich meinen ersten freihändigen O. genießen, wenn danach so etwas passierte.

Ich hatte das Studium geschmissen, er hatte beschlossen, arbeitslos zu sein. Ich fand einen älteren Mann und sofort schnappte er sich eine jüngere Frau. Ich kam beim Ficken, er entdeckte die perineale Lust. Es war einfach nicht fair. Was er auch tat, er musste mir die Show stehlen.

Um fünf Uhr am nächsten Abend klopfte es an die Tür. Ich hoffte, es wäre Powell, der kam, um sich zu entschuldigen, doch als ich durch den Spion sah, stand da mein Vater. Er wirkte konfus und beduselt. Vielleicht hatte er in der Nacht zuvor doch einen Stromschlag gekriegt.

»Was ist?« sagte ich, nachdem ich die Tür geöffnet hatte.

»Deine Mutter weiß Bescheid.« Er wirkte weder traurig noch besorgt. Er wirkte glücklich.

Ich spürte, wie mein Herz die drei Stockwerke hinunter bis in den Keller stürzte. »Was?« sagte ich und musste mich mit der Hand am Herd abstützen. »Woher?«

»Die Einzelheiten sind unwichtig«, sagte er. »Wichtig ist, dass es das Beste ist,was unserer Ehe je passiert ist!«

Ich konnte es nicht glauben. All meine Phantasien, dass sie ihm vergeben würde, waren Wirklichkeit geworden. Nach seinem reumütigen Geständnis hatte meine Mutter eine neue Menschlichkeit in ihm gesehen und begriffen, wie sehr sie ihn eigentlich liebte, und beschlossen zu vergeben und zu vergessen.

»Du verlässt Liz also?« fragte ich mit vor Glück gebrochener Stimme.

»Sie *verlassen?«* sagte er. »Ich zieh bei ihr ein!«

RECHTE SIND WIE STRUMPFHOSEN

Es stellte sich heraus, dass meine Mutter es über ihre Freundin Carol Landsman erfahren hatte, die meinen Vater und Liz im Halcyon, dem Café in der Smith Street, beim Knutschen erwischt und eine Woche mit sich gerungen hatte, ehe sie beschloss anzurufen. Als mein Vater von einem Vorstellungsgespräch in der Stadt nach Hause kam, warf meine Mutter Computerbücher nach ihm und schrie, was für ein Depp sie doch sei, dass sie geglaubt habe, er suche einen Job, wo er offensichtlich etwas ganz anderes suche.

Sie sagte, die Frau müsse eine Hure sein, denn nur eine Hure würde je mit ihm ins Bett gehen, und mein brillanter Vater hatte geschrien, sie habe studiert, worauf meine Mutter zwei und zwei zusammen zählte und begriff, dass es Liz war. Mein Vater stritt es nicht ab, was erneut einen Tobsuchtsanfall auslöste, bei dem sie sich einen der Esszimmerstühle schnappte. Mein Vater entwand ihr den Stuhl und bat sie, sich zu beruhigen, worauf sie drohte, die Polizei zu rufen. Ehe es soweit kam, packte mein Vater im Schlafzimmer ein paar Sachen zusammen, rief Nina Halberstam an und bat sie, nach meiner Mutter zu sehen.

Nachdem er zu Ende erzählt hatte, fühlte sich mein Kopf so schwer an, als hätte ich eine Schlaftablette genommen. »Das war's?« sagte ich, bemüht genug Spucke in den Mund zu bringen, um überhaupt einen Satz rauszukriegen. »Alles vorbei, einfach so? Keine Paartherapie?«

»Bist du *verrückt?«* sagte er. »Dachtest du, sie vergibt mir? Was Vergebung angeht ist Mama *Sizilianerin*. Sie ist immer noch sauer, weil ich mich im ersten Jahr nach unserer Hochzeit am Telefon für ihren israelischen Exfreund Yigal ausgegeben und so getan habe, als wollte ich sie zurück. Hast du wirklich geglaubt, sie würde mir vergeben, dass ich *mit einer anderen Frau geschlafen habe?«*

»Vielleicht«, flüsterte ich dumpf. Ich ging zum Küchentisch, setzte mich auf einen Stuhl und spürte mein Herz in der Brust pochen. »Ich dachte, das hättest du damit gemeint, dass du Zeit brauchst. Ich dachte, du überlegst, zu ihr zurückzukehren.«

»Hab ich ja auch«, sagte er, »aber dann hätte ich ihr doch nie im Leben davon erzählt!«

»Hast du gar nicht versucht, sie umzustimmen?«

»Sie wollte die Polizei rufen – ich musste abhauen! Und ihr Blick sagte mir, dass sie nicht in der Stimmung für Diskussionen ist.« Er war hoffnungslos passiv. Wie sollte er sie umstimmen, wo sie den stärkeren Willen hatte?

»Warum musst du unbedingt bei Liz einziehen?« sagte ich. »Miete doch erstmal eine eigene Wohnung. Lass dir Zeit. Vielleicht geht es dir bald besser. Mama wird dir fehlen.«

»Es gibt keinen Grund es aufzuschieben, wenn ich sowieso irgendwann bei ihr einziehe. Liz hat gesagt, sie schafft Platz für mich, und nächsten Monat fangen wir an, eine größere Wohnung zu suchen.«

Ich rutschte vom Stuhl auf den Boden wie eine tote Glenn Close, die einen Blutstreifen an den Badezimmerkacheln hinterlässt.

»Ich weiß, das klingt komisch«, sagte er und hievte mich

hoch, »aber als Mama sagte, dass sie Bescheid weiß, fiel mir ein Stein vom Herzen. Und als ich dann Elizabeth sah und sie so glücklich wirkte, naja, da war für mich alles klar.«

»Ich dachte, du liebst Mama.«

»Natürlich liebe ich sie. Aber wir sind seit zweiunddreißig Jahren verheiratet und Menschen verändern sich. Es ist eine andere Liebe. Ich bin einfach froh, dass alles ans Licht gekommen ist, dass Liz und ich uns nicht mehr verstecken müssen.« Bei ihm klang es, als seien sie ein lesbisches Pärchen in den vierziger Jahren und nicht ein altersgeiler Knacker und ein nymphomanisches Trophäenweibchen. »Elizabeth und ich wollen uns offen zeigen können. Wir schämen uns unserer Liebe nicht.«

Als ich die Worte »Liebe« und »Elizabeth« in einem Satz hörte, musste ich heftig schlucken, um nicht zu kotzen. »Sieh's positiv«, sagte er und drückte mir von hinten die Schultern. »Wir beide können jetzt viel mehr Zeit miteinander verbringen.«

»Das ist nicht positiv.«

»Das hab ich mir immer gewünscht! Jetzt, wo alle über Liz und mich Bescheid wissen, können du und ich jeden Tag zusammen Mittag essen gehen!«

»Ich will meine Tage nicht mit dir verbringen. Kapierst du das nicht? Ich will, dass du nach *Hause* gehst.«

»Das geht nicht. Und selbst wenn es ginge, würde ich es nicht wollen.«

Ich kniff die Augen zusammen und suchte nach irgend etwas Vertrautem in seinem Gesicht. Doch er war ein anderer Mensch – nicht nur, weil er zehn Kilo abgenommen hatte, sondern weil er total uneinsichtig war.

Er setzte sich neben mich und stützte das Kinn in die Hand. »Ich weiß, das ist hart für dich«, sagte er, »aber ich glaube, wir werden uns beide schnell daran gewöhnen.«

»Ich kann nicht glauben, dass ich so *blöd* war, dir zu glauben. Als du gesagt hast, du bräuchtest Zeit, war das nur ein Trick, weil du Angst hattest, dass ich es Mama erzählen würde.«

»Es war kein Trick. Ich war auf der Suche. Ich war verloren.«

»Du klingst wie Billy Graham«, sagte ich. »Ein jüdischer Billy Graham.«

»Bitte sei nicht so«, sagte er. »Ich weiß, es ist eine komische Situation, aber gib nicht auf. Es ist alles noch zu frisch.« Er wischte Krümel vom Tisch in seine Hand und warf sie in den Müll. Dann drehte er sich fröhlich um und sagte: »Liz wollte wissen, ob sie heute Abend für uns beide kochen soll. Was hältst du davon? Du könntest Hank einladen. Zu einem Pärchenabend.«

»Kommt nicht in Frage.«

»Es wäre bestimmt lustig!«

Ich stand auf, schob ihn zur Tür und schlug sie hinter ihm zu. Er klopfte und klopfte, doch ich stellte das Radio so laut, dass ich ihn nicht hörte.

DER Erste, den ich anrief, war Powell. Er schwieg eine Weile, dann seufzte er: »Er wollte erwischt werden. Männer lassen sich beim Fremdgehen erwischen, weil sie glauben, sie hätten kein Recht auf bedingungsloses Glück.«

»Aber wenn er erwischt werden wollte, dann … Du glaubst, er wollte sich sowieso trennen?«

»Natürlich.«

»Du glaubst also, es ist aus? Ich hatte gehofft, es sei eine Chance für meine Eltern.« Obwohl ich das selbst nicht glaubte, als ich es sagte. »Jetzt wo alles raus ist, können sie vielleicht wieder zueinander finden.«

»Kennst du zufällig den Film *Bob und Caroline und Ted und Alice*?«

»Warum musst du immer so pessimistisch sein?«

»Bin ich doch gar nicht. Sieh's positiv. Scheidung ist nicht das Schlimmste, was passieren kann.«

»Du glaubst, sie lassen sich *scheiden?«*

»Eine Frau, die *ahnt* dass ihr Mann sie betrügt, es aber nicht *weiß,* ist eine Sache. Aber eine, die es mit absoluter Gewissheit weiß, ist gefährlich. Sobald sie es ihren Freundinnen erzählt, projizieren die Freundinnen ihre Vorbehalte gegenüber den eigenen lügenden, betrügenden oder unzugänglichen Männern. Sie sagen Sachen wie: ›Du musst ihn verlassen, sonst wirst du dich nie wieder im Spiegel ansehen können.‹ Selbst wenn der Ehefrau Zweifel kommen, muss sie ihn dann verlassen, weil sie nur so den Respekt ihrer Freundinnen behält.«

»Warum hat Hillary Bill dann nicht verlassen?«

»Alphamädchen spielen nach anderen Regeln.«

»Kann ich denn nichts tun, um ihn zurückzuholen?«

»Ich kann dir nicht helfen. Das hat er sich selber eingebrockt.«

Ich wusste, dass ich mein Glück überstrapazierte, doch ich fragte mich, ob er vielleicht nur sauer war, weil er orgasmustechnisch zu kurz gekommen war. »Warum bist du so grantig?« sagte ich. »Hat das was mit gestern Abend zu tun?«

»Was war da?«

»Bist du sauer, weil du nicht – du weißt schon?«

»Das wäre kindisch«, sagte er. »Ich hab zu tun. Ich muss Schluss machen.«

Er legte auf.

AUF dem Weg zu dem Haus, an das ich widerstrebend als das meiner Mutter dachte, versuchte ich mich davon zu überzeugen, dass alles gut werden würde. Erst würde sie wütend sein, doch wenn die anfängliche Wut verraucht war, würde sie begreifen, dass sie ihn wenigstens anhören musste. Nach der Woche, die er brauchen würde, um zu begreifen, dass Liz eine neurotische Zicke war, würde er zu meiner Mutter zurückkehren und den Rest seines Lebens ihrer sexuellen Beglückung widmen. In ihrer ersten gemeinsamen Nacht würde er ihr die neue Cunnilingus-Technik zeigen, die er von der Mösenmeisterin erlernt hatte. Fassungslos, beeindruckt und verblüfft hätte sie gar keine andere Wahl, als ihn zurückzunehmen. Er würde bei Good Vibrations anrufen, alle Spielzeuge bestellen, die er mit Liz benutzt hatte, sie meiner Mutter schicken lassen und so für ein heißen Sex im Alter sorgen. G-Punkt, Orgasmen und perennierende perineale Befriedigung. Meine Mutter würde Liz noch für ihren Crashkurs in Sexualtechnologie danken.

Mein Vater würde eine Geschäftsidee wittern und die drei würden Sexspielzeug-Workshops für Paare veranstalten, auf denen meine Mutter über die Technik referieren würde, während mein Vater und Liz sie live demonstrierten. Sie würden ihre Firma Cobble Hill Electric Company nennen und Männern und Frauen mittleren Alters in der ganzen Welt alles über duale Vibratoren, weibliche Ejakulation und die Freuden von Analplugs lehren. Sie würden einen Kundenstamm aufbauen, der in die Tausende ging, ihre Seminare, mit denen sie das Sexleben menopausaler Frauen und menophober Männer von Syracuse bis Shanghai aufpeppten, würden Anthony-Robbins-artig boomen.

Als ich zu Hause ankam, hielt Nina meine Mutter im Arm, die sich in Tränen aufgelöst auf dem Sofa hin und her wiegte. Ich nahm sie in den Arm, doch sie erwiderte die Umarmung nicht. »Das Mädchen ist also eine Freundin von dir?« sagte Nina, als ich mich neben meine Mutter setzte.

Ich nickte. »Aber nicht mehr.«

»Seit wann weißt du es?« sagte meine Mutter.

»Ich weiß nicht. Anderthalb Monate.«

Zornesröte stieg ihr ins Gesicht. »Du weißt es seit anderthalb Monaten? *Wieso hast du mir nichts gesagt?«*

»Ich wollte dir nicht weh tun! Ich wusste nicht, was passieren würde, und ich dachte, es sei seine Sache, das zu entscheiden.«

»Offenbar wollte er sie so lange wie möglich geheim halten«, sagte Nina. »Typisch Mann.«

Meine Mutter putzte sich wütend die Nase. »Hast du überhaupt kein Pflichtgefühlt für die Familie?«

»Es ging mich nichts an! Das war eine Sache zwischen dir und ihm!«

»Du wusstest, dass dein Vater mich betrügt und fandest nicht, dass ich ein Recht darauf habe, es zu erfahren?«

»Ich hab lange drüber nachgedacht«, sagte ich, »aber es verstößt gegen das jüdische Gesetz.«

»Seit wann scherst du dich ums jüdische Gesetz? Du bist Rosh Hashanah nicht mal zum Gottesdienst gegangen!«

»Das bedeutet nicht, dass ich nicht darüber nachdenke. Man soll nicht schlecht über andere reden, auch nicht, wenn es wahr ist. Man soll nichts tun, was anderen weh tut. ›Worte sind wie Pfeile. Einmal abgeschossen, kann man sie nicht mehr zurückholen.‹ Ich wusste, wenn ich es dir erzähle, passieren Dinge, die ich nicht will. Ich habe versucht, dich zu beschützen!«

»Das ist nicht der wahre Grund!« schrie sie. »Du hast *ihn* beschützt. Nie bist du auf meiner Seite.«

»Das ist ungerecht«, sagte ich. »Wenn ich es dir erzählt hätte, wärst du wütend auf mich gewesen, und du bist sowieso wütend auf mich. Ich kann es dir nie recht machen.«

»Recht wäre gewesen, es mir sofort zu erzählen!«

»Sei nicht so streng mit ihr«, sagte Nina und massierte meiner Mutter den Rücken. »Woher sollte sie wissen, dass sich dieses Mädchen als hinterfotziges Flittchen entpuppt?«

»Sie hätte besser aufpassen sollen! So was passiert eben, wenn man sich mit gefährlichen Menschen umgibt!«

»Das glaub ich ja nicht«, sagte ich. »Ich kann doch nichts dafür, dass Liz an dem Abend ins Restaurant gekommen ist.«

»Nein, aber danach hast du ihn wahrscheinlich bestärkt. Wie war das? Er kam dich besuchen, und du hast sie dazu geholt?«

»Natürlich nicht! Spinnst du? Warum sollte ich das tun?«

»Ich weiß nicht«, sagte meine Mutter und bedeckte ihr Gesicht mit den Händen. »Ich weiß nicht mehr, was ich denken soll.« Sie brach wieder in Tränen aus, und Nina ging ins Bad, um noch mehr Taschentücher zu holen. Ich sah mich um, die beiden Bücherregale zu beiden Seiten des Kamins, die gerahmten Fotos von mir, als ich aus dem Ferienlager abgeholt werde, von uns dreien beim Langlauf in Vermont, von mir in einem Laura-Ashley-Kleid vor einer Tafel, auf der BAT MIZWAH RACHEL BLOCK steht, ich lächelnd mit Kappe und Umhang zwischen meinen Eltern bei der Abschlussfeier an der Wesleyan. Wir sehen glücklich und intakt aus. Und jetzt war plötzlich alles kaputt.

»Vielleicht kommt er zur Besinnung«, sagte ich. »Vielleicht findet er einen Weg, es wieder gut zu machen.«

»Dazu ist es zu spät!« sagte sie. »Ich schwöre, als ich ihm gesagt habe, er soll verschwinden, war er froh.« Nina kam aus dem Bad und reichte ihr ein neues Taschentuch.

Sie putzte sich die Nase, sammelte sich und atmete tief

durch. »Ich wusste, dass was nicht stimmt«, sagte sie. »Er war nie zu Hause. Ich dachte, er repariert Computer. Ich kann nicht glauben, dass ich so *blöd* war!«

»Du darfst dir keine Vorwürfe machen, dass du ihn für einen halbwegs anständigen Menschen gehalten hast«, sagte Nina. »Du dachtest, er sei ein Mensch, weil er dir nie Grund gegeben hat, daran zu zweifeln.«

»Ich kann nur nicht glauben, dass ich so *dumm* war! Sich mit diesem Mädchen in der Öffentlichkeit rumzutreiben, wo ihn jeder sehen konnte! Er wollte erwischt werden!« Sie wischte sich die Augen und sah plötzlich sehr alt aus. Ich beugte mich vor und nahm sie fest in den Arm, doch sie wich zurück und starrte mich an, mit kaltem, lieblosem Blick.

»Weißt du was, Rachel?« sagte sie ruhig. »Ich weiß es zu schätzen, dass du gekommen bist, aber ich glaube, ich kann dich hier jetzt nicht gebrauchen.«

Nina guckte unbehaglich und hustete in die Hand. »Ich verstehe nicht«, sagte ich.

»Ich muss nachdenken«, sagte sie. »Ich bin durcheinander. Ich bin wütend auf dich und ich glaube, es wäre das Beste, wenn du gehst.«

»Aber Mama«, sagte ich. »Du musst mir glauben, wenn ich sage, dass es nicht meine Schuld war. Ich schwöre bei Gott, dass ich versucht habe, es zu verhindern.«

»Rach«, sagte Nina. Sie stand auf und brachte mich zur Tür. »Sie kommt schon klar. Du solltest auf sie hören. Drei meiner Freundinnen haben dasselbe durchgemacht, ich weiß was zu tun ist. Sie beruhigt sich schon wieder.«

Ich blickte über die Schulter zu meiner Mutter. In ihrem Blick lag die blanke Wut, und ich hatte Angst, dass sich etwas in ihr verändert hatte, dass sie den letzten Rest Liebe für mich auch noch verloren hatte, obwohl ich wusste, dass ich nichts falsch gemacht hatte. Mir war unwohl dabei, sie hier neben Nina zurückzulassen. Ich wollte ihn zurück, ich wollte, dass er alles in Ordnung brachte, ich wollte, dass das alles nie passiert wäre.

Ich hasste Carol dafür, dass sie nicht die Klappe gehalten hatte, so Recht sie auch hatte. In Gedanken sagte ich eine Reihe negativer Dajenus auf. Wenn sie sie nur nicht gesehen hätte. Wenn Carol sie zwar gesehen, aber nichts davon erzählt hätte. Wenn sie sie zwar gesehen und davon erzählt hätte, aber meine Mutter ihm vergeben hätte. Aber sie hatte die Dinge ins Rollen gebracht, und es zerbrach alles schneller, als ich es für möglich gehalten hätte.

Von draußen spähte ich ins Fenster. Nina und meine Mutter saßen nebeneinander, den Blick bekümmert und hart, als sei dies der Anfang vom Ende.

In der nächsten Woche war ich bei der Arbeit total weggetreten. Ich vertauschte die Zutaten, mixte Gin in meine Wodka Tonics und verwechselte Harp und Brooklyn Lager. Mein Trinkgeld belief sich in der Woche auf dreihundert Dollar, Minusrekord seit ich im Roxy angefangen hatte. Jasper versuchte, mich zu trösten, indem er mir erzählte, wie schwer es für ihn gewesen sei, als seine Eltern sich getrennt hatten, doch als übergewichtiger Junggeselle, der jeden freien Abend in der Kneipe verbrachte, war er nicht gerade ein leuchtendes Beispiel für Krisenbewältigung.

Ich hinterließ drei Nachrichten für meine Mutter, aber sie rief nicht zurück, und ich hielt es für das Beste, ihr Zeit zu geben. Als ich Nina anrief, meinte sie, ich solle mir keine Sorgen machen, meine Mutter würde sich schon beruhigen, und alle Frauen aus der Buchgruppe würden abwechselnd nach ihr sehen.

Seit er über mir wohnte, war meine Wohnung für meinen Vater wie Jerrys für Kramer. Er klopfte zu jeder

Tageszeit und wollte plaudern, sich über Vorstellungsgespräche auslassen und Fahrradtouren unternehmen. Wenn ich versuchte, ihm zu erklären, dass ich, nur weil er über mir wohnte, nicht meine ganze Zeit mit ihm verbringen wollte, trottete er beleidigt davon, als mangle es mir an Respekt vor meinen Eltern. Dabei hatte er doch unsere Familie auf den Kopf gestellt.

Powell lud mich indes gar nicht mehr zu sich ein, und ich war zu demoralisiert von seinem Abgang, um ihn nochmal zu mir einzuladen. Doch statt ganz aus meinem Leben zu verschwinden wie jeder andere anständige Kerl es getan hätte, rief er mich ständig an, um mir Szenen aus *Der Schwager* vorzulesen, und lud mich jeden Morgen zum Frühstück bei D'Amico ein. Und weil es mir immer noch schmeichelte, dass er Zeit mit mir verbringen wollte, obwohl er mich nicht mehr anfasste oder meinen Körper kommentierte, nahm ich, was ich kriegen konnte. Wir saßen immer an einem der hinteren Tische und ich lachte anerkennend, wenn er die Überschriften der *New York Times* kommentierte, in der Hoffnung, dass er es sich eines Tages anders überlegen und mich mit zu sich nehmen würde.

Eines Morgens kam er mit einem breiten Grinsen ins D'Amico marschiert. Ich saß an einem Tisch und lauschte zwei alten Italienern in Filzhüten, die darüber stritten, wer während des Krieges mehr für das Land getan hatte. Der eine sagte, er sei in der Armee gewesen, der andere meinte, sein Freund hätte aber keine Munition gehabt, wenn er nicht die »Stanniolkugeln« rübergeschickt hätte.

Powell bestellte seinen Cappuccino und setzte sich mir gegenüber. Die beiden alten Männer blickten auf und versuchten herauszufinden, wie wir zueinander standen.

»Was ist?« sagte ich.

»Jemand von Jennifer Lopez' Büro hat mich angerufen

und gesagt, dass sie sich mit mir treffen möchte. Am Donnerstag gehe ich mit ihr essen. Angeblich hat sie all meine Filme gesehen und will unbedingt mit mir zusammenarbeiten.«

Für mich war Jennifer Lopez talent-technisch unterste Schublade, ein lebender Beweis für die unerklärliche Faszination der Mittelmäßigkeit. »Omeingott«, sagte ich abfällig.

»Ja«, sagte er. »Ich bin richtig aufgeregt.«

»Warum?«

»Weil ich will, dass es gut läuft.«

»Hank!« sagte ich. »Warum um alles in der Welt solltest du einen Film mit Jennifer Lopez machen wollen?«

Sein Gesicht verzog sich zu einer wütenden Grimasse. »Diese Frau kann schaupielern! Hast du ihre Glanzleistung in *Selena* gesehen? Oder *Out of Sight*?«

»Unter Soderbergh ist jeder gut«, sagte ich. »Danach kannst du sie nicht beurteilen. Ein anständiger Regisseur kriegt von jedem eine anständige Leistung.«

Seine Augenbrauen flatterten, und er fletschte die Zähne. *»Du hältst mich also nicht für einen guten Regisseur?«*

»Natürlich tu ich das«, sagte ich im Bewusstsein, dass das Gespräch eine falsche Richtung nahm. »Ich – glaube nur nicht, dass Jennifer Lopez deiner Vorstellung von einer guten Schauspielerin entspricht.«

»Weißt du, was du bist?« sagte er und lehnte sich zurück. »Ein Rassist.«

»Ich bin kein Rassist.«

»Du respektierst sie nicht, weil sie attraktiv, talentiert, erfolgreich und Puertoricanerin ist. Du fühlst dich von ihr bedroht. Du solltest versuchen, *aufgeschlossener zu sein.«*

Was war mit mir los? Ich musste lernen, normaler zu sein, ruhiger. Ich musste lernen, nicht jeden Gedanken, der mir durch den Kopf ging, auszusprechen. Aber war das nicht gerade der Punkt einer Beziehung, so gestört sie auch sein mochte? Provozierte ich ihn, um ihn von seinem hohen Ross zu stoßen, oder war ich einfach nur ich selbst?

»Tut mir Leid«, sagte ich so freundlich ich konnte. »Aber ich habe das Recht auf eine Meinung.«

»Rechte sind wie Strumpfhosen«, sagte er. »Sie kratzen am Sack.«

»Hör zu, wenn du wegen des Geldes mit ihr arbeiten willst, ist das eine Sache, aber tu nicht so, als würdest du sie schätzen. Ich meine, ich weiß, du hast Geldsorgen. Ich weiß, die letzten Jahre waren nicht leicht für dich.«

Ich hätte nicht für möglich gehalten, dass er noch wütender werden konnte, doch er explodierte förmlich und kam mit seinem Gesicht ganz nah an meines. »Du weißt einfach nicht, wann du die Klappe halten solltest!«

»Ich … Sie kriegt kaum einen vollständigen Satz raus. Ehrlich gesagt, fand ich schon Rosanna Arquette in *Besuch für Greenberg* gewagt. Aber J.Lo? In einem Hank-Powell-Film? Hast du denn keinen Respekt vor deinem eigenen Werk?«

»Jennifer Lopez ist die beeindruckendste weibliche Leinwandpräsenz seit Judy Holliday«, sagte er, »und wenn du das nicht siehst, weiß ich nicht, warum ich mich überhaupt mit dir abgebe.«

Ich sagte nur meine Meinung, aber Powell schien kein Interesse an einem Gespräch zu haben. Wenn ich mich weiterhin in seinem Dunstkreis bewegen wollte, würde ich ihm auf ewig Zucker in den Arsch blasen müssen. Das schien unser kleinster gemeinsamer Nenner zu sein, und darauf konnte man kaum stolz sein. Ich wusste nicht, was ich mir mehr wünschte – dass er bei mir war oder dass er nett zu mir war.

»Können wir nicht mal unterschiedlicher Meinung sein?« sagte ich.

»Nicht wenn es um unumstößliche Tatsachen wie das Talent von Fräulein Lo geht.«

Ich musste mich abregen, sonst würde er gehen. Ich hätte es besser wissen müssen – einen Star zu diffamieren, der gut zwei Jahre Powells Alimente zahlen würde. Ich musste lernen, den Mund zu halten und ihm bessere Gesellschaft zu sein. Der Schlüssel war nicht, ihm in den Arsch zu kriechen, sondern nur so viel zu sagen, dass er sich nicht aufregte.

»Tut mir Leid«, sagte ich. »Das ist toll für dich. Es wäre bestimmt gut für deine Karriere, wenn sie in einem deiner Filme mitspielt. Das würde dich auf einen Schlag richtig berühmt machen.«

»Und wie berühmt bin ich deiner Meinung nach jetzt?«

»Semi?«

»Du hältst mich für semi-berühmt?« brüllte er.

»Alle großen Talente waren vor ihrem Tod kaum bekannt! Denk nur an van Gogh!«

»Du bist die Königin der Sabotage«, sagte er und sah mich an, als könnte er sich nicht an eine einzige Sache erinnern, die er an mir mochte.

»Hank«, sagte ich erschrocken. »Ich hab mich falsch ausgedrückt. Ich wollte damit nicht sagen, dass *du* kaum bekannt bist.«

Er starrte mich immer noch an wie eine beleidigte Leberwurst.

»Du hast wahrscheinlich Recht. Wahrscheinlich mag ich J.Lo nur deshalb nicht, weil sie so attraktiv ist. Vielleicht habe ich wirklich ein Konkurrenzproblem mit Frauen. Deshalb verbringe ich meine Zeit wohl auch lieber mit Männern.«

»Du hast definitiv einen Schaden.«

Das brachte überhaupt keinen Spaß mehr, aber ich hatte solche Angst, dass er Schluss machen würde, dass ich ihn um jeden Preis beruhigen wollte. »Willst du mir nicht ein paar Todesanzeigen vorlesen?« sagte ich. »Das heitert dich doch immer auf.«

Sein Gesicht hellte sich etwas auf, und er griff nach der Zeitung.

In den ersten drei Stunden meiner Schicht am nächsten Abend bestand meine Kundschaft fast ausschließlich aus alleinstehenden Männern. Jasper hatte eine seiner Meinung nach heiße Verabredung mit einem Mädchen gehabt, das nie zurückgerufen hatte. Octavio, ein grauhaariger Architekt, überlegte seine Freundin zu verlassen, und vier betrunkene Typen, die bei VH1 arbeiteten und einmal die Woche zusammen Tennis spielten, sagten, in der Stadt gäbe es keine guten Frauen mehr.

»Kennst du jemanden, der mit mir ausgehen würde?« sagte Jasper. »Hast du nicht jemanden, mit dem du mich verkuppeln kannst?«

»Ich weiß nicht«, sagte ich. Wie sollte ich ihm sagen, dass, selbst wenn ich jemanden wüsste, ich keine Ahnung hatte, wie ich ihn verkaufen sollte? Es ließ sich leicht sagen, dass er dick war, aber wie sollte ich erklären, dass ich ihn kannte, weil er jeden Abend gegenüber von den Zapfhähnen saß?

Als ich ihm sein Harp hinstellte, setzte sich ein niedliches Mädchen mit Zöpfen und einem YMCA-Ferienlager-Shirt ans andere Ende. Sie hatte die Art pubertäre Brüste, wie Männer sie mögen, und sicher standen ihre Brustwarzen wie eine Eins. »Soll ich dafür sorgen, dass sie sich hier her setzt?«

Er blickte auf und musterte sie. »Nicht mein Typ.«

»Wie meinst du das, sie ist nicht dein Typ? Sie ist der Hammer!«

»Sie muss mindestens einssiebzig sein, kräftig gebaut

wie die Mädchen aus dem Mittleren Westen und blond. Sie sollte zwischen siebzig und achtzig Kilo wiegen und Körbchengröße Doppel-D oder größer haben. Und einen hohen Spann.«

»Du bist unverbesserlich«, sagte ich.

»Ach was, Rach, du hast es im Moment wegen deines Vaters doch auf die Männer abgesehen.«

»Warum hältst du nicht einfach die Klappe?« sagte ich.

»Was ist mit deinem Vater?« rief einer der VH1-Jungs.

Ich fragte das Mädchen, was sie wollte. »Mmh, einen Apfelmartini?« sagte sie fragend.

»Ich kann dir einen machen«, sagte ich, »aber du wirst es bereuen.« Unser Apfelsaft war eklig und die Äpfel, die wir auf Lager hatten, waren nicht mal die richtigen.

»Okay«, sagte sie. »Wie wär's dann mit einem Cosmo?«

Von Cosmopolitans kriegten Frauen nie genug. Ich kapierte es nicht. Es war ein Klischee, das sich schnell als wahr herausgestellt hatte: Weil Frauen Alkohol nicht mochten, musste er wie Zuckerwasser schmecken.

Ich mixte ihr den Cosmo und stellte ihn vor sie hin. Sie gab mir neun Dollar statt sieben. Nicht schlecht. Vielleicht konnte ich Jasper überreden, nicht so wählerisch zu sein.

»Die Jungs hier beschweren sich, dass sie keine Frau abkriegen«, sagte ich. »Ich versuche ihnen zu erklären, dass sie ihre Erwartungen runter schrauben müssen. Jasper da drüben möchte ein Mädchen mit hohem Spann.«

Ich zeigte auf ihn, und er wurde ein bisschen rot, obwohl er ja behauptete, er sei nicht interessiert. »Ich habe einen sehr hohen Spann«, sagte sie. »Früher musste ich sogar orthopädische Schuhe tragen!«

»Echt?« sagte Jasper.

»Ja«, sagte sie. »Willst du mal sehen?«

Er ging zu ihr rüber, und sie schnürte ihre alten

Saucony-Turnschuhe auf. Sie pellte die Socke ab und legte ihr Bein auf seinen Schoß. Sie hatte schöne Füße, wohl geformt und lang, und ihr Spann war so hoch, dass es fast unbequem aussah.

»Omeingott«, keuchte er. Octavio kam ganz langsam dazu und pfiff bewundernd. Sie kicherte und wackelte mit den Zehen, doch obwohl auch die schlanken Jungs Interesse zeigten, ließ sie Jasper nicht aus den Augen. Ich konnte nicht glauben, dass sie sich zu ihm hingezogen fühlte, aber vielleicht wusste sie über dicke Männer und Klitoris-Stimulation Bescheid.

»Schade, dass Mädchen bei dir mindestens siebzig Kilo wiegen müssen, Jasper«, sagte ich.

»Hat er das gesagt?« sagte das Mädchen und schüttelte ihre Zöpfe.

»Ja – außerdem müssen sie wie Mädchen aus dem Mittleren Westen gebaut sein und mindestens Körbchengröße D haben.«

»Das war nur geschätzt!« rief Jasper.

»Ich kann mir gar nicht vorstellen, dass du so wählerisch bist«, sagte sie.

»Bin ich auch gar nicht«, sagte er. »Ich schwör's.« Er beugte sich vor und küsste ihr den Handrücken. »Ich bin Jasper.«

»Delia«, sagte sie, drehte seine Hand um und küsste ihm ebenfalls den Handrücken. Von den billigen Plätzen ertönte ein kollektives eifersüchtiges Stöhnen.

»Das sind Octavio, Jim, Dave, Rob und Matt«, sagte ich und deutete auf die anderen. Zwischen fünfundzwanzig und fünfunddreißig hatte man einsilbige Namen.

»Hast du schon mal daran gedacht, Fußmodell zu werden?« sagte Jasper. »Ich habe nämlich schon eine Menge hohe Spanne gesehen und deiner ist ganz vorn mit dabei.«

»Wie süß von dir«, sagte sie.

»Was machst du so?« sagte Octavio.

»Ich bin Beschäftigungstherapeutin in einem Altersheim«, sagte sie.

»Grundgütiger Gott«, sagte Jasper. »Wie nobel.«

»Eigentlich nicht«, sagte sie. »Sie brauchen Hilfe. Die amerikanische Gesellschaft ist grausam zu alten Menschen.«

»Noch eine Runde«, knurrte Matt, als alle auf ihre Plätze zurückkehrten.

Auf dem Weg zum Bierhahn lächelte ich. Es brauchte nur einen kleinen Stups, und nur der Barkeeper hatte die Macht dazu. Vielleicht war ich nicht dazu bestimmt, Rabbi zu sein, sondern Waschweib. Ich könnte die Scheidung meiner Eltern ausgleichen, indem ich andere Menschen zusammen führte. Vielleicht würde sich am Ende alles ausgleichen. Und das Beste war, man brauchte dazu keinen Gott. Nur ein bisschen Glauben.

Ein paar Tage später klingelte um elf das Telefon.

»Ich muss dich sehen«, sagte mein Vater. Es war laut – man hörte Autos im Hintergrund – und ich fürchtete, es könnte etwas Schlimmes passiert sein.

»Geht es dir gut?«

»Ja, mir geht es gut«, sagte er. »Ich wollte was mit dir besprechen. Ich hatte gehofft, wir könnten ein bisschen Fahrrad fahren.«

»Aber ich bin gerade erst aufgewacht.«

»Bitte, Rach«, sagte er. »Ich weiß, dass es zwischen uns nicht gut läuft, und ich will es wieder gutmachen.«

Ich seufzte. Wenn er die Scharte auswetzen wollte, musste ich ihm eine Chance geben. Vielleicht wollte er mir sagen, dass er beschlossen hatte, zu meiner Mutter zurückzukehren. »Na gut«, seufzte ich.

»Ach, das freut mich!« sagte er. »Zieh Turnschuhe an und was Bequemes.«

»Denkst du, ich komme in Highheels?«

»Wir treffen uns Ecke Congress und Hicks«, sagte er. »Beim Spielplatz.«

»Du willst auf dem Brooklyn Queens Expressway fahren?« sagte ich. »Willst du uns umbringen?«

»Ich habe mir eine Strecke überlegt. Kannst du in fünfzehn Minuten da sein?«

Der Sattel meines rostigen zehn Jahre alten Fahrrads schnitt mir in den Hintern, als ich beim Spielplatz ankam. Ich konnte niemanden sehen. Außer ein paar Tennisplätzen gab es hier nichts. Dann hörte ich ein Pfeifen vom Platz, und als ich durchs Tor ging, sah ich meinen Vater, Powell und Liz Bälle hin und her schlagen. Liz winkte mir zu und sagte: »Hi, Süße!« und schlug dann zu Powell, der ihn nicht kriegte.

»Guter Schlag!« rief er.

»Danke, Mr. Powell!«

Ich schwang mich aufs Rad, um davon zu radeln, doch mein Vater jagte mir nach und packte den Sattel. »*Rach!* Lass es mich erklären!«

»Da gibt es nichts zu erklären. Du hast mich reingelegt.«

»Ich wusste, wenn ich dir ein Doppel vorschlage, kommst du nie. Können wir uns nicht einfach alle vertragen?«

»Wer bist du, Ronald King?« sagte ich.

»Hör mir nur kurz zu«, sagte er. »Ich werde in absehbarer Zukunft mit Elizabeth zusammen leben. Es ist für alle leichter, wenn du dich damit abfindest.« Er trug ein weites T-Shirt von Shakespeare and Company aus den Berkshires mit der Aufschrift: »Was die Zeit dem Menschen an Haar entzieht, das ersetzt sie ihm an Witz. – Die Komödie der Irrungen, zweiter Akt, zweite Szene.« Wie konnte sie mit jemandem zusammen sein, der so etwas trug?

Powell spielte Liz einen weiten Ball zu, sie verpasste ihn japsend und rief: »Nicht schlecht, Mr.Powell!«

»Ich bin zu alt, um auf Schmeicheleien reinzufallen!« sagte er.

Ich warf die Hände in die Luft und zeigte auf den Platz. »Warum sollte ich das tun wollen?«

»Um mich glücklich zu machen. Liz ist wegen der ganzen Sache hundeelend. Sie möchte, dass ihr wieder Freunde seid.«

»Ihr ist überhaupt nicht hundeelend.«

»Ist ihr doch. Sie hat es mir neulich gesagt.«

Ich schielte auf den Platz. Mir gefiel nicht, dass Powell flirtete. Wenn es zwischen Liz und meinem Vater nicht klappte, würde sie wahrscheinlich direkt in Powells Arme sinken.

»Ich spiele eigentlich gar nicht«, sagte ich.

»Tust du doch!« sagte er. »Im Eisner-Camp bist du richtig gut gewesen.«

»Da war ich neun! Daran kann ich mich kaum erinnern!«

Powell kam angejoggt, mit Liz im Schlepptau. »Da bist du ja«, sagte Powell.

»Würdet ihr uns kurz entschuldigen?« sagte ich und nahm ihn beiseite.

»Du hast zugelassen, dass er mich reinlegt«, sagte ich.

»Er wusste, dass du sonst nicht kommen würdest. Ich halte es für eine gute Idee.«

»Du hast es auch für ein gute Idee gehalten, Sex zu haben, nachdem wir gehört haben, wie *sie* Sex hatten.«

»Das stimmt.«

»Warum sollte ich das hier machen? Warum machst du dabei mit?«

»Du kannst ihn nicht für immer hassen. Irgendwann musst du dich mit ihm versöhnen.« Er musterte mich von oben bis unten. »Du siehst gut aus.« Ich trug eine Cargohose, dicke graumelierte Socken und ein T-Shirt mit der Aufschrift »GI Joe« und sehr schwul aussehenden Actionfiguren, die ihre Fäuste reckten.

Das Kompliment stimmte mich milde. Ich war zu leicht rumzukriegen. »Wie war dein Treffen mit J.Lo?«

»Sie ist sehr interessiert. Vielleicht steigt sie bei *Der Schwager* mit ein.«

»Das ist ja toll«, sagte ich bemüht enthusiastisch.

»Geh nicht«, sagte er. »Versuch's mit Humor zu nehmen.«

»Wieso willst du mich nur sehen, wenn mein Vater dabei ist?«

»Streitet ihr euch?« sagte Liz. »Dabei kann so ein Spiel echt hilfreich sein. Ich glaube, es würde uns allen gut tun. Mein Analytiker findet, dass gesunde Aggressionsventile für harmonische Beziehungen unentbehrlich sind.«

»Woher willst du wissen, was eine harmonische Beziehung …«

»Meine Damen«, sagte mein Vater.

Ich bin nicht ganz sicher, wie es dazu kam, doch zehn Minuten später standen Powell und ich auf der einen Seite, der Schweinehund und das Flittchen auf der anderen. Liz hatte Aufschlag und sie wollte Blut sehen, wie eine jüdische Venus Williams. Sie trug einen weißen Mini und ein ärmelloses schwarzes Top mit der Aufschrift CHEF. »Ich will das nicht«, rief ich Powell über die Schulter zu.

Doch er hörte gar nicht zu. Liz hatte den Ball brutal in seine Rückhand gepfeffert, er pfiff an meinem Ohr vorbei. Powell holte aus und schlug ihn zurück. Er und Liz spielten einige Male hin und her, und als ich gerade erleichtert war, dass ich mich an dem Spiel nicht beteiligen musste, spielte sie den Ball direkt auf mich. Ich duckte mich, bedeckte meinen Körper mit den Armen und winselte wie ein Junge, der sich in die Hose gemacht hatte, als der Ball den Rahmen meines Schlägers traf und ins Netz sprang.

»Fünfzehn – Null«, rief Liz.

»Gut gemacht, Baby«, sagte mein Vater und reckte den Daumen. Ich konnte nicht glauben, dass er den Nerv hatte, sie vor seiner eigenen Tochter »Baby« zu nennen.

Sie machten die nächsten drei Punkte. Mein Vater schrie: »Gutes Mädchen!« und tänzelte zu ihr, um sie zu drücken und zu küssen.

»Wer seid ihr?« sagte ich. »André und Steffi?«

»Ich bin viel geiler als diese deutsche Ziege«, sagte Liz.

»Du musst dich mehr anstrengen«, zischte Powell auf dem Weg zum Netz. »Gib dir mehr Mühe! Tu wenigstens so, als sei es dir nicht egal! Hast du nicht gesagt, du hattest mal Unterricht?«

»In einem jüdischen Sommercamp«, sagte ich. »Die Sportabteilung war ein Witz. Und ich habe den Ball nie getroffen. Mein Vater gibt es ungern zu, aber es gibt auch Dinge, die ich nicht kann.«

»Das stimmt nicht!« sagte mein Vater. »Du bist ein Naturtalent! Du hast eine perfekte Auge-Hand-Koordination! Du musst dich nur konzentrieren.«

»Vielleicht können wir nachher ja mal tauschen«, sagte Powell.

»Bin ich *so schlecht*?« stotterte ich.

»Wir leben in einer Ellbogengesellschaft«, sagte er, »und ich verliere nicht gern.«

»Rachel hat Recht«, sagte mein Vater. »Ich meine, Hank spielt viel besser als ich. Wenn wir die Mädchen tauschen, ist das Spiel zu unausgewogen.« Mein eigener Vater wollte mich nicht im Team haben.

»Ich finde die Idee gut«, sagte Liz. »Was wäre ein gemischtes Doppel ohne Partnertausch?«

Sie sprang von einem Fuß auf den anderen wie ein vom Teufel besessener Boxer. Ich bemerkte, dass mein Schnürsenkel auf war, und als ich mich hin kniete, um ihn zuzubinden, bediente Powell an der Mittellinie Liz' Rückhand. Sie spielte zurück und Powell schlug den Ball quer über den Platz. Mein Vater nahm ihn an, und ehe ich wusste, wie mir geschah, traf er meinen Oberschenkel. »Jesus Christus!« schrie ich und rieb mir das Bein. »Das gibt einen blauen Fleck!«

»Tut mir wirklich Leid, Schatz«, sagte er. »Alles in Ordnung?« Aber das Flackern in seinen Augen verriet mir, dass ihm der Punkt wichtiger war als das Wohl seiner Tochter.

»Es geht ihr gut!« sagte Powell. »Lasst uns weiter spielen.«

»Du bist unglaublich, Richard«, sagte Liz, hüpfte auf ihn zu und pflanzte ihm einen Zungenkuss auf den Mund.

»Könntet ihr damit aufhören?« sagte ich.

»Du bist bloß sauer, dass wir gewinnen«, sagte Liz.

»Ich bin bloß sauer, dass du meinen Vater fickst!« sagte ich. Einer der Herren auf dem Nebenplatz sah mit hochgezogenen Augenbrauen zu uns herüber.

»Ich komme mir vor wie in einer Reality Show«, sagte Powell.

Beim nächsten Aufschlag schlugen Powell und Liz den Ball eine Weile hin und her, und als ich es mir gerade gemütlich machen wollte, schlug sie den Ball in meine Nähe. Ich war nicht darauf vorbereitet und schlug ihn weit auf den nächsten Platz, von wo einer der Männer ihn zurück warf.

»Du musst dich besser konzentrieren!« sagte mein Vater.

»Das war euer Punkt! Freu dich doch!«

»Du hattest genug Zeit, in Position zu gehen! Versuchst du zu verlieren, weil es dir keinen Spaß bringt?«

»Ich will überhaupt nicht verlieren«, sagte ich mit zitternder Unterlippe.

»Du hast einfach keine Disziplin. Früher hattest du Kampfgeist! Früher warst du ein Siegertyp!«

»Weint sie?« rief Liz vom anderen Ende.

»Es geht ihr gut!« sagte Powell. »Beruhige dich«, flüsterte er. »Mach sie nervös. Lass dich nicht einschüchtern.«

»Tu ich ja gar nicht«, sagte ich und hatte plötzlich das Gefühl, dass ich das Ergebnis des Spiels vielleicht doch beeinflussen konnte.

»Geh ans Netz«, sagte Powell hinter mir. Ich drehte mich um. Er winkte mich rüber. Ich ging ein paar Schritte weiter.

»Soll ich nicht die ganze Seite bedienen?«

»Nein.«

Powell gewann die nächsten drei Aufschläge ohne jede Hilfe meinerseits. Vierzig zu fünfzehn. Er schlug den Ball auf Liz' Vorhand, und obwohl sie ihn traf, ploppte er kurz hinter das Netz, direkt vor mir. Es hätte keinen leichteren Schlag geben können. Liz war so weit weg, dass ich sie kaum sehen konnte. Am Rande meines Blickfeldes sah ich meinen sehr besorgt wirkenden Vater auf mich zu schlittern. Der Ball schwebte *Matrix*-mäßig erstarrt in der Luft wie eine Kugel Limonensorbet. Ich konnte Powells Tennisschuhe hinter mir hören, als er rief: »Ich hab ihn!«

Mein Vater kam näher. Ich spürte eine Welle des Hasses in mir aufwogen, als ich den Umriss seines glatt rasierten Gesichts sah. Die ganze Zeit hatte ich mich gesträubt, ihm die Schuld zu geben, doch jetzt war mir plötzlich alles ganz klar. Er war der Egoist, nicht meine Mutter. Er war es, der alles ruiniert hatte. Er hatte Liz gefunden und sie *gewählt.* Er war in nichts reingeschlittert, zu nichts getrieben worden. Er hatte bewusst entschieden, meine Mutter zu betrügen, mich zu betrügen, die Familie zu zerstören. Er hatte alles, was zählte, für einen knochigen Hintern aufgegeben.

Ich hasste ihn für das, was er getan hatte, und ich hasste, wer er war. Ich hatte ihn schon damals gehasst, als er mich gezwungen hatte, zu lange in der Bibliothek zu bleiben, und als er uns ausgeschlossen hatte. Als er mich gedrängt hatte, mich als Präsidentin der Jugendgruppe zur Wahl zu stellen, obwohl es mir völlig genügte, Schriftführerin zu sein. Mir fielen all die Male ein, als ich klein war und er versucht hatte, mir beizubringen, wie man einen Ball wirft, und nie aufgab, obwohl klar war, dass ich immer, immer wie ein Mädchen werfen würde. Ich dachte an damals, als wir Skifahren in Vermont waren und er beim Abendessen im Restaurant wegen irgendeiner Nichtigkeit so mit mir gestritten hatte, dass er allein durch den Schnee nach Hause stapfte und meine Mutter im Schritttempo neben ihm her fahren musste. Ich dachte an alle die Male, die er meine Mutter wegen irgendwelcher Sachen angeschrien hatte, die sie angeblich verlegt hatte, wo er ihr das Gefühl gab, versagt zu haben, und sie klein machte, obwohl sie viel mehr auf die Reihe kriegte als er.

Ich hasste ihn dafür, dass er mir die Hölle heiß gemacht hatte, weil ich in einer Bar arbeitete, während er es nicht für nötig befunden hatte, mir mitzuteilen, dass er arbeitslos war. Wie er, als ich ihn wegen seiner Affäre zur Rede gestellt hatte, die Frechheit besessen hatte, nach Mitleid zu heischen, obwohl er log und betrog. Wie abfällig er sich über meine Mutter und ihre Gruppen äußerte, als vernachlässigte sie ihre Pflichten, obwohl sie nur ihr Leben lebte. Ich hasste ihn dafür, wie er sich an Rosch Haschanah aufgeführt hatte und dass er den Nerv hatte, direkt über meiner Wohnung Sex zu haben, dass er mir den Freund weggenommen hatte und sich in den letzten anderthalb Monaten ganz allgemein so aufgeführt hatte, als seien ihm alle anderen egal. Es traf mich wie die strahlende Erleuchtung eines ansonsten schweigsamen Gottes: Mein Vater war ein Schmock.

Ich hob den Schläger über den Kopf, wie Judith, die Holofernes erschlagen will, und slammte den Ball so hart ich konnte auf die tanzende Zielscheibe, die der Kopf meines Vaters war. Statt vom Schläger abzuprallen, schoss der Ball hart und sauber wie eine Kugel meinem Vater direkt ins Auge.

»Ahhhh!« schrie er und fiel wie erschossen zu Boden, die Knie in der Luft, das Gesicht mit den Händen bedeckt. Der Platz war still. Ich hörte die Autos den Expressway entlang rauschen und dahinter die Wellen des East River, die an das Ufer Brooklyns klatschten.

Ein Viertel meines Lebens hatte es gedauert, bis ich meinem Vater endlich Paroli geboten hatte.

Plötzlich fing alles wieder an sich zu bewegen. »Bleibt wo ihr seid!« schrie Liz und rannte zu ihm. »Ich kann Erste Hilfe.«

Powell ließ den Schläger fallen und sprang übers Netz. Die beiden Typen vom benachbarten Platz kamen angelaufen, als Powell und Liz sich über meinen Vater beugten. Er rollte hin und her und wimmerte: »Dieser Schmerz! Dieser Schmerz!« und obwohl er die eine Gesichtshälfte ganz bedeckte, hätte ich schwören können, dass er mich durch das gesunde Auge anstarrte.

FÜNFZEHN Minuten später überquerten wir an der Union Street den Brooklyn Queens Expressway. Mein Vater presste eine Tüte gefrorener Erbsen auf sein Auge und bestand darauf, dass er trotz seiner Verletzung in der Verfassung war, uns alle zum Mittagessen einzuladen.

Es hatte nur eine Sekunde gedauert, dann war ich aus meiner Trance erwacht und hatte begriffen, was ich getan hatte. Als ich die Schwellung sah, hätte ich kotzen können. Während Liz los rannte, um die Erbsen zu kaufen, und Powell mir böse Blicke zuwarf, schwankte ich zu meinem Vater und entschuldigte mich tausendmal, bis er sagte, ich solle endlich aufhören.

Das Restaurant lag an der Ecke Union und Hicks und sah aus, als sei dort seit 1944 nichts verändert worden. Wir stießen die Tür auf, und obwohl keine Glocke läutete, als wir eintraten, schien es doch so, als hätte eine läuten sollen. Drinnen war es dunkel, eher wie in einer Bar als wie in einem Restaurant; der Boden war mit achteckigen Kacheln gefliest wie ein Friseursalon im Zweiten Weltkrieg. Die Holztische waren leer, bis auf ein paar weißhaarige Männer, die Nudeln aßen.

Die Frau hinterm Tresen hatte eine Menge schwarzes Haar auf dem Kopf aufgetürmt und dünne rote Lippen.

»Vier Personen zum Mittagessen«, sagte meine Vater zu ihr.

»Ist alles in Ordnung?« sagte sie mit einem Blick auf die Erbsen. »Wir haben Eis.«

»Ach, nicht nötig …«

»Eis wäre wunderbar«, sagte Liz.

Sie führte uns an einen Tisch, legte die Speisekarten vor uns hin und verschwand in der Küche. Ich setzte mich neben Powell, gegenüber von Liz und meinem Vater.

»Wie ist das passiert?« fragte die Kellnerin, als sie mit etwas Eis in einer Stoffserviette zurück kam.

»Seine Tochter hat ihm einen Ball ins Gesicht geschlagen«, sagte Liz.

»Aus Versehen«, sagte ich.

Sie nickte, sah mich an, dann Liz, und sagte: »Das ist wirklich süß.«

»Was?«

»Man sieht nicht oft zwei erwachsene Mädchen mit ihren Vätern essen gehen.«

Liz lächelte breit. »Nett, dass Sie das denken«, sagte sie, »aber er ist nicht mein Vater.« Sie legte meinem Vater den Arm um die Schultern und gab ihm einen Zungenkuss. Ich sackte auf meinem Stuhl zusammen.

»Ach so«, sagte die Kellnerin verunsichert. »Ich dachte, Sie und er …«

»Sparen Sie Ihre Kräfte«, sagte Powell.

Die Speisekarte war auf Italienisch, und zumindest die Preise entsprachen nicht denen im Zweiten Weltkrieg. So war Brownstone-Brooklyn: Man bekam eine Zeitreise, doch man musste dafür zahlen.

»Ich glaub, ich nehm den Caesar's Salad«, verkündete Liz. »Und du, Richie?«

»Richie?« sagte ich. »Du hasst es, wenn man dich Richie nennt.«

»Nein, tu ich nicht«, sagte er und blitzte mich durch sein gesundes Auge an. Er studierte die Karte und sagte: »Ich glaube, ich nehme Spaghetti mit Fleischklößchen ohne die Spaghetti.«

»Er macht die Atkins-Diät«, sagte Liz.

»Seit wann bist du auf der Atkins-Diät?«

»Seit einigen Wochen. Das ist einer der Gründe, warum ich so abgenommen habe.«

»Aber du liebst Nudeln!«

»Stimmt, deswegen habe ich seit dreißig Jahren Übergewicht. Jetzt meide ich diese kleinen weißen Teufel.«

»Ich glaube, du meidest das Falsche«, sagte ich.

»Komm schon, Rach«, sagte er. »Reicht es nicht, dass du mir den Ball ins Auge geschlagen hast? Musst du immer weiter draufschlagen?«

»Ich schwöre bei Gott, es war ein Unfall!« sagte ich, doch er spitzte die Lippen, als würde er mir nicht glauben.

Powell nahm Spaghetti putanesca und ich bestellte Linguine Marinara. »Wusstet ihr, das ›putanesca‹ Hurensoße heißt?« sagte Powell. »Weil das die Huren in Italien nach der Arbeit aßen.«

»Warum hast du das nicht bestellt, Liz?«

Sie schüttelte feierlich den Kopf. »So viel Bitterkeit. Ich habe beim Spiel gesehen, wie sie dich erstickt. Finden Sie nicht auch, Rachel sollte eine Therapie machen, Mr. Powell?«

»Sie braucht keine Therapie«, sagte mein Vater schnell. »Therapie ist was für Leute mit unglücklicher Kindheit.«

»Was denkst du, was ich hatte?« sagte ich.

»Du findest, ich war ein lausiger Vater?« schnaufte er.

»Du warst furchtbar cholerisch. Ich hatte Angst, Milch zu verschütten, weil du sofort einen Wutanfall gekriegt hättest! Du warst total autoritär.«

»Ich war nicht autoritär«, sagte mein Vater. »Eher aufbrausend. Und du warst in der Pubertät ganz schön schwierig.«

»Nimm's nicht so schwer«, sagte Liz und tätschelte seine Hand. »Ein idealer Elternteil ist nie perfekt, wie jeder Therapie-Anfänger weiß, sondern – mit den Worten der großen Schweizer Psychoanalytikerin Alice Miller – einfach ›gut genug‹. In der Therapie lernt man, ›gut genug‹ zu akzeptieren. Du warst gut genug, aber sie lebt mit Hank offenbar eine inzestuöse Anziehung aus.«

»Was?« stotterte mein Vater.

»Reg dich nicht auf. Ich bin mit meinem Vater auch nicht im Reinen, sonst wäre ich ja auch nicht mit einem abgehalfterten Jid zusammen. Rachel leidet an einem ausgeprägten Verfolgungswahn, der in dem begründet liegt, was sie eben als autoritäre Erziehung beschrieben hat. Und den kompensiert sie durch Masochismus.«

»Was meinst du mit Masochismus?« sagte mein Vater.

»Sieh dir ihre Handgelenke an.«

Sie waren nur noch leicht gerötet, aber Liz hatte erstaunliche Wahrnehmungsfähigkeiten. Ich zog die Ärmel meines Kapuzenpullovers über die Handgelenke, doch mein Vater beugte sich vor und zog sie zurück. Er warf Powell einen besorgten Blick zu und nickte langsam: »Naja. Solange es einvernehmlich geschieht.«

Schwer zu sagen, was mich mehr aufregte: dass ich mit meinem Vater, seiner Geliebten und meinem einundfünfzigjährigen Liebhaber nach einem Tennismatch zu Mittag aß oder dass mein Vater dabei meine Vorliebe für Fesselspiele entdeckt hatte. Es gibt Dinge, von denen man nicht möchte, dass die Eltern sie erfahren, und es gibt Dinge, von denen man *auf keinen Fall* möchte, dass die Eltern sie erfahren.

»Was ist denn Ihr Safeword, Mr. Powell?« fragte Liz.

»Klingt krank«, sagte er. »Aber bitte. Klären Sie mich auf.«

»Das ist ein Wort, mit dem man unmissverständlich *Stopp* sagt, mit dem man signalisiert, dass das Spiel aus ist. Unseres ist Itzhak.« Sie und mein Vater wechselten einen Blick und kicherten gleichzeitig los. Sie lehnte sich zurück wie eine magersüchtige Schauspielerin, die in einer Talkshow von ihrem Hund erzählt. »Wissen Sie, Richie besorgte es mir mit diesem rosa Vibrator, den ich Mini Pearl nenne, und es war so gut, dass ich ihn den Pearlman nannte, und darauf er: ›Ich bin so ein Pearlman, ich bin

Itzhak Pearlman.‹ Und wenn jetzt einer von uns beiden möchte, dass der andere aufhört, sagen wir: ›Itzhak‹.«

»Ihr benutzt den Namen des Erzvaters als euer Safeword?« sagte ich.

»Was ist daran schlimm? Alle Männer in der Bibel waren total verkorkste, herum hurende Swinger.« Sie hatte Recht. Die Mutter von Abrahams Erstgeborenem war seine Konkubine, und Salomo, Davids Sohn, hatte siebenhundert Ehefrauen. Trotzdem widerte es mich an.

»Was also ist Ihr Wort, Mr. Powell?« fragte Liz.

Powell betrachtete Liz, den Kopf leicht zurück geneigt, dann faltete er die Hände und sagte: »Wissen Sie, genau das ist der Kern dessen, was meiner Meinung nach bei eurer Generation falsch läuft.«

»Was?« sagte Liz.

»Ihr seid die erste Generation in der Geschichte, deren Eltern mehr Spaß hatten als ihr, und weil ihr das Bedürfnis habt, euch für eure Sünden zu bestrafen, macht ihr Sex so unangenehm und formelhaft wie möglich. Ihr erlaubt euch keine Spontaneität, keinen Genuss, denn wenn Sex plötzlich Spaß brächte, wäre es kein Sex mehr.« War es das, was er von mir dachte? Warum sagte er das vor meinem Vater? Fand er mich unspontan, wenn ich mich von ihm ans Heizungsrohr hängen ließ?

»*Wir* haben Spaß!« sagte sie. »Stimmt's Richie? Erst neulich Abend kam Richie so gegen neun vorbei und …«

»Ich sag nicht, dass ihr frigide seid«, sagte Powell und streckte seine Hand aus. »Ich sage, dass ihr durch die politische Korrektheit an den Universitäten und die Sexualkunde in der Schule überverbalisiert worden seid. Früher ging es zwischen Männern und Frauen um das, was *nicht* gesagt wurde, bei eurer Generation kommt alles auf den Tisch.«

»Sie können uns doch nicht die Schuld daran geben, dass wir im Zeitalter von AIDS groß geworden sind«, sagte Liz. »Wenn wir auf Kondome Wert legen, dann weil man uns das so beigebracht hat. Ihr habt in den Siebzigern rumgehurt und jetzt sind eine Menge Leute tot. Und wir bezahlen den Preis dafür.«

»Das stimmt nicht«, sagte Powell kopfschüttelnd. »Wir mussten uns über Herpes und ungewollte Schwangerschaften Sorgen machen, aber die meisten haben ihn raus gezogen und meistens hat das funktioniert. Nur die Junkies und Schwuchteln sind tot. Eure Generation kann sich nicht vorstellen, dass zwangloser Sex ungestraft bleibt. Im Zuge der *unglaublichen Lüge* namens Safer-Sex-Erziehung hat man euch beigebracht, Sex zu sterilisieren, so dass daran nichts mehr sexy ist. Alle müssen um Erlaubnis fragen.« Er zog eine einfältige Fratze und sagte mit weinerlicher Kinderstimme: »›Darf ich deinen Mund küssen?‹ ›Darf ich meine Hand auf deine Brust legen?‹ Das ist lächerlich. Beim Sex geht es darum, dass die Frauen *endlich mal die Klappe halten*. Wenn ich in den Achtzigern auf der Tanzfläche ein Mädchen kennen lernte, habe ich sie nicht um Erlaubnis gefragt, ob ich sie auf dem Klo vögeln darf. Stimmt's, Richard?«

»Absolut«, sagte mein Vater, als sei er der Steve Rubell seiner Zeit.

»Du hast 1971 geheiratet«, sagte ich. »Woher willst du das wissen?«

»Ich … war vor Mama auch mit anderen Frauen zusammen.«

»Sie hat gesagt, du warst Jungfrau, als ihr euch kennen gelernt habt.«

»Ist meine Tochter nicht süß?« sagte mein Vater.

»Vielleicht bist du in diesem Fall doch der falsche Mann«, sagte Powell.

»Wer bekommt die Putanesca?« sagte die Kellnerin, als sie das Essen brachte.

»Ich mache mir Sorgen um euch Kinder«, sagte Powell an mich und Liz gewandt, nachdem die Kellnerin das Essen vor uns hingestellt hatte. »Wirklich. Ihr habt solche Angst vor Sex, dass ihr mehr darüber redet, als dass ihr es tut. Das ist wie eine verschleppte Pubertät.«

»Ich ficke, seit ich dreizehn bin!« sagte Liz.

»Das wollen wir gar nicht wissen!« sagte ich.

»Warum sollte sie sich ihrer Sexualität schämen?« sagte mein Vater, während er ihr mit einer Hand den Rücken streichelte. »Das ist etwas sehr Schönes.«

»Weißt du, Hank«, sagte ich, während ich mir den Mund abtupfte, obwohl ich erst wenige Bissen Linguine gegessen hatte. »Ich glaube du hast Recht, was unsere Generation angeht.«

»Ach ja?«

»Ich denke, was uns von anderen unterscheidet, ist, dass wir zugleich unter zu vielen und zu wenigen Grenzen leiden. Wir wissen nicht, wie man Sex hat, ohne es in die ganze Welt hinauszuposaunen.« Liz beäugte mich nervös, doch das spornte mich nur noch mehr an. »Wir kennen keine private Sexualität, weil unsere Sexualität seit unserer Jugend Teil des öffentlichen Diskurses ist. Der Orgasmus existiert total isoliert von den beteiligten Personen.«

»Siehst du das wirklich so?« sagte Powell.

»Absolut. Deshalb brauchen wir all die Krücken. Aber nicht nur junge Menschen sind davon betroffen. Sondern alle. Es reicht nicht, wenn zwei Menschen zusammen sind. Sie brauchen immer eine Kiste Spielzeug.«

Mein Vater wurde etwas blass um die Nase. »Das regt mich echt auf. Das macht mich krank. Ich meine, wenn ich an die ganzen Apparate zur Sublimierung einer echten sexuellen Verbindung denke, an den Mangel an Respekt für die Privatsphäre und den Exhibitionismus als Ersatz für Intimität, dann kann ich wirklich nur sagen: ›O Bruuuuuder!‹«

Alle erblassten und guckten ängstlich, als hätte ich eine Waffe gezückt. Mein Vater fummelte mit der Eisserviette an seinem Auge herum. Liz' Augen waren schmal wie die einer stocksauren Bangkok-Hure, und Powell sah mich an, als sei ich seine Verachtung nicht wert. Es war lange still. Dann blickte mein Vater auf seinen Teller, holte ein paar Zwanziger raus und legte sie auf den Tisch. Er ersetzte die Serviette durch die Tüte gefrorener Erbsen und erhob sich. »Tut mir Leid«, sagte er und ging.

»Gut gemacht«, sagte Liz. »Darüber kommt er nie hinweg.«

»Was ist mit *mir*?« brüllte ich. *»Ich bin diejenige, die nie drüber weg kommt!«*

Sie beugte sich vor und klopfte Powell auf die Schulter. »Mr. Powell«, sagte sie, »ich habe das Match von ganzem Herzen genossen.« Und dann ging auch sie.

Powell stocherte lange Zeit mit der Gabel in seinen Nudeln und legte sie dann auf den Teller. »Wozu braucht die Welt Verhütungsmittel«, sagte er schließlich, »wenn es dich gibt?«

TABOULÉ ODER NICHT TABOULÉ

POWELL begleitete mich und mein Fahrrad zurück ins Viertel, doch als wir bei seiner Straße waren, sagte er, er müsse nach Hause. »Ich kapier nicht, was das soll«, sagte ich. »Ich dachte, seit du bei mir warst, hätte sich alles geändert.«

»Du solltest nichts für selbstverständlich halten.«

»Was ist passiert? Ich weiß, ich habe mich eben lächerlich gemacht, aber die Situation war auch nicht leicht für mich.«

»Das ist nicht der Grund, warum ich nach Hause muss«, sagte er. »Ich muss arbeiten. Für mich steht viel auf dem Spiel, seit Lopez beim *Schwager* dabei ist. Ich habe keine Zeit, den Familientherapeuten zu spielen.«

»Ich will keinen Therapeuten! Ich will nur wieder ein Mann sein. Wie letztes Mal. Ich will dich reiten und Sex ohne Kondom haben. Ich will bei dir übernachten.«

»Meine Wohnung ist mir heilig. Das einzige Mädchen, das dort übernachten darf, ist das, was ich selbst gemacht habe.«

»Ist das Aphorismus Nummer Sechs?«

»Nein, hab ich mir gerade ausgedacht. Aber jetzt, wo du's sagst …«

»Ich kann nicht glauben, dass du mit diesen blöden

Sprüchen so alt geworden bist. Man sollte meinen, dass dich irgendjemand längst umgebracht hätte.«

»Einen schönen Tag noch«, sagte er.

An diesem Abend ging ich meine Mutter besuchen. Das Haus war leer. Das Wohnzimmer war aufgeräumt, doch die Fotos von meinem Vater waren verschwunden, und das, auf dem wir drei beim Skifahren in Vermont zu sehen sind, war ganz nach hinten verbannt, hinter das gerahmte 13 x 18-Foto von meiner Mutter und ihrer Volkstanzgruppe.

Auf dem Sofatisch lag neben einem Stapel Zeitungen ein Buch mit dem Titel *Wie man Seitensprünge überlebt,* geschrieben von zwei Psychotherapeuten. In eine der Seiten war ein Eselsohr geknickt, und so schlug ich es auf. Das Kapitel hieß »Risiko-Partner« und begann so: »Ein Risiko-Partner hat aller Wahrscheinlichkeit nach diverse Affären und One-Night-Stands. Viele dieser Partner haben schwerwiegende persönliche Probleme und häufig eine lange Vorgeschichte verkümmerter zwischenmenschlicher Beziehungen, die bis in die Kindheit zurück reicht. Wahrscheinlich waren seine bisherigen Beziehungen zu Familienmitgliedern, Vorgesetzten, Freunden und Angehörigen des anderen Geschlechts unbeständig und sprunghaft.« Schon damals, beim Anblick von *Mars, Venus und Eros* hätte ich wissen müssen, dass es nicht lange dauern würde, bis sie *Wie man Seitensprünge überlebt* liest. John Gray war die Einstiegsdroge zur Scheidung.

Ich ging in die Küche und trat auf den Mülleimerhebel. Keine Taschentücher. Ob sie überhaupt noch weinte? Vielleicht hatte der postmenopausale Elan ihr übermenschliche Kräfte verliehen. Sie hatte einen Weg gefunden, über sich hinaus zu wachsen und als Einzige in der Familie einen klaren Kopf zu bewahren.

Ich sah im Kühlschrank nach, ob sie ihren Speiseplan geändert hatte, fand aber hauptsächlich Gemüse vom Markt und Focaccia, also nichts Absonderliches wie makrobiotische Kost oder so. Ich hielt das für ein gutes Zeichen. Die Wahrscheinlichkeit, dass eine Frau die Scheidung einreicht, steigt exponentiell, wenn sie unverarbeitete Lebensmittel zu sich nimmt.

Ich warf einen Blick auf den Wandkalender, um herauszufinden, wo sie war. Die Kästchen waren so voll gekritzelt, dass man die Schrift kaum entziffern konnte. Abendessen mit Carol, Kaffeeklatsch, Frauenliga für Israel, holländischer Volkstanzlehrer mit einem Pfeil über drei Tage. Vielleicht war ihr Schlüssel zur Krisenbewältigung, dass sie nie allein war. Ich fuhr mit dem Finger über die Aktivitäten, bis ich bei Dienstag war. »Strickende Hände«, stand dort. »Einführung.«

Strickende Hände war ein Woll-Laden in der Atlantic Avenue Ecke Bond Street in Boerum Hill. Er hatte vor ein paar Jahren eröffnet und war einer der wenigen Läden in der Straße, die gut liefen, vielleicht weil so viele junge Frauen auf retro standen. Als ich die Tür öffnete, sah ich im hinteren Teil des Ladens ein Dutzend Frauen jeden Alters um einen Tisch sitzen, die mit gefurchter Stirn die Nadeln klappern ließen. Niemand hatte mehr als ein paar Reihen fertig und man hörte Kommentare wie »Wird das irgendwann auch mal *größer*?« und: »Auf welcher Seite halt ich den Faden noch mal?«

Meine Mutter saß neben der Lehrerin, eine Mittvierzigerin mit Bürstenhaarschnitt und knochigem Gesicht. Fast war es, als hätte ich mir alles nur eingebildet. Ich konnte keine Tränenspuren entdecken. Sie war so mit Stricken beschäftigt, dass sie erst aufsah, als ich ihr auf die Schulter tippte.

Von Nahem sah ich, dass ihre Augen gerötet waren.

Von ihren faltigen Lippen verliefen Linien. »Woher wusstest du, dass ich hier bin?«

»Es stand auf dem Kalender.« Sie runzelte die Stirn, als gefiele ihr die Vorstellung nicht, dass ich ungebeten in ihre Wohnung ging. »Geht es dir gut?« flüsterte ich.

Sie stand auf, nahm meinen Arm und führte mich in den vorderen Teil des Ladens. »Was soll ich machen?« sagte sie. »Wenn ich zu Hause bleibe, weine ich nur ...« Ihr versagte die Stimme, und sie bedeckte den Mund, um das Geräusch zu unterdrücken. »Da gehe ich lieber zum Kurs. Nina wollte unbedingt, dass ich stattdessen zu ihr komme, aber ich habe ihr gesagt: ›Der Kurs kostet fünfundsechzig Dollar, ich will das Geld nicht zum Fenster raus werfen‹, und da hat sie nachgegeben.«

»Soll ich dich nicht nach Hause bringen?« sagte ich.

»Es geht schon«, sagte sie. »Ich lerne stricken.« Sie blinzelte ein paarmal, dann fing sie an zu weinen. »Wir sollten nicht hier reden«, sagte sie mit einem Blick auf den Dreadlock-Typen an der Kasse und zog mich auf die Straße.

»Wollen wir irgendwo was essen gehen?« fragte ich. »Ich will wissen, wie es dir geht.«

»Ich hab schon gegessen. Und es geht mir gut. Wirklich. Diese Anfälle gehen vorbei. Ich war bei einer Psychotherapeutin, die« – ihre Stimme überschlug sich – »auf Fälle wie meinen spezialisiert ist.« Meine Mutter machte vor mir eine Therapie. Es war verkehrte Welt. »Wo wohnt Papa? Bei dieser ...«

Ich wusste nicht, ob ich lügen sollte, doch ich musste gar nichts sagen, weil sie mich nur anzusehen brauchte. »Das tut er also.« Sie schüttelte verbittert den Kopf. »Dann hat er ja alles, was er will. Sie und dich.«

»Das ist ungerecht. Glaubst du, ich will, dass er über mir wohnt?«

»Ich habe keine Ahnung, was du willst.«

Sie war immer noch sauer und machte mich verantwortlich. »Das glaub ich ja nicht«, sagte ich leise. »Du glaubst immer noch, dass alles meine Schuld ist.«

»Das hab ich nicht gesagt! Aber wenn du dich nicht mit diesem Flittchen angefreundet hättest …«

»Omeingott«, sagte ich. »Das tust du. So weit ist es also gekommen? Du gibst mir sogar die Schuld daran, dass er fremd geht? Ich kann es dir wirklich nie recht machen.«

Meine Mutter und ich waren wie ein unglücklich verheiratetes Paar – wir hockten bis ans Ende unserer Tage aufeinander und konnten uns nicht erinnern, wieso wir überhaupt zusammen waren. Sie nahm mir meine enge Beziehung zu ihm übel, und ich nahm ihr übel, dass sie mich für etwas bestrafte, das ich mir nicht ausgesucht hatte.

»Warum hasst du mich so sehr?« sagte ich.

»Ich hasse dich nicht.«

»Warum verhältst du dich dann so, als ob du mich hasst?«

»Weißt du«, sagte sie und verschränkte die Arme vor der Brust. »Ich muss über Vieles nachdenken. Du musst doch verstehen, dass ich neulich Abend wütend war, und ich bin immer noch wütend. Ich fange gerade erst an, alles zu begreifen. Ich brauche Zeit.«

Wenn beide Eltern innerhalb eines Monats sagen, sie bräuchten Zeit, ist das kein gutes Zeichen. »Du sollst nur wissen, dass du mit mir darüber reden kannst«, sagte ich.

»Das weiß ich zu schätzen.«

Ich nahm ihr Handgelenk. »Bitte gib nicht mir die Schuld. Es ist schon schlimm genug, dass ihr beide euch hasst. Ich will nicht, dass ihr mich auch noch hasst.«

»Ich werde mich bemühen, dir nicht die Schuld zu geben«, sagte sie.

»Mehr hast du nicht zu bieten?«

»Im Moment nicht.« Ich ließ den Arm sinken. »Das wird schon, Rachel«, sagte sie müde. »Alles wird gut.«

Natürlich glaubte ich ihr nicht. Ich fand, dass sich das Verhältnis zu meiner Mutter unmöglich noch weiter verschlechtern konnte, aber ich habe eben die lausige Angewohnheit, alles positiv zu sehen.

Am Donnerstagabend war der Laden voll – drei Yuppies tranken am anderen Ende der Bar Bass, ein paar Hipsterpärchen tranken sich Mut an, um sich gegenseitig anzumachen, und ein paar süße britische Fußballer in Trikots spielten Billard und machten Krach. Jasper stand gut gelaunt bei den Zapfhähnen, weil er mit Delia ausgegangen war und sie ihn am Ende zwar nicht rein gelassen, aber immerhin geküsst hatte.

Powell hatte sich seit dem Tennismatch nicht gemeldet, und ich traute mich nicht, ihn anzurufen. Hätte ich ihn nur nicht ausgerechnet jetzt kennen gelernt, wo ich so durcheinander war. Es war wie ein tolles Rendezvous, wenn man gerade seine Tage hatte: Woher sollte der andere wissen, dass man unter normalen Umständen umgänglicher war?

Ich checkte den Umsatz auf der Kasse und dann meinen Anrufbeantworter. Kein Anruf. Ich musste mit ihm ins Reine kommen. Er ging beim zweiten Klingeln ran.

»Hi«, sagte ich.

Die Musik in der Bar war laut und er sagte: »Wer ist da?«

Kein gutes Zeichen. »Hier ist Rachel. Ich will dich sehen. Es tut mir wirklich Leid, dass ich neulich so eine Szene gemacht habe. Ich glaube, wenn wir nur zu zweit wären, wäre alles anders.«

»Aber du hast so spät Schluss.«

»Du könntest vorschlafen! Es dauert nur noch fünf Stunden, bis ich frei habe. Wir könnten – da weitermachen, wo wir aufgehört haben. Und morgen früh lade ich dich zum Frühstück ein.«

Er schwieg eine Weile, dann sagte er: »Ich habe sowieso noch ein paar Stunden zu tun. Vielleicht komme ich gegen eins vorbei.«

»Super!« sagte ich.

Ich legte auf.

»Du Pantoffelheld«, sagte Jasper.

»Eine Frau kann kein Pantoffelheld sein. Nur Männer können Pantoffelhelden sein.«

»Dann bist du eben eine Heldin der Arbeit.«

»Heute nicht«, sagte ich. »Ich habe erst ungefähr hundert Dollar Trinkgeld.«

In dem Moment kam mein Vater rein. Er sah nicht gut aus. Sein Haar war noch zerzauster als sonst, und er trug ein T-Shirt mit der Aufschrift »Taboulé oder nicht Taboulé« und viel zu hoch gekrempelte dunkelblaue Jeans, wie man sie vielleicht tragen kann, wenn man James Dean heißt oder unter dreißig ist, aber nicht, wenn man keines von beidem ist. Sein Auge sah schon besser aus, aber darunter befand sich eine dünne Linie, als habe ihm jemand ein Veilchen verpasst, und er vermittelte insgesamt den Eindruck eines verlotterten HIV-positiven Obdachlosen. Auf seinem Gesicht lag ein Schatten irgendwo zwischen Wildwuchs und dünnem Bart, und er wirkte aufgedunsener als sonst, ein bisschen wie Alec Baldwin.

Er ging direkt zur Jukebox und warf Geld ein. Ich fragte nicht, was er aufgelegt hatte. Ich wartete einfach, bis er sich an die Bar gesetzt hatte, und fragte: »Chivas und Wasser?«

»Nee, lieber ein Harp.«

»Sicher?« sagte ich. »Du willst keinen Chivas? Und keinen Martini?«

»Nein, Harp ist gut.«

Ich zapfte das Bier und stellte ihm das Glas hin. Er schien nicht reden zu wollen, deshalb brachte ich einem der Hipster-Pärchen eine zweite Runde.

»Du erinnerst dich an Jasper?« sagte ich, als ich zurück kam.

Er nickte ihm zu. »Schön, Sie zu sehen.«

»Gleichfalls, Mr. Block. Wie läuft's denn so?«

Mein Vater warf mir einen verärgerten Blick zu, weil ich geplaudert hatte. »Ich musste es ihm erzählen«, sagte ich. »Wir verbringen ungefähr dreißig Stunden pro Woche miteinander.«

»Schon gut, Mr. B.«, sagte Jasper. »Ich bin moralischer Relativist.«

Mein Vater nickte, als sei ihm das alles zu hoch, dann beugte er sich vor und sagte leise: »Ich muss dir was erzählen.«

Liz war schwanger. Ich wusste es. Sie würde das Baby im Stich lassen und ich wäre gezwungen, es à la Hester Prynne großzuziehen und als mein eigenes uneheliches Powell-Kind auszugeben, während mein Vater sich zum vernarrtesten und engagiertesten Großvater der Welt mausern würde.

»Was ist?« fragte ich dumpf.

»Ich glaube, ich werde versuchen, mich mit Mama zu versöhnen.«

Ich schoss tausend Meter hoch in den Himmel und stieß mir den Kopf am Mitternachtsmond, ehe ich zurück auf die Erde schwebte. »Echt?« sagte ich und unterdrückte ein Schluchzen. »Das sind die besten Neuigkeiten, die ich seit …«

»Reiß dich zusammen«, sagte er und reichte mir eine Serviette. »Du willst doch nicht, dass deine Gäste dich heulen sehen.«

»Das kennen die schon«, sagte ich.

»Da hat sie Recht«, sagte Jasper.

»Ich freu mich so für dich! Woher rührt diese plötzliche weise Erkenntnis?«

»Ich weiß nicht«, sagte er mit verhuschtem Blick. »Ich habe wohl einfach erkannt, dass Mama und ich mehr Gemeinsamkeiten haben.«

»Und das hast du ganz plötzlich einfach so erkannt?«

»Elizabeth und ich haben eine Wiederholung von *Saturday Night Live* gesehen, und ich sagte was von Jewess Jeans, und sie wusste überhaupt nicht, wovon ich rede.«

»Siehst du?« sagte ich. »Siehst du? Gemeinsame Bezugspunkte!«

»Aber es war nicht nur das. Wir finden nicht dieselben Sachen witzig. Sie macht auf der Straße grausame Bemerkungen über andere Frauen, über ihre Kleidung oder Körper, und mich hat das gestört. Ganz zu schweigen von den familiären Problemen, die zu kapieren selbst Freud sein halbes Leben gebraucht hätte.«

Was war ich für ein Idiot. Sein Blick flackerte, und er presste die Lippen fest aufeinander. Es war quälend offensichtlich. »Papa«, sagte ich. »Liz hat Schluss gemacht, oder?«

»Gestern Abend.« Er nickte. Seine Nasenflügel blähten sich weiter auf als Ali MacGraws, und seine Augen flossen über. »Sie findet, dass wir …« Er biss sich auf die Lippen und räusperte sich, um nicht zu heulen. »Nicht zusammen passen.« Eine dicke Träne kullerte ihm über die Wange. »Sie sagt, sie hat sich etwas vorgemacht, als sie dachte, wir hätten auf Dauer eine Chance, dass wir einfach nicht genug Gemeinsamkeiten haben und dass sie nur auf mich scharf war, weil sie einen Vaterkomplex hat.«

Jasper stand auf und legte seinen Arm um ihn. »Es ist völlig in Ordnung zu weinen, Mr. B. Das ist ein Zeichen von Stärke.«

»Ich liebe sie«, sagte mein Vater mit brüchiger Stimme. »Liebte sie. Ich weiß, du glaubst es nicht, aber das tue ich. Sie ist so intelligent und ganz anders als sie wirkt – nach außen. Bei ihr fühle ich mich – nicht jung, aber witzig und attraktiv.« Er knetete die Stelle zwischen den Augenbrauen und starrte reumütig in sein Bier.

Ich wollte ja gern verständnisvoll und betroffen sein, doch ich konnte nicht anders als sein plötzliches Bedürfnis, zu meiner Mutter zurückzukehren, etwas weniger positiv zu sehen. »Du willst als nur deshalb wieder zu Mama zurück, weil sie besser ist als nichts?«

»Nein!« sagte er. »Ich denke, dass ich ihr tatsächlich ein guter Ehemann sein könnte, jetzt wo ... bei all der Zeit, die mir zur Verfügung steht, könnte ich ihr bei ihren Projekten helfen. Elizabeth meint, einer der Gründe dafür, dass ich fremd gegangen bin, sei Eifersucht auf Mamas rege soziale Kontakte. Erst wollte ich das nicht wahrhaben, aber da ist etwas dran. Ich habe das Gefühl, dass ich mich selbst besser verstehe und meiner Ehefrau vielleicht ein besserer Partner sein kann.«

Das Wort »Ehefrau« aus dem Mund meines Vaters ließ mich wohlig erschauern. Obwohl mir seine Motive immer noch fragwürdig erschienen. Meine Mutter kannte ihn besser als jeder andere und wenn sie auch nur eine Sekunde den Verdacht hatte, dass Liz die treibende Kraft hinter der Versöhnung war, würde sie ausflippen. Ich musste ihm helfen, ehe er die letzte Brücke, die ihm blieb, auch noch abfackelte.

»Ich glaube, du hast Recht, Papa«, sagte ich. »Das ist die beste Entscheidung, die du getroffen hast seit ... ihr mich bekommen habt.«

Mein Vater nickte nicht sehr überzeugt.

»Alles wird gut«, sagte ich und drückte seine Schulter. »Hab ein bisschen Vertrauen. Du musst sie nur davon überzeugen, dass alles ein Fehler war. Dass du dich geändert hast.«

»Und wenn sie mir nicht glaubt?«

Diese Möglichkeit wollte ich lieber nicht in Betracht ziehen. Ich musste zuversichtlich klingen, sonst würde er es gar nicht erst versuchen. »Das wird sie schon«, sagte ich. »Du *hast* dich doch geändert, oder?«

»Natürlich habe ich das!« sagte er mit so viel Inbrunst, dass klar war, dass er das nicht hatte, oder jedenfalls *noch* nicht. Er wischte sich die Tränen aus den Augen, stand auf, zog sein T-Shirt runter und ging zur Tür. Ich warf Jasper einen Blick zu, und er stand auf und hielt meinen Vater zurück.

»Bleiben Sie doch noch ein bisschen, Mr. B.«

»Nein, ich sollte lieber gehen. Ich habe eine Entscheidung getroffen. Ich gehe nach Hause und warte vor der Haustür, bis sie nach Hause kommt.«

»Das ist keine gute Idee«, sagte ich.

»Warum?«

»Weil … weil du ein T-Shirt mit der Aufschrift ›Taboulé oder nicht Taboulé‹ trägst.«

»Ich find's charmant«, sagte Jasper. »Rachel meint nur, dass Sie sich vielleicht überlegen sollten, was Sie sagen. Es kann nicht schaden, vorbereitet zu sein.«

Mein Vater blickte trübsinnig an sich herab und sagte: »Ihr habt Recht.« Er setzte sich wieder auf seinen Barhocker, und ich machte ihm ein Eiswasser. Er wirkte so gequält, so völlig von der Rolle. Vielleicht hatte er in Liz etwas gesehen, das niemand sehen konnte: ein Herz.

»Tut mir Leid, dass sie Schluss gemacht hat«, sagte ich.

»Tut es nicht«, sagte er.

»Okay, tut es nicht. Aber es tut mir Leid, dass du leidest.«

»Ich muss wohl versuchen, positiv zu denken«, sagte er missmutig. »Hätte es funktioniert, hätte ich den Rest meines Lebens geglaubt, ich hätte nichts falsch gemacht.«

Nie hatte ich ihn so einsichtig erlebt. War das nötig für einen Weckruf: Dass man kurz davor stand, alles zu verlieren, was man hatte?

Sein Blick war gesenkt, und er wirkte viel zu alt, um in einer Szenekneipe zu sitzen. »Alles wird gut, Papa«, sagte ich und legte meine Hand auf seine. »Ich versprech's.«

»Ich wollte dich noch was fragen«, sagte er. »Kann ich heute Nacht bei dir schlafen? Liz will, dass ich sofort ausziehe. Ich habe die letzten drei Nächte auf dem Sofa geschlafen, und sie sagt, sie erträgt es nicht aufzuwachen und – mich dort zu sehen.«

Was sollte ich tun? Ich hatte Powell überredet vorbei zu kommen. Ich wollte nicht absagen. Und wenn ich ihn bat, zu ihm zu gehen, würde er sagen, er brauche seinen Freiraum.

»Kannst du nicht ins Brooklyn Marriott oder so gehen?«

»Du schickst deinen eigenen Vater ins Hotel?« jammerte mein Vater.

»Sie können bei mir schlafen, Mr. Block«, sagte Jasper. »Ich habe einen Futon. Da sind ein paar ziemlich dubiose Flecken drauf, aber …«

»Jasper!« sagte ich und griff nach dem Telefon.

»Hallo?« sagte Powell.

Ich drehte meinem Vater den Rücken zu, damit er nichts hörte. »Liz hat ihn vor die Tür gesetzt«, sagte ich.

»Das hat ja nicht lang gedauert.«

»Er sucht einen Platz zum Schlafen.« Schweigen. »Und ich dachte, vielleicht kann ich zu dir kommen, dann kann mein Vater bei mir übernachten.«

»O nein«, sagte er. »Ich hab morgen früh zu tun. Du kannst nicht hier bleiben.«

»Ich verdrücke mich ganz früh!« zischte ich.

»Nein, ein anderes Mal vielleicht.«

Ich traute mich nicht zu sagen, was ich dachte: dass ich nicht wusste, ob es ein anderes Mal geben würde. »Du hast doch gesagt, ich soll ihn in Ruhe lassen. Du hast doch gesagt, ich soll mich von meinen Eltern lösen.«

»Aber doch nicht in Krisenzeiten. Wenn es hart auf hart kommt, kehrt man der Familie nicht den Rücken.« Es war unglaublich. Mein Vater war ein Mensch gewordenes Kondom.

Ich sorgte dafür, dass mein Vater in der Bar blieb, bis er sich etwas beruhigt hatte, dann ließ ich ihn von Jasper in meine Wohnung bringen. Als ich um halb fünf Uhr morgens nach Hause kam, öffnete er die Tür in einem mit seiner alten Unterhemden, schwarzer Jogginghose und seiner alten Siebziger-Jahre-Brille. Das T-Shirt hatte einen V-Ausschnitt und war unten ausgefranst, und sein Bauch zeichnete sich darunter ab. Es war komisch, aber irgendwie beruhigte mich der Bauch meines Vaters enorm. Vielleicht war er ja wieder der Alte.

»Tut mir Leid, dass ich dich geweckt habe«, sagte ich.

»Ist schon gut«, gähnte er.

»Leg dich wieder hin.«

»Okay«, sagte er und drehte mir den Rücken zu. Er hatte das Sofa vom Tennisfenster weg geschoben, um es ausklappen zu können, und ich musste mich daran vorbei zwängen, um in mein Zimmer zu gelangen.

Als er sich aufs Sofa hievte, knarrte es. »Gute Nacht, Papa«, sagte ich unter dem Türrahmen.

»Gute Nacht, Rach«, sagte er. Ich zog das Pearl-River-Rollo so weit runter, dass ich ihn nicht mehr sah, dann ging ich ins Bad und putzte mir die Zähne. Ich zog mein Gowanus-Canal-Yacht-Club-T-Shirt an und ging ins Bett.

Während ich mich hin und her wälzte und mich fragte, ob er schlief oder nicht, hörte ich wieder das Sofa knarren und das Trippeln seiner Füße. Dann ein Klopfen. »Bist du wach?« sagte er.

»Ja.«

»Tut mir wirklich Leid, dass ich dich störe«, sagte er, »aber ich muss mal … aufs Klo.« Würde ich doch nur in einer Wohnung wohnen, wo man nicht durchs Schlafzimmer gehen muss, um ins Bad zu gelangen.

»Mach nur«, sagte ich. Das Rollo ging nach oben, und er ging am Bett vorbei zum Klo. Die Badezimmertür war verzogen und ließ sich nicht ganz schließen, so dass man alles, was drinnen vor sich ging, hören konnte. Der Klodeckel ging auf und knallte gegen den Spülkasten, und dann begann mein Vater zu pinkeln. Mein Vater hatte den lautesten und aggressivsten Strahl von allen Männern, die ich je gehört hatte. Er könnte Geräuschmacher für die Urinierszenen betrunkener Männer sein. Der Strahl stoppte, dann kam das Schütteln. Man hörte ein paar Tropfen, die Toilettenspülung, und er kam wieder raus.

Er wollte an mir vorbei ins Wohnzimmer gehen, doch dann blieb er stehen und setzte sich aufs Bett. Er schwieg einen Moment, dann sagte er: »Ich … Es gibt da etwas, über das ich mit dir reden muss.«

»Okay«, sagte ich. Er hatte es sich anders überlegt. Er wollte wieder mit Liz zusammen sein. Er wollte, dass ich beim Scheidungsverfahren sein Leumundszeuge bin.

»Was?«

»Ich mache mir … Ich mache mir ein bisschen Sorgen wegen deiner Beziehung zu Hank.« Ich auch, aber das würde ich ihm nicht gerade auf die Nase binden.

»Was macht dir Sorgen?« fragte ich und zog die Decke bis an den Hals, obwohl ich ein T-Shirt trug.

»Naja, ich halte mich für einen liberalen Menschen, aber als ich deine wunden Handgelenke gesehen habe …«

Ich setzte mich senkrecht im Bett auf. »Papa. Darüber möchte ich nicht reden.«

»Wenn ich es nicht wüsste, wäre es wahrscheinlich egal«, sagte er, »aber da ich es nun einmal gesehen habe, muss ich dich einfach fragen, ob er dich behandelt, wie du es verdienst behandelt zu werden.« Das tat er nicht, aber das hatte nichts mit meinen Handgelenken zu tun. »Geht es dir gut? Ich will nur wissen, ob …«

»Papa. Wer hat mit seiner Freundin so viele Geräte benutzt, dass mein Licht geflackert hat?«

Überrascht warf er den Kopf zurück. »Es hat *geflackert*? Echt? Du solltest dich beim Vermieter beschweren. Vielleicht stimmt was nicht mit der Elektrizität.«

»Ich glaube nicht, dass ausgerechnet du dich in der Position befindest zu verurteilen, was ich tue. Du hast dein Recht auf väterlichen Rat verwirkt.«

»Ich sage ja nicht, dass ich keine Fehler gemacht habe«, sagte er. »Aber als dein Vater habe ich ein Recht zu fragen. Zwingt er dich, Dinge gegen deinen Willen zu tun?«

»Nein!«

»Es ist nur – so viel mir Elizabeth auch über Lust beigebracht hat – als ich deine Handgelenke sah, hatte ich das Gefühl – als Vater versagt zu haben.«

»Nur dass ich das richtig verstehe«, sagte ich. »Du hast deshalb das Gefühl, als Vater versagt zu haben, aber nicht, weil du mit der besten Freundin deiner Tochter ins Bett gegangen und dabei erwischt worden bist?«

Er schwieg mit offenem Mund, dann klopfte er auf die Decke, stand auf und sagte: »Vielleicht hast du Recht. Vielleicht sollten wir dieses Thema nicht weiter vertiefen.«

Er duckte sich unter dem Rollo hindurch. Ich hörte das Klappsofa knarren, als er ins Bett kroch. Wir lagen in der Dunkelheit. Weil es keine Tür gab, hörte ich ihn atmen. Jedesmal wenn er sich auf die andere Seite drehte, knarrte es, und ich lag noch ein ganze Stunde wach, ehe ich endlich einschlief.

TESCHUWAH

Mein Vater beschloss, dass die Rückkehr ins Herz meiner Mutter schrittweise erfolgen sollte. In der folgenden Woche rief er sie ständig an und führte auf seinem Handy langatmige Gespräche, wozu er sich auf den Treppenabsatz vor der Haustür verzog, damit ich nicht zuhörte. Ich verstand nur Gesprächsfetzen – wie »noch eine Chance geben« und »keine Abschieds-Affäre« und »gern mal mit zu deiner Therapeutin kommen« – doch sie blieb hart.

Eines Abends teilte er mir mit, dass sie ihm erlaubt hatte vorbeizukommen, weil sie von Angesicht zu Angesicht mit ihm reden wollte. Hoffnungsvoll warf er sich mit Hemd und Khakihose mit Gürtel in Schale und gelte sein Haar zurück. Ich sagte, er sähe toll aus und er solle mich anrufen, wenn er mich braucht. Eine Stunde verging, dann drei, und als er schließlich gegen elf zurück kam, wirkte er um zwanzig Jahre gealtert. Mit hängendem Kopf setzte er sich aufs Sofa.

»Es ist aus«, sagte er düster, als könnte er es selbst nicht glauben.

»Sie ist nicht mal zu einer Paartherapie bereit?«

Er schüttelte den Kopf. »Sie liest so ein Buch über Seitensprünge, und sie hat beschlossen, dass es sich um die Art Affäre handelt, die sie nicht verzeihen kann. Sie sagt, ihr ist klar geworden, wie klein ich sie all die Jahre gemacht habe und wie all ihre Gruppen ihr Leben bereichern, und sie sei ohne mich glücklicher. Sie sagt, sie braucht mich nicht mehr.« Er weinte nicht einmal – ein beunruhigendes Zeichen. Er wirkte wie betäubt, verstört, als hätte ihn jemand an der Gurgel gepackt.

Ich wusste, wenn sie wirklich so empfand, hatte es nichts mit Liz zu tun, und doch konnte ich nicht anders, als ihr die Schuld zu geben. Ich konnte mir einreden, dass es so besser sei, dass meine Eltern sowieso Probleme hatten, doch im Grunde glaubte ich das nicht.

»Ich hasse sie«, brummte ich.

»Mama?«

»Liz! Es ist alles ihre Schuld. Sie hat einen Keil zwischen euch getrieben.«

»So darfst du das nicht sehen. Ich hatte die Wahl und habe die falsche getroffen. Ich wusste, dass ich mit dem Feuer spiele, als ich mich darauf einließ. Mama war schon immer unbarmherzig. Doch als es vorbei war, hatte ich die Hoffnung, dass sie mich zu sehr lieben würde, um mich zurückzuweisen. Da kann man mal sehen.« Er fuhr sich mit den Fingern durchs Haar und sagte: »Was bleibt mir noch, Rach?«

»Wie meinst du das?«

»Machen wir uns doch nichts vor. Ich bin ein Loser.«

»Du bist kein Loser.«

»Bin ich doch! Ich habe allmählich das Gefühl, als würde ich alles kaputt machen, was ich anfasse.« Er legte den Kopf in die Hände, und als er wieder aufsah, war sein Blick wild und verzweifelt. »Ich habe mein ganzes Leben vermurkst!«

»Nein, hast du nicht.«

»Hab ich doch! Ich bin seit vier Monaten arbeitslos, ich bin fünfundfünfzig und ich wohne bei meiner sechsundzwanzigjährigen Tochter.«

»Moment«, sagte ich. »Wer sagt, dass du bei mir wohnst?«

»Was soll ich denn sonst tun?«

»Dir eine Wohnung suchen!«

»Einzimmerwohnungen kriegt man nicht unter vierzehnhundert«, sagte er, »und ich lebe von meinem Arbeitslosengeld. Mama hat unser gemeinsames Konto sperren lassen.«

»Ist das erlaubt?«

»Was weiß ich? Wir müssen wohl irgendwann« – er würgte – »die Scheidung einreichen, aber bis dahin lebe ich von 405 $ pro Woche.«

»Du kannst nicht hier bleiben! Der Platz reicht kaum für mich allein!«

»Du wirst mich gar nicht bemerken«, sagte er. »Ich bin auch ganz ordentlich. Ich mache jeden Tag das Bett. Was sagst du, Rach? Bitte.«

Trotz seines leidenden, fragenden Gesichtsausdrucks entdeckte ich die Spur eines Funkelns in seinen Augen. Ich wusste, warum. Mein Vater bekam von mir genau das, was er sich seit dem Tag, als ich aufs College gegangen war, gewünscht hatte: Nähe. Er kriegte nie genug von mir. Wenn ich meine Eltern einmal pro Woche besuchte, wollte er, dass ich zweimal kam, wenn ich zweimal pro Woche kam, rief er jeden zweiten Tag an. Einerseits war er am Ende, aber andererseits erfüllte sich sein Herzenswunsch.

Es war der Wunschtraum aller Eltern: nur einen Meter von ihrem Kind entfernt zu wohnen, so nah, dass sie es auf Schritt und Tritt verfolgen konnten. Mein Leben war zur Begutachtung und Beurteilung freigegeben. Nachts würde ich zum Klang seines Strahls und Schüttelns einschlafen. Er würde sich berechtigt fühlen, an meinem Job rumzunörgeln, und mich zu überzeugen versuchen, meine

Ausbildung fortzusetzen. Er würde mich wegen Powell nerven, egal wie wenig ich ihm erzählte. Es war sein größter Wunschtraum und mein größter Albtraum. Er war aus seinem leeren Nest direkt in meines geflogen.

INNERHALB einer Woche war er mit Sack und Pack eingezogen. Nachdem ich meiner Mutter versprochen hatte, dass er sie in Ruhe lassen würde, hatte sie ihm einen Termin genannt, an dem er seine Sachen abholen konnte. Ich räumte im Kleiderschrank ein paar Regale für ihn frei und schob meine Winterklamotten zur Seite.

Morgens durfte er als Erster duschen, dafür musste er uns beiden Kaffee machen, und er begann Frühstücksflocken zu kaufen, was sowieso besser für meine Figur war als Bagel mit Frischkäse. Er half mir, meine Anlage zu verkabeln, so dass der Ton des Fernsehers aus den Boxen kam, und ich brachte ihm bei, seine Handtücher an die Haken an der Tür zu hängen statt darüber und ein Streichholz anzuzünden, wenn er gekackt hatte. Er kaufte T/Gel-Schuppenshampoo, das ich widerstrebend benutzte, nachdem ich mich an den Teergeruch gewöhnt hatte, und ich borgte mir seine Hydrokortisoncreme, wenn das Ekzem an meinen Ellbogen aufflammte.

Ich änderte die Ansage auf dem Anrufbeantworter, falls irgendein Headhunter anrief, und stellte einen Tisch für sein iBook auf, damit er über meinen Internet-Anschluss Lebensläufe verschicken konnte. Ich kaufte ihm die Sandy-Koufax-Biografie, die er in nur zwei Tagen verschlang, und Abends liehen wir uns DVDs aus. Eines Abends machte ich den Fehler *Schuld daran ist Rio* zu holen, weil ich dachte, es würde ihn aufheitern, und er regte sich so auf, dass wir nach der Hälfte ausschalten mussten.

Powell und ich frühstückten noch zusammen, aber wenn ich ihn fragte, ob wir uns nicht mal abends treffen wollten, wich er aus und behauptete, er sei mit Nora und dem *Schwager* beschäftigt. Stattdessen verbrachte ich meine Freizeit mit meinem Vater, hörte mir immer wieder seine rührselige Geschichte an, half ihm Klamotten für Vorstellungsgespräche zu kaufen und passte auf, dass er keine Dummheiten machte, wie z. B. sich umzubringen.

Meine Mutter reagierte wieder auf meine Anrufe, und wir gingen ein paarmal essen, um über alles zu reden. Sie ging noch immer zum Volkstanz und leitete den Kaffeeklatsch, und als ich ihr nahe legte, etwas kürzer zu treten, sagte sie, die Gruppen würden sie ablenken. Obwohl sie nie sagte, dass sie mir vergab, hörte sie doch auf, so zu tun, als sei die Affäre meine Schuld, und manchmal erkundigte sie sich sogar nach ihm und seiner Jobsuche, was ich für ein gutes Zeichen hielt, obwohl schnell klar war, dass sie nie wieder zusammen kommen würden.

Eine Weile schien Liz spurlos verschwunden zu sein. Ich wusste nicht, ob sie sich am Zölibat versuchte oder bei ihren Eltern wohnte, jedenfalls hörte ich keine Schritte mehr und begegnete ihr nie.

Eines Abends saßen mein Vater und ich am Küchentisch und aßen etwas vom Fountain Café. Er blätterte im *New Yorker*, kicherte über einen Roz-Chast-Cartoon, als über uns ein beherztes Stöhnen zu hören war. Wie vom Schlag getroffen fuhr er auf und starrte zur Decke. Eine männliche Stimme schrie: »Wo soll ich kommen, auf den Titten?«

»Gute Idee!« kam zur Antwort. »Und ich verreibe es dann mit den Händen!«

»Du könntest etwas Feuchtigkeitscreme brauchen!« sagte der Mann, und daran wie er Feuchtigkeitscreme aussprach, erkannte ich, das war Gordon, der Cowboy.

»O Bruder«, stöhnte mein Vater, das Gesicht vor Entsetzen wie versteinert.

»Wichs weiter!« sagte Liz. »Wichs deinen Schwanz!«

»Mach ich. Ich wichse ihn für dich. Siehst du, wie ich ihn wichse?«

»Das ist Folter«, sagte mein Vater.

»Klingt, als sei es gleich vorbei«, sagte ich.

»Soll das vielleicht ein *Trost* sein?« jaulte er und starrte nach oben, als fürchtete er, die Decke könnte ihm auf den Kopf fallen.

»Mmmmmmmmmm«, sagte Gordon.

»Das glaub ich nicht!« rief mein Vater. »Ich habe versucht, mich mit dem Gedanken zu trösten, dass sie es bereut, aber das Mädchen ist wie Edith Piaf!«

»Vielleicht versucht sie nur dich zu vergessen, indem sie sich in die nächste Affäre stürzt.«

»Das gibt eine prächtige Ladung!« sagte Gordon. Mein Vater runzelte die Stirn und sah aus wie kurz vorm Herzinfarkt.

»Lass uns ein Bier trinken gehen«, sagte ich, und ehe er widersprechen konnte, schob ich ihn aus der Tür.

DIE ganze Nacht wälze ich mich hin und her. Ich ließ mein Fenster immer ein wenig offen, weil ich sonst nicht schlafen konnte, und gegen ein Uhr morgens hörte ich jemanden dagegen klopfen. Ich zog die Jalousie hoch und sah Liz auf der Feuertreppe hocken und Zeichen geben, dass ich raus kommen sollte. Sie rauchte eine Zigarette und der Rauch stieg durchs Fenster.

Ich hörte meinen Vater leise im Schlaf murmeln, irgendwas von achtundzwanzig K, und aus Angst, ihn aufzuwecken, kletterte ich nach draußen. Ihr Haar war zerzauster als sonst und sie trug ein enges blaues T-Shirt mit der Aufschrift PORNSTAR und dem Regenbogenzeichen darunter und eine Juicy-Kapuzenjacke, die sie sich um den Körper schlang. Irgendwie komisch, dass jemand, der so mager war, das Leben von drei Menschen ruinieren konnte.

»Hey«, sagte sie, steckte sich ein Zigarette an und inhalierte tief. Sie wedelte den Rauch von meinem Fenster fort, als würde das was nützen.

»Was willst du?« sagte ich und verschränkte die Arme vor der Brust.

Ich will reden. Wie geht es deinen Eltern? Sind sie wieder zusammen?«

»Ich schüttelte den Kopf. »Er wohnt bei mir.«

»Was?« sagte sie.

»Nicht so laut. Er ist nebenan.«

»Das kapier ich nicht«, sagte sie. »Ich hab ihm doch gesagt, er soll sich mit deiner Mutter versöhnen.«

»Das wollte er ja auch. Leider gehören dazu zwei.«

»Sie will ihn nicht zurück?«

»Willst *du* ihn zurück?«

»Ich hätte nicht gedacht, dass man nach all den Jahren einfach so auseinander geht.« Ich schüttelte den Kopf. Ich hasste ihre Figur, ihre ausgemergelten Wangen. »Das … das ergibt doch keinen Sinn«, sagte sie. »Ich dachte, sie liebt ihn noch. Ich wusste, dass sie sauer ist, aber ich dachte, sie würde ihm vergeben. Was für eine Scheiße.«

»Tja, für mich ist es schlimmer als für dich.«

Sie sah mich mitfühlend an, und ihr Gesicht verzog sich zu einer fremden, gepeinigten Grimasse. »Tut mir Leid«, sagte sie.

Ihr Blick war einsam und traurig, und sie wirkte weniger wie ein abgefucktes Flittchen als wie eine echt kaputte Type. »Warum hast du das getan?« sagte ich.

»Ich weiß nicht genau. Das versuche ich gerade mit Dr. Fromberg herauszufinden. Sie sagt, ich verletze Grenzen, weil ich Angst habe, nur auf sexueller Ebene gemocht zu werden.«

»Das Gegenteil ist der Fall«, sagte ich.

»Ich weiß, aber es hat gedauert, bis ich das kapiert habe.«

Sie tat geradezu, als müsse *sie mir* Leid tun. »Ich kapier einfach nicht, warum du das getan hast«, sagte ich. »Ich meine, er ist schließlich nicht irgendein Typ. Was hab ich getan, dass du mich so sehr hasst?«

»Keine Ahnung«, sagte sie, kräuselte ihre Unterlippe und nahm einen tiefen Zug. »Dr. Fromberg glaubt, ich bin irgendwie eifersüchtig auf dich, weil du keine Probleme mit Männern hast.«

Ich kicherte. »Ja, klar.«

»Ich weiß, *jetzt* ist das anders, aber damals war es so. Und als dein Vater mich an jenem Abend in der Smith Street zu einem Drink einlud, dachte ich: *Mal sehen, wo das hinführt,* und dann haben wir angefangen zu reden und da war diese Chemie zwischen uns und …« Sie zuckte die Schultern. »Ich weiß nicht. Ich wollte dir nicht bewusst weh tun. Ich glaube, ich hatte nur … das Gefühl, dass du dich mir überlegen fühlst …«

»Was habe ich je gesagt, das dir diesen Eindruck vermittelt hat?«

»Wenn ich über Männer geredet habe, hast du nur mitleidig geguckt. Als sei ich total plemplem, weil ich auf Typen aus der Arbeiterklasse stehe. Oder weil ich gleich beim ersten Rendezvous mit ihnen ins Bett gehe. Du hast nie was gesagt, aber ich habe gespürt, dass du mich verurteilst.«

»Aber das stimmt überhaupt nicht!« sagte ich. »Im Gegenteil. Ich fand cool, dass du wie ein Mann fickst. Ich wollte von dir lernen.«

»Ich kann mir nicht vorstellen, dass ich mir das alles

nur eingebildet habe. Manchmal wenn ich dir was erzählt habe, hast du mich angesehen, als sei ich asozial. Also habe ich mich wohl … entsprechend verhalten.«

»Ich halte dich nicht für asozial«, sagte ich, »aber ich wünschte, du hättest was gesagt und wir hätten drüber geredet oder so. Das wäre einfacher gewesen.«

»Ich will mich ja gar nicht rechtfertigen. Um Himmels Willen, Rachel, schließlich bin ich es, die damit leben muss, die sich jedes Mal duckt, wenn sie deiner Mutter begegnet. Das war nicht so geplant. Ich habe mich einfach … verguckt.«

Ich kapierte immer noch nicht, was sie aneinander gefunden hatten. Wie konnte sich irgend jemand in meinen Vater »vergucken«?

»Ich weiß, es ist schwer zu glauben, aber er hat mich behandelt, als sei ich ihm nicht egal. Und es klang, als gäbe es zu Hause sowieso Probleme. Ich dachte, du weißt, dass sie eine Krise haben. Und dann bin ich ihm an diesem Abend zufällig begegnet und es ist – passiert, und dann hat deine Mutter es raus gefunden und ehe ich noch darüber nachdenken konnte, ob ich will, dass der Vater meines ungeborenen Kindes achtzig ist, wenn es seinen College-Abschluss macht, war er schon eingezogen.«

»Wenn er dir soviel bedeutet hat, warum hast du dann Schluss gemacht?«

»Weil mir, nachdem er eingezogen ist, sofort klar wurde, dass wir einfach zu verschieden sind. Ich meine, hast du je gefunden, dass wir zusammen passen?«

»Nein! Ich wünschte nur, ihr hättet das gemerkt, bevor ihr aufgeflogen seid!«

Sie blickte in den Himmel und schnippste Asche in den kläglichen Garten hinter dem Haus, der aus traurigem Gras, einer Betonplatte und ein paar Picknicktischen bestand. Im Mondschein stachen die Falten zwischen ihren Augen hervor und ihre Haut war blass und bläulich.

»Ich hab Scheiße gebaut«, sagte sie, »das wusste ich von Anfang an, aber manchmal kann man einfach nicht anders, auch wenn man weiß, dass man einen Riesenfehler macht.« Sie seufzte und fuhr sich mit der Zunge über die Lippen. »Ich weiß, du wirst wahrscheinlich nie wieder mit mir reden. Und ich würde das an deiner Stelle wahrscheinlich auch nicht tun. Es tut mir wirklich Leid, Rachel. Ich weiß, das klingt abgedroschen und macht wahrscheinlich keinen Unterschied, aber mir war nicht klar, dass es so enden würde.« Es war kühl und sie schlang die Jacke fester um sich. »Findest du, dass ich eine Fotze bin? Findest du, ich habe deiner Mutter den Mann weggenommen?«

»Mindestens eins von beidem«, sagte ich.

»Ja«, sagte sie düster. »Weißt du, was das Schlimmste daran ist?«

»Was?«

»Ich wollte gerade mit der Analyse aufhören, aber das kann ich jetzt vergessen.«

Von oben hörte man ein Ächzen und dann ein Gähnen, und eine Stimme sagte: »Liz? Wo bist du?«

»Ich bin hier unten!« rief sie zu ihrem Fenster hoch. »Und rede mit Rachel! Bin gleich wieder da!«

»Ich wünschte, du und der Cowboy, ihr könntet ein bisschen leiser sein«, sagte ich. »Wir haben gehört, wie er auf deine Titten gekommen ist.«

Sie schlug die Hand vor den Mund. »Rachel«, sagte sie. »Ich schwöre bei Gott, ich hatte keine Ahnung, dass dein Vater hier wohnt.«

»Bitte besorg dir Noppenschaumstoff. Sein Herz ist dafür nicht stark genug.«

»Das mach ich. Ich verspreche es. Gleich morgen gehe ich in die Canal Street.«

Ich wusste, dass sie das nicht tun würde, aber immerhin glaubte sie selbst daran.

»Seid ihr beide jetzt so was wie ein Paar?« sagte ich und zeigte nach oben.

»Nicht offiziell«, sagte sie leichthin, »aber nach dem stechenden Schmerz in meinem Arsch zu urteilen, würde ich definitiv sagen, dass wir was miteinander haben.« Sie zwinkerte mir zu und kletterte die Stufen zu ihrer Wohnung hoch.

Ein paar Tage später, als mein Vater gerade bei einem Vorstellungsgespräch war, rief Powell an und wollte vorbeikommen. Sein Tonfall war dringlich.

»Alles in Ordnung?« sagte ich.

»Ja«, sagte er. »Ich will dich nur sehen.«

Ich rannte ins Bad und prüfte, ob mir Spinat zwischen den Zähnen hing, aber alles war sauber für meinen schmutzigen alten Mann. Als ich ihm die Tür öffnete, wirkte er verschwitzt, obwohl es draußen kalt war.

»Die U-Bahn-Fahrt hat mich geschafft«, sagte er, an den Türrahmen gelehnt. »Die gibt mir jedes Mal den Rest.«

»Warum fährst du dann damit?« sagte ich.

»Weil mir bei meiner letzten Steuererklärung aufgefallen ist, dass ich fünftausend Dollar fürs Taxifahren ausgegeben habe, und ich mich einschränken muss.«

»Du hast die Möbel umgestellt«, sagte er, als er hereinkam. Mein Vater und ich hatten das Sofa an die gegenüberliegende Wand gestellt, ans Ende des Flurs, damit genug Platz war, um es nachts auseinander zu klappen. Seine Kissen und Decken lagen darauf, und ich räumte sie vorsichtig in mein Schlafzimmer.

Wir setzten uns aufs Sofa, und Powell sagte: »Wie läuft's mit deinem Vater?«

»Und ich hatte mich so gefreut, dich zu sehen.«

»Tut mir Leid«, sagte er und steckte seinen Daumen in meinen Mund. Ich lutschte den Daumen und drehte meinen Kopf so, dass ich ihn tiefer in den Mund nehmen konnte. Mir gefiel, wie er mich mit seinen wässrigen blauen Augen ansah. Ich rutschte nach unten und öffnete seinen Gürtel. In wenigen Sekunden hatte ich den Welpen aus seinem Körbchen geholt. »Vielleicht können wir ja da weitermachen, wo wir letztes Mal aufgehört haben«, sagte er.

»Klingt nach einer guten Idee.«

Ich war so froh, ihn zu sehen, so froh, dass er freiwillig gekommen war. Es gab mir das Gefühl, dass es zwischen uns wieder romantisch sein könnte und dass Männer manchmal, wenn sie behaupteten, viel zu tun zu haben, vielleicht wirklich viel zu tun hatten. Ich rieb seinen bereits harten Schwanz.

»Hast du Viagra genommen?« sagte ich.

»Verdirb jetzt nicht alles«, sagte er.

»Ist das ein Ja?«

»Ich bin ein natürlicher Mann!« sagte er. *»Mein Schwanz benötigt keine künstlichen Hilfsmittel!«*

Ich beugte mich hinab, um ihm einen zu blasen, und er sagte: »Ah, das ist gut«, und rieb meinen Nacken. Ich bewegte den Kopf auf und ab wie eine erfahrene Nutte und bearbeitete die Stelle direkt unter der Eichel an der Unterseite des Penis, und dann legte er seine Hände unter meine Achseln und zog mich auf sich. »Willst du wieder ein Mann sein?« sagte er.

»Jetzt fühl ich mich irgendwie unter Druck gesetzt«, sagte ich.

Ich holte ein Kondom aus dem Bad, rollte es ihm

schnell über, ehe er sich beschweren konnte, und dann setzte ich mich auf ihn und bewegte mich. Er krallte seine Hände in meinen Arsch und vergrub sein Gesicht zwischen meinen Brüsten. Ich konnte das Gefängnis aus dem Fenster sehen und stellte mir vor, ich sei in einem Frauengefängnis inhaftiert und Powell der Gefängniswärter, den ich im Austausch gegen ein gutes Führungszeugnis fickte.

Er wurde in mir hart und bewegte sein Gesicht mit ersticktem Brummen von Brust zu Brust, dann sagte er: »Ich komme gleich.« Ich wusste, das war mein Zeichen zu kommen, also presste ich mein Becken gegen seines. Ich sog den Schweißgeruch an seinem Hals ein, krallte mich in seine Haare, und zehn Minuten später kam ich. Es war nicht so gut wie beim ersten Mal, aber ich verbuchte es dennoch als Erfolg.

Ich gab Geräusche von mir, damit er es merkte, und er packte meine Brüste ziemlich grob, warf den Kopf zurück und sagte: »Oh, ich bin gleich soweit, gleich bin ich soweit.«

»Das ist gut«, sagte ich, meine Hand auf seinem Rücken.

»Es kommt.« Er riss den Mund auf und verdrehte die Augen. Ich hörte einen Schlüssel in der Tür. Ich drehte den Kopf über die Schulter und sah meinen Vater in der Tür stehen und sein Mund formte das O, das Powell nie haben sollte.

»Hoppla«, sagte er und schloss die Tür so abrupt wie er sie geöffnet hatte. Ich sprang auf und warf meine Bluse über, während er aufstand und seine Hose hochzog. »Das glaub ich nicht«, sagte er. »In dieser Wohnung ist es unmöglich, zum Schuss zu kommen!«

»Ich hab nicht mit ihm gerechnet!«

»Ihr hättet ein Zeichen verabreden sollen«, sagte er

und glättete sein Haar. »Irgendetwas an der Tür. Ich werde blaue Eier kriegen.«

»So was gibt's nicht«, sagte ich.

»Erzähl das meiner Prostata!«

»Kann ich jetzt reinkommen?« rief mein Vater.

»Einen Moment noch!« riefen wir beide gleichzeitig.

»Das ist einfach zuviel«, sagte Powell. »Dafür bin ich zu alt.« Er zog seinen Mantel an und stürmte aus der Tür, wo mein Vater noch immer mit dem gleichen, verblüfften Gesichtsausdruck wartete. »Wie geht's, Hank?« sagte mein Vater, doch Powell fegte wortlos an ihm vorbei und hetzte die Treppe runter.

Ich lief ihm nach, doch er schrie: »Lass mich einfach in Ruhe!« Ich stürmte zurück in die Wohnung, an meinem Vater vorbei in mein Schlafzimmer und warf mich aufs Bett.

»Ich weiß, mit einer Entschuldigung ist es nicht getan«, sagte mein Vater und setzte sich auf die Bettkante, »aber …«

»Ich dachte, du kommst erst um vier!«

»Das Vorstellungsgespräch wurde abgesagt. Ich hätte ja angerufen, aber ich wollte nicht stören.«

»Du ruinierst mein Leben!« Ich setzte mich im Bett auf. »So geht es nicht weiter!«

»Ich bin bereit zu vergessen, was ich heute gesehen habe«, sagte er. »Ich werde es einfach verdrängen.«

»Ich weiß nicht, ob *ich* das kann.«

»D … das versteh ich nicht«, sagte er. »Waren die letzten Wochen nicht schön? Ich meine, abends Scrabble spielen und ins Fountain Café gehen und Garrison hören?« Ich verabscheute Garrison Keillor, seinen Erz-Narzissmus und das Schnaufen durch die Nase, aber ich wollte nicht antisemitisch oder anti-Brooklyn klingen. Ich brachte es einfach nicht fertig.

»Darum geht es nicht«, sagte ich. »Ich brauche ein eigenes Leben. Du musst hier raus.«

»Hat das nicht Zeit, bis ich einen Job habe?«

»Nein.« Während ich sprach, wuchs meine Entschlossenheit. »Du musst hier raus, sonst bringe ich dich um.«

Er sah mich mit großen Augen verletzt an, als hätte er mich zum ersten Mal verstanden: »Du … wirfst mich raus?«

»Ja. Ich helfe dir, eine Wohnung zu finden, aber du musst hier raus. So bald wie möglich.«

Er schwieg, dann sah er mich an und sagte: »Rachel, du weißt, wenn ich die Zeit irgendwie zurückdrehen könnte und alles rückgängig machen, würde ich das tun. Das weißt du doch, nicht wahr?«

»Ja.«

»Hasst du mich? Für all das, was passiert ist?«

Ich wollte ihn hassen, aber ich konnte nicht. Er war aufdringlich, unbedarft, unverbesserlich, unsicher, ein Schmarotzer und arbeitslos, und dennoch hatte ich ihn lieb. Vielleicht war es genau das, was eine Familie ausmachte, dass man zwar wütend war, wenn man sich missverstanden und betrogen fühlte, aber nicht auf die Eltern, sondern auf sich selbst, weil man sie trotz allem liebte.

»Ich hasse dich nicht.«

»Dann kann ich also bleiben?«

Ich schüttelte den Kopf. Er nickte langsam, als sei er bereit, das zu akzeptieren, wenn es ihm auch nicht passte. »Verstehe«, sagte er und stand mit erhobenem Kinn auf, in einem kläglichen Versuch, seinen Stolz zu bewahren. »Ich besorg mir morgen eine *Village Voice*«, sagte er und duckte sich unter dem Rollo hindurch.

Am nächsten Morgen ging ich ins D'Amico. Die beiden alten Italiener schwelgten in Erinnerungen daran, wie billig es früher war, zum Friseur zu gehen. »Heutzutage wird man nicht mal rasiert«, sagte der eine. »Alles kostet extra. Früher war Amerika eine Dienstleistungsgesellschaft.«

»Die Welt hat sich geändert«, sagte der andere.

Ein paar Tische weiter las ein streberhafter Jude den *New Yorker* und musterte mich, als ich hereinkam. Powell saß an dem Tisch daneben, das Gesicht halb von der Zeitung verdeckt. Ich ging zu ihm und beugte mich darüber. Sein Blick traf meinen, und er schenkte mir das Lächeln, dass er allen Arschkriechern schenkte. Als würde er mich nicht kennen.

»Guten Morgen«, sagte er förmlich. Sein Blick war kalt.

Ich ging an den Tresen, bestellte einen Bagel, nahm mir selbst eine Tasse Kaffee und setzte mich ihm gegenüber. »Tut mir Leid, dass wir unterbrochen wurden«, sagte ich. »Aber glaub mir, für mich war es schlimmer.«

»Ich will nicht darüber reden«, sagte er.

»Alles in Ordnung?« fragte ich. »Was ist mit dir?«

»Was habe ich gerade gesagt?«

Er hob die Zeitung und las schweigend weiter, als sei ich überhaupt nicht da. Ich mümmelte meinen Bagel und betrachtete ihn und nach ein paar Minuten wurde die Stille so ohrenbetäubend, dass ich einfach drauflos plapperte. »Arbeitest du noch an *Wer hat meine Frau umgebracht?*«

Er ließ die Zeitung sinken und starrte mich an. »Wieso?«

»Du hast länger nicht davon gesprochen, weißt du, und deshalb habe ich mich gefragt, ob du nur noch am *Schwager* arbeitest oder ...«

»Ich arbeite an dem Neuen.«

»Weil du eine Deadline hast oder weil du bei dem anderen nicht weiter kommst?«

»Jesus Christus.«

»Dann stimmt es also.«

»Ich hab nicht gesagt, dass ich nicht weiter komme!«

Ich hatte Panik, dass er etwas nach mir werfen würde oder mir eine rein hauen. Also tat ich, was ich immer tue, wenn ich Angst habe: weiter reden. »Naja, sieh's doch positiv«, sagte ich. »Je weniger Geld du verdienst, desto weniger musst du deiner Ex abgeben.«

»Warum fängst du vom Geld an?« brüllte er.

»Keine Ahnung«, sagte ich.

»Du tust immer so sensibel, als müsse man dich mit Samthandschuhen anfassen, dabei bist du ein richtiger Klotz. Du benimmst dich wie ein Bauerntrampel.«

Sein Blick war wütend und irre. Ich kannte diese Seite an ihm schon und hatte immer gedacht, ich müsste ihn so weit beruhigen, dass er sich wieder normal verhielt. Doch Powell war nicht normal. Das war ja das Gute an ihm, und das Schlechte. Er war, wer er war, und mehr als fünfzig Prozent der Zeit war er ein Saftsack.

»Weißt du was?« sagte ich. »Manchmal bist du ein richtiges Arschloch.«

»Was hast du gesagt?« zischte er und beugte sich vor, als wollte er mich herausfordern, es auf die Spitze zu treiben.

»Du gibst dich so aufgeklärt, dabei bist du nichts weiter als ein Griesgram. Du bist übellaunig und unausstehlich und erwartest von allen in deiner Umgebung, dass sie dir in den Arsch kriechen und dankbar dafür sind, dass sie sich im Dunstkreis eines Genies bewegen dürfen. Du bist total eingebildet. Und bösartig. Und alt.«

»Du kennst mich überhaupt nicht!«

»Tu ich wohl! Ich hab nur vorher nie was gesagt, weil

ich wusste, dass du dich dann wie ein noch größeres Arschloch aufführen würdest.«

»Ich verhalte mich so, weil du nicht weißt, wie man sich benimmt! Ständig muss man dich zurechtweisen, weil du alles *falsch* machst.«

»Wenn du mich so sehr hasst, warum willst du mich dann immer sehen?«

»Das ist eine *sehr gute Frage.«* Er starrte düster an die Wand, während die Italiener hinter uns verstummten. Sie lebten wahrscheinlich für Dramen wie dieses.

»Mir ist unbegreiflich, dass jemand, der so unausstehlich ist wie du, überhaupt Freunde hat«, sagte ich.

»Du willst mir ein schlechtes Gewissen machen, dabei bist du es, die meine Grenzen verletzt.«

»Ich verletze keine Grenzen«, sagte ich. »Ich sage, was ich denke. Und auch wenn ich nicht immer genau das Richtige sage, bin ich ein Mensch. Du gibst mir das Gefühl, als gäbe es ein Drehbuch, an das ich mich halten muss, ein perfektes Drehbuch. Nie kann ich ehrlich oder ich selbst sein. Du brauchst nur ein Publikum, dem du jede Sekunde des Tages erzählen kannst, wie toll du bist. Und das *bist* du. Du bist witzig und intelligent und unglaublich unterhaltsam. Aber ich will kein applaudierender Seehund sein. Es ist nicht schwer, deine Qualitäten zu schätzen. Es wird nur auf die Dauer … *echt langweilig.«*

»Du Biest!« sagte er. »Weißt du, was das Problem bei deiner Familie ist? Dass niemand dir Manieren beigebracht hat!«

Mit diesem garstigen Gesichtsausdruck, die Augenbrauen gerunzelt, glänzenden Speichel in den Mundwinkeln, das Haar verfilzt, sah er weder verwegen noch brillant aus, sondern einfach nur hässlich und zornig.

Powell war die falsche Art Sadist. Es war nicht die

Sache mit den Fesseln, die ich hasste. Sondern das hier, die Pöbelei und Gereiztheit. Das machte keinen Spaß. Ich wollte das Gute ohne das Schlechte, doch er hatte mir von Anfang an gesagt, wer er war, und ich war selbst schuld, dass ich nicht zugehört hatte. Man war doch mit jemandem zusammen, weil man sich mit ihm besser fühlte, aber bei Powell fühlte ich mich immer schlechter.

Ich stand auf und blickte auf sein dünner werdendes Haar. Ich wollte keinen Abschied. Ich wollte, dass er mich liebte, dass er lieb war. Ich wollte, dass er sich dafür entschuldigte, dass er gemein und reizbar war, dass er mir die Schuld daran gab, dass mein Vater rein gekommen war, dass seine Zuneigung so sporadisch war und er grausam, wenn ich ihm nicht in den Arsch kroch. Doch Powell war wie Popeye, und wenn ihn bisher niemand geändert hatte, würde ich das auch nicht schaffen. Diese Erkenntnis traf mich direkt in den Magen, und statt ihn zu hassen, war ich nur traurig, dass es mit uns nicht funktioniert hatte.

»Ich glaube, ich möchte dich nicht mehr sehen«, sagte ich.

»Soll mir recht sein.« Er wandte sich ab und blätterte laut raschelnd auf die nächste Seite. Ich ging an den Kaffeefässern vorbei. Durch das Fenster konnte ich ihn immer noch sehen, wie er sich mit gerunzelter Stirn konzentriert über die Zeitung beugte. Von weitem sah er aus wie ein Verrückter.

Ein paar Tage später rief mich meine Mutter an und bat mich vorbeizukommen. Sie wollte nicht sagen, warum, und als ich ankam, saßen sie und mein Vater vergnügt am Küchentisch. »Hal-lo«, sagte sie, als ich rein kam.

»Hey«, sagte ich. »Alles in Ordnung?«

»Uns geht's prima«, sagte sie und sah ihn an. »Stimmt's, Richard?«

»Ich würde sagen mehr als gut.« Sie benahmen sich, als wäre wieder Rosch Haschanah.

»Was ist los?« sagte ich. »Ihr seid vielleicht komisch.«

»Mama und ich haben uns unterhalten und ein paar Dinge geklärt.« Er klopfte auf einen der Küchenstühle, und ich setzte mich widerstrebend. Ich wusste nicht, ob sie mir mitteilen wollten, dass sie wieder zusammenwaren, und ich wusste nicht, ob ich das überhaupt wollte. »Erstens«, sagte mein Vater und stellte seinen Teller auf den Tisch, »werde ich wieder hier wohnen.«

»Habt ihr euch versöhnt?«

»Spinnst du?« sagte meine Mutter. »Ich habe eine Wohnung an der Upper West Side gefunden, und Papa bleibt hier. Ich will näher am Symphony Place sein, und das Haus ist mir sowieso zu groß und zu leer. Ich wollte kündigen, aber Papa sagt, er kann es sich leisten.«

»Die Miete ist niedriger als deine, Rachel, und ich habe das ganze Haus für mich.«

»Was ist mit deinem Kaffeeklatsch?« fragte ich meine Mutter.

»Seit wann interessiert dich das?«

»Das Viertel braucht ihn!«

Sie schüttelte den Kopf, als sei ich ihr einfach ein Rätsel, und sagte: »Nina führt ihn weiter. Ihr Wohnzimmer ist sowieso größer.«

Meine Mutter schien weit weg zu sein, wie eine Fremde, wie jemand, den ich nicht kannte. Ihr Gesicht war gerötet und sie wirkte optimistisch, als hätte sie gerade ihren Schulabschluss gemacht und zöge endlich in die erste eigene Wohnung.

»Wie findest du das?« sagte mein Vater.

»Ich weiß nicht«, sagte ich.

»Mir kam es anfangs auch merkwürdig vor«, sagte er, »aber dann habe ich akzeptiert, dass Mama mich nicht zurück haben will und dass ich daran nichts ändern kann.«

»Bei dir klingt das so, als sei das meine Schuld«, sagte sie, »dabei ist es deine. Ich habe dich nicht betrogen. Wer hat sich denn völlig vergessen und sich mit der jüdischen fröhlichen Nutte eingelassen?«

»Ich sag ja nicht, dass ich keine Fehler gemacht habe, ich …«

»Nicht mal jetzt übernimmst du die Verantwortung, nicht mal nach all dem, was passiert ist, nicht mal, nachdem ich dir unser Haus überlasse? Das ist mal wieder typisch.«

»Wenn du im letzten Jahr etwas mehr Verständnis gezeigt hättest für das, was ich durchmache …«

»Aha, jetzt sind wir also wieder am Anfang«, sagte sie. »Ich bemühe mich wirklich, wieder Normalität einkehren zu lassen, aber du …«

»Was?« schnauzte er.

»Ich kann nicht glauben, dass du mir die Schuld gibst. Nicht mal jetzt erkennst du, was du eigentlich getan hast. Du leugnest es und leugnest es und leugnest es, weil du bis zum heutigen Tag nicht die Verantwortung für deine Taten übernimmst!«

Während sie stritten, stand ich leise auf, ging ins Wohnzimmer und legte mich mit dem Bauch aufs Sofa. Etwas später musste ihnen aufgefallen sein, dass ich fort war, denn sie verstummten und kamen mir nach. Und dann hob meine Mama meinen Kopf und rutschte unter mich, so dass mein Kopf auf ihrem Schoß lag, und mein Vater setzte sich ans andere Ende des Sofas und drückte meinen Fußrücken.

Ich erinnerte mich, wie ich früher, als ich klein war, am Wochenende morgens immer in ihr Bett gekrochen war und Erdnussbuttersandwich spielen wollte. Sie waren das

Brot und ich war die Erdnussbutter und ich quetschte mich zwischen sie und bat sie, mich zu zerdrücken, und ich hatte im besten Sinne das Gefühl zu ersticken – an Liebe.

Da wusste ich, wovor ich solche Angst hatte. Ich hatte es mir nicht eingestehen wollen, weil es einfach zu bizarr war, doch in den letzten Jahren hatte ich mit meinen Eltern eine Beziehung geführt. Es war meine Entscheidung gewesen, wieder in ihr Viertel zu ziehen, und zwar nicht, weil es hip war, sondern ihretwegen. Sie waren mein fester Freund, auf den ich zählen konnte, und obwohl ich über Abendessen und andere Verpflichtungen stöhnte, brauchte ich ihre Nähe wie eine Droge. Jetzt, wo ihre Ehe am Ende war, hatte ich Angst, dass auch ich am Ende war. Ich war wie ein Soldat, der noch nicht gemerkt hatte, dass man ihm den Arm weg geschossen hatte.

Meine Mutter strich mit der Hand über meine Stirn. »Bist du denn nicht froh, dass er nicht mehr bei dir wohnt? Jetzt hast du mit Hank endlich deine Privatsphäre.« Ich heulte los. »Was ist?«

»Es ist aus«, sagte ich. Ich hatte meinem Vater erzählt, dass ich Schluss gemacht hatte, doch trotz seiner Fragen keine Einzelheiten erzählt.

»Das ist ja schrecklich«, sagte sie. »Dabei habt ihr so gut zusammen gepasst. Was war das Problem? Wann ist das passiert?«

»Vielleicht will sie nicht darüber reden, Sue«, sagte mein Vater. Wenn mein Vater mir Freiraum gönnte, dann nur, um meiner Mutter eins auszuwischen.

Sie beugte sich vor und sagte: »Du kannst mir alles erzählen, wenn du mich in ein paar Wochen besuchen kommst.«

»Warum sollte sie mit dir darüber reden wollen, wenn sie nicht mal mit mir darüber redet?«

»Hör auf, das Opfer zu spielen«, sagte sie.

Ich blickte von einem zum anderen und sah an der Härte in ihren Blicken, dass sie kein Paar mehr waren. Selbst wenn sie sich stritten, war ihr Ton so förmlich wie zwischen Kunde und Kassierer. Der Guss der Liebe war verschwunden.

Ich konnte die Ehe nicht kitten, nie würde ich Hayley Mills in *Ein Zwilling kommt selten allein* sein. Das langweiligste, eingefahrenste, beklopptteste, vom öffentlichen Rundfunk infizierte Nachkriegsgenerationspaar des Viertels war kein Paar mehr. Und ob das nun an der Affäre lag oder nicht, würde ich wahrscheinlich nie erfahren.

Sie waren jetzt zwei Individuen, und ich würde einen ganz neuen Zugang zu ihnen finden müssen. Das barg Schrecken, aber auch Möglichkeiten. Jahrelang war ich frustriert gewesen, dass ich nie einem von beiden etwas anvertrauen konnte, ohne dass er es gleich dem anderen erzählte, und nun konnte ich das vielleicht. Vielleicht mussten sie sich trennen, damit ich mich trennen konnte.

KURZ nachdem sie eingezogen war, lud mich meine Mutter zum Abendessen in ihre Wohnung ein. Es gab Lachs und Pilaw, und ich brachte eine Flasche Weißwein mit. Die Wohnung war klein, aber gemütlich, in einem Vorkriegsgebäude mit einem klapprigen Fahrstuhl und dieser einzigartigen New Yorker Duftmischung aus Staub und Nudeln, die man in so vielen Gebäuden an der Upper West Side findet. Sie wirkte abgeklärt wie nie, wie eine Frau, die seit fünfundzwanzig Jahren alleinstehend war, und nicht erst seit zwei Monaten.

Beim Essen erzählte ich ihr ein bisschen von Powell, und als ich fertig war, sagte ich: »Klingt blöd, aber ich vermisse ihn noch immer. Obwohl ich weiß, dass er verrückt ist und mir nicht gut tut.«

»Warum solltest du mit jemandem zusammen sein wollen, der dich nicht will?« sagte sie.

»Dafür gibt es Millionen Gründe«, sagte ich.

»Aber das sollte doch die Grundvoraussetzung sein.« Sie runzelte die Stirn. »Es macht mir Sorgen, wenn du sagst, du könntest jemanden lieben, der dich nicht liebt.«

»Hallo?« sagte ich. »Das nennt man Mitte zwanzig sein!«

»Ich weiß«, sagte sie. »Ich habe nur das Gefühl, ich hätte offener sein sollen, als du jünger warst, und dir sagen sollen, dass man sich nicht mit jemandem abgeben sollte, der einen ignoriert, dass man sich nicht mit Arschlöchern abgeben sollte.«

»Manchmal war er ein Arschloch, aber manchmal auch nicht.«

»Das sind die Schlimmsten.«

Wir aßen eine Weile schweigend, und ich hatte dasselbe unbehagliche Gefühl wie immer, wenn wir nicht wussten, worüber wir reden sollten. »Hast du eigentlich einen Freund?« fragte ich. Sie wurde rot. »Omeingott. Du lässt nichts anbrennen.«

»Ich würde ihn nicht meinen Freund nennen«, sagte sie, »aber ja, ich treffe mich mit jemandem.«

»Wie alt ist er?«

»Zweiundfünfzig.«

»Ach ja? Und wie heißt er?«

»Stan.« Das konnte ja nicht gut gehen. Stan war nicht gerade ein verheißungsvoller oder gar erotischer Name. Stan war der Name von Dorothys Ex bei *Golden Girls*.

»Wo habt ihr euch kennen gelernt?«

»Bei einer Tanzgruppe in der Metropolitan-Duane, wo ich mittwochs immer hingehe. Er kam auf mich zu und sagte: ›Bist du nicht Sue?‹ Es stellte sich heraus, dass wir als Studenten an der NYU in derselben Tanzgruppe waren. Er erinnerte sich an mich. Er sagte, ich hätte mich überhaupt nicht verändert.« Ich schluckte. Der Typ klang furchtbar ölig. »Er ist geschieden und hat zwei Söhne. Wir sind erst zweimal ausgegangen, aber bisher verstehen wir uns gut. Wir lassen es langsam angehen.«

Ich war nicht gerade erfreut, dass sie sich fast genau so schnell berappelt hatte wie Liz, aber ich war auch nicht so sauer, wie ich erwartet hatte. Es kam mir vor wie ein weiterer Aspekt ihres Lebens, den ich nicht im Geringsten kapierte, den ich ihr aber auch nicht madig machen wollte. »Das … freut mich für dich, Mama.«

»Weißt du«, sagte sie und legte ihre Serviette neben den Teller, »einer seiner Söhne ist in deinem Alter. Er war auf dem Oberlin und arbeitet in einem Dotcom-Unternehmen. Stan und ich haben gedacht, vielleicht könnten wir vier uns irgendwann nächstes …«

»Mama. Das ist doch krank.«

»Ich will dich nicht verkuppeln! Ich dachte nur, ihr beide würdet …« Ich sah sie an. »Na gut«, sagte sie. »Lass es dir durch den Kopf gehen.«

Ich schenkte mir Wein nach und sagte dabei: »Du sollst wissen, dass ich nicht dir die Schuld gebe.«

»Ach nein?« sagte ich.

»Ich habe mit Dr. Fern, das ist meine Therapeutin, lange darüber gesprochen. Sie ist eine Empfehlung von Nina. Sie ist Feministin und trägt wunderschöne Kaftane, aber ich glaube nicht, dass es deine Schuld ist. Ich wollte glauben, dass es deine Schuld sei, weil du Papa das Mädchen vorgestellt hast, weil ich nicht sehen wollte, was Papa … getan hat, aber jetzt sehe ich die Ereignisse in einem anderen Licht. Und als Papa dann noch bei dir eingezogen ist, hatte ich Angst, nicht nur ihn, sondern auch noch dich zu verlieren. Doch jetzt sehe ich, dass …« Ihre Stimme versagte.

»Siehst du was?«

»Dass es nicht so ist.« Sie machte ein Geräusch und bedeckte ihr Gesicht, und ich wusste, sie weinte ein bisschen. Die Welt war sonderbar, verwirrend. Meine Mutter weinte und mein Vater wohnte allein. Aber ich wusste es besser, als ihr das unter die Nase zu reiben. Ich räumte das Geschirr ab und fragte, was es zum Nachtisch gab.

DER Tag, an dem mein Vater auszog, war sonnig und klar. Er war nicht davon abzubringen, einen Lieferwagen zu mieten, weil er seine Führerscheinprüfung bestanden hatte. Wir luden seine Kisten ein, und ich fragte ihn viermal, ob er wirklich einen Lieferwagen fahren konnte, und er sagte, er habe Mr. Goddard angerufen und sich ein paar Tipps geben lassen, ich solle mir also keine Sorgen machen.

Es gab nur zwei Beinahe-Unfälle auf dem Weg – ein Fahrradfahrer wich uns aus, als wir gerade in die Warren Street einbiegen wollten, und ein Kind rannte vor uns auf die Straße, um einen Ball zu holen – aber niemand wurde verletzt. Als wir endlich da waren, kam es uns so vor, als seien wir dreihundert Meilen gefahren und nicht nur sechs Blocks.

Wir fanden gleich um die Ecke einen Parkplatz und luden den Kram gemeinsam aus. Das Haus war nackt und leer. Viele Möbel hatte sie zurückgelassen, so wie Regale, Fernseher und Fernsehtisch, doch ihre persönlichen Dinge wie die Fotos hatte sie mitgenommen.

Nachdem wir die Kisten rein geschleppt hatten, setzten wir uns vor die Haustür auf den Treppenabsatz und beobachteten die Leute, die vorbei hetzten, Frauen, die vom Einkaufen kamen, und Kinder auf kleinen Rollern und Schubkarren und Dreirädern. Ich roch, dass irgendjemand den Kamin an hatte, und fand den Geruch nicht störend, sondern tröstlich. Der Herbst paßt am besten zu Cobble Hill: die Häuser sehen richtiger aus und die Luft ist frisch, aber nicht zu kalt.

»Ich will dir schon die ganze Zeit etwas sagen«, sagte er, »aber ich weiß nicht wie.«

»Du hast was mit T. Russell in Apartment Fünfzehn?«

»In den vergangenen Monaten habe ich darüber nachgedacht, wie unwohl ich mich in konventionellen Jobs fühle und dass ich immer in jüdischer Umgebung arbeiten wollte. Also ...« Er zierte sich und knetete seine Hände. »Ich würde gern was mit dir besprechen, aber ich habe Angst, dass du mir abrätst, und ich weiß einfach nicht, ob ...«

»Nun sag schon!«

»Ich habe darüber nachgedacht, was ich durchgemacht habe und dass ich beim nächsten Mal alles anders machen würde und was ich über Entscheidungen und Konsequenzen gelernt habe und was es heißt, seinem Leben einen Sinn zu geben, und ich habe mich gefragt: *Wer hilft Menschen in solchen Situationen?* Denn ich glaube, das könnte ich. Jedenfalls besser als das, was ich bisher gemacht habe. Und da ist es mir eingefallen. Vielleicht sollte ich Rabbi werden.«

Was als Nächstes geschah, war sonderbar. Ich stieß diesen hohlen Schluchzer aus, es war ein Laut, den ich nie zuvor und nie wieder danach von mir gegeben habe. Ich spürte eine Welle der Liebe in meiner Brust, dass mir ganz schwindelig wurde, und die Art Stolz, den Eltern für ihr Kind empfinden, nur dass es mein Vater war und er deshalb mit ehrfürchtiger Bewunderung gemischt war. Er saß gebückt, mit hängenden Schultern und Bartstoppeln, auf der Stirn brach an einer Stelle wieder seine Neurodermitis aus, doch in diesem Moment fand ich ihn riesengroß.

Ich beugte mich vor und drückte ihn fest, wobei meine Hände ineinander fassten und mein Kinn sich in sein Schlüsselbein schmiegte. »Du bist nicht sauer?« sagte er erstickt in meinen Hals.

Ich löste mich von ihm. »Warum sollte ich sauer sein?«

»Ich dachte, du findest vielleicht, dass ich mich mit fremden Federn schmücke.«

»Du bist so ein Idiot«, sagte ich.

Und als ich sah, wie glücklich er war, verstand ich für einen Moment, dass Liebe wie Blut war. Sie floss in mir, egal wie viele Schichten Zorn und Schmerz darüber lagen. Sie mochte manchmal dünner werden oder klumpen, aber sie war in mir und sie hielt mich am Laufen, auch wenn ich mich manchmal am liebsten davon reinwaschen wollte.

Mein Vater hatte mich mein ganzes Leben gepusht, und vielleicht war der Grund dafür, dass er nie an sich selbst geglaubt hatte. Dass er jetzt tun würde, was er wirklich wollte, und wenn er sich fünfmal bewerben musste, bevor er angenommen wurde, war ein Anfang. Und dass er das begriffen hatte, milderte meine Wut darüber, dass er mich so unter Druck gesetzt hatte. Tatsächlich hatte er lange nicht mehr an mir herum genörgelt. Ich wusste, er war nicht glücklich darüber, dass ich in einer Bar arbeitete, aber es war ja nicht für immer. Ich bezweifelte, dass ich Hebräischlehrerin werden würde oder etwas anderes, das mit organisierter Religion zu tun hatte, aber vielleicht würde ich eines Tages etwas ansatzweise Rabbinisches tun, wie zum Beispiel einen Ratgeber für Frauen schreiben, die mit durchgeknallten Männern ausgingen.

»Ich dachte, ich schreibe meinen Essay über *Teschuwah,* über Reue«, sagte mein Vater.

»Was weißt du über *Teschuwah*?« sagte ich beeindruckt.

»Ich habe viel darüber gelesen. Die Bücherei am Grand Army Plaza hat eine exzellente Abteilung für jüdische Studien. Du hilfst mir also bei meiner Bewerbung?«

»Natürlich mach ich das.«

»Glaubst du, ich habe eine Chance, angenommen zu werden?«

»Klar. Die Hälfte meiner Kommilitonen war in deinem Alter. Bei der derzeitigen Arbeitsmarktlage streben immer mehr Leute das Rabbinat als zweite Karriere an. Vielleicht ist das genau das Richtige für dich.«

»Glaubst du?« sagte er mit brüchiger Stimme.

»Ja, mir gefällt der Klang.«

»Was?«

»Mein Vater, der Rabbi«, sagte ich und hielt meine Hand, als würde ich es vor mir sehen.

Er schluchzte auf und räusperte sich. »Entschuldige«, hustete er. »Ist nur meine … äh … Bronchitis.«

»Aber bevor du Rabbi werden kannst, musst du dir abgewöhnen, immer gleich loszuheulen«, sagte ich, wie immer zu spät.

Als ich ein paar Wochen später gegen vier Uhr morgens von meiner Schicht nach Hause kam, sah ich etwas sehr Sonderbares vor meinem Haus. Ein schwarzer Geländewagen mit getönten Scheiben, wie ihn sonst nur Rockstars fahren, hielt davor an, und Liz stieg aus. Sie drehte sich um und steckte den Kopf ins Fenster.

»Wenn ich heute Nacht einschlafe«, sagte eine melodische, sonderbar vertraute Stimme mit Südstaatenakzent, »werde ich an meine Finger in deiner süßen Möse denken.«

»Ich liebe es, wie du das sagst«, sagte sie.

»Sei brav, hörst du?« sagte er, und als ich den väterlichen sexy Tonfall seiner Stimme hörte, wusste ich plötzlich, wer er war.

Der Wagen verschwand in der Nacht, und während sie ihm nachwinkte, sah sie mich im Schatten stehen. »Hallo Rachel«, sagte sie nervös.

»Wer war das?«

»Wovon redest du?«

»War das, wer ich denke, dass es war?«

»Kommt drauf an«, sagte sie und biss sich auf die Lippe. »Was denkst du denn, wer es war?«

»Der zweiundvierzigste Präsident der Vereinigten Staaten?«

Sie lief tiefrot an und sagte: »Erwischt.«

»Herrgott! Hat er keine Angst gesehen zu werden?«

»Um vier Uhr morgens sind nicht allzu viele Menschen in Cobble Hill unterwegs. In dieser Beziehung ist Brooklyn sehr sicher.«

»Was ist mit Gordon?«

»Es war eine schöne Zeit, aber dann fingen wir wieder an, uns zu streiten. Nie hat er mich seinen Freunden vorgestellt und er fing an, sich wegen seinem Arsch anzustellen. Er hat mich einfach zu sehr runtergezogen.«

»Wie hast du ihn überhaupt kennen gelernt?« sagte ich, nachdem meine Neugier über die Erschütterung gesiegt hatte.

»Du weißt doch, dass er auf jüdische Mädchen steht.«

»Ich meine, was ist passiert?«

»Ich war vor ein paar Wochen mit meinen Eltern auf einer Wohltätigkeitsveranstaltung für Israel in Chappaqua, und er war einer der Gäste. Alle redeten davon, dass er auftauchen würde, aber ich glaubte nicht daran. Meine Eltern gingen um zehn, aber ich blieb noch, weil ich mit einem semi-attraktiven Investment-Banker namens Jon Metzger flirtete. Und während ich noch überlegte, ob ich mit zu ihm gehen soll, ging die Tür auf und Du-weißt-schon-wer kommt mit zwei Leibwächtern herein. Sofort umringten ihn alle, aber ich hielt mich im Hintergrund, weil ich nicht aufdringlich sein wollte. Zwischen den Köpfen war eine Lücke, und als hätte das Rote Meer sich geteilt, sah ich, wie er mich musterte.

Irgendwann gingen die Gäste. Ich sagte dem Investment-Banker, dass ich noch bleiben wolle, und er machte einen Abflug, und als ich am Buffet ein Käsestäbchen aß, kam Mr. C. zu mir. Die ersten Worte, die er sprach, waren: ›Du hast wunderschöne blaue Augen.‹ Das einzige, was mir einfiel, war: ›Gleichfalls.‹«

»Das hat bestimmt noch nie jemand zu ihm gesagt.«

»Was soll ich sagen?« sagte sie schulterzuckend, als wir ins Haus gingen. »Ich war geil. Ich meine, alles was man über seine Ausstrahlung hört wird ihm nicht gerecht.« Sie seufzte selig. »Er sah so toll aus, dass ich ihn fast nicht erkannt hätte. Er hat bestimmt zwanzig Kilo abgenommen. Ich sagte: ›Sie haben aber ganz schön abgenommen‹, und er winkte mich näher und sagte: ›South Beach.‹ Wir unterhielten uns – über Israel-Politik, Ess-Störungen und darüber, was er von Chappaqua hält. Er fragte, ob ich einen Freund habe, und ich erzählte ihm, dass ich mich gerade getrennt hätte. Er sagte, er wisse, wie das sei, dass es nicht leicht sei. Ich sagte, ich hätte die Angewohnheit, mir verfolgte Minderheiten auszusuchen wie Schwarze, Juden und schmutzige alte Männer, und er sagte: ›Die letzte Kategorie trifft definitiv auf mich zu.‹ Dann fragte er mich, ob ich auf einen Drink mit zu ihm kommen wolle. Er sagte, das sei kein Problem, weil seine Frau in Washington sei.«

Wir standen vor meiner Wohnungstür, und mein Mund stand so weit offen, dass sich schon Speichel im Mundwinkel sammelte. »Im Wohnzimmer stand so ein Mies-Sofa rum«, sagte sie, »und wir machten es da, weil es ihm im Ehebett unangenehm war. Ich weiß, das klingt verrückt, aber er könnte echt der Richtige sein. Mir ist egal, dass er viel unterwegs ist, dass er verheiratet ist. Ich habe das Gefühl, dass ich bei ihm den nötigen Freiraum habe, um meine Dissertation fertig zu schreiben.«

Ich war fassungslos, sprachlos. Ich wollte Einzelheiten. »Meinst du mit *es machen*, dass ihr das volle Programm durchgezogen habt?«

»Natürlich nicht«, sagte sie. »Du weißt , dass er ein GV-Problem hat. Er hat diese verdrehte Südstaatenmoral, obwohl sie lange genug eine Paartherapie gemacht haben, dass er es besser wissen müsste.«

»Und was *habt* ihr gemacht?«

»Alles andere«, sagte sie verrucht. »Und ja, ich habe es geschluckt. Ich bin doch nicht blöd. Er ließ mich von einem seiner Leute nach Hause fahren, und als ich ging, sagte er, er wolle mich wiedersehen, aber ich müsse wissen, dass es kein Zuckerschlecken sei, mit einem verheirateten Mann zusammen zu sein. Ich sagte: ›Kein Problem, ist nicht das erste Mal.‹ Freust du dich nicht für mich?«

Ich war nicht sicher. Einerseits konnte ich sicher sein, dass sie es sich mit meinem Vater nicht anders überlegen würde, andererseits war ich um ihr Wohl besorgt. »Das kann gefährlich werden«, sagte ich. »Wenn er Angst hat, dass du dich verplapperst, lässt er dich vielleicht umbringen. So ist es Marilyn ergangen …«

»Das ist mir egal«, rief sie. »Das wäre doch ein angemessener Abgang!«

»Hat er denn nun eine Penisverkrümmung? Die typischen Merkmale?«

»Das verrate ich nicht«, sagte sie selbstgefällig.

»Wenigstens ein bisschen. Würdest du sagen, er ist breiter als rund oder …«

»Das behalte ich für mich.«

»Kommt er auch mal zu dir?«

»Nummer Zweiundvierzig wird sich nicht in Cobble Hill erwischen lassen!« Sie zögerte, als wolle sie mich etwas fragen.

»Was ist?« fragte ich schließlich.

»Willst du noch kurz mit hochkommen? Auf einen Drink?«

Ich war neugierig, aber ich hatte nicht vergessen, was sie getan hatte. Ich hatte Angst, sie auch nur das kleinste bisschen wieder an mich ranzulassen, aber inzwischen gab es niemanden mehr in meinem Leben, den sie mir wegnehmen konnte.

»Ich … ich weiß nicht«, sagte ich.

Sie zögerte kurz, dann sagte sie: »Ich zeig dir Nacktfotos, die ich von ihm gemacht habe.«

»Abgemacht«, sagte ich, und wir liefen die Treppen hoch.

Am nächsten Nachmittag ging ich vor der Arbeit auf einen Cappuccino in den Feinkostladen am Park. Es war ein kalter Dezembertag, zu kalt, um draußen zu sitzen, aber irgendetwas zog mich dorthin. Als ich am Park vorbeiging, sah ich Powell neben einer jungen Frau mit kurzem Haar auf einer Bank sitzen.

Die Frau war Anfang dreißig und trug einen langen wallenden Rock und Schnürstiefel, Klamotten, die förmlich *Schauspielerin* schrien. Sein Körper war ihr aufmerksam zugewandt, und ich wartete, dass er mich bemerkte, aber er war zu sehr von dem gefangen genommen, was sie sagte. Sie gestikulierte beim Reden lebhaft mit den Händen, und als er etwas erwiderte, lachte sie und legte ihre Hand auf sein Knie. Er berührte sie nicht, doch er schob sie auch nicht fort, und nach ein paar Sekunden nahm sie die Hand wieder weg. Es war nicht klar, wie vertraut sie miteinander waren – er wirkte förmlich genug, um die Vermutung nahe zu legen, dass er noch nicht mit ihr geschlafen hatte – aber ich sah, wie er ihre Aufmerksamkeit genoss, wie er sich in ihrer Bewunderung suhlte.

Ich war eifersüchtig auf ihre Vertrautheit, darauf wie unkompliziert und pflegeleicht die Frau wirkte. Ich fragte mich, ob er sich ihr auf eine Weise öffnen würde, wie er es bei mir nie gekonnt hatte, ob ich eines Tages ihre Anzeige im Porno für alleinstehende Frauen lesen würde: der Hochzeitsbeilage.

Doch während sie ihn noch anstrahlte, wurde mir klar, dass ich nur auf diesen Teil eifersüchtig war, wo sich Powells Gesellschaft anfühlte wie ein Hauptgewinn. Ich hätte alles gegeben, um in diesem Moment sie zu sein, wenn er originell war und überraschend und wenn man sich in seiner Nähe wie das glücklichste Mädchen auf der Welt fühlte. Den anderen Teil würde ich nicht vermissen, den späteren Teil, den Streit und die Rachsucht. Ich vermisste den Anfang mit Powell, nicht das Ende. Ich beobachtete sie noch eine Weile und ging dann zur Arbeit.

JENER Abend war, was Trinkgeld anging, der beste, seit ich im Roxy angefangen hatte. Keine Ahnung, warum es so voll war, denn es war bitterkalt, und da blieben die Leute für gewöhnlich lieber zu Hause – aber um elf hatte ich schon dreihundert Dollar eingesackt. Blimp und ein paar andere Jungs aus der Sozialsiedlung hielten vorn Hof und lachten laut. Ein paar Schwule saßen auf den Bänken am Fenster und fütterten einen Brooklyn-Köter mit Eiswürfeln, und ungefähr zwanzig verstreute weiße Hipster spielten auf der Jukebox Patsy Cline und Wilco, tranken Bier und beklagten sich über ihre Jobs.

Jasper und Delia saßen auf seinem Stammplatz, und er hatte schützend den Arm um sie gelegt. Er hatte mir erzählt, dass es ernst war zwischen ihnen – sie waren noch dreimal ausgegangen, doch sie hatte immer noch nicht mit ihm geschlafen, und er nahm das als Zeichen dafür, dass sie sich wirklich etwas aus ihm machte.

Gerade war eine Möchtegern-Betty-Page rein gekommen, allein. Sie wirkte bedrückt und bestellte sich einen Stoli Cranberry. Eigentlich bestellte sie einen »Wodka Cranberry«, aber ich hatte mir in letzter Zeit angewöhnt, die Leute zu fragen, welchen Wodka sie wollten, und in fünfzig Prozent der Fälle wählten sie einen teureren, was mehr Trinkgeld bedeutete. Als ich ihr den Drink servierte, bezahlte sie mit missmutigem Blick. Man muss sich Sorgen machen, wenn ein hübsches Mädchen an einem Samstagabend allein in eine Bar kommt – ohne Freundinnen im Schlepptau.

»Alles okay?« sagte ich.

»Nicht wirklich«, sagte sie und senkte das Kinn.

»Was ist los?«

»Es ist wegen meinem Exfreund.«

Normalerweise hätte ich nicht nach gebohrt, aber sie wirkte so verloren. »Schieß los.« Sie musterte mich nervös, als sei sie nicht sicher, ob sie darüber reden konnte, ohne zu heulen, und dann atmete sie tief ein und sagte: »Weißt du …«

Ein gruftiges Mädel winkte mir vom anderen Ende der Bar. »Warte kurz«, sagte ich zu Stoli Cran.

»Kann ich was zu essen bestellen?« fragte das Gruftie-Mädchen. »Darf man hier überhaupt essen?«

»Unbedingt«, sagte ich und griff nach der Karte. Sie schlug sie auf und begann darin zu blättern. Ich beschloss, ihr zu helfen. »Baluchi, der Inder, ist gut, aber der Reis kostet extra. Zaytoon ist das billigste, aber nimm nicht das Lamm, und wenn du Hausmannskost willst, empfehle ich 247 Smith. Die Krabbenpuffer sind exzellent.«

Ich war auf dem Weg zurück zu Stoli Cran, als ein fetter feindseliger Typ mit einem chinesischen Reisbauernhut winkte. Er hatte vier Brooklyn Lager getrunken und bisher hatte er mir einen Dollar Trinkgeld gegeben. »Kann ich noch eins haben?« sagte er.

Ich schenkte ein und brachte es ihm. Er legte einen Fünfer hin. Ich brachte ihm den Einer und er ließ ihn liegen wie ein großzügiges Geschenk. Ich nahm den Schein und hielt ihn vor seine Nase. »Du hast vier Getränke bestellt und mir einen Dollar Trinkgeld gegeben«, sagte ich. »Ich bin ein bisschen verwirrt. War ich unfreundlich?«

»Nein«, sagte er wie ein Schuljunge, den man getadelt hatte.

»War ich zu langsam?«

»Nein.«

»Dann war der Service also in Ordnung.«

»Ich glaube schon.«

»Nun, das übliche Trinkgeld bei einer Rechnung von sechzehn Dollar beträgt vier oder fünf Dollar.«

Er wurde rot, als die Schwulen sich umdrehten. »Gib's ihm, Rachel!« feuerte mich ein Schwarzer namens Barry an.

Der Reisbauer griff in seine Tasche und legte noch vier Dollar dazu. Es war so leicht. Man musste nur die richtigen Knöpfe drücken.

Ich ging zurück zu Stoli Cran. »Tut mir Leid«, sagte ich. »Wo waren wir stehen geblieben?«

Die Arme schien etwas auf dem Herzen zu haben. »Mein Exfreund hat seine ganzen Sachen in meiner Wohnung gelassen, als wir uns vor fünf Monaten getrennt haben. Ich hab ihn zehnmal angerufen und ihm gesagt, er soll sie abholen, aber er hat jedes Mal eine andere Ausrede.«

»Die Lösung ist einfach«, sagte ich.

»Ach ja?«

»Klar. Wenn du dich endgültig von deinem Ex lösen willst, musst du UPS anrufen und seine Sachen abholen lassen. Du klammerst dich nur daran fest, weil du dich an *ihm* fest klammern willst.«

»Echt?« sagte sie. »Glaubst du?«

»Natürlich«, sagte ich. »Obwohl du behauptest, es sei seine Schuld, dass er die Sachen nicht abholt, hängst du an diesen Überbleibseln, weil du so mit ihm in Verbindung bleibst. Du musst loslassen. Du glaubst, es sei romantisch, sich zu quälen, aber ein Mädchen, das wie ein Fisch auf dem Trockenen zappelt, ist unattraktiv.«

»Ich bin über ihn hinweg«, sagte sie.

»Nicht, wenn du nach fünf Monaten immer noch seine Sachen bei dir rumstehen hast.«

»So habe ich das noch nie gesehen.«

Ich nickte, lehnte mich zurück und ließ den Blick durch den Raum schweifen. Jetzt hatte ich eine Kanzel, aber eine ehrliche. Ich würde nie ein Bote Gottes sein, aber im Predigen war ich gar nicht schlecht. Ich war Rabbi in der Gemeinde der Säufer. Jeder brauchte irgendwie Hilfe, und obwohl es mir immer noch schwer fiel, nicht *»Was bist du bloß für ein Idiot!«* zu schreien, wenn mir jemand seine rührselige Geschichte erzählte, war es schon Wochen her, seit ich einen Kunden ins Boat vertrieben hatte, und es stand mir inzwischen nicht mehr bevor, zur Arbeit zu gehen. Ich hatte gelernt zuzuhören, und ich mochte sie sogar.

»Ich weiß, das klingt radikal«, meinte ich zu Stoli Cran und wischte den Tresen mit einem Lappen ab. »Aber du musst dein Leben aufräumen. Seine Kisten sind wie ein Gewicht, das dich runter zieht und davon abhält, jemand Neues kennen zu lernen. Bevor du die Sachen nicht fortschaffst, sieht jeder Typ, den du kennen lernst, mit eignen Augen, dass du noch am Schwanz eines anderen hängst.«

»Hast du einen Akzent?« sagte sie.

»Ist mir nur so rausgerutscht«, sagte ich. »Sieh dich selbst als Affe im Wald. Du musst die eine Liane erst loslassen, ehe du dich zur anderen schwingen kannst. Ich weiß, es ist verlockend dir vorzustellen, dass er zurückkommt, aber in Sachen Liebe sollte man sich Niederlagen lieber eingestehen. Man kann die Menschen nicht ändern.«

»Das ist gut«, sagte sie. »Ist das von dir?«

»Ja«, sagte ich und fühlte mich plötzlich voller Energie. »Das ist Aphorismus Nummer Eins von Rachels Aphorismen.«

»Wie viele gibt es?«

»Das weiß ich noch nicht.«

Jemand hatte ›Kiss Me On the Bus‹ von den Replacements aufgelegt, und alles schrie und lachte. Ich lehnte mich zurück und sah mich um. Das hungrige Gruftie-Mädchen sprach in ihr Handy und las ihre Bestellung von einer der Speisekarten ab. Der Typ mit dem Köter kam an die Bar und bat um mehr Eis, und Jasper und Delia wollten gehen. An der Art, wie er mir zuzwinkerte, als er ihr in den Mantel half, sah ich, dass sie es heute tun würden.

Von hinten ertönte ein Schrei, als habe jemand beim Billard gewonnen. Ich hörte die Münzschale rein und raus flutschen und die Kugeln die Rampen runterklackern. Der Raum schien zu summen, und als ich die Augen schloss, klang es wie feierlicher Gesang.

Die Autorin dankt folgenden Personen:
Daniel Greenberg, Marysue Rucci, David Rosenthal, Tara Eggert, Charles Miller, Rabbi Hara Person, Rabbi Niles Goldstein, Rabbi Jon Malamy, Rabbi Mark Kaiserman, Rabbi Steve Shulman, Rabbi Shira Stern, Amy McFarland, Rebecca Hargreaves, Polly Yerkes, John Currin und Kimball Higgs.
Ohne Will Blythe – seine Unterstützung, seine klugen Ratschläge und seine Freundschaft – wäre dieses Buch nicht möglich gewesen.

AMY SOHN ist Autorin des Romans *Laufen, Fangen, Küssen (Run Catch Kiss),* des Handbuchs zu allen sechs Staffeln der Serie *Sex and the City* und der »Naked City«-Kolumne im *New York Magazine.* Sie schreibt für *Playboy, Premiere, Harper's Bazaar* und zahlreiche andere Zeitschriften. Sie verfasste das Drehbuch zu *Spin the Bottle* und ist Co-Autorin der Fernsehserie »Avenue Amy«. Sie lebt in Brooklyn und auf www.amysohn.com.

Von starken & klugen Frauen
im Haffmans Verlag
bei Zweitausendeins

SOPHIE ANDRESKY. Mein Harem. Alle erotischen Geschichten aus fünf Bänden von Germany's Princess of Porn Nr 1.

SOPHIE ANDRESKY. Echte Männer. Was Frauen wirklich wollen. Verführungen zur Lust.

LAURA SHAINE CUNNINGHAM. Weiberrunde. Roman. Sechs Freundinnen erleben eine lange Nacht, in der alles rauskommt. Deutsch von Juliane Zaubitzer.

JENNY ECLAIR. Schöne Ferien. Zwei Familien zwischen Auf- und Abbruch. Deutsch von Juliane Zaubitzer.

JENNY ECLAIR. Vorstadt-Schönheit. Vom Treiben & Paaren in den Großen Städten. Deutsch von Juliane Zaubitzer.

Katinka Eycken & Co (Hrsg.) *SCHARFE STELLEN.* Ein Lesebuch der Hocherotik. In 6 Stellen auf die Reihe gebracht. Geschmückt mit Zeichnungen von Rudi Hurzlmeier. Die feine Art der literarischen Anmache.

KARIN KUSTERER. Märchen von der unmöglichen Liebe. Roman von werdendem Leben und einer Reise ins Herz der Finsternis Afghanistans.

JENNY McPHEE. Der Kern der Dinge. Eine sexy Geschichte vom klassischen Kino, um Klatschpresse, Quantenmechanik und Mr. Right.

KATHERINE MANSFIELD. Sämtliche Werke. Eine Klassikerin der weiblichen Erotik vollständig neu übersetzt von Ute Haffmans, Sabine Lohmann und Heike Arntz.

FANNY MÜLLER. Keks, Frau K. & Katastrophen. Die fehlten noch: Alle Geschichten. Und 38 mehr.

FANNY MÜLLER liest aus Keks, Frau K. & Katastrophen. CD, mit einer gedruckten Rede von Frank Schulz.

FANNY MÜLLER & SUSANNE FISCHER. Stadt Land Mord. Roman in Briefen. Zwei Frauen räumen ihre Männer auf.

FANNY MÜLLER liest *GRIMMS MÄRCHEN*. Hörbuch-Doppel-CD.

FANNY MÜLLER. Wieder Weihnachten. Elf Geschichten vom Fest über die bleierne Zeit zwischen den Jahren bis Neujahr. Mit elf festlich-farbigen Bildern von *ANDY WILDI*.

SARAH SANDS. Spielchen spielen. Ein Fernseh- und Zicken-Roman. Deutsch von Sabine Lohmann.

AMY SOHN. Mein alter Herr. Von Vätern & Töchtern und vom bösen alten Herrn und schönen jungen Mädchen. Deutsch von Juliane Zaubitzer.

LINDA VERHAELEN. Mein Leben als Schlampe. Sex and the City in den Siebzigern.

LINDA VERHAELEN. Das Leben als Zumutung. Das Schlampenleben geht weiter zwischen Büro und Bar.

DER RABEN-KALENDER. Für jeden Tag im Jahr 2010. Herausgegeben von Tini Haffmans. Der Kalender hier macht täglich, ja Tag für Tag den Tag erträglich.

***

Als Frauen ehrenhalber werden mit folgenden Werken aufgenommen:

KLAUS BITTERMANN & RUDI HURZLMEIER. Aufstand der Kuscheltiere oder Miss Trixies Weltumrundung.

CHRISTOPHER BUCKLEY. Florence von Arabien. Der Roman der Frauen im Nahen Osten. Deutsch von Martin Richter.

EUGEN EGNER. Als der Weihnachtsmann eine Frau war. Mit farbigen Bildern von Rudi Hurzlmeier, Michael Sowa und Eugen Egner.

GUSTAVE FLAUBERT. Madame Bovary. Sitten der Provinz. Roman. Vollständig neu übersetzt und mit Anmerkungen von Caroline Vollmann.

RIDER HAGGARD. SIE-der-man-gehorchen-muß. Ein Abenteuer-, Liebes- und Unsterblichkeitsroman vom neuen Matriarchat. Deutsch, mit Anmerkungen und einem Nachwort von Susanne Luber.